紫虚文集

（第六册）

魏際昌 著 ◎ 方勇 主編

人民出版社

目　録

尺　牘

紫庵詩草

上　編

下　編

前　言

目　錄

19

尺　牘

致趙永弼、劉振鐸信十八封(附趙永弼、劉振鐸來信二封)

一

永弼、振鐸：

七四年一月廿七日來函已收見,知永弼身心雙健,仍抓技術管理工作,快慰異常。振鐸雖又犯病,但能頑強的與疾苦作鬥爭,則完全康復自亦指日可待。當然注意療養還是非常必要的。

客歲燕京再聚,的確百感交萃,蓋老年人還能有幾個廿年呢,所以回保以後念念不忘。只因批林批孔教育革命,動筆動口無時或已,總也騰出不了手來筆談,遂未通信。

春節前夕本有過京探望,然後去津渡歲的計劃,但因彩霞怕冷,轉車須費周折,不如直達方便,改搭了學校的汽車。這樣到了二月三日開學以後才又坐原車回了保定,也由於沒有同你們取得聯繫,不知道在京過年還是人往別處探親去了,以為今後的機會還多,不必爭此一時(起碼是暑假可以再見的),如同不曾接到你們的信斷定寒假不會來保一樣。

振鐸的倫理觀念較重,某某之誼不殊,如果打算今年暑假回哈一行,我們覺得是可以的,至於改葬老母處理家務云云,則愚叔認為不妨詳加考慮。

"入土為安"對於死者已是舊辭,改葬之議更屬未能免俗。魏鐵英把他爸爸的屍骨帶往長春安置即曾受到我的批評,因為這不像一個共

產黨員的行為。他沒有聽我的話,還是拔了墳,我就不再理它。劉府
上的事是不好管的,振籜的身體又不大好,何必自討苦吃,客歲東北歸
後即深有此感,且亦不止我的外祖父如此,親朋故舊比比皆是:實用主
義多已浸入骨髓。

這裏又已傳達了七四年一、二、三、四號文件,更進一步地掀起了
批林批孔的高潮。我寫此類文章總是學術性大於政治性,結合得不夠
好,暑假之日當帶著稿子到京請你們指正。

它們一共是兩篇:《從"樊遲請學稼"說起——批判反對勞動教育
的孔子》《為奴隸主塗脂抹粉樹碑立傳的"述作"——批判孔子反動的
文史觀點》,一個四千言,一個六千言,合共一萬字,都分別宣讀過。

振籜既在病中,不宜多費腦筋,暫以參閱瀏覽為是。先寄上我系
編印的小型刊物《山花爛漫》和内部交流教材《寫作》等備用,需要什
麼專題材料或問題解答可隨時來信以便代辦。

舊作幾首古詩是重見以後懷念你們的,縱今是老知識分子的陋
習,但思想感情是真摯的,抄給你們看看,如能步韻見和那就更妙了
(新舊體裁不拘,格律亦可任便)。

首都喜見永弼、振籜,已卅年不通音信矣,口占述懷:

> 舅家靈秀有所鍾,女甥燕京立門庭。
> 錦心繡口好文采,循循善誘育群英。
> 夫婿老成工機械,職司車務久蜚聲。
> 一別念載重相覿,殷殷待我逾親生!
> 餚饌立辦歎整潔,聯榻夜話移三星。
> 憶昔沖齡在雞塞,依依膝下愛祖翁。
> 掌上明珠人稱羡,玉樹臨風吾歌詠。
> 最是九經亂離後,鸞鳳喈鳴得躬逢。

慚某白頭渾無似,愧說血統帶工農(注)。

惟應黽勉事爭取,葵花多多向陽紅。

待到耄耋歸休日,將煩君等論平生。

　　注:振鐸曾祖乃一機械工人,曾祖母出身城市貧民。祖父"拉樂匣子"拉最初也是學徒,魏家則祖上務農,當櫃伙,其後流落關東。我的大哥、三弟,只讀完了小學便不得不當徒工,故云。

　　先寫到這裏吧,祝你們

新春快樂!

　　(信外另寄書刊一卷)　　　　　　　　愚叔魏子明

　　　　　　　　　　　　　　　　　　嬸于月萍附候

　　　　　　　　　　　　　　　　　　　74.1.6

二

永弼、振鐸:

　　接到你們三月中的復函後,使我立有所感,立即口占五絕:

其一

素簡自京來,道是有安排。力疾批林孔,阿鐸英勇哉!

其二

封皮字遒勁,風格曾相識。文理應密察,永甥好為之。

5

古典文學資料我們這裏倒不斷地與兄弟院校交流,既然振籙有興趣,先撿關於《紅樓夢》的拿去,我們編的《寫作》上次漏寄,這回一并付郵。河大在北京有家的同志不少,經常來往於京保之間,糕餅炒菜之類間或托他們帶些也就解決問題了。振籙身體不好,不想多麻煩你們。

唯有兩物不知北京尚有貨否,一是小兒騎的三輪車,一是京廠出的煤油爐,請永弼便中代為查詢一下,如有可能購買,當即匯上貨價,俟我過京時捎取。振籙母女恩重,手足情深,我所深知,此不當以常理加以衡斷,只是就心你的病未痊癒,不宜長途跋涉,且有蘊章在哈,有些事情姐倆一函商也就解決了。所以云云。

我們因年歲過老,精力日衰,也在請求退休中(東北居留關內的京津許多院校老教師在文化大革命前即退休了不少),只因運動方興未艾,不好緊催,看看暑假之後如何。七十老翁,無論在政治上抑或業務上,已是該做總結的時候了。職務退休也不會吃閒飯的,擬就古典文獻方面整理出點兒東西來。

人老則思親念舊,我們又沒有女兒,有你們就近通通信,看望看望,足以彌補此項感情了。暑假到後一定過京探視,也歡迎你們到津、保兩地來玩,只要事先聯繫好就成,祝你們健康快樂。

(信外有書一包)　　　　　　　　　　　　　　　　　　　愚叔

小甥女彩霞讓我代問姑父母好　　　　　　　　　　　　魏子明

　　　　　　　　　　　　　　　　　　　　　　　　　嬸于月萍

　　　　　　　　　　　　　　　　　　　　　　　　74. 3. 30

三

永弼、振籬：

五月十二日手書誦悉，首先向你們表示：歡迎來保瀏覽，雖然這兒的物資供應差些，可是咱們的目的不是在吃喝玩樂上，你們也來看看我們的寄居生活是怎麼過的，何況這個舊直隸總督北洋大臣的所在地，實在有認識一下的必要呢。

自然以你們兩位一道來為是，我們這裏有招待間，住多久都可以，不要計祘日子。保定住夠了，不又可以到天津去嗎？天津那個家比保定的還方便哪，因為我們根本沒有搬遷，書和家具全在那兒未動。天津是我們的舅父你們的爺爺久居之地，更得追思一下了。

我們這兒是七月廿六日開始放暑假，我們的計劃是回天津休息，因此你們來保定不妨提前一點兒，不要管這裏運動的情況，咱們不是領導幹部，一個普通教師，跟著受受教育加緊世界觀的改造就對啦（河北大學曾是老反共分子陳伯達和林彪反革命集團的幹將李雪峰直接插手的單位，所以頗有餘孽，正在整肅）。

總之，希望你們把這個暑假的遨遊做個通盤計劃，到底什麼時候來保，什麼時候去津，還出關與否，我們心裏就有了譜兒了。不要管我們，我們聽你們的，如果永弼暫時請不下假來，振籬自己先來保定然後再在北京會齊轉往天津也無不可，只把日子車次定好我們好接。

其次應該向你們道謝的是：為了打聽煤油爐和兒童三輪車，累得你們東奔西走的，實在過意不去，永弼既忙，振籬又病，只怪我們聽信傳言估計錯誤，沒想到這麼費手續不好辦。如今煤油爐我們已經有了一個，不過是河北省雄縣仿造的，可以湊合著用。

四十多元的小三輪的確貴了些，而且在這裏騎出去也太顯眼，不打算買,二十左右塊錢的可以考慮,既是缺貨也就算了,將來再說,哪怕碰到舊貨呢,咱們在天津去想想辦法。(彩霞被她父親接回太原去了,暑假以後才能重來,所以不忙)

你們和哈爾濱家有信嗎?兄弟妹妹們有誰進關沒有?我們還是很想念我們那位老表哥的,他如果能來也想招待一下。"一回相見一回老,能得幾時為弟兄!"我還是有些人性論的殘餘,我們的弟弟魏澤長也有入關探視的打算,故云。

函外另寄河大校刊等一卷供你們業餘翻翻,餘俟暑假中晤面時再詳談。最後再叮嚀一句:振鐸身體不行,一切以有益療養和不影響病狀為原則,不可莽撞,即或你們來不了,我們回津過京時也一定看望你們,先寫到這裏,祝你們

快樂!

愚表叔魏子明

表嬸于月萍

74. 5. 23

四

振鐸:

十一日手書已收見。河大廿七日放暑假。由於鐵華帶領學生到天津實習把彩霞又放在我們這裏,須月底才能完事,把孩子接回,所以我們頂早在七月廿八九日始可去天津。

還有你三叔運昌也進關探親來了。他現在河南鄭州毓賢老姑處,暑假期間到天津看我們。因為他怕熱也函告他月底(或月初)在鄭州

搭車直接去天津。

　　因為批林批孔寫大批判文章累著了一點,胃痛、潰瘍和脊椎等老病續有發展。領導上已囑我轉地天津療養一個階段(保定的診療條件較差,有些麻煩的病根本看不了),以後看看計劃退休了。

　　我們如果趕不及坐學校汽車走便搭火車去北京轉津,這樣的話,當然去看你們,也就可以面訂你們去津的日子了。坐汽車走呢就歡迎你們在七月廿九日以後來啦。(請函告日期車次以便接站)

　　天津這邊的家是:南開區西湖村原河北大學北後院宿舍南樓一號。交通不大方便,須走一段路才能坐公共汽車。(天津東站下車後,搭八路汽車至六里臺下,右轉北去)

　　面晤不久,先寫到這裏,問

好,永弼同此。

　　　　　　　　　　　　　　　　　　　表叔子明
　　　　　　　　　　　　　　　　　　　表嬸月萍
　　　　　　　　　　　　　　　　　　　74. 7. 20

五

永璧、振籆:

　　三叔已於上月卅一日回吉。(一共在天津瀏覽了三天,因早已超假,未便久停。)

　　你們是否能於九日下午準時來津,我想去接站。

　　管燈、活動椅均缺貨,不知數日之後如何。

　　這裏連日陰雨,但是我照舊出去看病,胃的部分正吃中藥;脊椎之病先放一下。

不是問我需要從北京帶點什麼嗎？天津缺蚊子香，宿舍住地空曠，不點不行，請代購幾盒吧。

晤談不久，不多寫了，即問近好。

表叔子明、表孀月萍

74.8.6

六

永璧、振鐸：

驚悉老親家母於客歲因病逝世，不勝哀悼！繼念伊已壽享高齡，君等又隨侍在旁，似應適用那一句老話頭，"順變節哀"了。必須注意的是：振鐸身體本不大好，還要力疾任教，永弼心情抑鬱，重以母喪，不免勞累，理應好好休息，借圖恢復，所以春節期間，我們不想去打擾了，先道謝啦。

我的情況如昔：吃藥，打針，按摩，烤電，雖不見特效，亦可維持現狀。國慶節前過京回保，因為帶著彩霞，上下車麻煩，還不是禮拜天，所以沒有去找你們，疏懶成性，也就不曾寫信。這次來津坐的又是通車，中文系轉信過遲，因而至今才作復書，此外便是等著批准退休，好一勞永逸地告訴你們了。

可是四大以後，不知道對於老教師退休有無新的精神，因為我的申請只能爭取校系通過，省委一級就談不上了。還有只准我個人不連帶著表孀，也解決不了問題。年將古稀，沒人照看，長此下去，如何能行？何況彩霞這個小包袱還得背著。（我們的"少奶奶"在十一月又生了一個男孩,取名曉東,這樣一來彩霞更送不回去了。)

去年初冬我的表哥來信,還是要塊手錶。我因為振鐸有前言,暫時沒有回復他。等你們回哈爾濱探親時再說吧。如今的家務事到處都不好辦,歲數大了,不想傷這個腦筋(包括不一定把鐵華夫婦調近一些在內)。果能退休,以後打算跟你們到處跑跑(如廣州——表嬸有妹妹家、鄭州、東北等地),散散心可以卻病延年。

月初,三表叔的女兒德學因公進關,前來看我,說到表姑夫老黃病還沒好,仍在住院治療,可惜我的身體也不強,騰不出時間去看他們(批林批孔特忙,帶著任務在津醫療),只好等等再說啦(不知道暑假時會怎麼樣)。下學期開學時,如仍過京回保,當找你們盤桓一天,交談交談近狀,春節在此預祝你們

節日康樂!

附告:表嬸在保還未回來

表叔　魏子明手覆
75. 1. 29

七

振鐸、永璧:

2月5日及前函均已前後收到。廖大夫醫方,亦於前幾日試服,服一劑後,大便痛快,但心胸轉悶痛,所以隔幾日來,未敢再服第二劑。藥方中有人參、生石膏兩住藥,寫明"先煮",沉香而注明"沖",可能我們先煮的時間不符合醫生意旨,沉香而在藥煎好後,一次沖在湯藥裏,

服第四次時,已大部沉澱丢掉。第三劑藥應如何煎法,仍請請示廖大夫後,來示告知。

現子明仍每日服"脈通"B.C,及治腰椎炎的□□21(此處不是很清楚)(係此間醫院過去開的藥,治腰痛很見效),近未到醫院去,心絞痛雖久未發作,但人仍感心胸悶痛,不願活動,心情煩躁,精神萎靡,一直未能復原。我留在天津逾兩月,本擬開學回保定,但看情況難離開。又繼續請了假,爭取於本月底以前回保。

幾年以來,我們在天津、保定兩地奔來奔往,戶口一直留在天津,而家卻分為兩地了。如今到應當退休的年齡,可是我們是外遷單位的雙職工,在天津一無子女,二無親戚,無人照顧,調鐵華來津,天津也不管,我們又無後門可走,所以這個年老退休後也何處落戶的問題,便一直未定下來。子明目前系批准病休。我如長期留津,則必須退休。可是學校幾個在津無子女的雙職工,早已超過退休年齡,均因天津不接收這種無子女的老人在津退休而拖延著,這是一件很使人煩惱的事。鐵華在太原工作已17年,我們亦不願他離開老地方,可是太原地方生活供應很差,我們也因年老多病不能前去,所以有意全家遷保定,我能工作一天,便工作一天,了此終生。不知您們對此有何意見?

近來天津連日小雨雪,天氣陰寒,對病人很不利。等天氣轉暖些,我再離津。

此間聽到許多傳聞,反擊右傾翻案風的消息滿載各報,鬥爭相當尖銳複雜,不知北京有何情況,急聞其詳。

春節在愁病中渡過。天津供應情況雖遠不如北京,但已很滿意了。所購高級細掛麵,十分感謝。子明現已不使用軟食,家常便飯加上買些醬魚醬肉類佐食,已是夠營養。高級掛麵請你們留用吧。
謝謝!

　　餘不多談，此致

敬禮！

　　　　　　　　　　　　　　　　于月萍代筆

　　　　　　　　　　　　　　　　　76. 2. 17

　　　　　　　　　　　　　　　　子明口述

八

永弼、振籌：

　　自今春病重以來，即蒙你們薦醫寄方諸般關注，雖屬至親也應深深表示謝意，因為我們畢竟是"他鄉作客，舉目陌生"的老年人，幸不得死，還是黨和人民積極搶救的結果。正值體力逐漸恢復之際，不料震災又至，真夠得上是"屋漏偏逢連夜雨"、"福無雙至，禍不單行"了！這一點籌侄當有同感（不同的是，你們比我年輕些，但因還在工作，又多一層困難了），好在彼此都只受了一場虛驚，人、屋安全，連盆盆罐罐都未打破，也就是"得天獨厚"啦。

　　叔雖年邁，卻是一個樂觀主義者，既然大病大災都未奪去生命，怎麼可以不堅強地活下去呢！只是麻煩了各方親友，自己"白吃"，還連累著老伴"看護"，未免於心不安，特別是地震以後，鄭、洛、并、長，還有在京的你們，函劄紛紛，盼我轉地療養，盛情誠意，感受非常！所以，擬於情況稍為安定之時，首途離津，大概須在下月初了。

　　打算從北京過，看看你們不想久住，原因是：學校已開學，工廠須加班，你們都有工作，不便久事干擾；北京跟天津一樣，防震未已仍須露宵棚戶；魏家大姑（在洛陽兒子處）老姑多年不見，他們受邀去河南；

我們也想念兒孫,太原實在不能不去。所以不能不從長計議,恐怕要先到鄭州住一陣子,後轉太原瞧瞧可否安排退休。長春(魏鐵英家,我大嫂尚在)則是明年的事啦(侄媳徐英來接過我)。

北京有幾位師友也想見面談談,再如劉彥表侄我總念念不忘,不知道振鐸近來見過沒有?他已是幾十年的孤兒了!娶妻生子以後,情況應該大好(他是模範工人,該早入黨了,我在京西石景山參加土改時見過幾面)。精力不濟,書信都是表嬸代我寫,此刻稍有轉機,拉雜絮聒,弼、鐸,吾侄意不非笑,即問

近好!

表叔魏子明手啟
表嫂于月萍附候
76. 8. 22

九

振鐸、永璧:

收見月初來函,知道你們一切順適,甚為欣慰。天津此次震災,只房屋一項就損壞了一百四十萬間,等於解放後廿七年的累計之數,其他可想而知。目前市內各級領導正在抓緊"排險"和"臨建"工作,聽說共有七個大規劃區,上海支援工人,東北供應木材,估計三至五年初步完成,恐怕我不一定看得到了!

入秋以來,心腔、腰、腿又都不好,胃亦時有微痛,但既行動得了,也就不去管它了,季節性的反應嘛,老病之人自所難免。表嬸因為響應號召,參加了河大天津留守處的"臨建",地在東校馬場道一帶,因為

距離較遠，每日不能不早出晚歸，這還是校領導照顧我這個病號呢，別的教工，多數須去唐山從事重建及教育，任務更艱巨啦。

所以春節以前，哪裏也去不了啦，東北、鄭、洛、太原已分別寫信說明。保定的家，短期內同樣不能照看，於是過京看望你們的心願一時無法達成，先謝謝你們竭誠歡迎的至意吧，"留得青山在，不怕沒柴燒"，咫尺京津，總會有見面的機會的——比起唐山的此刻，我們幸運多多，那裏的河大家屬，動輒全部傷亡，礦業學院一處就是千百人。

我現在每日的生活是：看看書，搞搞家務，早晚兩次健身活動，醫院是好久不去了（它們迄未恢復正常醫療，許多熟大夫都志願災區未歸），只吃一些成藥："胃仙一 u"（日本出品，表嬸的妹妹從廣東寄來的，香港有貨），也不覺得怎麼好，"飲食療法"照舊做：一天五頓，奶粉、乳精、雞蛋、蛤蟆油，體力較前恢復不少，可以走六、七里路，不總躺著。

永弼是個瘦老頭，乾巴硬，但也一年比一年歲數大了，總跑西郊，未免辛勞，是否可以設法往近處調調。振鐸多病纏身，還堅守工作崗位，值得學習，但是如果領導上照顧，到底也好申請退休了，開門辦學，下廠下鄉，豈是你這樣的身體能夠頂得了的？距離五十五歲還有幾年？我也記不清了。

吉林的運昌三叔來信說，前不久我的子書大表哥，到他那裏"打攪"了一番，吃住不算，臨走還借去了二十元錢，說"將來讓振鐸還"，這不是開玩笑嗎？魏老三一個退休老工人，每月只有四十幾元，怎麼好"討擾"，而且"隔手不成賬"，自己"打秋風"為何推到了遠在千里以外的女兒身上？魏三叔說"這是反攻倒算"，想反映給領導。

真也笑話我舅爹舅媽的"老人緣"都叫他們這個寶貝兒子給糟蹋盡了：從我念中學時候，就聽說這位表哥，在北京花天酒地的不好生念書。偽滿之際，更吃的是剝削飯，討小老婆，生活糜亂，連最低限度的國家民族觀念都沒有！這樣的人只能在家裹老老實實地活著算了。七十多歲啦，還想找不痛快嗎？

"親不親階級分"，如果說魏家還欠劉家什麼"虧情"的話，那是你爺爺和你姑奶奶的事了，既找不上我和你三叔，更和你們不發生關係。我這個大表哥是怎麼啦？還"父債子還"的算這些老賬！我卻認為後來的劉大策和魏運昌已經只剩下"夥伙"的關係，談不上表兄表弟了！這話我前幾年在哈爾濱已經同他當面談過了，還在裝糊塗！

這些話本來不想跟你講，咱們爺倆是咱們爺倆的關係，都是老教師，共過患難(你們待姑奶奶不錯)。但你魏三叔既然來了信，我也很生氣(還說"扒扯"了我一頓，正是活見鬼)。我這個窮小子出身的教書匠，才不在乎這些哪！永弼別見笑，我這是和"大籜"話家常，問你們好。

表叔明

76. 10. 14

十

振籜、永弼：

大治之年，盡是好消息，具體到親族中間，首先是永弼成了先進工作者，值此科技當行老工程師煥發青春之際，正是永弼為人民服務的大有為之時，尚望百尺竿頭，再進一步，繼續為國家作出貢獻。振籜也是老教師了，"四人幫"揪出以後，尤能力疾從公不稍鬆勁，這對我們來說，更是值得高興甚至學習的事，總之是"與有榮焉"。

籜侄改葬老母,此在今日雖屬罕見卻是情理間事,對比之下,我們仍愧未能矣。寫得有詩,聊表寸心,幸勿以事過境遷為意也:

籜侄函告改葬老母於京郊,感而口占七絕四首,亦所以追念湘雲表嫂也:

一

憶昔吉垣舅家親,溫恭表嫂亦殷殷。
誰知秀外惠中者,卻似黃連忒苦辛。

二

孤窮自幼有誰憐,三更燈火露愁顏。
及長偶入女師塾,芙蓉出水光灩灩。

三

遇人不淑可奈何,明珠投暗事蹉跎!
且免哀思行我素,誨育學童效木鐸。

四

荏苒光陰七十載,喜生稚鳳倚雲栽。
歸真返樸騎鶴日,遺恨嬌兒不雋才。

五

改葬京郊孟姜心,西山紅葉伴貞魂。
振古如斯今勝昔,老夫同此挹清芬。

比起籜侄的《苦娘吟》來,這自然是瞠乎其後了,萬幸你乃思母我在念嫂，泉下如真有知，亦可以告慰矣。

我的病體頗有恢復，每日於療養之暇，尚能整理七十以前的舊作如《桐城古文學派小史》（北大研究院論文）《李太白評傳》（河大專題講義）《唐六如的生平》（東大校刊特輯）《先秦法家思想管窺》（西大學術講演）《中國人道主義人性論代表作選論》（廣東師院課藝）《兩漢訓詁學初編》（廣東師院講義）、學習毛主席著作心得體會："成語典故考釋""古為今用範例""偉大的文風"等等都凡五六十萬言，非謂有何藏傳的價值，且當它古稀知謬的總結吧。另有《回憶錄》活頁數百，才寫到"九一八"事變以前，亦屬此類。

天津震情無減，但無解除聲音，幸有防災小屋一間也就不去管它，唯夏末秋初此地暴雨成災被淹沒者無慮數萬戶，我們的小房也泡了一下，近則早已 save 了。市場供應當與北京在伯仲間，還不曾感到缺少什麼。太原表弟因帶學生實習把次（彩虹）三（曉東）兩孫送來照看，顯得忙亂一些。鄭州老姑屢摧前往探望，迄未能也。

保定河大亦暗示希望早日回校借起一份老教師老知識分子應有的作用，固所願也。奈心有餘而力不足何？過了今年再說吧。五屆人大以後關於文教的改革，當有更具體的措施。

菲巖大姑留在北京遲遲不來，聞係老病常犯之故，因為天津醫療條件比較差也不好催促作速，如今冬明春有條件時我們打算到北京巡禮一番，那時便可敘了。我們也時常思念你們，因為留在關內的骨肉至親也只有咱們這幾戶。

大表哥是親族中最長的儕輩啦，我們對他雖然有失尊敬，但分毫損害不了姑舅親"夫子之道忠恕而已矣"，各人是各人的關係我們也不會因父及子，橫加遷怒，這一點永弼和籛侄早已習知，我們這老一輩人需要你們挈帶的地方還多著呢。

彩霞已在太原上學，智育突出，父母的出身也不錯，所以既是班長又當紅小兵，很有點兒小大人的意思，這回沒有到天津來，帶信讓問北京劉姑姑的好哪。寫了不少，下次再談。盼能把劉彥的通信處告訴我，鏵侄見到他時，可先言魏表叔很想念他，希望知道他的近況。你們也是年及半百的人了，要多注意身體。

表叔魏子明

表嫂于月萍

77. 8. 15

十一

永璧、振鏵：

　　八月廿日的信收到了，因為保定的"教授樓"返工，最近才能交付驗收、分配，所以我們目前住在天津呢。我們的身體倒還湊合，但也一年不如一年了，可是領導上又不准退休，所以只好強打精神去幹。備課寫講稿，整理資料，搞點兒科研，這就夠忙的了。因為身邊沒有年青人，一切生活上的事還要自理。

　　大姑回河南前曾到天津來住，很是心疼，說總是這樣不行，至遲在今年明年應該解決幾個問題，定居"調兒孫"。下半年的工作又被安排在天津，培養研究生(剛看完了卷子，一百八十多份，只取四、五人，由教育部決定錄取，時間三年。如果我們遷居保定，工作也可能變動一下，屆時當然會通知你們的。"姑舅親，輩輩親"，現在關內的老親，還有誰人？所以你們有什麼問題，我們是應該參加意見的，如同我們也需要你們的照看一樣，用不到客氣。

　　振鏵身體有病，已經堅持工作這麼多年了，如果精力不濟，人事、

19

環境又不順心,我看可以考慮退休,永璧也不會不同意。倒是退休以後的日子還長哪,怎麼個打發,需要計劃一下。譬如也需要一個年青人,不管是趙家的還是劉家的,晚一輩還是兩輩的。業務上劉應該是小車不倒只管推,消遣也好,業餘也好,咱們都是搞文史的,可以互通有無,我們的書還是夠看的。

正在給天津社會科學院的某一助理研究員補《詩經》,還有一兩個要參加本屆高考的女孩子(朋友們的)補文史,也是忙的一個原因。研究生上課開班,同在準備中。放假後(七月十三日),無論搬家與否,都想出去看看,北京是必經之地,也想跟你們談談,暫時還抽不開身。永璧的工作還愜意吧,你是老技術人員,跟我們學文史的不一樣,更該多發揮專長,多帶徒弟,如果振籜退休的話。

先寫到這裏,能抽出工夫去北京時,當先和你們聯繫,問你們好。看到劉彥時,代為問候。振籜千萬別著急,也別鬧脾氣,如今的事還是忍為高,和為貴,家裏外頭一樣。

表叔、嬸

80. 6. 22

十二

永璧表侄、振籜表侄如晤:

十五日的信收到了。這使我們既驚又喜,驚訝的是:振籜本就不良於行,沒想到又病上加病,腿部骨折,孩子你可受罪了!所幸已告痊癒,跟著就要向永璧道謝了:多虧了你照顧振籜照顧得這樣好,夠得上是真正的"良人"。

　　我們也應該負疚未能常相探詢,關懷得不夠。儘管年在耄耋,工作嫌忙,帶研究生,開專題課,寫文章,做學術活動……,但是不能拉客觀哪。好在我們身體還好,差堪告慰。唉,關內的骨肉至親,已經沒有幾人了,我們也都七八十歲啦。

　　你們的表弟鐵華一家,早已調到保定,但是"華北電力學院"(也是重點工科大學)不在河大,他的愛人李蘭芝是工人在同院機械廠工作,鐵華學工,不跟我們同行,搞機械製圖,跟永璧差不多(他原來在北京工學院學兵工——制砲)。

　　再告訴你們個好消息:表嬸被提升為副教授,而且入了黨,所以工作忒忙:照看我,管家務,參加政治活動。雖然常過北京,可是騰不出時間下車去看你們,我也一樣。彩霞已是高中一年級的學生(下學期二年級開始),她還記得劉姑姑。

　　你們如果能離開家,可到保定來住些日子,但須在四月中旬以前,因為過此我將去兩湖參加學術活動,只有表嬸在家了。我們的教授樓有一套四間房子,很寬綽,吃飯可以從職工食堂取,比在天津時大不相同了。(我們的戶口仍在天津未動,今年還要落實房子)

　　哈爾濱家有信嗎? 我們那些表侄怎麼樣了? 劉燕一家也好吧,還在領導崗位上麼? 可以把我們的情況轉告給他們,也歡迎他們來玩。我們今年當找個時間專到北京去看你們。小芳上了那個大學了? 永璧的侄子們呢,常見不? 春節在還祝你們快樂,寄去近照三張留念。

表叔魏際昌

表嬸于月萍

85.2.17

十三

振鐸、永璧二位賢侄:

久未通信,忽接來函,為你們兩家的親屬不斷團聚而高興。雖然忙碌一年,但安靜下來,又感別時容易見時難,發思舊之幽情了。

我們年復一年,為教學、備課、寫講義,及一切俗務纏身,至1988年,已執教五十餘年。雖然開了一次慶祝會(小型),發了一本榮譽證書及一件燒瓷老壽星,但回首半個多世紀往事,實感辛酸。而今耄耋老年,同齡親故已多半作古。晚輩後出,雖有親親之誼,但這隔千里,謀而不易。只靠書信往來,以照片見面而已。老而思舊,彼此同感。振鐸如行動方便,望能來保定小住,我們現在差強人意的就是住處還較廣裕,不像六七十年代天津那種擁擠情況了。

彩霞和我們同住,上大學二年級,每天早飯後即上學。雖在院內,但除吃飯不回家。鐵華他們,還有兩個孩子,均讀初中,除星期日外,也少來。所以我們二老,終日頗感寂寞。七八十歲的老人,對當前十幾歲,二三十歲的人所追求的,和處世做人之道,都有明顯的距離。中青年人的現實主義,和價值觀念,瞄準"權"、"錢"、"位",互相交往,便缺乏共同語言了。老而思舊,這可能是隱瞞著"世風不在"的潛在感情吧!

你們的兩位表姑,均在鄭州。二表姑魏毓賢,今已69歲。老紅軍的後勤部軍鞋廠廠長已於八十年代初逝世。留下兩個兒子,長子黃句,已於五年前結婚,生有一女,岳父為鄭州某機關工程師,岳母為會計。他們借老父遺蔭,住一套二居室房子,與母親分居、分炊。次子黃小紅,智力發育不足,語言不完整,受父蔭照顧在離家很近的電影院當收票員,今已27歲,為找對象發愁。你二表姑80年、82年、83年曾三次來保定小住一周,那時哥哥還能招呼弟弟,現分居後,你二表姑為照顧小紅，幾年未出來了。他娘倆另住一套二居室房子。我們每月只少有一封信，二表姑現為小紅的婚事發愁，正在找婚姻介紹所幫忙中。

大表姑魏媛，一個女兒、一個兒子均在鄭州，都是學工的。女兒胡巖，大連工學院畢業，與同班同學結婚，原在安徽銅陵煤礦工作，三年前調鄭州，工作不詳。兒子胡□，在鐵路上當工程師，兒媳是同班同學，岳父因在鄭州，所以八十年代從洛陽調鄭州。大表姑聽說在洛陽一個人住，因她離休安置在洛陽，又和兒媳關係很緊張。我們不通信。你如通信，可向二表姑魏毓賢（鄭州市 1019 號信箱）轉。

二表姑的前夫之子于雁山，在鄭州人民醫院當醫生，愛人是工人，兩個女兒均已在軍鞋廠就業。他們一家也都受到老紅軍的餘蔭照應，得以就業、住房。

她們的下一代，甥男甥女，都受父母影響，如今不認親娘舅，從不通信。我們也只和魏毓賢通信，知道以上情況，介紹如上。

今天是春節初夕，各種春節聯歡會都開過了，初一還要來一天緊張的大拜年，我們已是 81 歲和 74 歲的年齡，一般地就不出門了。當此祝你們春節快樂！

魏子明、于月萍

1989. 2. 6 日

十四

振籜、永璧 二位賢侄：

好久不通信了，你們好！

7 月 24 日，我們帶著一個孫子陪你二叔去青島，經過北京，本擬去看你們，但由於時間改變，當日到京，當時即乘 239 次直快（下午 1 時開車）赴青島。回來時，夜車到北京，即轉簽回保，都沒有下車去看望你們。由於到府右街至後達里的路程、車路周轉費時，我們又是三個人，不能提前到京住至你們那裏，所以未得見面。現在須了解一下你們的情況：是否仍住原地？公共汽車路線如何走？北京站到你們家如何走？在北京買票是否方便？因本月底 29 號你二叔又要帶彩霞乘北京至丹東直快 291/293 次列車到遼寧凌源開會，不知北京預售票提前多少天買？我們擬派彩霞先去買票，30 日上車，31 日到凌源報到。8月 1 日至 4 日開會，約於 5 日返回。住北京時，擬到你們家裏看望，不知方便否？又劉彥處也久無音信，不知他們夫婦是否已退休？三個女兒何處就業？也擬去看看他們。我們老了，見一面少一面，實在親戚，久無來往不太正常。如方便，請速回信，即候

全家好！

子明、月萍

90. 7. 23

十五

振鐸、永璧二位：

先道一個對不起，一封信惹得你們等待相聚，結果又成泡影，人生真是別時容易見時難啊！京保之間，兩小時距離，竟然如此難見面。

我們一行三人（老兩口帶著彩霞）如 31 日到凌源開會，會後返程，8 月 5 日下午即到北京站，考慮幾天來回旅途及開會遊山勞累，三人到

你們府上，住又住不下，不如當時即買票回保。於是當即在北京站買了回程票，天不黑便回到保定家裏，洗洗澡，即刻吃飯休息了，這次謀會，又成夢想！

回保後，趕上保定大熱，氣溫天天在三十度以上，與東北溫差很大，一時感到難適應，身體很不舒服，本應即刻寫信給你們，可一下子又拖了十天。立秋後，雖風涼一些，但僅在中伏裏，一直不涼快，今年閏五月，又雙中伏，雨多蒸熱難忍！請諒遲復之過！以後有機會，再專到北京看望你們吧！但須先約會好！

這裏26日即開學，我們雖已離退，但彩霞四年級，明年即畢業，功課、論文負擔都不小，我們當她的後勤，也不得隨便出門了，可惜振籌身體不允許，否則你們來住幾天，這裏冬天比北京暖和，又有暖氣，省事多了。

劉彥處見面請道惠念之情，不知他退休後是否仍繼續工作？三個女兒出嫁，對象都姓甚名誰？任何工作？念念！劉彥還是35念我們結婚時的拉紗童子呢，一轉眼五六十年過去了，他恐怕也當了爺爺了吧？勿此即侯
時綏！

子明、月萍
90.8.15

十六

振籌、永璧二位賢侄：

春節前來函，早已收到，因春節前後家務，來往繁忙，一直亂亂糟

糟地疲勞不堪，加以疏懶，未及提筆作復，希諒。

近看報見到北京修建新宿舍，照顧中小學教師住房困難，許多在職及離退休中小學教師都分到新房，不知你們是否有份？這件事也須瞭解情況，及時奔走。

你們住的地方，本是北京城內中心區，但現在外地車不許進城，只能在郊外停放，所以我們乘公車進京，往往住東西郊公主墳、萬壽路一帶，離城太遠，也就難於奔走了。幾次進京，都未能趨府見面，很是遺憾。回想 1948 年時，我借住窮迫沒落的于哲潛兄長家，隔院房東原為吉林教育廳總務聶家，我的伯父任吉林教育廳長十年，死在任上，私虧 20 萬元，公虧無一文，而他的總務科長卻發了財，在北京買下靈境胡同住房一片。他的子女又去了臺灣，48 年頃，正是聶家興盛之時，不料"文革"後再訪北京，訪問鄰里，知聶家已絕戶，全家死於"文革"。而我認識尊夫婦，正是由聶家老太太引見，見面於聶家東院。當時振鐸、永璧一雙璧人，風華正茂，以後便未再見面。1976 年再見於天津，正當我們"文革"房子被搶佔，局處於一間學生宿舍中已近 20 年，未想到有落實政策的一天，而今居住條件較寬時，彼此已都行動不便了。可見天下事，多少事都是出人意料的。我一時回想過去，囉嗦了這一段，說明人老慣於思舊事，而今的來往人，都是 80 年代就相識了。顧之京夫婦，也不常來往，同她的父親雖從 1953 年後在天津同事，但 1958 年"運動"頻繁，他即死於"運動"中，人際關係從此便不正常。顧的姐妹，也從不來往，不料卻是你的同學，在京於紀念會上相見，實出意料。

劉燕父母原在北京時，劉燕妹妹還是童年，1935 年春我們結婚，劉燕為我們拉紗，他父母也在場，抗戰以後即各奔東西，不料 1949 年表叔至東郊土改，邂逅劉燕，他已父母雙亡，成家立業了。我們寫信讓他來保玩幾天，他因工作脫不開也始終未如願。現在除非借公事出差，私人遠途走親戚已很少見，所以便是別時容易見時難了。以後只能信

上交談吧！順祝

春祺！

魏子明、于月萍

91. 3. 3

十七

永璧、振籜：

　　年也過啦，節也走啦，才給你們回信，原因是老年人過年，一年不如一年了，人來人往的，書信往還的，實在太累了，你們應該記得我已經八十五歲，表嬸也七十八啦，八九十歲的一對老人，怎麼受得了哇！不是訴苦，為得請你們原諒。

　　表叔學術活動社會活動嫌多，人還沒有死，推也推不脱，在親戚門裏，從我的舅父算起，恐怕要比較特殊點兒了。不是不到北京開會，可是一開會就日子排得滿滿的，總擠不出時間來，咱們自己人沒有車子（永璧還能拉振籜呢），公用的交通工具（譬如校車公車）不好私調。

　　去年在"顧隨先生紀念"上就是一例，看到了你們兩位，便是偏得，可是不能總有這樣的機會呀，所以縱然很想你們也是白費，我們腿腳不靈俐了，跟振籜差不多，你們又不能到保定來！今年再找時間吧，看看六七月份怎麼樣。吉林、哈爾濱的老親，如劉、趙、孟諸家的常有信嗎？

　　我們的生活倒還可以，這兒的水好，空氣好，蔬菜好，人也不像北京那麼擠，很適合老人住，京、津、保一大區麼，畿輔之地，魏鐵華一家住華北電力學院（他是那裏的副教授）也顧不上我們。彩霞畢業留校在外文系當教師,跟我們在一起,也算是領導上在照應啦(他才廿二歲)。

有合照嗎? 近來的,寄來一張以慰渴思,先郵去我們全家的合影留念,即問

近好,問劉晏好!

表叔嬸魏際昌于月萍

十八

振鐸、永璧:

你們好,光陰真不饒人! 表叔老了,你們也年逾耳順了,差幸我們還都健在,去歲你們魏家的大嬸、三叔便先後辭世了,現在你們父一輩的老人恐怕只有孟大姑父和我了。回首雞塞前塵,不勝悽愴:

我和你們的表嬸,一個八十六,一個七十九,身體也都不好,真是風燭殘年,朝不保夕啦。可是不能常見,實在悵惘。

永璧健在,振鐸得助實多,我們就說不上了,兒孫都指不了。如果不是黨和人民養活著,恐將早已交待啦。

因我年歲過大,遠地學術會議,省裏已不准參加,也是保護的意思。

永璧好一手科技,振鐸亦文思洶湧,可惜都未得充分發揮,是誰之過歟?

我的零活兒不少,這個要文,那個要詩,說是留個紀念吧,笑話! 三五年內還死不了哪!

手頭的詩文稿還有百多萬字需要整理,所以也閑不著。當找個時

間去北京看看你們。

　　振鐸的近照很精神,怎麼沒有和永璧的合影? 也寄上我們的一張留念。

表叔、嬸

附趙永弼、劉振鐸來信兩封

劉振鐸來信一封

二叔、二嬸:

　　接到霞姪來信及照片,得知近況,甚為高興。二老不僅體格硬朗,工作亦如常,令姪女既羨且愧。當以二老為楷模而學習之。侄女目前除忙家庭瑣事外,唯讀書以自娛,或則探親訪友,共話今昔。亦經常有至親好友來訪,學生們也不時三三兩兩前來探望,且有需要時,尚能享到"有事弟子服其勞"之樂。每年十月輔仁大學校友會舉辦返校日,侄女年年必去參加盛會,當年同班學友經常相聚者可十數人,鶴髮童心,歡談笑語,亦誠一大樂事也。總之,姪退休後,生活尚屬充實愉快,頗不寂寞。所憾者右腿致殘,至今行動不便,欲拜望外地長親之心願不能實現耳。

　　霞姪已就讀河大外語系可喜可賀,不知主修何語種? 觀照片上亭亭玉立,已不復辨當年童稚時面目了。上次去信前本以為霞姪如考取北京某大學,來京報到必會至舍下相見,直至九月中旬並無消息,亦不知舉家已遷津否,故匆匆去短箋探問消息,今盡悉近況,便放心了。望有遷津消息務必告知,二老能有機會來京少作逗留,更所至盼。今再將由北京站到家路綫說明一下，一般乘 103 路電車至西安門下車，過馬路進惜薪胡同一直迤邐向南（不要中途拐向岔路），約行十分鐘便到。但如電車太擠，不妨乘小型公共汽車駛向動物園者，到西安門招呼一聲下車便是。如果是事先知準確車次和時間，則請來信，永弼去車站接就更萬無一失了。

今年夏秋之交拍彩照一卷，今給二老寄去三張，其中室內生活小照二張，雖加洗照片色彩較差，總可窺見目前生活之一斑，以慰二老也。別不多稟，即叩

福安！

姪女振簜敬上
87. 11. 24

趙永弼來信一封

表叔、表嫂：

忽得手書，激動不已。心情久久不能平靜，不能握筆作書，故致未能立刻回信，乞求原諒。

自振簜去世已將三年，在此漫長歲月中苦心煎熬，日子很不好過，孤身一人，舉目無人，實為淒慘。

於年初三月份北京電視臺在人事局檔案中查到我這"美國洋奴"，把我請去為兩會和克林頓訪華的外語廣播稿作翻譯，並非因我外語水平高，是他們要一個既會外文又在漢語中有一定水平，並知英美國家的民俗習慣的人。因現在學外語的人在漢語方面稍不足，有時錯誤百出，在情不卻的情況下勉為其難，為電臺工作了三個月，以後就不幹

了。一方面因為工作多半在夜間,第二風險太大,萬一有一字一句不慎,我這"國民黨的殘渣餘孽"可吃罪不起。不願再找麻煩,雖然報酬頗豐,但我要錢何用?

還有一個多月就到振鐸三周年了,在這三年中,她的形象老在我眼前出現,她的骨灰,仍供在家中,我不忍她一人獨在荒郊野外受風吹雨打,等我死後一起埋葬。好在墓地已修好,離市區不遠,方便得很。五十年的夫妻同穴而眠。

在這三年中,每逢忌日,我總是把我的一年思念之情寫成文字,焚於她遺像之前,以寄哀思。

一周年

君死我亦死,君生我亦生。
此心即屬君,生死與君共。

二周年

今生成永訣,來世不可期。
紅塵為一夢,已是斷腸時。

三周年

浩浩愁,茫茫劫。
一曲終,明月缺。
一縷香魂無斷絕。
是耶?非耶?
化為蝴蝶。

我現已七十有七,身體健康情況尚好,無病症,每餐可食主食半斤,請二老勿念。

多年不見很是想念,現長我者之長輩僅有二老,別無他人。明年天暖時可能去保定探望以慰思念,望來信告我到保定下火車後的路綫。如何到河北大學。(寫信不便可否請表弟等代筆)

不多寫了,衷心祝願二老福壽安康。

我的電話(010)66088126

侄趙永弼叩上

1998. 12. 2

致武尚仁等信四封（附武尚仁來信一封）

一

尚仁吾兄：

連得華翰，始悉吾兄近況，浮想聯翩，口占七古一首敘闊。

得尚仁書，喜其無恙。追思往昔，詩以志之

憶昔髫年論交時，英姿颯爽舉紅旗。

慚我冥頑渾無似，連天烽火事唔咿！

再度京華已十載，撫膺長歎鬢有絲。

君之復學計最得，椿萱並茂樂曷極。

縱令中饋欠修潔，長男苗壯慰父慈。

津沽留榻如昨日，文史資料代蒐集。

祇恨鴟梟毀竇友，燕雀無力助棲息。

自此荏苒復河漢，遭逢大故非一夕。

君既韜光歸鄉里，某亦養晦滯北冀。

青山雖老白頭在，綠水涓流且漣漪。

皓月當空繁星拱，紅花爛漫草披靡。

寄語五臺懺悔者，暮鼓應不後晨雞！

人老念舊，何況於兄。並人之在津市者，如梁永康（與弟比鄰，現亦病休）、溫宗祺（為外語學院院長），亦不時詢及吾兄，是兄並未離群而索居也。

月萍開學後已去保定,津家只弟帶一小孫女居留養痾,醫藥而外篇簡自適而已。七三年雖曾去太原一次,忽遽間未覓得吾兄舊居,不然早可以取得聯繫矣。

文化大革命後,京津科研文教機構紛紛外放,亦未意思明原地不動且又結褵了。"人間正道是滄桑",至哉言乎! 病廢不耐久坐,就先寫這點點吧。希望不久的將來即可"把酒話桑麻"。敬禮!

子 明
75. 8. 10

附武尚仁來信一封

子明、月萍兄:

八月間為次子果婚事赴并,近日歸村,始展讀上月手書,欣慰無似,尤以詩篇敘舊,情誼溢於紙間,感何可言! 弟雖幼喜誦詩,但未諳格律聲韻,亦未嘗習作,為盛情所激,強為以奉,但求斧正,不慚見笑,要以表情達意耳。

暮鼓寂寥愧囊時,大道亡羊非多歧。
原知失誤平生事,詎料坎坷不得已。
京津再聚情最密,溫涼未曾減分絲。
復學原計回青春,五七愚妄曷其極!
椿萱不耐凋謝去,遺恨無以慰親慈。
思君伉儷高逸風,心潮起伏似雲集。

但願省事加餐飯，紀末爭取延一息。

放眼世界變幻中，奇光異彩勝朝夕。

馬班文章李杜詩，佳構時須是所冀。

往者一去不復進，權把流難作漣漪。

歲到中秋月色寒，草木幾何不披靡？

五臺山麓非索居，且喜海內存知己。

75. 9. 28

二

病中謝尚仁兄遠自五臺饋寄糕面，調寄"浣溪沙"

臘月飛來甜糕面，說是土物供餐飯，五臺風義薄雲天。

沉疴雖露等閒視，未必遽爾還道山，寄語梅花且開顏！

子　明

75. 12. 23

三

尚仁兄：

四月廿一日手示誦悉，尚理弟的愛人來津，我們表示歡迎，因為可以更加清楚吾兄之近況也。

十一號文件天津、保定已經傳達完畢,聞各有關單位尚擬分別成立處理、落實小組。山西乃華主席家鄉,王謙正在勵精圖治,解決此類問題,應不太晚。弟等在佇候好消息矣。

弟雖年已古稀,且又多病,本不想再作馮婦,只是領導上強調老、中、青三綫結合的重要性,老知識分子之熟悉古典文獻者越來越少,輕易不允許退休(只准養病),所以尚在考慮之中。

至於政策落實,自是時間早晚的事。有華主席黨中央在上,保定和河大雖然是個老大難地區與單位,想亦不能獨外也。

為了照顧我的生活,月萍已改在天津上半天班,不去保定。但她的身體年來卻大不如前,瘦且多病,惟精神尚佳耳。

弟之“回憶録”及舊稿之整理工作仍在斷斷續續地進行。知識分子嘛,還能不有聊以解嘲的營生,非必欲藏傳後人。將來兄至京津時,當與老朋友一同晒閱。

梁寒冰已入社會科學院,溫宗祺改任南大第三把手,也算是多得其所的,但亦均非昔日之敢作敢為者矣,仍不免心有餘悸!林彪、四人邦害死了人。

思明怎麼樣了?弟因久未晉京,有些事人一言難盡,不便筆談。所以還未跟他取得聯繫,不過,這個日子也會快的,國慶日前後吧。鐵華已有三個孩子,廝羅不開,把二、三兩孫送來天津,雖可以含飴弄弄,卻也增加了我們的麻煩。

總之,希望許多事情都在今年得到解決,以便愉快地過它一個時期的晚年,想兄亦不外是也。

崇復,即問節安,二弟不另

弟子明,月萍附候
4.25

四

尚仁兄：

侯萍同志來，談及近況，頗為欣慰。蓋吾人以健康不老為第一樂事也。拜讀便箋，愧領老醋之後，尤有紙短情長名產醇厚之感，知交已逾四十年，非細事矣！

弟等邇來含飴弄孫為樂，家務之餘，聊事篇簡，解嘲而已。盼兄於問題解決之後，早作京津之遊，以圖快晤。暑假以前，不擬去保定上班，也要看看政策落實得如何。

請代問二弟闔府清吉，特別寄語利民："在伯伯的印象中，仍是那個天真樸實的二狗。"雖然他已經成家立業為人父了。聽說武老伯父得壽九十二歲，願上同焉。

稍假時日，弟等亦有訪舊計畫。若然，太原實是必去之地，容再聯繫。

崇復，即頌
夏安！

弟魏子明

于月萍

78. 5. 20

致崔殿魁信一封

請空投臺灣"蒙藏委員會"委員長崔垂言殿魁先生。

垂言：

別來無恙。自四六年秋長春握別，屈指三十三載矣，思曷可支！

猶憶八一五日寇投降後，吾人相率回鄉，志欲整頓地方教育，而事與願違，分道揚鑣，至今悵然。

念天下大事，分久必合，往者不諫，來者可追，未識吾兄亦有意乎？東風有便，請賜佳音，弟等引領望之矣。

窗友：伯屏、卓甫、龍先、壽昌諸兄均健在，分別任教於東北師大、吉林大學、地質學院，甚自得也，惟時時繫念吾兄耳。

弟雖不才，亦得充任教授於河北大學，敬業樂群，室家臻臻，可為吾兄道焉。如能移駕大陸，惠然肯來，敬當掃榻以待。

綸三、宣猷、雨師、徽五、藜衡二姊，想俱佳尚，煩代致意，夜不能寐，口占七絕一首，以抒遠懷：

> 三十年前舊板橋，自古誰不念故交。
> 極目蒼茫雲海外，何日青鸞下九霄？

春節在邇，屠蘇遙祝，伏維心照不宣。

弟魏際昌子明　於河北省保定市

80 年 12 月

致蕭軍信一封（附蕭軍、蕭耘來信三封）

蕭老：

　　客歲唐山邂逅，至今引為欣慰。倐而斗柄回寅，柏酒呈祥矣，當祝吾翁健康長壽。"烈士暮年，壯心未已。"弟也何敢後人。春節元日曾放言五古乙篇，以示自勵。録呈大雅方家，敬祈斧正：

自述

七十又加四，已過孔丘年。

未敢狂歌笑，愧對古先賢！

丘也知夏禮，憲章周文憲。

丘也教六藝，三千在杏壇。

老聃演大化，西出函谷原。

莊周夢蝴蝶，漆園舞翩躚。

造物豈天成，五行自運轉。

人生雖有涯，壯志薎坤乾。

學書不塗鴉，佈道須拳拳。

吟詠貴真摯，餖飣賴簡篇。

燈火闌珊處，矻矻一狂狷。

有為亦有守，忠恕兩肩全。

松柏常後凋，金玉潤而堅。

皆可希堯舜，誰肯獨懸懸。

行行重行行,攀登莫遲延。

待到繁花日,扶杖入燕山。

吾兄著作等身,未識近日有何巨製,乞賜《春之消息》,俾某先覩為快。記曾慨允惠贈《八月的鄉村》《生死場》,偏何姍姍其來遲,請代催蕭耘同志一寄為荷?又同遊唐山鳳皇山時所拍小影,亦望見賜。

弟教讀頗忙,假期中亦須趕寫講義,疏於函候,乞諒。耑此即叩尊夫人及蕭耘同志統此安好,不另。同遊唐山鳳凰山時所拍小影能否見賜一二?

鄉弟

魏際昌

2.14

附蕭軍、蕭耘來信三封

一

際昌兄:

得來書,知在病中,心殊忐忑,我輩行進年邁,凡事應以寧靜為好。

兄性急事繁,這是致病根源,能休息便休息,萬勿"拖"下去,是所至盼。

我下半年,要去青島、哈爾濱、上海一行,這也是不得已也。前些日子去黃州,匆匆忙忙轉了一圈,殊無抒情氣氛,一切為了"盡義務"而已,祝愉快修養! 月萍同志均此。

蕭軍上

八六、六、廿七日

二

蕭芸(蕭軍之女)劄

魏老伯夫婦:

　　您好! 謝謝您的來信,我父親很久不給朋友們寫信了,大部分覆信,父親都是母親和我當"小工"代筆。如今他親筆寫了一信給你,可見得您的病使他著急了! 千萬聽人勸,年紀大了要服從"科學"啊! 祝好,多多保重!

小耘,

86、7、3 匆匆

三

魏老伯:

　　您好! 久久沒問候您了,是打是罰無有絲毫冤枉! 您好麼? 我父親問您,"怎麼個好法?"

　　我隨父親剛剛由湖北黃州"東坡赤壁"歸來,那裏召開了一次首屆中國歷史小說創作會議,開的不錯。

去信,有件事必須求您:

82年去保定時,由殷占堂同志曾為您和我父親錄了相,殷同志曾答應送一份錄影帶給我父親……。如今我家有了一臺放錄機,父親就很想再看看這次"保定之行",不知殷同志還記得這件事兒吧？求您幫忙問問,等著您的好消息吧,這錄影太珍貴了。

問候伯母及家人們好!

蕭耘
86、6、6

送一張我父親的近照給您,這是"東坡赤壁"公園內"二賦堂"裏攝的,老人的身後是兩人多高的大木影壁,正、反兩面鐫刻有《赤壁賦》,此照為《前赤壁賦》。據說當年蘇東坡先生貶職到此,幾乎天天到此園林中一遊……

(有的小年輕兒競念成"東坡赤壁、二賊堂"! 多逗……)

致方勇信三封(附方勇來信一封)

一

方勇同志：

前後三函及大作《中國古典文學論要》，均已收見。屈己以弟子相稱，實不敢當。吾輩以文會友，可以為忘年之交，故不必拘拘於舊俗也。

君對於古典文學造詣頗深，不只融會貫通，抑且精微博大，為時下所罕見，恨相識之晚焉。至欲考某之研究生當然歡迎，但不知已報名否耳？

按規定應於浦江當地報名、體檢、政審、代考，惟云尚未取得"准考證"，不知何故？保定地區報考業已截止，如履行手續不夠，可以酌情補足。

請將學歷等項按照要求寄來，供某參考。大作在粗讀一過以後，業已簽呈校系負責人審閱，事畢自當璧還，可釋遠念。某因省內外學術活動甚多，日前方歸，所以稽復，乞諒。

不管來日如何，願與君作文字之友。或能設法同地切磋，則更善矣。君之外文修養奚似？英、俄語能過關不？聲音訓詁之學，自當不在話下。不盡匆匆，即問

冬祺！

魏際昌

83.1.5

附方勇來信一封

魏際昌教授道席：

近者辱領翰示，悉心教誨，淺陋之人捧誦再三，不任區區景仰之至，雖來日不配教授門下，願終身私淑焉。吾親友、同事、領導得觀，亦莫不欣喜焉。然吾學識淺薄，兼接教授均函，信心百倍，終日杜門復習，身體疲勞過度，又搭貨車赴考於二百里之外，一路備受顛簸與風寒，英語考試正值感冒發燒之際，後經診治，漸漸轉愈。故各科揮筆不能如心，將有負教授之望矣。

吾祖父執教私塾，家頗有藏書，故吾自幼得以染指古籍。入庠序，學出同窗之右，為人所稱。然祖父曾入國民黨藉，雖身已歿，吾則不得入高中矣。吾發奮自學，不時練筆，所作屢為報刊所選，故名重鄉間，後為大隊公社所薦而入金師。此十八歲前之事也。

厥後，吾不復投稿，志在韋編三絕，至於廢寢忘食也。而時尚"批白尖"，素為人所譏。然吾自重，不為所移。學畢，任教高中，至今時已六載有半矣。吾絕賓客之知，忘室家之業，寒暑易節，未敢有懈怠之意也。吾節衣縮食，四處購書，無置家什可言，更無論有半文積蓄矣。故人多謂我固執，不善與世推移。

嗚呼！吾心志學，可謂誠矣。而立之年，忽忽焉將逮，而猶未有所樹也，復何望乎不惑與知天命也哉！去年以來，吾自朋友處數次得見研究生專業課試題，乃悟曩昔無名師指導，所趨彎路甚多也。若治《周易》，連八卦亦皆細細研讀；治《尚書》，心力遍及各篇及其注疏；治《論語》，力求背誦；治《楚辭》，不敢放過《章句》《補注》《集注》《通釋》；治《昭明》，心幾及於全書；治《文心》，用力遍於五十篇；治《史記》，力及各表;治《說文》,費心半載。雖若《前漢》《後漢》《三國志》《宋書》《梁書》《水經注》之屬,亦皆羅於必讀之列也。今竊以為如此遍覽,非報考碩士研究生所需。此乃無師之患也。

　　韓昌黎謂,古之學者必有師,師者所以傳道授業解惑也。此論誠非虛言。若衡湘以南為進士者,皆以子厚為師,其經承口講指畫為文詞者,悉有法度可觀。又若元末宋濂,乃金華人氏,負篋曳屣,來吾浦江,居於青羅之山,持經叩問,先後拜於吳萊、柳貫、黃溍門下,終為有明開國文臣之首也。吾未曾深造於大學,更無碩師與遊,乃野生之物也。故吾至今仍"路曼曼其修遠兮",胸中不解之惑填積甚眾,又無路求教於名師。故復試之日,淺陋之人乞能幸見教授尊顏一面,日後必有長進也。拜讀賜書,皆獎挹後進盛意,故今乃敢具道所以,以冀先生垂察焉。奉近照一張,以表誠心。

　　敬請

春安!

後學方勇再拜頓首

八三、三、七

二

方勇同志:

　　七日手書及玉照均已收見,謝謝。

　　看來你的入學筆試不甚得意,但這沒有什麼關係,語云"考試無常",單憑這個是反映不出來業務水平的。仍應具備信心,靜候通知。雖然我現在還不曾開始閱卷。

你的《論要》我已流覽一過，並且做了一些論贊，"以文會友，以友輔仁"嘛。獲益匪淺，確是"後生可畏"，非盡客氣。因為你的青年生活跟我有許多相似之處，譬如古代文學的基礎，是我的祖父給打就的，他是位老貢生。

當然記問之學不足以驕人，我們要求的是從感性認識到理性認識。毛澤東同志所說的"由表及裏，由此及彼，去粗取精，去偽存真"者是。這是研究古代文學不可或缺的科學精神，其目的就在於"推陳出新，古為今用"嘛。

如果算是缺點的話，我看，對於馬列主義和毛澤東思想的文學藝術部分你還學習得不夠，因此就不能以他們的革命文學之"矢"，來射你這研究古代文學之"的"了。我有一些正面的感受，將來再談。

家庭出身問題不大，朝氣蓬勃才極重要，我年已過孔丘，尚未有"西狩獲麟"之歎，何況你呢？倒是孟軻的"吾善養吾浩然之氣"的勁頭兒和"說大人則藐之"的風格，值得你培養。固然不能自視太高，但也不該妄自菲薄。

孔子說："文王既沒，文不在茲乎！"我們說："江山代有才人出，各領風騷數百年。"黨中央是如此地重視知識和知識分子，吾輩豈可河歎？玉照清秀，書生本色，好學深思，信不誣矣。也回贈小照一個，使君見我"廬山真面"。問好！

魏際昌

83. 3. 14

三

方勇學棣：

昨獲通知，你已被破格錄取為河北大學中文系“先秦文學”專業的研究生了。祝賀你戰鬥成功！

除學校另有函電正式相告外，特為知會。可以準備九月入學，便中不妨進修一下外文和聲音訓詁。

八月初我將代表河北省語文學會到大連參加“屈原學術討論會”，須中旬歸來。問好！

魏際昌

83. 7. 7

致徐儒宗信一封(附徐儒宗來信一封)

儒宗同志:

手教及詩文誦悉,感受極深,何越人之多才也。昌年過尼山而造詣無似,謬蒙垂青,實為慚赧,"托於龍門"云云,則吾豈敢!

吾人既屬同道,允宜絀長補短,以文會友,蓋"古之學者為己,今之學者為人",孫卿固已先之矣,生當二千年後,曷可忽之!

方勇與君出身畎畝,非"肉食者"所能比擬,"吾不如老圃,吾不如老農",即某亦何莫不然?此當引以為榮焉。

古人自學成材者多矣,《論語》云"不憤不啟,不悱不發",君等生在新中國中,長於紅旗之下,歷史條件勝某多多,遑論吾輩先人。

但亦有不能已於言者,則毛澤東同志所謂"推陳出新,古為今用"之道,君等尚應多加體會,否則精神文明何由建設?

"江山代有才人出,各領風騷數百年",吾人雖不可妄自尊大,而"太上立德,其次立言,郁郁乎文,大業當先"之義,早已知之甚稔,"當仁不讓"。

"皆來"前韻具在,亦和五古一首示意,題即曰《來》:

錢塘海曙雲霞開,後浪追蹤前浪來。靈秀獨鍾范蠡子,伍員畢竟是殺才。燕趙古國亦多士,高歌易水真慷慨。杏壇設教某豈敢,以文會友常自愛。寄語南天負笈者,老夫引領黃金台。

　　君之《馬說》脫胎於昌黎而憤懣過之。愚以為"有志者事竟成"，年方而立，"向前看"可耳，何必多怨！

　　某俗冗較忙，石家莊評審職稱歸來，又須去承德主持古代文學會年會，稽復為歉，即問夏祺！

魏際昌
83. 5. 30

附徐儒宗來信一封

魏教授台前：

　　前蒙先生辱賜書教，不勝感愧之至。因先生云將赴承德開會，故未及時奉復。後又幾經耽擱，以至於茲，不敬之罪，還望宥之。今方勇友過訪，托以向先生問候，並順便勿致一函，望垂鑒焉。

　　我最初自學，本從攻讀四書、五經入手，亦以對此較為熟悉。後乃涉獵文史諸子。為今之計，思欲以系統研究"孔學"為今後奮鬥方向，未知此路可行否？如或可行，又應如何著手？應注意哪些問題？……等等，仰望先生指引賜教。以及國內對此有何研究組織，亦請介紹引薦為盼。

　　我幼而失學，無師指導，雖有志於自學，而迷途實多。今得先生垂青，信畢生之幸也。雖無緣致身先生門下，朝夕執弟子之禮，而心實嚮往之。苟先生不棄鄙野而時賜教焉，則造就之恩，當銘諸肺腑也。

　　方勇友誠篤好學，信為可造之材，今得托身先生之門，猶顏淵之遇尼山,相得而益彰,其前途不可限量。今敬為先生與方勇之師生相遇而祝賀!

　　恭候

秋安!

弟子徐儒宗頓首拜上

八三八月廿八日

致妻于月萍信十五封

　　魏先生與夫人于先生十五劄,自 1984 年 5 月 29 日始,止於 1988 年 9 月 2 日。雖斷斷續續,卻能感受到老夫妻間的恩愛及考察、講學間的見聞。其中從 1985 年 5 月 11 日,攜研究生方勇、李金善去湖北天門參加"竟陵文學會"至 6 月端午節中國屈原學會成立前於湖北、江蘇、浙江、廣東、上海諸地所行路線清晰,且多反映當地風物,平實耐讀。其他記有到四川、甘肅、山西、秦皇島市講學、參加研究生答辯中與聶文郁、匡扶、鄭文、姚奠中及河北大學同事李離、王振漢之交往細節,可作信史觀。

一

月萍:

　　大會今天閉幕了,我因為擔任主席團和大組長一直很忙(晚上也活動,彙報、分析問題),所以沒有寫信。

　　我們已經開始參觀:城內是"草堂、武侯祠",城外是"青山城、都江堰"。美哉蓉城,古跡真多,而且樓臺林立,小吃也好。

　　四川師院亦有林園之勝,伙食不錯,所以雖然累些,營養卻夠,我還是堅持練功、跑步、作操,大家都說我棒。

　　比我小得多的人,都濟不得事啦。四十位專家中,老頭兒佔了三分之一,步履艱難,音聲細小,讓別人代讀論文,真夠嗆!

　　譬如"青城山",山巔海拔六華里,我一氣呵成,走了上去。都江堰的鐵索橋(名曰"安瀾")搖搖晃晃,中年人都不敢走(兩段八百米),我過去了。寫得有詩,回去再說(沒工夫抄)。大會還組織去峨眉山,我參加了,明日出發。廿日返蓉。湖北已決計不去,太麻煩,也太累。

回去搭飛機,直去北京,大約六月三日,可以返保(票價九十九,不比軟臥貴)。這回學術報告只給四川師院作了一次,別處未答應。見了許多世面,瞭解了一些文教動態,看來出省參加學術活動,大有好處。但是身體不行可沒咒念。西大的郝御風前個月過去了,高亨也立了遺囑。

彩霞也別逼得太緊吧,兒孫自有兒孫福,你太想不開。許多老先生都有研究生跟著,獨我沒有,人們很奇怪。

哼! 說什麼落實知識分子政策,淨算經濟賬。辦喪事比看待活人重要,真他媽媽的! 好啦,不牢騷了。即祝
夏祺!

這兒的天氣還不算太熱,常下雨。

子明。

84、5、29。

二

月萍:

電報想已收見。連日開會參觀甚忙,但收穫不小。首先是蘭州依山傍水風景優美,絕非風沙古城,不可久留之地。其次是故人好客,招待殷勤,飯店高曠,飲食精潔,而且在會上甚麼職務都不承擔,以老為辭,輕鬆極了。

大會主席團成員鄭文教授請我吃了甘肅特菜(同桌八人多是研究

員和教授），我送了他一份禮。匡扶和鄭對門，兩家並不來往。我也看
了他們（他的愛人楊娥），送了一份禮，他們很不過意。

聶老（文郁）來了，我們對門而居，同桌而食，堅邀去西寧講學，並
介紹了他的學生現任西寧師大系主任張金亮同志。張是 64 屆北大畢
業生，自稱小同學，人很誠篤，更是堅邀，看來西寧是不去不行了。

此行收穫甚豐，尤其是遊觀方面的：看了"絲路花雨"，就是電視上
的那個，聞見親見，愈感其美。還有"隴劇"《刺梁（冀）》，不是秦腔，可
是唱作細膩，字正腔圓，誰說地方戲不好呢？活了快八十啦，還是頭一
次聽的。

還有，全國書市、全國雜技表演評比大會，恰逢其會。我們由於大
會的安排也都去流覽觀摩了。好書雖然已經搶光，沒買到什麼，看看
場面也不錯啦。雜技卻夠驚人，得"椅子功"金牌的一個女演員，既驚
險又美麗，真了不起。

大會廿五日閉幕，廿六日去敦煌（火車、汽車）150 名代表都去，我
又怕什麼，所以咱們白"拉鉤"了，真是抱歉！昨天遊了"五泉山"（與
濟南的千佛山相似），明天要泛舟劉家峽，已經遊興大發了，下不為
例吧。

我大概須至九月三、四日始能回途返保。自西寧出發（那兒的臥
鋪不難買，何況又有聶老作主），屆時當先打電報。人言這兒果子香，
可是白蘭瓜也不怎麼甜，竟吃不到蒲桃。有詩一首祝賀大會開幕：

> 漫道西隴舊苦寒，金風送爽玉門關。
> 皋蘭山下花樹美，黃河岸上燦新顏。
> 樓臺到處飛韶樂，市廛終朝話豐產。
> 濟濟群賢不後人，唐代大學共鑽研。
> 李杜光芒今猶在，韓章華章豈美閑。

酒泉張掖稱古郡，秦皇漢武都一般。

烈烈紅旗當空午，日月雙輝旦復旦。

我欲因之歌四化，繼往開來寸心丹。

就寫到這裏了。問

你好，彩霞要乖。

子明手啟。

84、8、24。

三

月萍：

28日到了敦煌。一路上軟臥，遊覽車穿行於瀚海、陽關之中："一片孤城萬仞山"，"平林漠漠煙如織"。不是耳濡目染，不知大西北之壯觀也。嘉峪關晨看日出，沙柳稀落於大漠，敦煌縣則是祁連山下之綠洲矣，不來看看，豈不失之交臂。

明日參觀莫高窟，預備在此地停驂三日，九月一日回蘭州市，二日去西寧。這裏空氣較稀薄，溫度早晚與日中差距二度，並不十分冷，也不荒涼，可見聽景不如見景也。同行者多患頭疼感冒，小發燒，吃不下去飯，我則完全沒事，大家都說："真經得起考驗，話不虛傳。"

哈密瓜、玉蘭瓜天天吃，保定的西瓜簡直無法相比了，而且價廉物美，回去當帶幾個讓你嘗嘗，新瓜香甜無比呀！

子明匆匆，

84、8、29。

四

月萍：

今天同聶老到了西寧，雖然地勢高達海拔二千二百米，但是我的自我感覺良好，毫無異樣，經住了考驗。

住到師大宿舍裏，招待所還可以。明後天作兩次學術報告，題目是"談談中國古代文學之美"（從語言文字到文學藝術）。

吃飯由聶老招待，聶老的老伴也很熱情，身體有病。雇了個十八歲的女孩幫忙。他們的小兒子和小女兒夫婦住在一起，很是熱鬧。

我準備六日動身回保，約八日上午可以到，詳細車次須票到手以後再電告。學校開學了，你一周五節課夠累的，注意身體。

大西北之行，收穫極為豐富。①到了敦煌，②過了陽關，③看了莫高窟，④又遊了西寧，詳細情況見面再談吧。

王振漢這回表現得不錯，對我很照顧，一直背包提兜的，送我上西寧的車（他去鄭州小住五天），我可能先到家。

西大、津院和河北講習會的舊學生，到處都是，系主任、副教授、副研究員很多，已經數不清了。吳福熙、張清華、傅光……

這就是教書的好處，參加學術會議的好處，"以文會友"，樂此不疲。又寫了幾首詩：《到陽關》《策杖莫高窟》，沒工夫抄了。也照了許多像。

鐵華想已回來了，彩霞也上高中啦，不要管得太多，對家裏，對外面，不要總動真的，冒傻氣，又寫了不少。問好。房子的要訂准。

84 年 9 月 3 日，
子明於西寧師大招待所。

55

五

月萍：

　　金善之函想已收見。我們已自天門回到武漢，"竟陵會"開得相當圓滿，華北只我一個代表。張國光說有我就足夠了，朱某也想要參加，因為他道德敗壞，名聲太臭，連八月的北戴河會也未考慮他，看來聲譽還是要緊的。武漢去天門途經孝感、應城兩縣，約三百里，走了四個多小時，因為湖北的公路太壞，車行顛簸這邊。

　　這邊早了一個季節，小麥已經曬黃了，據說今年可慶豐收。天門招待所的伙食不錯，可以吃飽，每晚還有"花鼓戲"看，趕上下雨天，天氣並不熱，穿上夾衣還涼哪，大會錄音、錄影，又把我擺的比較突出，參加主席團時，參加主席團大會作了專家代表發言，我很不習慣。武漢大學的劉禹昌教授也來了，相見甚歡。程雲兩夫婦又去北京洽談詩劇出國演出事啦，沒有見到。煙、酒是叫金善、方勇送去的，也算還了禮。毛慶也去江陵籌備"屈原會"了，不曾見到。今天又叫兩個研究生去東湖，問一下"匯款"何日收到的。因為明天上午我們就要去廣州了，誠心要看看海波他們，以表"親親"之誼（十一日在去天門前就給她發了信）。

　　飲食起居，一切正常，藥也照吃，自我感覺良好，不必掛念，到廣東後再報告行蹤。問好，彩霞要乖。

子明，
十七日漢口濱江飯店

又：武漢水果也缺乏，黃瓜下來了，四毛一斤，天天吃；豬肉一元七,可以挑肥揀瘦;煎包、鍋貼、米粉、炸果子、稀飯、豆漿,還有餛飩小吃甚多,不賣熱牛奶;去了廣州的車票,還有 170 元(說的是小李的 500 元);我給海波買了武漢特別點心,用洋 15 元。

<h1 style="text-align:center">六</h1>

月萍:

　　武漢一函,計達。我們十九日上午七時到的廣州,車上硬臥換軟臥(長沙以後),列車長給了照顧,總算沒有累著。

　　海波、崇大都在,他們四間房子,即在越秀山旁,住的是七樓,房中電器設備齊全,彩電、天棚、電扇、電冰箱、收錄兩用機齊備,十足的港化。

　　相見甚為歡暢,因為房屋寬敞,生活方便,他們也堅留,我就住下了,沒再找賓館。兩個研究生住煤炭招待所。海波還打算陪我去深圳。

　　兩個甥男也都出落得很漂亮,文瑞高中二,文英初中三,功課平平,有些嬌氣,不過對我很親近,"姨丈"叫個不停。我每人給了廿元,這個錢是要花的。

　　我們可能廿五日離廣州去杭州(有直達快車),如果軟臥買不到,崇大主張我改坐飛機先去杭州等。崇大廿四日去北京開會(上海票尤其難買,也有直達)。

　　海波,已經上半天班了,家務繁重,意興索然,準備到五十五歲退休,決不牽連。她說她是小知識分子,跟姐姐、姐夫不一樣,我勸說她不要消極,她反而說我才不像你們這樣的玩兒命的幹哪,留著老命多享受幾年吧。她說她想走親戚,可是脫不開身,想要接姐姐來住一個時期。

崇大也說孩子們念書念的不好,想要送他們出國找姑姑(在美國念中國史,中文半通)去,海波不顧念,全家都走,如何辦法,還沒定下來。

為了你入黨,河大來向海波調查了兩次,她祝賀你解決了問題,可是他們自己都不想再要了,海波尤其傷心!先寫這些,我再替他們看家哪。

風氣到處一樣,搞歪門邪道的多數是有權位的人,走後門、拉關係為子孫謀福利。據說六月一日為限,包括中央在內,老幹部都須下來,否則不予優待。這裏已是"金錢美人的世界",甚麼大學、研究生,連文瑞都想出來工作(開汽車,當服務員等等),鬧個"現接利"。海波讓我勸說兩兄妹一陣子。文英說:"知道姨媽姨丈有學問,但我們這一輩子恐怕也熬不上個教授,別的還有什麼用呢?"她倒想學學文史,可是離我們太遠,海波說:"教不了。"

廣東天氣不算熱,仕女的服裝倒時髦的很,也很講究打扮,她們說我"太古板了,老實的可愛"。說讓我代筆問姨媽好、小侄女彩霞活潑。明天去深圳作二日遊,回來再說。

子明,
85、5、21。

七

月萍:

我在深圳給你寫信呢。我們是昨天到的,今天下午就回廣州。這不是窮教書匠能呆的地方,生活特高,非錢莫辦。舉個例子說,一頓飯

（盒子）要兩塊，還吃不飽，一宿房費卅元，還看不到電視。

這個新興的城市，只有高樓大廈，港貨，外國貨，少爺、小姐們打扮的怪模怪樣，又說的一口廣東話，真叫人看不上眼。問題更在於它是一個消費城市，建築器材、技術人員、日用百貨都得從外邊運來。生寡食眾沒有前途。

黎明祥我們見到了，已經當上了經理（深圳神州文化藝術發展公司），還有個漂亮的女秘書劉俊英（30歲，天津人，很俏麗、精明，兩個哥哥都是港商）。老黎陪我們去了蛇口，欣賞了珠江三角洲，隔一座山，那邊就是香港。

海波給我買了去上海的軟臥，廿七號上車，這個小妹妹對我這老姐夫，可是賣了力氣，主動給了我100元港幣（我雖然不曾動用）以備購物之用。辦了去深圳的證明，同到車站買了票，還打算接你來哪，說在秋後。

這裏的深圳大學有名無實，缺乏師資（沒有教授）。學生半工半讀，念學分，對教師採取聘任辦法，卻是不錯的。惟教職員工分三派：一、校領導是清華幫；二、教師多中山大學出身的；三、職工則為廣東深圳人（華中工學院也有一部分）。

這裏風傳鄧小平在全國教育工作會議上的講話，很有指導意義，已在開始佈置討論，不知我校如何？大概老的要退休了，但須有妥善的安排。中山大學有的老先生講："淨等著這一天呢，早想不幹了啦！"看來我出來"周遊"，恐怕也是最後一次了（零碎參加學會活動不在此限）。如果時間可以拉長，只要路費夠用，我想開完"屈原會"再回保定了（江、浙、南京各有一個禮拜），路上一共也要一個禮拜。

身體麼是滿可以支持的，而且面上見胖了，大概是出來活動的好處，請不必擔心。東西沒什麼可買的，風衣據說出自上海，廣東不大用它,天氣太熱。這兒的鮮荔枝、芒果都上市了,只是太貴,荔枝三元一斤,芒果一元五一個,香蕉一元二。囉囉嗦嗦,就到這裏吧,下次信到上海以後再寫。問

好。學學海波,對子女一點也不管,何況咱們的小霞是孫女。

子明,

85、5、23,

深圳敦信大廈

八

月萍:

　　今天飛到了上海,海波送我到機場,一路平安,七點半起飛,九點一刻就到了,上海的天氣比廣州差了七、八度,不穿袂衣服不行啦。

　　海波給你買了件風衣,只用了 25 元錢(不讓買不行,是實心實意的)。還帶我看了南湖(林立果設立偽中央的地方,山清水秀,是個絕好去處,他們真能造孽)。

　　黃花崗、中山紀念堂、五羊嶺也都去看了,還照了相,都是海波親自出頭,這個小妹妹可真能幹,坐上客長滿,裏裏外外一把手,而且是單打獨鬥,崇大已去北京,兒女都不幫忙。

　　上海的旅館很難找,兩個研究生毫無辦法,廣州是靠的海波,上海就沒咒念了,我們打算停上三天就走人(學生是坐火車先走了三天,同時到達的)。下一站是杭州,還沒買票哪。住的是 16 人一間的宿舍,上、下鋪,2.5 元一天,飯也很難吃,擠不上,不過生活也比廣州低。我也買了一件風衣,條絨的,不如你那家好,18 元,黃色的。

　　打算看看"魯迅紀念館"、"復旦"和"華東師大",這兒的市容無大改變,南京路還是老樣子,貨色並不齊全,就是人多。詹鏌要來,你叫他來吧,來了要後悔的,不是說笑話。

　　先寫到這兒,又要告訴你,自我感覺良好,包括在飛機上,不必躭心。海波說出門在外靠吃藥不行,特別是 1860 一類的片子,要吃吃停停。這兩天沒吃,倒頭清眼亮。

　　那一天,都步行近一萬步,這叫強迫運動,知注特聞。又大鐵盒子餅乾,海波說是陳了,都給我換了新的,真細心(魚和雞也都新的活的買來做,說不敢讓姐夫吃不好)。

子明,

五月廿八日於上海旅社

九

月萍:

　　我現在是杭州西湖邊上的衛生局招待所內給你寫信,是方勇同我一道來的(小李已先去了蘇州,他已到過杭州了)。卅日上午搭火車,經松江、嘉興、海寧、餘杭等地始達,票極難買,坐的是慢車,還等的退票,走了八個小時(逢車就讓,包括貨車),好在有座。

　　杭州天氣涼爽,夜裏須蓋棉被,生活比上海便宜,上海比廣州便宜,廣州比深圳便宜。黎明祥請吃一頓白餃子,就用了 15 元,三塊錢一斤哪。我在敦信大廈招待他,早、晚餐各一頓,還有來往蛇口的汽車費,一共就是卅多元,簡直是在"吃鈔票"了。

　　海波家更不要說,前後住了五天,給孩子錢,買禮物,請汽車司機

（往返南湖），偶爾帶點肉菜，也是一百掛零兒。人家講排場，沒有少花錢。我們雖作客，多年不見了，也要過得去。不用說別的，文瑞、文英兩個孩子的冷飲錢，每日四元上下，咱們就供不起。

卅一日，遊了西湖的南湖，白堤限度以內的景物：靈隱寺、北高峰、岳王廟和墳、保俶塔、飛來峰、西泠社就費了一天的功夫。六月一日，遊北湖、三潭印月、花港觀魚等名勝在內，湖山湖水最勝，濃妝淡抹咸宜，真是秀色可餐，名不虛傳。

打算三日到紹興，巡禮一下魯迅的故里（他在虹口公園的墳和紀念館，我們都去過了），此外還有老城隍廟、外灘、江灣等地，十里洋場已然破舊，不要說深圳了，廣州都比上海繁華。復旦大學倒不錯，可是比不了武漢大學，中山大學也氣魄不小，至於河大那就愧煞矣。

大概六號可至蘇州，停它五天，十二號轉南京，住上五天，然後乘江流溯江西上，二十日到江陵報到，月底經武漢回保（我也可能再坐飛機到北京，這樣就功德圓滿了）。交通費生活費均上漲了，比來比去，只有窮教師不如人意，叫小李打電報要那三百元啦。

你也給我附上幾十元吧，我買了點茶葉、衣物，"津貼"了兩個學生的伙食，還顯得很縮（小吃、小住），只有這點經濟力量，他們兩人就更提不起來啦。下不為例，誰叫咱們趕到點子上了呢？好在行程已過一半，身體還可以。不囉嗦了，擱筆，問

好。

子明於杭州西湖

可以給海波寫封道謝的信。有什麼囑咐，請武漢市湖北省社會科學院文科研究所毛慶轉好了。

十

月萍：

　　我同方勇在今天(6月3日)乘車到了紹興，這可真是個出人才的地方，上古的"禹陵"，春秋的越王，東晉的王羲之，南宋的有陸游都有遺跡，最使我感興趣的是在這裏發現了"青藤書屋"（徐文長故居）和鑒湖女俠的就義紀念場地，魯迅先生的故居（包括"三味書屋"舊址）就更不要說了。首先是我們到了"咸亨酒店"飲了紹興酒，吃了茴香豆，總之，真令人發思古之幽情，回味不盡。

　　前此，西湖的重要景色，又補看了蘇堤、柳浪、三潭印月、花港觀魚，遊了湖心亭、小瀛洲，還徒步過了錢塘江大橋，登上了六和塔。累雖然累點，精神卻特別愉快。還有一件事，就是方勇的父親和二弟從浦江趕到了杭州，招待了我，非常感謝我們對方勇的教育與關懷，方父很老實，才52歲，方弟也比較聰明，在教數學。

　　我們準備六日到蘇州，飽覽園林之勝，也想看看太湖，只是這些地方沒有什麼古跡，飲食則聽說蘇州的小吃好，杭州都是冷菜（不現炒），紹興的酒好（出口，火車站到處堆的有酒罈子）。書則買得有《徐文長的故事》（此書久已不印，圖文並茂）、《紹興先賢集》（上、下）和一些難得的畫片，淨是些意外的收穫。不怪當年司馬遷說"行萬里路勝過讀萬卷書""實踐出真知"，聽景不如見景麼。下次信須到蘇州以後再寫了。問
好！

　　　　　　　子明6月4日於紹興朝陽飯店

十一

月萍：

　　我同方勇於昨日（五日）自水路到了蘇州。成心要看看運河，結果是"一日舟上坐"，從清晨五時到下午六時才抵達目的地，這運河的特點是港汊多、大小橋多（何止 24 個）、運煤糧的船隊多，恐怕早已非隋煬時的舊觀了，他為了遊樂，勞民勞財，我們變壞事為好事，把它做了運糧河。

　　蘇州給我的印象是乾乾淨淨，一清如水，環境衛生搞得好，美女麼卻沒有見到幾個。人說西施生活在姑蘇，卻是越產，而且地在蕭山，也非杭州市，這就無怪其然了。蘇州卻有園林之勝，虎丘、拙政園、寒山寺，我們還打算去太湖看看，一個多小時的汽車就可以到達，還有常熟。

　　見到了方兆桂，他到賓館來看我，做了總支書記了，整黨剛剛開始"對照檢查"，他說這個學校的派性也很嚴重，他是後來人，什麼也不知道，自稱"超然派"，可是一做黨的工作，專業就扔下了，雖然也教點書，科研就談不上了，他很後悔，不如在河大舒服，家務也很累，打茶做飯，沒有煤氣罐，生蜂窩煤，自來水管才接上。

　　小蔣的情況跟老方差不多，團務工作忙得要死，愛人小毛還住了院（有肝炎，又要生小孩啦）。小蔣說，他沒有忘記我們，讓我代他問候你，他的家裏很不錯，兩室一過道，廚房、衛生房，已是副教授待遇了，彩電視、立地電扇、煤氣罐應有盡有（比老方強多了），兩家我都作了回訪，他們也都請我吃了飯。

　　我們十日去南京，已經又給家鳴去了信，海坡的意思是："只要他還姓于,便做侄子看待,他說也希望三哥、姐姐採取同一態度,給老四留個後人。"海波、崇大還真有意帶家鳴出國,不過手續不好辦,崇大一家的護照已辦好,在挨個兒等通知哪,情況如何,到南京後再說。

餘下的三百元路費,已電財務處催匯,你於便中可代催問下。路費加價,生活也高,我們"小吃、小住"勉強夠了,到了蘇州雖然只剩最後兩站,南京和江陵,但也不該放鬆,校長批的1800元,他們根本不該扣下三百,能讓熊人望先生帶來也好。

小蔣又在催我到他家去了,先說到這裏吧。問好,小蔣再一次請代問候。

　　　　　　　　子明六月六日燈下於蘇州旅次

十二

月萍:

我於昨日(十日)下午到了南京即寄宿小鳴處,小鳴夜大已卒業,成績不差,正撰寫科技報告中,這個孩子人很文靜,長的也是于家臉型,比家駿漂亮得多,已有對象。

他和母親王淑忠還有姥姥(年八十歲,山東人,很有精神)住在一起,房子兩室一廳有衛生間,去年才遷入的。對於我來,他們都歡迎,王淑忠念念不忘你過去對她的幫助,認為我也平易,非高不可攀。

自然她耿耿於懷的還是汪治,洋治的遭受危害未能完全落實,特別是汪治方面的,因為小鳴為他父親背的包袱很重。這個動力學校過去的領導人也"太左"了,欺負外鄉人,根本沒把汪治的事擱在心裏。

汪治死後,李崇大來去匆匆,沒有徹底過問,連王淑忠都不肯見,海波曾在淑忠處住了一宿,主要的是為了小鳴改正姓氏,對於王採取了敷衍態度,王也很有意見。

經淑忠要求,我也同意,約定後天十三日跟動力學校的校黨委談談,盼能繼續落實(正是時候,各地一樣)。"梁惠王下河東",不能不"盡心"呀。小鳴即不滿意他父親的"結論",盼能重做。

我們大概十六日沿江去武漢(坐船)轉江陵,這已是最後一站了,月底回保(研究生即住動力學校的招待所,這個學校已改專科,設備不錯,環境也美,我每天早上到操場鍛煉)。

小鳴的對象也看到了,人很穩重,這孩子已經準備好自家的"小窩",不跟母親一起過,王叔忠也搞通了,隨他們的便,我告誡小鳴:"母親還是要量力贍養的,為了你,三災八難的不容易。"

老黃(淑忠的後老伴)人也老成,帶著孩子(前房的)住在浦口,一個禮拜回來一天。小鳴還是不叫爸爸,他說:"從小就沒叫慣,又背了許多包袱,改不了口。"實話實說,老黃也不在乎(這個情況同毓賢差不多)。

今天(十二日)由小鳴陪同,看了明孝陵、孫中山陵、靈古寺、玄武湖、夫子廟、雨花臺,天氣不熱,也未出太陽,真是天時、地利、人和,三種條件具備了。一個多月以來,大體順利。

有工夫也可以給王淑忠寫封感謝信,這個女同志,我很同情她,不容易呀,姐夫叫得很親切,人跟人就是要互相尊重,多給人家設想,人家也就關懷你啦。

胡風死了,得年八十三歲,南京頗有反響,有些人認為他冤枉了卅年。而結局不如梁漱溟,造孽呀,亦可以自況矣。南京新建設不多,南大也分散了,工學院最棒。問安,到江陵後再寫信。

子明十三日南京

十三

月萍：

　　上了車就擠得喘不出氣來。站了十分鐘，小朱還真有辦法，居然弄到一張軟臥，還是下鋪，連他也藉口招呼我，坐到外間單座，直到太原（九點二十五分準時）。

　　太原正下雨，奠中同志親到車站來接。住在山西大學專家樓的二樓六號，人家像樣的多，姚老也有發言權，雖然他這個研究所只有兩間房子，一個資料員。

　　廿六日中午，姚家請客。奠中、夫人三子一女，都成了家。老三少雲，女兒煥雲，叫我伯伯，都很熱情。我們初步談商了共同招"博士研究生"的事（擬請青海的老矗，武漢的老劉都參加），由姚發起。

　　我主持朱琦、朱貴琥兩個研究生的答辯，正看文章寫評語中，都是長篇大論，真有水準。看來上屆畢業生葛景春、劉崇德等人臨時湊辦、改題、加改等的辦法，等於兒戲矣。

　　今天校系領導請客，很有面子，因為他們都是姚老的學生，不能不買帳，我的感冒已好，專家的膳食也高蛋白多，一天十元，只是烹調差些，口重（魚蝦沒有鮮味兒）。美、日專家都吃不慣。

　　西大安排了旅遊，好幾個地方，不去不行。我爭取九月一、二日回保，屆時當有電報。姚老的宿舍很寬綽，四個房間，還有過道。姚夫人也是黨員，省市請姚老做民主黨派的頭頭，暫不參加。

　　我們很談得來，他說我精神還像四年前一樣，瘦點沒關係，糖尿不要緊，血壓不高，無冠心病就好，客人來了，就寫到這裏，問好。

子明 8 月 27 日太原

十四

月萍：

26 日晚 8 時安順到達休幹所，住三樓 105 房間，兩人一屋，有沙發，而無電視，據說是 50 元一牀的房間，洗澡也另有地方，衛生間只有淋浴，是太陽能的，陰天不行。

車上同馬大夫同座，從泡茶到吃速食麵都竭力招呼，還有李運衡（舊辦公室副主任）也不錯。李離可苦了，無票直站到天津才補上了座兒。馬到唐山下車，去教法醫學。

伙食不行，4、5 一天，少見精肉，不另外補充點不行，奶粉帶對了。早餐稀飯、麵包（一個，不夠吃饅頭）、花生豆、鹹菜，還好是分食。

下午 3 點開會，才決定活動日程，還沒有同撫寧縣聯繫，有情況後再寫信（只交了 45 元飯費，回程票還得明後日定）。問好，彩霞乖。

子明，
88、8、27 上午

十五

月萍：

阜寧縣委把我接到了縣裏。運午作陪，一日即遊了天馬湖水庫，適值他五十六歲生日，買壽糕沒有，送了詩聯：溫其如玉，仁者必壽（上）；好整以暇，百福並臻（下）。

李毅然也休假回縣（他已是團級軍官），用老山前線炮彈片給我做

68

了個手杖,特別精緻,有紀念意義。這可真是個好孩子,彬彬有禮,對我們幫助他學習念念不忘。

運午的愛人老趙,也到招待所看望了我。縣委領導同志更不要說,夠熱乎的。副書記小侯也是中文系的畢業生,他們打算明年暑假請咱們主持文史專業講席。

縣誌編輯主任康占志,請我作序(即將出版),也不能不答應,另外一位是傅振倫。月底交卷,明天回北戴河,回程票已買好。

子明,

9、2

考察期間,魏先生有詩作十七首,可與劄中所述相涉,識者可從中感知詩作之背景。

過中山紀念堂

革命搖籃是羊城,中山幾番起義兵。越秀峰上白雲閒,黃花崗下碧血凝。清廷王冠終落地,黷武軍閥亦斂形。天下為公誰不曉,聯俄容共好精英。紀念堂前人頂禮,巨相錚錚示永生。繁花燦爛稱南國,居停自可寄真情。

南湖秋色

驅車去南湖,遊人入畫圖。秋色百粵美,風光過北都。蔥蘢多佳木,瀲灩水蓮浮。小城臨淺壑,竹亭傍花塢。又見芳草地,士女歌且舞。翠鳥聲聲囀,滌心遠塵俗。歸途啖米粉,行樂近畎畝。

深圳一瞥

棟廈刺空立,碧水伴青山。的士銜尾飛,龍蟠大道灣。
豔曲充耳鼓,香風陣陣翻。侈口談生意,高坐酒吧間。笑謔
常放縱,狂舞扭腰肩。揮金何似土,須知物力艱。偶入小飯
鋪,價貴驚北天。豈敢點佳餚,且吃麵包乾。十里洋場上,書
生遂汗顏。詰朝趁車去,踽踽望雲漢。

古刹靈隱寺放言

靈隱寺莊嚴,僧人紅偏衫。經說色相空,六塵不污染。
幢塔玲瓏立,寶殿金光泛。天王露怪容,釋迦垂善眼。大千
無淨土,惟有寸心丹。誰見極樂世,永是須彌山。如夢幻泡
影,夫固知其然。此念非褻瀆,佛家亦涅槃。虔誠膜拜者,香
火為哪般?

攀登西湖北高峰

攀登北高峰,扶持是方勇。及巔喘息望,有廟如盤龍。
老樹伏蔭下,神相貌雍雍。小憩轉後山,竹林掩荒徑。蜿蜒
將盡處,茶田葉蓬蓬。婦工正捋采,盈筐快如風。飲之逾半
世,今日始見農。疾趨靈隱側,選購興沖沖。

岳王墳前

一自入闕門,浩氣若有存。玉橋階古道,翁仲侍英魂。
豐碑巍然立,鐵奸跪埃塵。雄偉鄂王墓,陪葬小侯墳。松柏

鬱青青,祭臺花似錦。默念《滿江紅》,不忘武穆心。精忠昭日月,所以勵後人。

西湖雜詠

西子蒙不潔,昔人掩鼻過。湖水患污染,今者將奈何!造物忌妄為,佳氣煩囂躲。舊景已難全,機關插入多。推舟蕩中心,遠山疊翠波。登陸小瀛洲,亭臺三五座。北傍鎖瀾橋,蘇堤獨長臥。三潭仍鼎立,花港紅魚夥。回棹吃湯麵,聊以解饑渴。者番杭州遊,索然其落寞。

六和塔上眺望

錢塘江畔六和塔,崇宏九級鎮山下。迴旋登臨視野開,樓臺掩映水無涯。巨橋飛架通南北,風帆隱隱泛秋霞。想見潮來波浪闊,泱泱滾滾奔萬馬。何幸到處有奇觀,炳炳琅琅我中華。

青藤書屋

我愛青藤書屋,特立獨行拔俗。"一塵不到"真語,"中流砥柱"可書。豈真無功社稷,海防助理胡督。只緣皇家昏暗,羞與奸佞為伍。詩文饒有奇氣,丹青膾炙東土。故事至今風傳,明代傑出人物。

三味書屋

一棟小北房,後壁不開窗。面對狹天井,木桌七八張。

幼時先生座,遙指左側方。東牆掛書袋,仍有舊竹筐。家塾
雖簡陋,入學開蒙養。勝似小閏土,一世作文盲。

咸亨酒店

老樹濃陰中,三間黑瓦房。方桌配長凳,對座飲酒漿。
茴香豆熟爛,花生味亦香。不見孔乙己,念念未能忘。先生
文字高,形象冷人腸。我憐方巾士,嘲弄在鄉邦。偷書不算
賊,斯文無下場。雙腿折損後,匍匐行乞忙。血淚交迸落,泥
首呼上蒼!

鑒湖女俠遺像贊

鑒湖女俠,橫刀鬥法。練兵養士,學校為家。志存光復,
熱血甘灑。英風永在,麗我中華。

會稽多聞人

會稽多聞人,今古俱振振。先言蠡與種,相越強其君。
宋明有陸徐,遺跡里巷存。沈園誇秀麗,青藤天池心。論史
及現代,女俠有秋瑾。捨身愛祖國,軒亭口成仁。文壇稱主
將,巍巍是魯迅。我探其故居,油然敬師尊。老屋二三進,高
臺院內陳。百草園猶在,閏土已無音。漫步登假山,玲瓏清
水潤。先生不寂寞,舉首天地春。

泛舟南運河

久知南運河,隋煬帝開拓。為來江東地,勞民動干戈。

吃人麻髇子,毀地釀災禍。殆其暢通後,傾國事遊樂。錦纜
曳龍舟,鳳舞伴笙歌。往者實已矣,今朝又如何? 兩岸荻葦
動,蕭蕭秋色薄。突突小馬力,船行蕩中波。坐位客擁擠,上
下碼頭多。半日到蘇州,吁氣念彌陀。

觀前街

人說觀前街,四季春常在。士女果如雲,香飛樓臺外。
小吃多什錦,歌舞數裙釵。踽踽涼涼中,老夫無所愛。一杯
清茶水,斜坐聽叫賣。

蘇州園林

蘇州園林甲天下,網師拙政最堪誇:亭臺樓閣巧安置,山
石泉池美穿插。雕樑畫棟何足算,奇花異草點綴佳。賞心悅
目誰家事,富商顯宦有生涯。藝術創造人工美,出神入化大
中華。今日遊觀亦盡性,返本還原信不差。

蔣樂群飯師

小蔣姑蘇人,英俊碩士群。負笈保定日,從我學古文。
今為團書記,東吳舊有根。聞說先生來,喜氣盈其門。話舊
無已時,定日享師尊。親手作羹湯,鮮菜佐雞豚。吾豈少肉
食,真味此中存。舉手勞勞去,念念育後昆。

1985 年的考察共計 50 天,研究生方勇、李金善隨侍。此次出遊、
訪學,幾乎遍及華中、華南、華東諸地區。方勇先生《方山子日記》可作
魏先生家書補充,略整理為:

5月9日，攜弟子方勇、李金善出遊、訪學。下午啟程，文理科同學趙平安、楊保忠、楊禮、萬謙紅等俱送至保定車站，遂登車由京廣線向武漢。

5月10日，上午，抵武漢，先擬訪武漢市文聯主席沙萊。下午，遣弟子方勇、李金善往沙萊主席之住所，預為聯繫會晤之事，不值。

5月11日，乘汽車至天門，出席"竟陵派學術研討會"。研討會至14日結束。其間，由弟子方勇、李金善陪同，先生前往觀覽夢遺澤、譚元春故居、鍾惺讀書處（白龍寺）、天門博物館等。

5月15日，乘汽車返武漢，作為期3天的學術安排。是日晚，遣弟子方勇、李金善往武漢大學，造訪劉禹昌先生，請教治學之道。16日，一同參觀湖北省博物館。17日，遣兩弟子先後拜訪湖北省社科院毛慶研究員、湖北大學張國光教授，皆不值。

5月19日，乘火車抵廣州，作為期2天的學術安排。期間，先生住連襟家，暫作休整。遣弟子方勇、李金善訪學中山大學、參觀越秀公園南越王趙佗遺跡等。

5月21日，乘火車抵深圳。期間，與弟子方勇、李金善一同觀覽蛇口等地，領略新興城市之氣象。

5月27日，自廣州乘飛機抵上海，作為期2天的訪問、參觀。弟子方勇、李金善自廣州乘火車，於杭州略作停留後，是日上午九時趕至機場恭候先生。28日，陪先生上豫園，觀文廟，遊外灘，訪復旦，謁魯迅墓。29日，訪華東師大，遊中山公園、萬國公墓、龍華公園等。

5月30日，乘火車抵杭州，作為期3日的遊覽。是日晨，遣弟子李金善往蘇州預為安排相關事宜，由方勇陪同先生往杭州。31日，由方勇陪同，遊靈隱，登飛來峰，又登北高峰，旋至岳廟，先生拉方勇到岳飛、岳雲墓前，合攝彩色照一張，頗有深意寄寓於其中。復登保俶塔，轉至斷橋，又遊平湖秋月。

6月1日,先生獨自遊錢塘橋,登六和塔。

6月2日上午,由方勇陪同先生遊湖心亭、三潭印月、花港觀魚。下午,乘汽車抵紹興,作為期1日多的瞻仰、遊覽。是日下午四時,瞻仰徐文長青藤故居,先生祇迴留之不能去,既同情其一生遭遇,復敬仰其文章富於創新精神也。旋遊三味書屋、百草園,瞻仰魯迅故居。又上咸亨酒店,點上茴香豆一碟、紹興老酒一斤,師徒且飲且語,話題多在"孔乙己"之上。

6月3日上午,上會稽,探禹穴,觀岣嶁;下午,觀周恩來故居、沈園,謁魯迅紀念館,遊百草園、三味書屋。先生甚欲往蘭亭一遊,候公共汽車於道旁甚久,弟子方勇乃順便問胡適、魯迅先生之異同,先生謂:當年胡適先生來上課,西裝革履,洋派氣象,進教室後,先脫去兩隻手上的白手套,很是平易近人,往往還會去打開玻璃窗戶,通通新鮮空氣,跟女同學說話也是顯得很自然。上課時一口普通話,條理又非常清晰,沒有同學不喜歡他的。他平日的為人很好,有禮貌,也平等待人。他在學術方面的貢獻就更不要說了。魯迅先生的文章,比起胡先生來,顯得更為精煉,經得起推敲,但他上課時總是穿著舊式衣服,眼睛是看著天花板的,而且一口紹興話,讓人有點遺老的感覺。同學有時還跟他開玩笑呢,"周先生,您講課總是不看人的,怎麼把許廣平看到您的宿舍去了呢?"總之,魯迅是人不是神,數十年來所作評價應作反思才是。

6月5日,自杭州坐船經大運河抵蘇州,作為期3天的訪問、遊覽。6月3日下午,因擬往蘭亭不果,傍晚便乘汽車返杭州。5日晨五時半,木船自武林碼頭出發,下午六時抵蘇州碼頭,下榻蘇州大學招待所,昔日弟子蔣樂群做東道主。在蘇州期間,陪先生遊覽地方甚多,至桃花塢尋訪唐伯虎遺跡之際,先生之情感,一如日前在徐文長青藤故居時也。

6月10日,自蘇州乘火車抵南京,作為期4天的遊覽。

11日上午,由弟子方勇、李金善陪同,遊覽紫金山、明城牆、明孝陵;下午,遊覽雨花臺、夫子廟、秦淮河。12日上午,遊覽雞鳴寺、大鐘樓;下午,遊覽瞻園、莫愁湖、六朝諸遺跡。13日上午,遊覽燕子磯、長江大橋、挹江門;下午,遊覽總統府、天王府。14日上午,遊覽明故宮、南京博物院;下午,遊覽玄武湖。

6月15日下午,由弟子方勇、李金善陪同,乘江漢號輪船,從南京四號碼頭起錨,沿長江上溯,17日中午抵武漢,18日乘汽車至江陵,20日出席"中國屈原學會成立大會暨第四屆屈原學術討論會"。在江陵期間,除出席學術會議而外,19日嘗參觀江陵博物館、登江陵城牆,22日遊覽紀南城遺址、觀看龍舟競賽。在這次屈原學會成立會上,先生被推選為常委兼副會長。

6月26日乘汽車抵武漢,28日中午乘火車返保定,河北大學中文系副主任李離已候於車站矣。為期50天的出遊、訪學至此結束,先生謂兩弟子曰:"文章得江山之助,二位的學問,通過這次出訪、遊覽,一定會有長進吧。"

致趙逵夫信三封(附趙逵夫來信三封)

一

逵夫賢棣:

　　成都會上認識了你,可以說是此行最感欣慰的事。蓋吾棣不只在業務上有專精的科研成果,在待人的態度上,也是誠樸動人、非同泛泛的,所以使我念念不忘。

　　自峨眉山中分手以後,湖南的張中一同志像吾棣一樣,招呼我下了山,真是盛情可感。但也給了我一個教訓,以後不要再不自量力幹這樣的蠢事,給人做包袱了。

　　中一同志還陪我看了樂山大佛、都江堰等名勝,直到共返成都,分乘飛機去北京、武漢,以未能再見老棣為憾也。至於做學問,則聞道有先後,術業有專攻,某亦不過"老馬略識途徑"而已,未可以言"巍然砥柱"。

　　棣是有抱負也能向深廣發展的中間骨幹,來日方長,文在茲矣,有厚望焉,不是客氣。我們明年將開辦研究生班(古典文學二十名),希望能多方協助,共為培養接班人而努力。

　　端節前後,寫有長短詩歌數首,既承垂詢,錄如上次,以博一粲,題曰《峨眉雜詠》,凡五言小詩五首(口佔,未找平仄):

　　　　山香滌俗塵，鳥語悅素心。白雲飄渺處，疑是天外人。

（其一）

　　　　拐道九十九，下上鬼神愁。老夫七十七，策杖穩步走。

（其二）

　　　　峨眉稱佛山，寺廟曷巍然。懶觀諸菩薩，神態都一般。

（其三）

　　　　猿猴伴人遊，攀枝近我頭。一片餅餌擲，攫食聲啾啾。

（其四）

　　　　噹噹夜磬鳴，悠悠睡不寧。豈因生雜念，盼他六根淨。

（其五）

　　都江堰小照一張相送，另寄近二年中各地學術報告及我校《學報》
數份，請棣勘正。

　　匆復，即問

夏綏。

　　　　　　　　　　　　　　　　　　　　　　　魏際昌

　　　　　　　　　　　　　　　　　　　　　　　84. 6. 4

二

逯夫同志：

　　示悉。君對《屈賦》之研究已有突出表現，朝氣蓬勃，值得學習。

明年江陵之會，又將晤面，願共為屈子之美盡力鑽研。

　　茲將近來整理之《詩草》（拙著）及《九歌》譯文隨函寄上，請批評。

看到鄭文、匡扶兩先生時，盼能代為問候。

　　耑復，即問

元旦節禧。

魏際昌

84. 12. 29

三

逵夫老弟：

　　函悉。汨羅會，以未能晤談為憾！

　　如今學會風氣不正，歪門斜崇太多，我已經有了"自知之明"，老了，不想再生閑氣！你看，說"太陽自己即分陰陽，並且是男生殖器官的象徵"，說"路漫漫其修遠兮"之"修"為"靈修"，說"女嬃為母親""嬋娟乃侍妾"，把屈子糟蹋成了"淫人""狂夫"，這還像話嗎？可是會務主持者"好好先生"居多，任其信口雌黃，上下氾濫。所以兩年以後的屈會（將在貴陽開），我已不想參加了。

　　吾弟功夫深、業務專，理宜後來居上，代表西北研究屈原之學術界爭鳴，主持正論，以樹視聽，否則前途將不堪設想矣！差強人意的是毛慶等同志，尚能中流砥柱，嚴肅認真地對待問題，使之不至從流而下（但兩湖矛盾之舊痕仍在作怪，喜歡做學會官的人，所在多有）。真的，這不是牢騷，秭歸會後，朕兆已露。所可喜者，會中徐敏同志與我同行，遇事得其支持，頗用欣慰。

　　我雖年逾八秩，雜活仍多，今後當努力擺脫一些，留有餘地，整理點兒東西了。如古代散文發展、古典詩詞創作，和學術活動回憶之類（研究生尚未帶它，最後一批須明年答辯，中華詩詞學會、河北省燕趙

79

詩詞協會的工作也很纏手)。尚望不遺在遠,有以相助。

尚復,即頌

夏綏。

鄭文、匡復兩先生,便中請帶候。

魏際昌

88. 7. 12

附趙遠夫來信三封

一

尊敬的魏老:

您好!

今日收到您的郵件,拆開一看,封面是"桐城古文學派小史",真是喜不自勝,知道是您的這部著作正式出版了。謹向您老人家表示衷心的祝賀!

"五四"運動以後,對桐城派古文多採取片面、偏激的態度加以否定。先生在"五四"新文學運動的健將胡適之先生指導下完成的這部著作,對桐城古文學派採取了全面的、科學分析的態度,實有其重要價值,在今天說來,仍然是填補空白之作。

書我準備細心拜讀,唯後來才發現,您在扉頁上所寫人名為"戴真、柳青",我想,可能是攪混了,將給我的那本,也寄給戴、柳二位了。如寄您,由您轉寄,又要麻煩。我想,您可抽便將二人地址告訴我,我直接掛號寄他們。也讓他們將給我那一本直接寄我。上有您親筆題字,是有紀念意義的,我必須將那一本換來(他們的心情也一定同我一樣)。
　　恭祝
體安!　長壽!

後學

趙達夫敬上

1988. 10. 27

二

魏老:

　　您好!評審意見和信均收到,謝謝您老人家!您的褒獎,我只作
為對自己的鞭策與鼓勵,您對後進晚輩的誘掖扶持是我永遠難忘的!

　　我已申報了。原擬以您所審四篇為一系列,另列七篇為一系列,
後來抽去一篇,十篇合為一項,這樣把握會更大一些(都是關於屈騷
的)。因為其中《屈氏先世與勾亶王熊伯庸》已獲全省首屆社科類評
獎二等獎(1987),故此次當不會落空,只看給幾等了。

　　您老人家能親臨會議,此最好。徐敏先生今天來信也談到您約他
的事。但他因黨員登記,不能成行。希望您能同青年教師同行,以便
照顧。

　　我準備提前幾天走,到昆明去考察一下少數民族情況。

　　其他在貴陽談。祝
您身體健康!　一路愉快!

晚趙達夫敬上

1990. 5. 5

81

随信寄上評審費 30 元,不過随章辦事,聊表心意而已,萬望笑納,勿卻。又及。

三

魏老:

您好! 一路平安!

三十一日您離開貴陽時,因李建國找去有事耽誤,未能趕上送您老。第二日進行選舉,到會全體會員一致選您入理事會,理事會上亦一致改選,舉您繼續參加領導學會。副會長中除您老外,聶石樵先生亦仍然選入,又增選了張嘯虎、褚斌傑二先生。有關通知,大會秘書處當分寄各代表。

今寄上《社科縱橫》一本,上面為西北楚辭學者的一次筆談。您老如有精力,希望能談些指導性意見,我請《社聯縱橫》作為"反映"刊出,編輯同志也希望能看到有關反映。同時,對於我們西北楚辭學者的工作,也是一個支持,如有時間寫出,寄編輯部,寄給我轉均可。

問候彩霞,學習進步。

祝

健康長壽!

晚趙逵夫敬上

1990. 6. 12

如見到,並請代候熊任望先生好。

致姜驍軍信一封

驍軍：

你好，畢業三年多了，我才知道你歸了隊當上了連指導員，帶著戰士在雲南前哨老山頭，自衛反擊著敵人，槍尖橫掃。

看到了你的自畫像，很有綫條，頗見棱角。倔強的個性，體現於笑眯眯的容貌之中，非常協調，並不驕傲。

我早就知道你多才多藝，能畫能描，長於寫作，懂得音樂，見稱於同學，是從部隊轉來的學生，年輕有為，入校深造。

"祖國在我的心中"寫得多麼好哇，信誓旦旦，日月昭昭。愛國思想，本是中華兒女的優良傳統，武穆精忠，文信孝義，可以趕超。

"急躁"，不好，已經做了部隊的基層領導，應該冷靜沉著，小不忍則亂大謀，誰不知道，所以，克制為高。

"吸煙"，有害無益，為什麼不戒掉？而且，戰陣之間噴雲吐霧的，也容易暴露目標，非制勝之道，至少是顯著鬆弛，要提防上行下效。

非是我嘮嘮叨叨沒完沒了，不過在要求嚴格自愛吾曹。你腰橫秋水雁翎刀，殺賊逞英豪。我手披蒻簡教聲揚，並未服老。

心有靈犀一點通，儘管萬里迢迢。彼此同為祖國壯，算得上肝膽相照。祝福吾弟戰功卓著。臨筆依依，南天炮火紛飛中，北雁翱翔。

你的老師寫於反法西斯戰爭勝利四十周年之日，地在河北省保定市河北大學。時年七十八歲。

致成占民信一封(附成占民來信一封)

占民編輯賢棣如握:

日前進柱同志轉來《中學生古文觀止》樣本已收見,精裝版面,樸素大方,內容亦綱舉目張,錯落有致,清新流暢,責任編輯賢勞可念,興會所至,爰有韻語以道微意:

《古文辭類纂》,姚氏昔有編。
選粹二千載,全功畢竟難。
我輩亦倣尤,箋注三百篇,
強名為"觀止",所以望青年,
眾擎雖易舉,聚腋裘始完。
畫龍須點睛,草創潤色兼。
酹酒省教社,心潮逐浪翻。

附成占民來信一封

魏先生:

您好! 您的著作《桐城古文學派小史》出版發行,已同讀者見面,特向您表示衷心的祝賀!

寄去樣書 20 本,請收。前已告出版社服務部,將您自己訂的

200本郵去，不知收到否？這200本，其中100本按國家規定優惠價格，其餘平價。這次從您的稿酬中扣除，待會計辦好後把餘款匯去，放心。

容後去保定拜見先生。

致

安康！

成占民

1988. 8. 19

致毛慶信二封(附毛慶來信一封)

一

毛慶賢弟:

《屈騷藝術新研》收到,謝謝! 功力深,看法新,允稱一家之言,為近年"屈原藝術研究"界所僅見。祝賀勝利出版問世,朋輩與有榮焉。

蓋"屈學"之研究者雖多,而率多陳陳相因零敲碎打之作,不失之拘泥,便流於浮泛。屈原畢竟是位辭賦先行者,創作藝術家,應該從其產生的歷史、發展的跡象、對於後代的影響,作個深入的有體系的又是別開生面的藝術性探討。

然而如果沒有文學理論的豐富的修養,古今中外的對比研究,特別是對於"屈賦"、屈原的滲透認識者,其結果恐怕依舊是隔靴搔癢望文生義之類。因此,本書也給了我許多嶄新的啟示、開拓的意境,一時也說它不完。

例如屈原非只"忠君",實是"愛國",這表現在他的"大一統"思想上,欲使其邦家奄有中國雄飛天下。楚自莊王以來就據有這樣的條件麼,傳至懷王不爭氣,所以不免於憂憤,而強調其"受命不遷,生南國兮"。

我也反對煩瑣的無謂的考據。如女嬃、彭咸等人,作者信手拈來,只要是有見識的嬋娟、為人愛敬的賢臣便夠了,何必枉費精力去論證他是屈原的什麼人,他是古代的誰人呢?

　　這些都是你的卓見,而文字的清新、語言的犀利、章法的跳脫,猶其餘事了。就說關於屈原創作心理研究的上下兩章,作為 A、B 兩方的問答體,即特別醒人心目,以其針鋒相對絲絲入扣,從形式上便析理入微引人入勝。

　　但是也有幾點值得商榷的地方:

　　屈原熟知《三百篇》,君言是矣。《詩》《騷》並垂千古,各有流派(一個偏重現實,一個趨向浪漫),對於後世的影響,一定要說《詩》不如《騷》,恐亦未必。即如為弟所特別肯定的魏武諸作(從《短歌行》到《龜雖壽》),古樸典雅,何莫非《詩》之遺風?

　　漢初諸人如東方朔、嚴忌、王褒,劉向之《七諫》《哀時命》《九懷》《九歎》,雖亦東施效顰規步"騷賦"(有的甚至襲用屈原的口吻,貌似神非)。鮑欽止都說:"'辨騷'非楚辭。"揚雄甚至有《反離騷》之作呢。

　　這就是說,漢賦究非楚辭,尤其是象班、馬一類的大賦(如《子虛》《上林》《兩都》等,堆砌藻飾,誇張炫耀,近似文字遊戲),楊子雲道:"詩人之賦麗以則。"其實已是"變種"了。"綺麗不足珍"的六朝作品,自然更不在話下。

　　內容決定形式,形式亦揮發內容。《詩》就是《詩》(以四言為主,多數來自采風),《騷》即是《騷》(已近雜言,作者始有主名)。以此類推,漢樂府、古詩(以五言為主,民間、官府並傳)、魏晉歌行、六朝駢麗,遞而至於唐詩(集古今體之大成)、宋詞(詩之餘)、元曲(詞之變),繼承發展各有千秋(特色)。

　　蓋詩為時而作,文所以載"道"(時代的思潮),以為"代降而卑"者誤,"泥古非今"者尤為荒謬。"江山代有才人出,各領風騷數百年"麼。"誦其詩,讀其書,不知其人可乎?"即以屈原而論,也未嘗不是有繼承有發展的(楚辭非自靈均始有,他不過是"大而化之"罷了)。

　　我們是講求"比較文學"的,就說"美人香草""空靈意境"吧,與屈原同時代的作者,散文有莊周(在浪漫氣息上,"莊騷"曾並稱),賦篇也有荀卿(如《成相》,《荀賦》來自民間,近似《三百篇》),俱可相映成輝,識其特色。單說"美人",我總以為《莊子·逍遙遊》"藐姑射山"的神女,比《九歌·山鬼》的描寫具體得多,都麗得多(《衛風·碩人》的形態,也有過之而無不如)。

"龍""鳳"的擬人象徵也非始自屈原。"老子猶龍"之歎,"鳳兮已而"之歌,此在春秋之季已見載記(具見《論語》《孔叢子》等書)。而《周易·乾卦》之侈言"龍"德,則更早見,奚待《騷經》?蓋中國之形象思維,"象外之象",亦非必西人之所獨創。自《詩》之草木蟲魚以物比興如《碩鼠》《伐木》,至莊周之"與言"、"物化",其所從來遠矣。

孔仲尼說:"吾未見好德如好色者也。"(《論語》)如肯定《國風》之"好色不淫",《小雅》之"怨悱不濫",則唐宋文人之蓄妓冶遊、諷刺揭暴諸作當作何解?歷史情況生活背景各有不同,固未可一概而論也。此猶後漢佛教傳入中國,老莊思想已非二張(道陵、魯),各個時代的思潮豈有不影響作者之理?

我是反對"無差別境界論"的,也不同意"道德可以抽象地繼承"。靈均的"忠貞"及其"愛國思想",有其存在的歷史條件,並不等同於後世的民族思想。蠻夷華夏,對抗不已,包括他的創作藝術在內,雖非幻想卻是奇思,所謂"靈的起飛"(神的擬人化,馳騁於天人二界)和"色的絢麗"(美人香草,綺艷多彩)。"美,大也,與善同義。充實之謂美,充實而有光輝之謂大"(孟軻語),形象思維首重導向。

心理學的基本行為,在於 S(刺激)—R(反映),"感於物而生"麼。"淚眼看花花不語",花何曾解語?可見是主觀的意念所在。"白髮三千丈,緣愁似個長"之詩句得其"謎底"矣。意向運用,這不也是典型嗎?但,物質畢竟是第一性的,意識形態不過是上層建築,設若我們只強調"主觀能動性"如高高在上的"自我象徵"(見 109 頁圖表),豈不貽人以口實！

文學創作未嘗不重視科學性（以真實為本）。歷來的"屈學"家，多以《漁父》《卜居》為贗品，我們沒有"翻案"的論證，遽以之考釋屈原的思想，恐怕也違背"去偽存真，實事求是"的原則。屈原系出貴族，即在流放之際，他也是"三閭大夫"，所以《屈賦》並非"下里巴人"通俗之作（荀賦《成相》便不相同），浪漫云乎哉？就後世之詩而言，亦郭璞不如劉琨，李白遜於杜甫之道也。

讀罷大作，感受良多，下筆不能自已，故拉雜書之。"惟善人能受盡言"，忝屬知交，又是忘年之故耳。正擬付郵，復得月中手示，備悉近況，並以奔走會務賢勞為念也。如何安排，了無意見，弟盡可放手做去，單聽一報。耑此即問冬祺。弟夫人安好及孩兒們快樂不另。

河北省評審高校高級職稱方罷，以致稽復，乞諒。

魏際昌
于月萍附候
90. 11. 21

二

毛慶賢弟：

新年吉祥。春節在邇，學篆祝福乙聯寄上，以博一粲。

有事相詢：

1. 湖南今年端午節的"屈原學術討論擴大會"，是否作為我會換屆後的一次例會？

2. 如果不是，你們參加不？接到了邀請信沒有？聽說是省長點頭也要大鬧龍舟呢。

3. 他們要我支持，出席會議，並代邀國外專家如日本之伊藤一郎、香港之楊鍾基等。

4. 武漢之"章華臺"東湖構建，今年端午前能否竣工開幕？如能兩省聯合舉行，豈不更好？

嘯虎秘書長同此不另。

魏際昌

91. 1. 20

附毛慶來信一封

魏老師：

您好！前次文章，煩您指教，此次《文學論稿》第二輯，又要煩您勞神了。

東北大連的屈原會議，想必你會抽空參加，到時又能聆聽指教，得以親炙。偶思及此，十分愉快。

劉禹昌老師這半年十分忙碌，去昆明講學才回，旋即又去廣州參加文論會，我常勸他老人家要注意身體，劉老師總恃自感尚好，工作倍加勤勉，實為學生楷模。由此想到您，也必是繁忙辛勞，萬望保重身體。

專此即請

撰安！

學生毛慶

6. 21

致李廣超信一封、贈詩一首(附李廣超來信一封)

廣超詞友撰席：

大作《落英集》已收見，並拜讀完畢，略談感受如下：自卅年代初以來，久也夫少見詞的專集問世了！特別像你這樣青年輟學、長而從戎的革命軍人，竟有此類意境開朗、情調清新、鏗鏘有致的詞品，實屬難能可貴，使人歎賞。

"有心哉擊磬乎!"非深於此道工力者曷克臻此，然既蒙垂詢，便不能不有所獻替，芻蕘之言略備參考，都凡下列 20 條：

一、征和詞《浣溪沙》之"玉雪長吟笑滿天，落英抖俏樂無前。""放聲喜唱大江篇。"好，有氣魂，使人同聲歡笑，是革命軍人的本色，情真意切，凌厲無前，惟"作者簡介"中之會員證號及發表作品的出版社名可省，通迅地址另注，雜廁於此不雅。

二、凡例中參閱了龍榆生等先生"格律"云云應移至編後裏頭。"自讀自娛"的話應刪，因為它違背了"意內言外，樂章傳聲"的社會性。寫出來唱出來是讓人看叫人聽的麼。否則無人賞自家拍掌，唱得千山響又有什麼用？又亦"僅尊範本規律"之"僅"字當為"謹"字。

三、自跋《金縷曲》之"殘草溢香，落英丹吐。玉雪歡欣宜長嘯"等句嵌結得巧。

四、目錄中之一牌多吟者，慣例標明首數即可，但須注明頁數以便查找。如《一剪梅》三首×××頁;《八聲甘州》六首×××頁。

值得商榷的是：我們這是"詞集"，不是"詞譜"，沒有必要把詞牌的出處和詞的章法、結構、平仄、韻腳等一一開示於注中，否則不倫不類了。又一詞牌多見者，自第二首起順書"前調"比重複詞牌名為簡便慣見。

五、字之誤書及佳句:

1.《一萼紅·懷中山先生》"想推翻地制"之"地"應為"帝","相城碰壁"之"相"應為"項"之誤。

2.《八聲甘州》之"笑握乾坤"說得出,自是氣概非凡。

同調"春日放筆"之"裁取白雲歸去,夢筆繡坤乾",筆調超逸,寫得出色。

同調"重陽詠菊"之"灌園叟老,早來秋、靖節韻瀛寰。"典故宜時,相得益彰。君之抒情詞宛轉天然,有蘇辛之神韻。

3.15 首《水調歌頭》都是抒發性靈信口信腕之作。"詠梅""泰山柏"以物比興,有聲有色。"有感""自題"意氣豪邁,壯志昭然。

4.《風流子·八一有懷》則似"點將錄"矣,下半闋歌頌尤佳:絕非溢美,恰如其分。

5.《六醜·詠雪》,從詞牌上看便顯示著敢於犯難(作者極少),雪景也寫得別開生面,如"瓊樓玉女,正揚花獻力,花開花落情無比。"但"佻民心喜"之"佻"應為"兆"。

6.《木蘭花慢·春風寄語》,情景交融。"筆吐珠璣,氣貫長虹",志大言大,作者也很自負。結筆歸於中樞宏圖,"換來治世清平"卻是識其大者,非常得體。

7.《東風齊著力》寫酒不俗套"金樽滿泛,月映稻花",雅而直,"尖子產品"合盤端出。

8.《永遇樂·江灘抗洪救災》之"浪擊江天變。幸逢盛世,軍民攜手,共挽狂濤巨瀾","無畏無私奉獻",新事新聲新義,得未曾有。

9.《漢宮春·冬日故園詠雪》,雪景寫得人情交織,天衣無縫。

同調"秋日觀菊"之"群芳歸去,獨來聖地競妍","香飄四海,情繫故園",可謂金聲玉振。

10.《齊天樂·亞運聖火燃遍齊魯大地》,與本地風光結合得美妙,自然。

11.《揚州慢·春日故園雅集》之下闋結句"唱大江東去,千家萬戶燈紅",活學活用,非同摹擬。

12.《阮郎歸·夢中作》一個鐵漢子怎麼常作夢,直如衰敗之歌矣!

13.《更漏子·秋風曲》君本長於洪詞大調(聲口),可是這首小詞卻譜得絢麗多采,絲絲入扣。

14.《沁園春·雪》犯而不襲,頗有毛潤之精神。"志存萬古千秋"、"長望天涯展大猷"而其中心意旨存於"伴天下英雄盡興謳"。

同調之"中共十三大閉幕",善頌善禱,表達出了歡欣鼓舞的情調。

同調之"題玉雪軒"之"鐵板重調映日紅。肝膽照,望天下詩侶,情寄軒中",動之以情,意內言外。

15.《雨霖鈴·寄遠》,雖有柳耆卿戀戀依依的味道,但"已改昔時月",別有天地了。

16. 廿五首《金縷曲》以"讀《周恩來文選》"和"讀《彭德懷自述》"之兩"有懷"最擅勝場。想見周、彭之錚錚鐵骨,正氣凜然。"重讀《論共產黨修養》,尤令人悲忿痛恨。為劉主席叫屈,向"四人幫"討債,真是個"沉冤昭雪人人仰。動人心,淚流如雨"了的。

總之,大作都在"水平綫上",可以說是"出手不凡"。如果能在修辭謀篇上汰去個別的陳言,如"丹心,閬苑、珠璣、璀璨"一類的舊詞(多用疊見便顯得貧乏了),則益善矣。又一鐵錚錚的漢子豈宜常露"淚灑、夢魂、醉醒"之詞?書不盡意,乞恕唐突。

即頌

吟祺!

八十五叟魏際昌

1992 年 5 月 1 日於河北大學之紫庵

附:贈詩一首

《遙寄》五古八韻——致李廣超先生

古城夏日長,花樹正芬芳。滹沱泛晚霞,紫氣生太行。
《鳳兮》歌未罷,《落英》入我堂。觸目皆珠玉,松風萬里長。
精衛能填海,女媧補穹蒼! 愛君為鐵漢,凌厲聲激揚。齊魯
多賢者,麟趾已呈祥。鬱鬱乎文哉,雲天可共仰!

河北大學魏際昌
1992 年 5 月 25 日八十五叟
於保定河北大學之紫庵

附李廣超來信一封

魏際昌老師:

您老好!

來函收悉,謝謝指點。

老先生八十又五,年事已高,在此高齡下能誦讀拙集全篇,並認真
提出修改意見,實在讓我感到過意不去,我只得再一次向您老表示祝
願,願您老長壽。

先生提出的意見,我當一一遵從改動,惟詞牌名解不宜刪去。山
東詩詞學會王希堅副會長也提出了此類問題。但考慮到本人地位,考
慮到書的銷路,詞牌名解還是要用的。我不是名家,僅是一個詩詞文

學愛好者,鄉人多持懷疑態度。加上詞牌名解,可消除鄉人的懷疑態度。另拙集的銷售對象不是專家學者,而是中學教師和高中文科學生,可以普及一點詞學知識。詞牌名解一去掉,書的銷路就要成問題了,更何況我這半瓶子醋。我是自費出書,非關係銷書(部分贈與),出版界不景氣,社會風氣使然,我也不得不迎合讀者了。此中滋味惟有像我們這樣沒有地位的人才能知曉。

《金縷曲》是以詞代序,而《浣溪沙》乃四海征和。自詞稿發出後先後收到了廣州陳志期、河南李允久、蘭州唐伯康、上海李夢寒、湖北葉鍾華的和詞。和詞全部以黑體字刊行在拙集之首,目的還是消除鄉人對拙集的不信任程度。

魏老,拙集出版合約已與香港金陵書社出版公司簽訂,六月發排,十二月出書。五月十日前後我準備去北京,聆聽中華詩詞學會諸位領導的意見,並索題書名。先生身體尚佳,敬請老先生屈就,奉和一篇,以光篇幅,以示支持。

拙作《殘草集》由任繼愈老師題簽,王希堅老師題"詩"作"跋",團結出版社出版。而續編《落英集》(詞集)也應找一詞學家題寫書名。題寫書名和廣求征和主要是想穩妥些,不但是消除鄉人的不信任感,同時也是消除自己內心的空虛感。

最後懇請魏老能有奉和詞相賜,並願您老長壽。

後學:李廣超拜

1992.5.6

致陳文增信一封

文增吟弟經理左右:

屢荷厚愛,錫以華章又寵以五言長篇,古道熱腸,使某嘖嘖歎賞。

弟蓋詩詞、書法、企業三者並能,而又樸實虛心,愛國愛民之通人也。應益自淬勉勵成大器,有厚望焉。也有和韻五古一首,題曰:"冬梅映雪"回贈曲陽定瓷陳總,蓋賦而興又比也,暇當效顰,筆之於書以博一粲:

> 稽古我冀州,龍山文化早。
>
> 大河滔滔下,人物說豐饒。
>
> 曲陽有名村,"澗磁"、"燕川"高。
>
> 唐宋迄今日,"定窯"飛玉陶。
>
> 昔多皇室器,工匠流汗燒。
>
> 茲則行萬國,天下誰不曉。
>
> 此中有真詮,當為識者道。
>
> 公司陳經理,熱愛傳世寶。
>
> 藝術講繼承,貿易求博學。
>
> 《洪範》先言富,《大學》理財招。
>
> 端木生涯美,陶朱事業好。
>
> 君亦喜宏通,詩筆俱喬喬。
>
> 坦蕩且樸實,尊賢而敬老。
>
> 黃金臺上遊,馬鳴風蕭蕭。

評比君第一,滹沱柳多嬌。

揮毫走龍蛇,畿輔驚逸少。

鬱鬱乎文哉,否顯頌吾曹。

金猴將退役,記取雞報曉。

行見大吉祥,滾滾財源到。

福國利人民,功在中華朝。

小康指日臨,大同亦匪遙。

冬梅香襲雪,蒼松傲狂飆。

炎黃子孫笑,至善紅旗飄。

順頌

冬祺!

魏際昌

1992. 12. 10

附:陳文增《古風·致魏際昌教授》

八十五矍鑠,依然彬彬貌。

《紫庵》賞鴻萃,中華薈詩教。

"溫柔敦厚"裏,乳哺泉淼淼。

古今為吾吟,天地為吾蹈。

長言顯奇宏,短思構其巧。

語發天籟聲,芳吐雲嫋嫋。

杏壇有旗幟,襟風傳懿表。

文章湛秋水,詩論淩青昊。

名賢猶釣沉,來者留鑒照。

遽變話滄桑,此際欣日曉。

數典未忘祖,文昌勢前導。

牖寒無躊躇,孜孜惜分秒。

教不遺餘力,晚學挹雅藻。

一民常自慰,汲露青弗老。

傍地融草色,叱來發長嘯。

芊芊有禾木,歲歲迓春早。

大風吾所思,律呂蘊天道。

高誼驚古訓,忘年欽耆耄。

瑤圃宿春光,掾筆粲花茂。

夫子壽永遐,鴻韻春常葆。

致夏傳才信一封(附夏傳才來信四封)

夏公:

你好,"詩經學會籌委會"的通知已收到。這裏的校、系領導和熟人有一些看法,不能不讓閣下知道,老朋友麼,應該言無不盡:

1. 高教改革的新精神。"211希望工程"是:學術活動亦須是實事求是,針對性強的。我省乃毛公的故鄉,理宜名召大號地催化,閣下先行一步,大家讚賞。不過,"淨耍老頭子"恐怕不行,應該讓中青年上來打頭陣,起碼是"老中青"三結合,"以老帶中",今觀給我校的通知,一個中年也沒有,引為遺憾。

2. 既曰"籌備",便應該有個"籌委會"可設正副主任主持其事,先定會長恐非慣例("中華詩詞學會""中國屈原學會"都籌備了近二年始開成立大會,選出正副會長及常務理事,全國性的學術會都是這樣,未可草率行事)。閣下先充個"籌備主任"還不行麼?(會長也跑不了,一笑)

3. 像熊、顧兩位,閣下打算怎樣安排?還有李竹君哪(他們都準備了文章)。請能補個通知給方勇同志,在河大中文系,他是研究先秦文學的中年骨幹,學校很是重視。別忘了我們這裏是省裏唯一的綜合性大學。還有,很奇怪,怎麼籌備人員中沒有老陸(永品),你們不是老同學麼。"寧缺一屯,莫少一人"。

4. 另外是:通知單裏開列的那些人,尤其是關於國際友人的,閣下有把握讓他們必到嗎?這可不是開玩笑的事,有關"國譽""省譽"呢!盤子開的大了些。譬如會費就嫌多,一般的學校就報銷不了,我是答應"捧場"的,論文也早就有了,《關於詩的釋名及毛傳訓詁》的,約一萬餘言,準備打印。

看到了葉蓬秘書長沒有,怎麼一直沒信? 咱們本年的《燕趙詩詞季刊》什麼時候付印? 閣下也是副會長,該問問啦! 譬若經費有了著落沒有? 我托你向他催問我的"詩詞小史"手稿,緣何不退? 等等。"受人之托,忠人之事",越是老朋友越應該互相照應,不是嗎? 佇立俟復,問嫂夫人好。

紫　銘
93.5.10

附夏傳才來信四封

一

際昌仁兄閣下:

近來可好? 嫂夫人安好? 兄老當益壯,事業心和精力均使小弟望塵莫及,兄之高義,更使弟感佩不已。承蒙關注,無時不在感念之中。關於研究生鳳錄生的學位答辯問題,從感情上說,我還是願意到河大去的,一者是你我弟兄多年交情,二者河大和師院是本省兄弟院校,到河大申請學位,名正而言順。老兄想到這一點,準備同時辦理答辯,使弟十分感激。可惜去年秋天,弟因公去江蘇,見吳奔星兄,他說:"你的研究生為什麼不送到這裏來?"和老兄一樣,也是盛情難卻,因此當時就與他們學校談定了鳳錄生的答辯由他們辦理,並且根本無須小弟前去。因為感情難卻,事實上已經定下了,就有負我兄嫂的盛

100

情了。但老兄的關注，小弟時刻銘感五衷，絕不會忘記的。鳳録生雖然不能前去，老兄若有什麼差遣，小弟萬死不辭，一切聽兄安排，可謂唯命是從。

今春氣候變化不定，請兄嫂珍攝玉體。祝

好！

弟夏傳才
3 月 16 日

二

際昌老兄：

函悉，歡迎你到北戴河來，可以會見你的許多老朋友，如炳正、石磊諸兄及你的老友之子韓崢嶸教授。

燕趙詩詞協會的事，我一概不知。大概會長還是秉老，仍是葉蓬主事，他又找了許多副會長，副秘書長。連出刊的會刊也沒寄給我。問浪波，他也不大清楚。

辦會太忙，容見面再談。

祝

好！

傳才
1995. 7. 28

三

際昌老兄：

惠函敬悉。

你老兄沒能到會，實在是年事已高，這一點，我們都理解，你能表示要來，就很不錯啦。沒人怪你。

燕趙詩詞協會的事，我也不大清楚。前幾天給葉蓬打電話，他愛人在北京住院，也有多年沒問會上的事。他們又新請了幾位副會長，在管這事，可是，也打不開局面。這事，我沒法插手，不瞭解情況，一直不開會，隨便他們搞去吧。等有機會見到劉秉老，再說。現在的事，是葉蓬直接找劉秉老，把什麼事就決定了。可是，目前看，劉秉老也沒多少辦法。我直接去找劉秉老，聊一聊，可是聊什麼呢，又能聊出什麼呢，沒有信心。所以一直也就沒去。

老兄在家納福吧，等有空，我去保定看望你。

第二次會議論文集正在編，爭取用最快的速度印出來，一定給你寄去。我們是老朋友，而且是好朋友，當然沒說的。

第三次會議確定在桂林開，詩經學會主辦，廣西儒學會和廣西師大聯合承辦。詩經學會會務興旺，現有外籍會員數十人，本年底，會員可達 500 人。正教授一半以上。

問大嫂好！

祝

健！

傳才

1995. 9. 10

四

際昌老兄：

　　老兄老嫂福壽綿長，萬事如意。

　　年來事忙，去臺、港講學，感慨頗多。甫歸，又飛桂林辦事，長期奔波，故疏致候，請諒。下月，又將赴韓國，而□□處事，尚多頗有力不從心之歎矣。

　　明年桂林會議，向兄發請柬。知道吾兄年事已高，不宜遠行，發個通知，只是表示對老友的尊重，兄弟的關懷，並不一定要你跋涉，而是學術界的一個問候。你知道了，就行。有空，寫一首詩來，就算你到了。

　　敬祝

福安！

夏傳才拜上

1996. 8. 3

致匡亞民信二封

一

匡夫子：

您好！

曹式哲同志歸來，道及吾兄教撰近況，不勝欣慰。首先應該感謝你對他的業務上的指導和幫助，我在這廂施禮了。

承賜大著《風雷頌》一冊，莊讀既畢，極受啟發，原來吾兄還是乙位政治詩人，失敬了！口占五古乙首呈政，蓋賦也，聊表寸心而已。題曰：《有感》

參商三十載，忽然見華章。
集曰《風雷頌》，詩調忒鏗鏘！
青山仍未改，江河日月長。
極目雲天外，鴻雁正翺翔。
愧我渾無似，藥爐守病房。
咕嗶未及已，兩目竟茫茫。
餖飣終何用？鉤沈徒

【下缺】

二

亞老：

　　九日手教誦悉，弟之前函想亦入覽。又寫得有七古乙首呈政，題曰：

詩讌　有序

　　壬戌初冬，石莊召開語文學會。會中，曼老招飲亞翁、夏公，余亦同座有感：

> 莫道四海無知音，燕趙慷慨多詩人。
> 太行崔嵬玄鶴唳，東瀛波湧玉龍吟。
> 應附驥尾同歌舞，勉入芝蘭君子心。
> 金盃高舉舒豪氣，佳餚八簋奉斯民。
> 老梅競豔香清冽，迎風翠柏鬥精神。
> 謂語座中諸長者，光輝燦爛滿乾坤。

致天墨信一封

天墨兄：

樂侄來，收到佳章法書，寵愛備至，幸何如之！弟也不文，詩詞楮墨一道尤屬門外。然禮無不往之事，安敢不東施效顰，先還詩債，望勿齒落：

憶舊　有序

仿古意五言短歌一首呈政。

天墨，吾畏友也，工於詩詞，能書善畫，而熱情洋溢不讓古人。雖隱魚鹽之中，游心雲天之外，抑且揣摩篇簡，老而彌篤，心乎愛焉，詩以頌之。

> 憶昔五○年，初識天墨顏。
> 錦旗紅似火，鉦鼓震人寰。
> 吾時何淩厲，高岸友朋間。
> 絳帳津沽市，行吟渤海灣。
> 揮毫龍蛇走，拂舌落雲山。
> 焉知二十載，徒驚兩鬢斑。
> 遽隱魚鹽中，福地未瑯環。
> 不繫舟且住，水酒薦魴鰥。
> 三杯通大道，聊以樂盤桓。
> 但顧共驅策，白首越雄關。

迎早春:贊先進,喜讀鄧選三卷。

——在保定民革市委表章成員大會上的頌詞(五古)

春風入保陽,新新呈萬象。

滹沱柳青青,呢喃紫燕翔。

豐年常酹酒,四民樂安康。

物華人更寶,中有老政黨。

民革諸君子,崗位守堂堂。

統戰十六字,牢牢記心房。

陶朱泛五湖,端木貨殖忙。

博古不通今,尖端失方向。

外貿哉正酣,產銷看質量。

落後必挨打,四化宜大上。

雷霆震九州,風雲怒海疆。

鄧選三卷在,金光大道昌。

精讀且實踐,可以臻富強。

謂語我同志,念之慎勿忘。

魏際昌高唱於九四年一月二十六日,時年八十有六

致時任保定市社科聯副主席張吉明信一封

吉明副主席同志：

不知道是誰送來的大著《回聲》，我已拜讀一過，頗有感觸，也雜談一下：

（一）看了卷首的肖像及作者簡介，即令人有英姿勃勃、意氣煥發、文筆精潔、輕刀快馬之感，同居一市，幾乎失之交臂。

（二）"回聲"者，反彈之音也，有響必應，無物不動，此乃大千世界之天籟，芸芸眾生之共相。特"月有圓缺，人分智愚"，自然究非世事，所謂"夫物之不齊，物之情也"耳。

（三）吾輩雖非"通靈寶玉"，究勝"氓之蚩蚩"，矧居為庸中佼佼者乎！某癡長八十有八矣，學劍不成，學書膚淺，以視君之允文允武、有為有守，必跨世紀之人物，實為汗顏。

（四）直哉史魚，董狐有筆，有的放矢，發而必中，乃吾國政治批評、生活誘導之優良傳統。《左氏傳》之"君子曰"，《資治通鑒》之"臣光曰"，夫人而知之，近代之魯迅雜文則集其大成者矣。

（五）君之特色乃在於生於治世，共產黨員，戎馬生涯二十春秋，居然有如椽之筆，深文周納，宣教赫赫，使人折服。殆又與出身於農民烈士之家庭影響深遠，不無關係。

"陳言"絮絮，出辭敝鄙倍，誼屬同志，恕其唐突，致以
革命敬禮！

魏際昌

95 年 5 月 15 日

致吳占良信二封

一

占良會長老弟：

　　你好，特還"字債"，沒別的事，有工夫來玩。再問好。

老夫

魏紫銘

95. 6. 15

二

占良世侄雅正：

　　世路無奇錢做馬，愁城易破酒為兵

紫庵老人

致李慶恒信一封(附李慶恒來信一封)

慶恒同志:

　　大劄大著早已收見,因事稽復為歉,您的這信寫得太客氣了,已經叫我不好意思看啦。什麼這個那個的,我只是個老教書匠,年紀快九十啦,咱們不是同志嗎? 論黨齡,我還是小後生哪,應該向您學習的,真的,這並不是客套。不過青山雖老,白頭尚在,樂有所為,不白吃飯而已。

　　讀了您的《三事集》很受教益,我又認識了一位元作家,而且是寫雜文的。古城果然藏龍臥虎,不可失之交臂。

附李慶恒來信一封

魏老:

　　來信收到,感謝你對拙作的誇獎,讀之令我汗顏。

　　你對雜文的見解,實令我茅塞頓開,大有收益。我當努力以趨,不負前輩厚望。

　　前輩的獎掖後人之精神,對學問的精研細究,見解之精到,觀點之明朗,足令我學習。

　　現我在晚報工作,還望魏老予以關心,多提意見,以利提高。

　　春節將近,寒意未褪,望保重身體。

　　謹祝

長壽!

莊恒
2.5

致校領導兼出版社社長信一封

堅強兼社長同志道席：

昌之《詩文選集》，已按學校規定程式提請准予出版，其事業經兩年，迄無下文。"俟河之清"，人壽幾何？念我行年已八十八歲，值此反法西斯戰爭勝利 50 周年之際，亦擬有所表示（身為歷史的見證人嗎？從"九一八"到"八一五"），所以舊事重提，希望校領導予以成全。不勝迫切，待命之至。致以

革命的敬禮！

附原選集目錄及稿樣代表（全集 50 萬字）。

離休教授魏際昌

九五、七、十二

致校黨委領導信一封

校黨委領導同志：

　　由中國《詩經》學會等三單位共同主辦的"《詩經》國際學術討論會"定於□月之 9 日至 14 日在北戴河召開（昌係該學會發起人之一及首席顧問），奉邀參加，可否准予出席。敬候批示（須有青壯年同志一人偕行），即頌

　　夏祺

　　附該會邀請柬及通知夏會長親筆信共三紙如後。

離休老教師

魏際昌

95. 8. 1

致王前信一封(附王前來信一封)

前翁教授老棣史席：

屢接大作華翰，均未能及時回復，歉仄之至。蓋昌老病殘年，目眩手搖，動筆為艱，非復昔日矣。

翁雖年及古稀，而精力充沛，寫作俱佳，某已難望其項背，非戲語也。大抵諸作含英咀華，光彩照人，聲溢東瀛。〔後缺〕

附王前來信一封

尊敬的魏先生：

鞍山一別，時而想念，不知先生進冬身心若何?！也許是前緣，一見甚覺契投。先生的道德文章，均為吾之所景仰，唯望善持養生術，以期鶴齡，常能有以教我，幸樂何如?

先生於鞍山所寫的兩首詩，歸來時而吟詠，甚覺情味、意味、韻味俱佳，特為先生敬書兩條幅，寄呈先生留念。所愧書略不堪入目，只略表赤誠耳，望先生指點。

在鞍山曾請先生能在百忙中，為我評點《蓉城詩稿》，並能用毛筆加以圈點寫出評語，在詩冊後能為我寫出總評(今寄去宣紙小頁，留作寫總評用)，並能署名蓋上印章，以便我當墨寶珍藏之，便我偶爾讀之，以慰生平有知音之樂也。另有一大幅宣紙，先生可否書一首贈詩給我，我當裱之掛在書齋，以勵我之前進。

我評副教授事,有希望。我於明年擬在遼大出版社出一本《書詩同源論》,出書時,定寄給先生以求指點! 敬問

闔府安康!

遼寧大學中文系王前

1986 年 11 月 15 日

翹待先生之墨蹟早日到來! 收見條幅請回函,以免念之。

致韓崢嶸信一封（附韓崢嶸來信一封）

崢嶸世兄教授文席：

前後諸函，及所惠參茸，均已收見，謝謝。但是，應即申言，未免"多禮"。君雖豐於收入，左右逢源，而仰瞻俯蓄，應酬孔多，應適當撙節焉。老夫則不缺營養，常近浪費，未免愧怍矣。

賢之《詩經譯注》列為《詩經》學會叢書，在造詣上不成問題。（此事已與傅才會長道及），只是需要一筆出版經費，夏公正在多方籌措中。既曰"叢書"，即非一部，選材亦費周章，評估定價均需專家，中央出版會議又有新規定，例如我之詩文專集本已審定，又行重議，即是其一。

吉林雖地處邊陲，舊日文風即不落後太平川，于家世代簪纓，清史有傳（月〔後缺〕

附韓崢嶸來信一封

〔前缺〕詞典》（主編）。《漢語傳統語言學綱要》（與人合作），《白話戰國策》（與人合作），《古漢語文獻導讀》（主編），《詩經譯注》，即將出版或待出版社之作有《中華文化通典》（主編，近 500 萬字），《四庫全書大辭典》（李學勤主編，撰寫經部小學類），《歐陽文忠集校點》（與人合作），《戰國策譯注》（與人合作），《金聖歎選批古文譯注》，《現代漢字溯源解析字典》等。愚侄身體尚好，每日清晨以跑步或走步強身，問學習作則為精神之所托也，"走向輝煌"則是聊以自勉之浪漫口號也。餘興皆無,伏案或可把屋底坐穿。倘若世叔有需整理之高文典策,愚侄亦願"述聞"以成編,不知世叔以為愚侄可堪驅使否?

由賜諭可知,世叔欲與愚侄面敍者多矣,愚侄因之亟欲早日專程赴保定叨陪鯉對,但願期末授課結束能以成行。

家姑母感謝世叔之問候,她祝您和世嬸健康長壽。侄媳秋霞在此亦向二老敬請福安。

原有一願,擬隨此稟函奉上。然而尚需數日方可如願,姑將此函發出。延擱日久,失禮已甚,望世叔恕罪。

伏祈詳示,並告知壽誕為何時——光緒戌申幾月幾日?

萬望

慈躬珍攝!

愚侄崢嶸叩稟
九五年國慶

致張遠齊信一封(附張遠齊來信三封)

遠齊先生：

前函未盡，故復略而言之。

君性情中人也，而悱惻纏綿，含蘊於字裏行間，所謂南國之秀士也。某則北燕老漢，似我之古代鄉親，不服老之關漢卿，竹筒倒豆子，慷慨悲歌，一吐為快。重讀君之《濡須吟稿》，對照某之"怒斥李登輝"，可作鮮明的對比："叵耐今時無報答，何妨尚有三生日月長"(《南鄉子·贈內》)，情深意切，而復綿綿無盡，如同《釵頭鳳》趕會之"路旁等得雙蛾蹙，高聲叫，人兒到，一廂陪禮，幾番佯拗，笑笑笑"之放筆白描，傳神之至，昔日唐人王摩詰詩中有畫，君則詞中有畫矣，真不簡單。

老夫也有偏嗜，那就是看球賽和〔後缺〕

附張遠齊來信三封

一

尊敬的魏老先生：

您好!

後學何幸？承老先生厚愛，惠賜玉照，雖不云"受寵若驚"，確實驚喜萬分!

117

先生雖高壽九秩，然面如燦霞，精神健旺，從先生兩次賜教信，可是先生思想清晰，真老壽星矣！可喜可賀！在此敬祝先生期頤遐齡！

先生諄諄教誨，自當謹記。"人生不如意事，十常八九，要想得開，看得透"。這是先生數十年經驗之結論。我想這也是先生享此高壽的真諦密訣吧。後學總算幸運，無論是大學時代亦或工作三十餘年，均未受到什麼運動的衝擊。所抱憾者，惟平生所學未得其用，愧對黎民。加之爾來風氣不正，怪事迭出，又兼秉性剛直，嫉惡如仇，故形諸筆墨，多所針砭，不避時諱，但無論美刺均從赤子心中流出。

50年前小小的日本敢於蹂躪中華，除仗其強大的軍事力量外，"不抵抗主義""先安內後攘外"的方針助敵兇焰。而國賊漢奸為虎作倀尤令人痛恨。試想，若50年前的戰爭在今日重演，又當如何？和平環境裏，"你不是妖怪，我不是妖怪，大家都不是妖怪"，一旦國家有難，人妖判然而分。朝野一理，均有忠奸之別。那些慷國家之慨，為個人蠅頭小利不惜國家民族利益蒙受巨大損失，不講人格、國格者，與"國賊漢奸"何異？每念及此，常憤然難平，恨不能以匕首投槍穿其肺腑。故而在近作《高陽臺·觀感》中有"休云廣廈高千尺，縱田疇，麥浪重重，料難禁，白蟻群飛，遍地蝗蟲"。每年公款吃喝一千多億（佔國民財政總收入近1/4），公款"桑拿浴"每年100億，高級豪華轎車，公款出國，公費旅遊，貪污，受賄，等等，都要從百姓的"血管"裏抽取。每個關心國家命運的人怎能熟視無覩？所深憂者是國民的麻木。我輩一介寒儒，徒歎奈何！往往有感而發，深深地刺它一針，希望有所警悟。大多的時間則躲進小樓，以詩酒自娛，對此也還是"想得開看得透"的，故而總體粗健，只是手邊沒有照片，有，也是與朋友及家人的合影，不便奉呈，但一定盡快照，屆時當即再寄，懇請原諒！

一年已過大半，習作小詞三十餘首，現錄部分，敬呈先生盼予批改，賜教！

餘容後陳,即頌秋安!恭祝健康長壽!

後學:張遠齊拜啟

九五,八,廿三

二

尊敬的魏老先生:

近安為祝!

不久前曾給先生一信,並呈習作一紙,不知是否收到?

不久前因公去合肥,拜訪了安徽大學姜海峰教授,言及我有幸得識您老先生,並常蒙賜教。姜教授說,你們是同鄉,並感讚您老的道德文章,亦囑我多多向您老請教。姜教授現主編安徽《太白樓詩詞》,我們亦經常通信。

為紀念抗戰勝利五十周年,寫了幾首小詞,現恭錄如另,敬請您的披改。

日前,孩子給我在家中照3張小照,技術問題照得不好,現呈上以為紀念。明日出差,將要半個月方回,匆匆數語,不成敬意。您老已是高壽,時下天已轉涼,望多多珍重!祝闔家歡樂!

後學遠齊拜啟

95. 10. 5

三

尊敬的魏老先生：

后生何幸，得先生墨寶，更蒙厚愛不時賜教，予以鼓勵、鞭策，敢不自強，期以有成，方不負先生期望之殷。佛說因緣，難道冥冥之中真有一根什麼綫，將后生牽至老先生之處？不然僅憑后生冒昧一函，致得先生惠賜大劄，並從此魚雁頻頻。當時同樣冒昧給各地一些知名者去信求教，有的石沉大海，有的略予敷衍，便中止往來。有的互通幾次，也就棄予而不顧，惟獨老先生不以后生淺薄而不時賜教，真使我深思"緣分"之說了。

現呈上近作詞三闋，敬請批閱。

現寄來新茶一盒，品質可能不好，也不知先生是否喜歡飲茶？不成敬意，更不能表達感念於萬一。望勿嫌棄為幸！

敬問先生及師母大安！闔家歡樂！

後學遠齊拜啟

丙子季春於敬亭山下

致恩玉副秘書長信一封

恩玉副秘書長文席：

您好！年來因體力日衰，長期住院醫療，很少過問會務，您們偏勞了。但久不見季刊出版，又近今之《當代千家詩選》計劃卻不能不使我關切。月初曾給葉蓬副會長寫信問詢，竟被退回，說是"查無此人"，不知是怎麼回事。

《當代千家詩選》，偉大的創舉，我當然贊同。不過"茲事體大"，特別是節選工作，未識都是哪些專家擔承。據我所知，石家莊之大家多係新詩作者，真懂古體近體之格律，及詞譜曲調者不多，願知編輯人選。〔後缺〕

致逸老信一封

逸老吟長文席：

老病殘年疏於函侯，十分歉仄。而您之戰鬥精神，鑽研成就，轉益使某欽服，來示過謙，所不敢當。

貴省之詩界諸賢不夠團結，在青島會上暴露無餘，某雖多方設法疏通，無濟於事。至今仍耿耿於懷（吳孟老謝世以後，遂益不可為），止於"文人相輕"乎？殆有甚焉！近與姜海峰教授猶談及之（姜為北方人，桐城文會上相識）。〔後缺〕

致逢明信一封

逢明同志：

　　君之詩頗有意境，亦見工力，惟個別的字句，是否再求典雅？如：《施教偶感之一》（五律）的第二句"百折不回頭"，不如改作"百折意未休"。第四句之"心惟一木休"之"休"字，連帶改為"留"字。蓋"千扉"人也，"一木"己也，"千扉"雖亮，"一木"依然，作為教師始有不問收穫，但求耕耘之義。這樣才可以與五、六句貫串起來。又第五句之"無為"換為"敢曰"而標句尾以"？"號。第六句之"願"字變作"只"字，豈不更顯得謙虛？結語之"對天翹首謳"，請能易以"為國祝豐收"，就不是從個人出發看問題的了。

　　《施教偶感之二》大體無差。但第三句之"鐘在樹"的"在"字如改作"玉"字，第四句之"細細"改為"細雨"，"灌根苗"改以"潤青苗"，則益善矣。因為我們重視的是學生，所以該稱他們為"玉樹""青苗"，而"灌"字太重，不如"潤"字允當也。律、絕新體與古風不同，必須言簡意賅，音調鏗鏘，儘管在平仄上一、三、五不論。

隙昌

致曹堯德信二封（附曹堯德來信十三封）

一

堯德副主席道席：

"抗辯文"寫得洋洋灑灑，有理有據，氣充辭沛，無懈可擊。而且古今中外，博引旁徵，煞是"好文"，我已無可更益，完全同意。

看來你這本書要爭論下去了！並不是誰說了算的問題，你們的黨委宣傳部長是滿有把握的，並不是以勢壓人，態度生硬。〔後缺〕

二

堯德足下：

《大禹傳奇》及內附小簡均已收見，謝謝。君寫作善於創新，愈出愈奇，佩服佩服，但亦有不能已於言者：

"名不正則言不順"，大禹乃歷史人物，非神話傳奇之流，書名誤矣。

建國初年，西北大學校長哲學家侯外廬先生請疑古大師，我的老同學顧頡剛到校講學，我問他道："大禹還是條蟲嗎?"他很不好意思地答說："悔其少作，今不謂然。"

念我們的遠祖圖騰拜物，神道設教，常玄之又玄地把自己的先人捧上天堂，如《毛詩》之《玄鳥》說成湯，《生民》詠后稷，既經傳有之，我們就不好否認它，但無害其為商周兩代之始祖。作為夏后氏先人之大禹，則既見於《尚書》之《舜典》及《大禹謨》，復於先秦諸子中廣有記載

124

（商周之事與之固然，更無論作為史料專籍之《竹書紀年》《世本》《帝王世繫》等書矣），豈可以神話傳說待之？要知道三代歷史乃中國所以成為中華極為重要之歷史階段，外國人可以含糊其詞地等閒視之，我們卻不應該任其“魚目混珠”！

從所列回目上看，四言為主，八言成對，頗見匠心，問題仍在內容浮泛，開篇累贅，寫的是大禹，管它“盤古”作甚。司馬遷的《五帝本紀》不也只是重點地報導黃帝麼，咱們本是炎黃子孫，開天闢地的事不是已經認為屈原的《天問》都搞不清楚嘛，且也沒有納入回目之中。儘管說得熱鬧，所以只能算是“辭費”了，“臃腫”之至！而且有許多描寫帝廷生活的筆墨，都是後代皇帝的情況，遠非遠古帝王所應有，有悖典型環境中典型人物的準則，“不倫不類”。

話說得太重了，可能足下接受不了。“惟善人能受盡言”，真佛爺面前燒不得假香，“知我罪我其無辭焉？”足下對我不是自稱“孺子”嗎？那末“俯首甘為”“橫眉冷對”，老夫是兼而有之的。一笑。

一部著作印了出來，是不是百無是處，連一點兒可取的地方都不存在呢？非也。

魏際昌於河北大學

1996.6

附曹堯德來信十三封

一

尊敬的魏老膝下：

春節在即，先給魏老拜年，祝您老健康長壽，萬事如意！

素昧平生，貿然投書，甚是唐突，不勝惶恐之至。

寄去拙作《孫子傳》一冊，祈請批評雅正。

晚生概況，書前已有簡介，不再贅述。案頭將脫稿 45□ 之《屈原傳》，自問遠勝愚之 "三子傳" ——《孔子傳》《孟子傳》《孫子傳》一籌。臺灣陳老立夫先生已為《屈原傳》題來了書名，南大匡老亞明先生、北大張老岱年先生均為該書寫來了題辭。魏老係屈原研究之泰斗、權威，中國屈原協會會長，晚生為該會會員，祈請魏老為《屈》書題辭一首，不知肯成全否？惴惴……此致，翹首冀盼！

晚生曹堯德頓首

1995 年 1 月 10 日

二

尊敬的魏老膝下：

月餘不曾收到魏老來信，十分惦念。現在晚生心裏很矛盾，一方面魏老已是 89 歲高齡，不忍心讓魏老頻頻給晚生寫信；另一方面，一時不見魏老來信，便十分擔念，生怕由於健康原因所致。這個矛盾怕是無法解決的。

上封信我寫了許多，生怕有不妥之處惹魏老生氣，因而不肯回信。

接出版社來信，《屈子傳》已經過審，評價很好，已簽了合同，明年六月出版。

原計劃《屈子傳》後寫《司馬遷傳》，但華文出版社欲出一套以青少年為讀者對象的通俗讀物，暫定名《先秦文化名人的故事》，約我寫大禹、孔子、孫子、孟子、屈子五人。業已應允，故而《司馬遷傳》需往後推。

　　魏老之大作已裱好,懸於中堂,不僅令蓬蓽生輝,而且時時激勵晚生奮進,不敢有絲毫怠惰。

　　謹頌

健康長壽!

晚生堯德叩首
1995 年 8 月 24 日

三

尊敬的魏老膝下:

　　外出開會歸來讀老師來信,心中重石落地。我之所以連發兩信,主要是擔心老師的健康狀況。這很矛盾,老師近九十高齡,去信必復,學生心中不忍,一時不見來信,又為老師擔心。這一矛盾恐怕是不好解決的。

　　虛心接受老師的批評,學生定引以為戒。

　　我正趕寫那五個故事,每日焦頭爛額。此後的信可能會少些,望老師見諒。

　　見信不必回復,待我的神話小說《大禹傳奇》來書後必寄一本去,敬請雅正,收到書後再回信不遲。

　　恕此匆匆!

　　謹頌

健康長壽!

孺子堯德頓首
1995. 10. 16

四

尊敬的魏老膝下：

大劄並墨寶收妥，西北拱手而拜！……

感謝魏老所賜"祖堯"之名，"子虞氏"之號，但孺子不明白"子虞氏"之意。倘名"舜德"，號"子虞氏"，甚好；今名"堯德"，似應"子唐氏"，先嚴便為余取號"敬唐"。孺子孤陋寡聞，坦率地提出來，望魏老再信略作解釋。

接花山文藝出版社責任編輯張志春先生來信，《屈子傳》已下場批量印刷，春節前沒有可能見書，屆時志春先生將直接與魏老聯繫，寄書去，寄"序言"稿酬去。

我正在抓緊改寫《孟子傳》，整日疲於奔命，焦頭爛額。

敬頌

健康長壽！

孺子堯德頓首

元．十八

五

尊敬的魏老膝下：

近半年不曾致書問候，念念！

幾經坎坷與周折，拙作《大禹傳奇》終於面世，奉呈一冊，一表謝忱，二求雅正。

《屈子傳》早已下廠，大約不久即可見書。

下一步的任務很重，既要創作《司馬遷傳》，又要應華文出版社之求主編叢書《先秦文化名人的故事》，整日疲於奔命，焦頭爛額，恕此匆匆。敬頌健康長壽！

孺子堯德頓首

六月六日

六

尊敬的魏老膝下：

捧讀大劄，心潮澎湃。魏老 89 歲高齡，見孺子一小說，竟能津津讀之，並寫出評論，怎不讓孺子感佩由衷——魏老不僅是作學問的典範，更是做人的楷模！……

感謝魏老之批評教誨，倘有機會再版，定認真改正之。尊敬的魏老，您是否意識到，您我之間已不再是平時所說的“忘年交”，您早已不再是將孺子看成是社會上一學者，作家，而是看成是自己的得意門生，乃至視為己出，我的感覺對吧？

劄記、隨筆之類的東西倒是有一些，但都是在考察途中的車站碼頭的條椅和不足十元錢的小店內草草而成，亂七八糟，塗鴉一般，現在我自己翻出來看看，都也不知所云，不寄也罷。說實話，總讓您讀我的拙作，心裏就很是過意不去，您知道，我們當晚輩的是多麼希望您老永遠健康啊！……

《屈子傳》已付梓問世，寄來了兩本樣書。因為這是一套叢書，一個模式，都不刊題辭照片之類的內容，故我請魏老及南京的匡老亞明先生、北京的張老岱年先生、四川的湯老炳正先生為該書寫的題辭就不能用了，請諒！責任編輯張志春先生來信說，由出版社付給"序言"稿酬，但未說是否贈書，我已去信詢問，倘出版社不贈，孺子必奉呈。該社總拖欠作者稿酬，常拖一年多。我在給張志春的信中強調，無論如何不能拖欠魏老的稿酬！謹頌

健康長壽！

　　孺子堯德叩首

　　　　　　　　　　　　　　　　　　　　　　七月十五日

七

　　〔前缺〕函授獲得了本科文憑，教了整整三十年高中語文，整日比量分數，賽升學率，六冊語文課本倒是擺弄得爛熟，這中間還有十年"文革"，因一出轟動山東的呂劇《雙玉蟬》（後移植成許多劇種），挨了十年批鬥，寫了無休止的檢查。

　　尊敬的魏老，就這樣的生平，孺子怎麼會能有知識和學問呢？除此，《傳奇》還有它具體的寫作背景。我的祖父是前清秀才，父親在三十年代讀到高中畢業，一生從事教育工作，這樣，在搖籃裏我便接受儒家思想的熏陶，加以在聖人的故鄉上了兩年大學，平時的言行中難免要流露儒家的思想傾向，於是批林批孔運動當中，我便成了全縣的批判重點。其實，這時的我，連對儒家思想知識性的瞭解都談不上。運動過後，我曾集中學習研究過儒學，發了幾篇論文，八四年到曲阜出席了全國孔子教育思想討論會，從此便孕育準備創作《孔子傳》。待八七年《孔子傳》脫稿時，正是黃色書刊氾濫期間，無

人肯出，只有花山肯出，但必須再給他們寫本"故事性，可讀性強"的書，《傳奇》是在這樣背景下動意的。正當此時，中央電視臺首次播出《西遊記》，老婆孩子都願看，《傳奇》的構思很受它的影響。八八年底《孔》書問世，八九年春，由出版社、文論報、山東作協、煙臺文聯及龍口市委聯合舉行了一次《孔》書討論會，會上除肯定和讚頌外，集中批評我的思想古板，心態不解放，拘泥史實，因而作品的可讀性較差。《傳奇》的媚俗之舉，很受這次會議的影響。此後是全國規模的首次掃黃，花山因出了些壞書而多次被通報，但《孔》書卻為其挽回了不少政治上的損失，因而便不再出《傳奇》，而又約我寫了《孟》《孫》《屈》三傳，並與《老》《莊》《管》等書形成了《先秦諸子文學傳記》叢書。

再者，《傳奇》中的內容，多是有本之學，是從書本上獲得的，那諸多妖魔鬼怪的名字和故事，顯然不是我能夠杜撰出來的，只是我所參考的書未必正確，由於讀書少，只知其一，而不知其二，所以除了媚俗，不雅訓外，還有許多知識上的錯誤，如"九州""天堂"等等。

尊敬的魏老，我寫了上邊這些，不是不虛心接受批評，將問題推向客觀，而在表明心跡，說明事出有因，結果必然。

我是五七年至五九年在曲阜師院讀書的，老師所提的兩位先生，我都不認識。

謹頌

夏祺！

孺子堯德叩首

96.7.23

（花山社寄《屈子傳》否？請告）

八

尊敬的魏老膝下：

特快專遞收到，感激涕零，沒齒不忘！

也許是孺子的上封信沒有說明白，也許是師母在電話裏沒有聽清楚，煙臺市（地級市）委宣傳部是將孺子的《屈子傳》推薦到山東省去評"五一"精品工程，而不是《大禹傳奇》。《屈子傳》是魏老寫的序，魏老是研究屈原並楚辭的權威、泰斗，來信又誇該書好於其他幾部愚之拙作，因而希望魏老能寫點評價《屈子傳》的文字，無疑，這對山東省委宣傳部能將《屈子傳》評為九六年"五一"精品工程，必將大有助益。時間要求得很急，魏老年近九十高齡，我這樣催，真是於心不忍，罪過啊，罪過！不管怎麼說，還請魏老量力而行，寧可不寫，不評精品工程，也不要累壞，切記！謹頌

秋安！

孺子堯德叩首

七月廿六日

九

尊敬的魏老膝下：

兩封玉函，均已拜讀，心潮難平！

魏老年近九十高齡，在短時間內讀完孺子七十萬言的小說，談出具體的評論意見，怎不令孺子感佩！天下人海茫茫，誰能如此？若非

視孺子為己出,望子成龍,豈能如此!

當年藤野先生對魯迅只有那麼三言兩語,魯迅便一生將藤野先生的照片懸於案頭,激勵自己奮進與戰鬥。如今魏老在孺子身上花費了多少心血!孺子定以魯迅先生為榜樣,孜孜奮鬥終生,以更多更好的作品來報答魏老的關懷、教誨與厚愛。

孺子的《孫子傳》,九四年被山東省委宣傳部評為"五一"精品工程。九六年,煙臺市委宣傳部正在醞釀(樣書已索去)將《屈子傳》推薦到省裏去參評。為了配合這次評獎活動,不知魏老能否寫一篇評論文章公開發表,因為魏老是全國德高望重的文學權威和屈原研究泰斗。當然,魏老畢竟眼看九十高齡了,倘貴體與精力來不及則不要勉強,評獎事小,魏老的健康事大。千萬,千萬。謹頌
健康長壽!

孺子堯德叩首

1996. 8. 25

十

尊敬的魏老膝下:

大作收到,勿念。

為了我的《屈子傳》參評省"五一"精品工程,這段時間,魏老是夠辛勞的了。九十高齡的老人了,這如何經受得了!我真後悔不該這樣做,堯德實在是罪過呀!……

事實愈來愈清楚地表明,魏老視我為己出,傾盡心血培育。交往以來,我不僅從魏老的書信和作品中學會了作人的準則。

彼此相距千里之遙,晚生難對魏老有所教敬;只有刻苦學習,發奮著述,給今人和後世多留著作品,來報答魏老的培育之情。

不必回復,孺子必定期致書問候。遙祝健康長壽!

孺子堯德叩首

十月九日

十一

尊敬的魏老膝下:

兩個多月不曾聯繫,從所寄來的《屈子傳讀後》看,似乎手與眼都不太聽使喚,也許與我催促得太急有關,不知近來如何,念念!……

先回報一下《屈子傳》評精品工程的情況。評精品工程是由各級黨委宣傳都負責組織,業務上的工作多是由作協、文聯來幹。九六年一如既往,煙臺市委宣傳部要向山東省委宣傳部推一部優秀長篇小說,煙臺市委宣傳部就將物色這部長篇小說的任務交給了煙臺文聯。煙臺文聯經過數月艱苦細緻的工作,就確定了推《屈子傳》,來電話要我請魏老寫一個簡評,並責我以煙臺市委宣傳部的名義寫一篇《屈子傳》評介,以便連同《屈子傳》一起交山東省委宣傳部。堯德素來是聽將令的。於是遵旨而行,一方面起草"評介"文章,一方面致書魏老,請魏老寫簡評,而且催得很急。可是文聯報告了宣傳部,宣傳部以"不是現代題材"為由,不同意向省裏推《屈子傳》,這樣咱們師生匆匆準備的兩篇文章便白忙活了。煙臺市委宣傳部不同意推《屈子傳》,便推了一部現代題材的去。據煙臺文聯的負責人說,所推的這部作品,不倫不類,根本不是文學作品。在向省推的同時,煙臺亦評精品工程,結果《屈子傳》名列榜首,而推到省裏的那部,被煙臺的專家組否定了,在煙臺市都未評上,豈不怪哉!⋯⋯

　　據煙臺文聯知底細的領導同志講,之所以會出現這種怪現象,是因為九四年我的《孫子傳》被評為省精品工程,領了 3000 元獎金,未分給宣傳部主持文聯工作的 x 副部長,這位副部長曾多次談及此事,耿耿於懷。嗚呼,一個地區黨委宣傳部長竟是如此胸懷,豈不讓人作嘔!⋯⋯

　　無論哪裏評獎,我都是把作品交上了事,從不拉拉扯扯,搞什麼小動作。我只管盡力把書寫好,怎樣評是他們的事,我絕不去做那辱沒人格的事。

　　寫這篇評介文章,孺子真花了力氣,下了功夫,自己也較為滿意,不舍廢棄。今掛號寄魏老,魏老審查一遍,看有無不同的意見。若無,水平又不十分損害魏老的聲名,就署上名,掛號寄回。

　　我將請山東作協副主席、《文學評論家》主編任孚先同志在《文學評論家》上發表。權且我給魏老當了一次秘書,行嗎?

翹盼回音!

　　謹頌

健康長壽!

孺子堯德叩首

1996. 11. 30

十二

尊敬的魏老膝下:

　　新年在即,寄去地方特產少許——兩包龍口粉絲,二斤海米,聊表孝敬之情。

《先秦文化名人的故事》叢書業已編完,共十本,150 萬字。孺子寫其中的《孟》《孫》《屈》三本,45 萬字。這本是華文出版社的約稿,原是抓得很緊的,擬於明春見書。然而日前接其編輯部主任來信,言說不久前做過市場調查,全國類似的叢書有五種之多,而且其他家的進度都比他們快,因而改春天出為秋天出。來信說,計劃是這樣,但究竟怎樣,很難說,不排除告吹、泡湯之可能。嗚呼,欲成一事,難矣哉!……

《司馬遷傳》寫了三章,頗有旗開得勝之感。

據訊《屈子傳》反應較強烈,將會陸續有〔後缺〕

十三

魏老治喪委員會:

驚聞魏老歸天,涕淚交流。肝腸寸斷!

我五九年畢業於曲阜師範學院中文系,八七年前從事高中語文教學工作,八七年發表文學創作,以寫歷史文化名人文學傳記為主。九四年春,為創作《屈子傳》,我心懷惴惴地致書魏老,請教諸多學術問題,不期魏老當即回復,一一作答,從此書信往來不絕,有時竟至紛紛如雪。九六年《屈子傳》出版面世,魏老為其作序,此後並寫有評論文章。

魏老知識淵博,學富五車,每每引經據典,揮灑自如,將我送進高聳的知識殿堂;魏老襟懷坦蕩,光明磊落,來信常有批評、指責與教誨,且十分嚴厲,有時簡直就像嚴父在教犬子;魏老待人以誠,熱情似火,有問必答,有求必應……總之,我係魏老的私淑弟子,魏老是我文學創作的堅強後盾,是我作人處事的楷模!

　　九四年至今,已有六個年頭,因為彼此皆忙,竟未能相見一面。幸而魏老曾寄給我兩張照片,經常端詳,可以揣摩他老人家的音容笑貌。

　　去秋魏老病重住院,我曾頻頻致書問候。秋冬之交,接到師母來信,言說魏老病癒出院,在家調養,我如釋重負。為創新作,今春在外奔波考察數月,竟未給魏老去過一封信。昨日考察歸來,噩耗觸目驚心,猶如五雷轟頂,天塌地陷! 我內疚,我羞愧,我捶胸頓足,我將無顏見魏老於地下!

　　向師母及其親屬致以衷心的慰問!

　　安息吧,尊敬的魏老,您的英靈永存!

不肖弟子曹堯德叩拜

1999 年 6 月 7 日

致黃中模信一封(附黃中模來信二封)

中模教授賢棣史席：

久違了,你好。每一念及四五年前同遊湖南之往事,便想見英雋才華,非同小可,而某則"老夫耄矣,無能為也已!"慚愧慚愧! 前日,偶檢舊卷,屈原學會召開之"楚辭與苗文化討論會"之論文。我還開著天窗,沒有交卷,真是該打(雖已打印,並未散發),那麼,請與湯老研究,怎麼處理? 今即寄上原稿(印得太差,校對也差),老棣你瞧著辦吧。

新春在邇,拜個早年。祝福老棣諸事吉祥,闔府康樂!

北燕魏際昌時年九十歲

附黃中模來信二封

一

際昌先生：

您好,去年秭歸會上有幸聽了您的發言,印象很深,至今未忘,現得惠書,不勝欣喜之至,當即轉告姜、湯二老。

去年,在杭州姜亮夫先生處進修《楚辭》,知姜先生對日本一些學者在這十多年來,連篇累牘的否定屈原存在的真實性,深惡痛絕。意欲組織一次反擊,現已收集到日本學者這類文章若干篇,集中在我處。

已譯出兩篇,即將由我院學報發表,以期引起國內討論,其餘正在翻譯中。日本人文章除了拾起廖季平、胡適之唾餘外,還有所發展。他們否定《史記‧屈原列傳》,否定屈原是歷史人物,而認為是一個幻想式的人物,謬論頗多。

準備明年專門為同日本人論爭事召開一次學術討論會,最好以民間組織形式出面。因此組織學會是姜、湯二先生著眼於此的原因之一。

先生在河北素有崇高威望,請將上述內情向貴省學者轉達,同時望多收集日本國內評論屈原文章與資料,加以翻譯、發表,給予嚴正駁斥,以維護我國偉大詩人屈原的崇高地位,若能立即回應,誠我民族之幸也。

然而,成立協會必須得到中央有關部門批准,如果先生與河北省語文學會的學者能以素有之威望及與北京學者頗多接觸之便,大力促成此事,誠姜、湯二先生之望,我等晚輩引領而待之也。

大連會期將近,希望先生與會,屆時當拜會先生,詳細匯報有關事項。盼隨時賜教。敬頌
文祺!

黃中模

1983. 7. 19

二

魏先生：

您好,久未見面請教,非常想念。

最近我院在過去我等研究屈原取得的成績的基礎上,成立了"《楚

辭》研究室",批准我作為研究室主任,因此,請魏先生今後加以指導與支持。

由於國內各高等學校與科研機構尚未成立《楚辭》研究室,我院成立了這個科研機構,是國內第一個楚辭研究室,在成立後,應怎樣進行工作,要注意些什麼問題,均請魏先生來信指教。

先生是屈原學會副會長,對我們的進步,唯望多加關照。

此祝

冬安!

黃中模
1985. 12. 2

附　錄：

李德元來信一封

尊敬的老師魏先生、于先生：

　　首先向您二老問安，自二老遷居保定後一直沒有見面，甚為掛念，學生很少寫信問安，深感不安，望師見諒。有時見到華邊琴老師敘談之下，得知您二老在那裏生活很好，房間比較舒適，特別是二老身體康寧。學生遠在京津願二老緊張工作之中注意保重。

　　學生現在北京師大中文系訓詁班進修學習，現將半年以來情況叩稟先生，望能賜教。

　　八一年暑假前得知教育部委託北師大舉辦全國第二期訓詁班，由訓詁學會會長陸宗達先生主持，我在天津高委報了名，當時預計招收三十名，後來在揚州全國重點大學進修班統一錄取，師大因住宿問題只錄取十六名，學生幸運，在錄取前給陸先生上書提出要求，故此在名額有限情況下，名列十六之內。自八一年暑假後九月一日開學，現在已是第二學期了，這個班宗旨是主要培養詁訓人材，恢復這門課，把訓詁學這門課繼承下來，學生大部分都是年過半百的，其中也有年輕人，一名是山東大學殷孟倫教授的門徒，參加八一年訓詁學會成立代表；一名是北師大研究生，南京大學洪誠教授的高徒，還有師大早年畢業的學生。主要對像是大專文科教師，但其中也錄取了四名別科院校的，其中北京政法學院搞古法學的一名，中央民族學院搞民族語言的一名，山西財經學院一名，再一名就是天津中醫學院的。我很幸運，在年過半百時刻能來這裏接受老先生們幾十年來藏在箱子底的寶貴治學經驗,在我步入中醫學院之後,下一步應如何去搞之時,得到這千載難逢的機會真是天降甘霖,您知這消息也一定很高興。

為什麼在主要錄取文科同時還要錄取不同學科的四名,陸先生在歡迎會上講這樣做是有計劃地要瞭解一下不同學科的訓詁學情況。59年我和津中醫學院同志來京時,曾拜訪過陸宗達先生,那是他的一名研究生,現在北京中醫學院古文教研室任教的老錢推薦的,陸先生很喜歡中醫古籍。上學期我在這裏發奮聽了幾門師大的課,我們訓詁班的16名學員,還有的去北大聽課,我沒有去,經陸先生介紹去北京師院聽那裏的一個古漢語班,那裏請了幾位名家,由陸宗達先生講說文,楊伯峻先生講古漢語文法,唐作璠先生講音韻學,王利器先生講章句,收益不小。

在師大聽了肖玉章先生講毛詩訓詁,曹述敬先生講錢玄同古韻,俞敏先生講章太炎先生的"成均圖"和音變。寒假後這學期聽文字學、訓詁基礎課,和陸宗達講說文,這學期主要是每人在結束前交一篇論文,各自定題,結合自己專業。三月份交提綱,六月上旬交稿,時間比較緊迫了。我初步報的題目是計劃寫李時珍"本草綱目"內容,中藥名稱辭源訓詁,我感到李時珍不僅是偉大的醫藥學家而且是偉大的辭源學家,或者說是偉大的語言學家。可是這樣的桂冠不論是醫學界還是語言學界從來沒有人搞過這工作。還是個空白,這次論文準備初步從訓詁角度試作一下,以後接著作下去。我們這個訓詁班的全面負責輔導員,為師大訓詁教研室付主任,徵求他的意見他表示同意,介紹讓我參仿《爾雅》和《廣雅》有關部分。老師您意見如何,請賜教。

這學期師大學生中還開有唐詩研究、詩經研究等,我實在沒時間聽了,只聽了兩次唐詩研究,這門課是請加拿大華人葉嘉瑩主講,雖然是選修課但每次禮堂式的教室座無虛席,還有啟功先生開的元代詩文,慕名而來者眾多,這些老先生中可能有您的老相識,有什麼事情來信我代為問候,同時也可拜託您的這些老相識對我多加栽培,望賜函教誨。

　　二老在生活上需要什麼或圖書上需要添什麼請來函,學生一定照辦。

　　敬祝
春安!

學生李德元

82. 3. 3

來信請寫:北京師範大學中文系訓詁班交

華鍾彥來信四封

一

際昌學長吾兄：

春節前景春回開，藉悉吾兄身體健康，近況佳勝，甚以為慰！又得奉讀手示，快同親炙。三十四春秋，如煙雲過眼，滄桑巨變。若我等七旬老翁，分散在關內各學府，實不多得，亦猶逃空虛者，得聞謦欬之聲。想吾兄亦有同感。

聞大著"先秦散文研究"已經脫稿，此是散文之淵源，後學之矜式，弟願先讀為快。

年來致力於"古典詩歌今選"。編選特點，以古為今用為主，所選歷代名篇，重在團結、進步、愛國、革新、除奸、抗暴等思想，期在引導青年樹立正風，克服邪氣。凡嘲風雪、弄花草之作，未便涉及，以俟成編，當請指教。

弟來豫已二十六年，浮沉歲月，迄無所成。今年上期，除指導研究生寫畢業論文外，又應七七屆畢業班學生之請，講專題選課六周，題為"古典詩歌及其韻律"，萬一有一批新秀攘臂傑出，共同拯救古典詩歌之厄運，實吾兄所謂"振臂一呼"之初願。

年事漸老，身體尚健，每日窮忙，不見成果，只堪自笑。

順頌

撰安！

弟華鍾彥
二月十四日

二

際昌學長仁兄：

前奉來翰，知你將往避暑山莊與北戴河旅遊，旬有五日而後返，計程可能回校矣。

我校研究生答辯時間至今未能定出確切時間，大約在九月中旬。畢業論文日内寄出，也可能一篇稍晚些，日期定後，另外去信告知。你來以前一二日給我來個電報，寫明到汴車次與時間，以便到站接你。

你來汴至少要住四天，三篇論文各佔一天，另一天請你做一次學術報告，"先秦散文的名學問題"就很好，談談先秦散文别的方面也行，反正三個小時。這四天都安排半天，餘半天休息，遊覽景物，大致如此。

你買車票要買"全程加快"，到鄭不再買票。在鄭要買到開封的快車，是不賣的。請看車表定車次，時間要留有餘地。最好是車票到手再發報，以免有變。

任先生招的近代文學研究生的情況，我已問過，近代文學專業全國現無定本，只有參考一下范文瀾《近代史》以及北大編的《近代文學作品選》，龔自珍以下到五四以前各名家概要。基礎課考古代文學史與作品，科學院的文學史與朱東潤的作品選。

劉寶和同志學識很好，本來我們要留下的，只以個别人的嫉才，以致交臂失之，他可能去見你，量力而為，也要順應自然。順候
近安！

鍾彦

八月十三日

三

紫銘兄：

　　北戴河之遊，承兄多方照拂，得以盡遊，神明謝恫。

　　歸京來諸事蝟集，尤想兄將歸保，探望月萍同志，可能早占勿藥。

　　弟將於月之 14 日去大同，20 日歸京。兄如晉見晉生先生，以弟歸京後為好，以便同往。

　　太和寨如有弟信，請分神轉來。弟將於月底回開。

　　景春尚無信來，我又去信催問矣。順頌

麗安！

鍾彥，八月十日

　　淑容代問候，回函如封面

四

際昌同志：

　　來信早已收到，並收到《桐城古文學派小史》兩冊，三賢照片一張（不知那位是誰？照於何處），孰為驚歎，吾兄年事已高，精力如此充沛，寫出如此巨著，使我不敢不勉。

　　車費已交人報銷，勿念。

　　鄭大熱情招待，所以待賢者，固如此也。登封咫尺，我尚未曾一往,留待異日。

　　高晉生師處,我已去信,稍一提及。他已有書來,正在懷念著你,不知你在何處,別後未曾收到你隻字和任何東西,這是極大的誤會,請你馳函問候長者,對過去一切不提為是,一定要做現實主義者。

　　順臺照片已洗出,隨函寄上一張,以資紀念。

　　紀念魯迅,有些詩篇,茲錄一首,請多指正。順候

秋綏!

弟鍾彥

10 月 5 日

紀念魯迅先生

　　黑雲帶雪欲摧城,手把霜毫氣不平。
　　幾向刀叢橫怒目,甘供心血育新生。
　　奇文激厲乾坤轉,小事無疑自我評。
　　今日神州昂金鑒,多緣鐵骨樹風聲。

鍾彥,九月廿五日

劉崇德來信一封

魏先生：

　　學生前次去保，與師一見匆匆，旋歸津門。又因其時鄙體染疾，不便作訪，故未與師母面別。歸後雖經月餘，猶感內疚不已，於此失禮之事，望師見諒。而今學生疾革病除，但一直匆匆碌碌，雖晝夜不舍，猶感時間之不足用。所以於此者，為趕寫畢業論文也。倘冀有所成，亦師之所望也。

　　塗鴉數紙，不堪補壁。學生於丹青一道，近來似有所悟進。此亦不負江南一行。與雷、謝、熊暨李永祥先生畫亦寄貴處，倘方便勞及彩霞分送，不罪！

　　臘盡歲闌，念師不啻新春之禧更有庭闈天倫之樂，雖師居燕南不能面賀，而弟子於海下亦為之欣然。謹此

　　敬祈
先生萬全，闔家新春歡樂！

學生崇德

83. 2. 8

徐明來信一封

魏先生：

　　您好。

　　問于先生好。

　　作為您的學生，我謹以尊敬和懷念的心情向二位老人家祝賀春節！願二位老人家在新的一年中身體健康，精神愉快，萬事如意！

　　八二年秋季以來，我便全力投入了論文的寫作，題目是《柳宗元的文學主張和文學創作》，已經寫完文論和詩作的大部分，爭取二月底完成初稿，三月份用來修改定稿，四月份打印。由於我功力不深厚，專研不夠，得需要作重大努力，因此寒假，甚至春節都得用上。通過寫作，也使我感到，必須在以後的生活中更加認真，更加系統地學習。先生第一年為我們的講課，已經給我們指出了入門的津逮，真是一件幸事。

　　在天津，聽說過先生工作上老當益壯，教課並進行研究，還認真進行其它工作。先生的精神是值得我學習的。

　　天津前不久出售了新印的《十三經注疏》，估計今年《諸子集成》也可能出版，而現在新排印的簡裝《諸子集成》也陸續問世。我覺得還是以世界書局的本子為好。但新書收羅廣博，注解多家，也有優点。先生認為哪種的為佳呢？

　　不多寫了。

祝兩位老人家長壽。

此致

敬禮!

學生徐明

83. 2. 10

一行來信三封

一

魏老並于先生近佳！

　　承德返回保定魏老一路平安否？近日可能又忙於幾位研究生答辯事宜吧？

　　我于當日離開承德後往北京，抵天津小住了幾日，六月廿一日回到學校。

　　遵囑，返校後我擬了一個短箋，給省教育廳有關領導，望您代轉並附上幾句話。這是關於講師職稱之事。

　　另，省語文學會會員事，您看哪裏有表給我找一份，以"就有道者"。此表讓煥茹轉寄或放假給我捎來即可。

　　承德之時，我已表明我的意見：二老要注意身體。一則年事已高，二，新近又生糖尿之症。這應重新接受我的辦法：一般會議應酬當推謝。抓緊時間整理出版些文字。當然，主要的有影響的社會學術活動還是勉力而為，只是要深記身體康泰。

　　托轉致于先生我的問候。

　　祝

如意！

學生

一行頓首

1983. 6. 27.

二

魏老:

　　您好!

　　于先生好!

　　久疏問候,十分慚愧。春節前,麗萍曾轉達您的關切,學生十分感念,但一直心緒不好,也沒有好的結果獻上,因此遲遲未能動筆。

　　學生熱情有餘,權變不足,太直太愚,至於大吃虧。現在處境險惡,瀕於絕望。這裏執意與我為難,原因是聲高蓋主,勢必壓了下去。學生也太鋒芒外露。目前到了這種地步,哪裏要調我去,他們(這裏頭頭)去做反工作。如河北教育學院擬調我去主持該院子。這裏去找到兩位院長,說"此人不好領導,你們實在要,我們巴不得奉送"云云。弄得對方不知情況如何。反過頭來,又在本院散佈:"此人自己以為有能耐,沒人要他。甭想調走。"我的家也將崩潰。實在沒辦法。"齊家治國平天下",此道學生一無是處。慚愧慚愧。

　　您要保重身體,有機會我再去拜訪您。您評論《詩歸》的論文早印好,這裏領導搗亂,說經費不夠,一直扣著,不讓發。刊物也無法辦下去了。學生目下簡直走入絕境,沒有出路。

　　字跡潦亂,望鑒諒。恕不一一。

　　即祈

大安!

學生一行

再拜

1988. 4. 10

三

魏老大安：

　　問候于先生好！

　　從保定而後去石家莊、太原，收穫還是很大。不想返回後就讓天津電報召回：送走母親之後，父親又確診胃癌、直腸癌，情況還相當嚴重，醫院建議立刻手術，只是體檢後，心、肺、胃、尿問題都很大，只好拖了一年，控制後，又補了血，輸了液，才進行手術。手術做後還比較好，大出意料之外，但發現肝上也有問題！恰在此時，妹妹又在天津被一自行車撞折了右臂，真是禍不單行！

　　我剛剛從天津返回，因為有二期刊物要付印，月底還要上課，忠孝不能兩全！

　　稿費問題，您的厚意已轉達給我院領導，但我意還是給您，少給一點，給了一百貳拾元，我原計劃給您百伍拾陸元左右。望您別再"清高"，您也該保養福體，于先生身體也不甚佳。

　　山西大學姚奠中先生問您好！

　　您有吩咐可讓彩霞找煥茹轉達我即可。我和學士辦全國性學術會議，討論高適、紀曉嵐、作為地方文史活動而面向全國，掌握發言權，以擴大影響。您要給予支持，幫助聯繫專家。

　　匆匆為敘，容再稟。

　　即祈

福安！

學生

一行上

12. 13

劉振中來信三封

一

魏先生:

您好!

來滄州已有兩個多月了,一直沒能寫信給您,不知先生的身體可好? 糖尿病是否已經痊癒? 這些都不得而知,我常常掛念著此事,可是寫給先生的信卻遲遲沒有寄出。因為我一出校門,就趕著寫一篇文章,工作安定下來之後,又幾經刪改,原想等完成之後,寄去請先生指點,可是幾易其稿,到現在也還沒有最後完成。

文章的大致內容是這樣的,通過一個時期的學習,我體會到:中國經濟現實的落後與西方經濟現實的發達,二者相差如此之大的原因是否與各自奴隸社會時的生產方式不同有關? 我總覺得,就像人的遺傳基因不同而決定著人的皮膚髮色具有黑黃之分的區別一樣,社會經濟的發展是否也是如此的呢? 我記著先生的教誨:"無論在什麼樣的情況下,都要把馬克思主義的哲學觀點同原著結合起來,進行具體分析。"我從《史記》《漢書·食貨志》《莊子》《荀子》《兩都賦》及《題洛陽名園記後》等一些片段材料裏看到,中國古代自然科學所以落後,社會生產分工所以不發達,農民階級鬥爭所以不能推動歷史時代的變革,並不根源於所謂的"孔孟之道",而是根源於封建社會自給自足的自然經濟。而這個特殊的經濟體制又是由周代奴隸社會大土地所有制和家族奴隸勞動相結合的生產方式發展而來的。這種生產方式的遺傳，決定著中國古代自然科學不能繁榮發達，而社會科學必然閃出奇光異彩；決定著生產力不能迅速發展，而生產關係必然保持相對的穩定性。因此，正像梁啟超先生所言：“我中國發展若何之遲者，正如嬰兒自胚胎以迄成童，一二官支先行長成，其他大略雖粗具，然未能得其用也。”這樣，近代中國和西方在經濟領域中的差別才越來越大，西方十八世紀完成了資本主義手工工廠到大機器工業的歷史過渡，中國十九世紀末期才出現名符其實的產業資本。所以現實經濟狀況絕不會超過西方發達的資本主義國家，醫生治病，總是先斷症，後下藥。先生您曾說過，不能把意識的東西同存在的基礎分割開，要知道意識，先瞭解存在。因而我下決心先搞經濟史，然後再上升到文學領域。所以我也才花那麼大的氣力來從事這方面的研究。但是學校領導卻說我是“不務正業”，每天學習到深夜，影響上班，是“羊群裏出駱駝”。自己的一番苦心和努力卻不被別人所理解，我感到壓抑和痛苦。在這種心境下給您寫信，不免會流露出消沉的情調。所以幾次提筆都沒有寫成。但是，我不甘心這樣混下去，更不甘心向這樣的環境屈服。現在已開始學習英語，準備過兩年，情況如果允許，一定要考研究生。還望先生在各方面的學習上對我給予多多的指教。

　　先生，您是我們真正的啟蒙者。前些天接到咱班同學許盾的來信，他原先不太愛好古典文學，我們關係不錯，但在這個問題上卻針鋒相對。想不到出了學校大門，一接觸社會實際，他竟來信說：“今日明知者，皆由古來。在學校聽魏先生將古比今，都不理解，甚至常發生誤會。現在覺悟了，可再也沒有機會聽先生的課了。”我堅信自己是還會有這樣的機會的。我現在開始看《莊子》，但前後連不起來，難以看到一個體系，也就難以知道藝術手段高妙在什麼地方了。還請先生來信指教。黨校單位不錯，時間充分，我完成本職工作，其他時間自由支

配,隨他們怎麽說吧!"三軍可奪帥,匹夫不可奪志也",我信奉祖師爺的話。(一笑)

我們準備元旦結婚,到時一定給先生寄照片去。關於屈原的論文我想下次再給先生寄去。

先生,恕我沒有及時給您寫信去,將來有機會時一定再去看望您,望您多多保重身體,一併問候和祝願于先生。

順頌

敬安!

學生劉振中

1983. 11. 30 於滄州

二

魏先生:

您好!得知先生身體還好,非常欣慰。我們這代人要學的東西多,應當學到、目前尚未學到的東西更多。學做人,學文化,都離不開先輩的指導。可不可以這樣說,今天沒有您們,明天就沒有我們。您們的健康,也便成了我們的幸運,

關於屈原的稿子已經看完了,並且研究了幾遍,重點在於理解屈子平與莊老思想的關係。原打算把它留下來,作為一把鑰匙,打開莊老學說與屈原思想相互關係的大門,不想誤了先生的事,望先生諒解!

不敢說舉一反三,但在研習先生手稿的過程中,我似乎覺得又解決了一個兩年來未曾得到解決的問題。"聖人之生也天行,其死也物化;靜而與陰同德,動而與陽同波。感而後應,迫而後動,不得已而後

起。"可說是屈原思想的現實基礎,他懷抱利器,壯志難酬,悲歌慷慨,寫下了千秋絕唱,其中反映出來的莊老思想成分,有相當的比重,然而,屈子平不曾做,也未曾想做藐姑山上那位肌膚若冰雪,綽約若處子,不食五穀,吸水飲露,超然物外的仙人,亦未追求"放於自得之場,物稱其性,事稱其能,各當其分","任其自然"的逍遙,而是在"路漫漫而修遠兮,吾將上下而求索"的過程中,反映出一種積極的進取精神。這是他不同莊老的地方,而他進取精神與莊老思想成分的矛盾,又是其矛盾情感的思想基礎。在矛盾鬥爭中,屈原始終堅持愛國主義立場,世雖污垢,卻"皎然不滓",又大有儒家思想的來頭了。從屈原、莊子、孔子等人主張、見解、意識形態的相互聯繫與根本區別中,我們是否可以證實班固《漢書‧藝文志》"六經之支與流裔"的說法。先生這篇稿子是有針對性的,對我尚有這樣的啟導,恰好說明了一個問題,先生是學生通向更高階梯的橋樑。希望先生下次來信,著重談談儒墨道法名五個學派學說的相互區別與聯繫,我覺得這是自己迫切需要瞭解的東西,只有在這樣的基礎上,才能學得好。這種想法不知是否對頭,望先生指教。

　　先生說得對,即不能丟掉學生本色,又不能當呆子,我正在努力克服自己書生氣十足的弱點。這裏的環境不夠好,校長雖是咱們系65屆畢業生,但多年農社書記的生活,已經把他改造成另一個人了。他忘記了只有有學問,才能為人民服務,整天跟在市委書記的後頭,吹吹拍拍,想當什麼部長。他視新來的幾個年輕人為異己,開始說大伙學外語是不務正業! 說我看古書,寫文章,不是搞科學社會主義。真不知道他的社會主義經濟基礎和社會主義國民文化是從什麼地方來的。黨校不辦班,什麼事也沒有,在個人宿舍裏堅持八小時坐班。前些時我幾乎每天夜間三點左右入睡,早晨起不來,後來向他提議,晚上的工作效率比白天好,黨校是不是可以考慮不坐班,他說我羊群出駱駝,一怒之下，我罵了他"混蛋邏輯"。不過，經過鬥爭，他終於不來幹擾我們學習了。我們來校之前，這裏僅有一個本科畢業生，三十七八歲，也沒有什麼進取的念頭了。其他幾個工農兵學員不學習，整天价說長道短，幾個年輕人成了他們的眼中釘，他們不僅歧視本科生，而且憑著在黨校"多年的資格"，千方百計地讓我們"入鄉隨俗"，我真有點受不了。現在的方針是，生活上一無所求，誰要幹擾我的學習，我就不許他進我的宿舍門。大凡時間是由自己支配的。我準備利用兩年的時間，把外語鞏固下來，這期間盡可能有深度地把《論語》到《楚辭》的先秦著名典籍閱讀一遍，然後通讀《史記》《漢書》，重點瞭解先秦經濟、政治、文化的發展脈絡與變化情況。之後復習文學史的知識，及其他方面的專業知識，參加八六年二月份研究生招生考試。有關訓詁學方面的資料，我手頭有點，如《爾雅義疏》《訓詁簡論》等，其關於音韻方面的東西，一點沒有，望先生列個書單，也好出去購買。這樣的計劃是否可行，請先生指教。另外請于先生把書史方面的著作介紹一些，如有講義，寄來一份為好。不多寫了，請先生保重身體！

　　順頌

教安！

學生劉振中、辛合群

十二月五日

三

魏先生：

　　您好！離開先生已經四年多了，近兩年沒有給先生寫信，也沒得機會去拜望先生,不知先生身體可好?工作可忙?糖尿病是否已完全治癒?我與合群一直在惦念先生。

1985年9月,我們雙雙離開滄州市委黨校,調入省農行幹校工作。此後的情況一直不錯,我的專業學習也沒有丟掉,原打算88年考研究生,後因學校任命我擔任了教研室副主任一職(副科級),提了工資,組織問題也已在解決的過程之中,也就不好意思立即提出考學要求了,但考研究生的想法不變,只是需要往後拖一年,這樣對領導也算做了交待。

近期我想回去拜見先生,有一事相求先生和于先生操勞。

從去年十一月開始,我發揮了孔孟聖賢的一些科學見解,結合當今社會的實際情況,羅本關於在社會主義初級階段裏,領導幹部怎樣在中國民族政治歷史傳統的特殊影響下,根據人們特殊的心理特徵,恰當地選擇出自身與社會的最佳結合部分,從而通過加強自身建設的方式,自我塑造完美的領導形象,藉以加強自身的影響力和號召力。並把它命名為《資治新論》。我岳父原是滄州地委資格較老、威望較高的領導成員之一,因此,在滄州兩年,接觸了不少地方的領導幹部,許多現實的材料,是研究他們的社會政治行為及其心理特徵得出的。最近我和省人大常委會原副秘書長孟北祥同志聯繫過了,他答應把這本小冊子的書稿向山東或河南省有關出版社作為推薦,與此同時,我還在與河北省文化廳長鄭熙亭、《河北日報》副總編胡玉泉聯繫,以求得他們兩人的幫助和支持,文化廳長出面幫忙是沒有問題的,胡玉泉可否幫忙,還不知道,我估計問題也不十分大。現在問題的關鍵是找兩位專家對稿子預先做一下鑒定。我想請先生您和于先生來審一下這個稿子後,再送交出版社。不知先生有沒有時間?全稿計有十三萬字左右,共包含十個章節,也即十個問題,詳細目錄如下:

第一章《中國民族政治歷史傳統的現實影響》:這一章包括三個具

體內容:①中國民族政治歷史傳統的基本特徵,即君權至上,宗法世襲,賢人治國和道法被代替法律協調各種社會政治關係的作用。②中國民族政治歷史傳統之特徵的成因,即共同體經濟和家族制度的客觀存在。③中國民族政治歷史傳統的現實影響和這種影響的作用方式。

第二章《權位崇拜的利與弊》,其內容包括:①權位崇拜習慣社會心理特點。②這種心理的產生根源。③從古代社會的盲目崇拜到現代社會理性崇拜的轉化。④現實崇拜客觀存在的利弊因素。

第三章《道法修身的特殊作用》:①如何看待"修身,齊家,治國,平天下"的理論。②現代社會領導幹部全心全意為人民服務的修身標準與人的自身矛盾及人的群體內部矛盾兩重性的關係。③孟子"盡心"論的科學價值。

第四章《智慧的自我培養和完善》:①能力的三要素。②克服庸俗化實踐觀的影響。③強化的理論的學習及其學習的系統性。

第五章《分職與控制的協調與統一》:①荀子和《呂氏春秋》分職論的科學價值。②及□□□違旨領導規律的關節所在。③現代社會分職的基本內容及用人在分職中的地位。④由直接控制向間接控制轉化的合理性。

第六章,《用人的兩大策略》。

第七章《用人原則的辨析和五步識人法》:①把用人唯親看成導致用人失誤的關鍵,是一個歷史的錯覺。②司馬遷求同用人原則的發現所突出的"知人"在用人中的地位。③孔子五步識人原則的真理性。

第八章,《家庭環境的創造》:①家庭環境的一般意義。②宗法觀念影響下,領導幹部創造健康家庭環境的特殊意義。③家庭環境創造的基本方法。

第九章《朋友的結識與往來》:①朋友和朋黨的界線。②朋友交識的人類性體現。③孔子"勿友不如己者"的現實意義。

第十章《商品經濟的歷史論證》。在這一章裏,主要說明中國比西方落後的真正根源。

如上所述,是《資治新論》書稿的全部內容。先生您是諸子方面的專家,于先生又是版本目錄學方面的學者,如果兩位先生審稿,並在兩位先生的指導下,我來進一步充實修改它的內容,農開出版是有一定希望的,只是不知先生身體如何? 有沒有時間,盼儘快見到兩位先生的回信。

　　頌順

教安!

學生:劉振中

88 年 3 月 15 日

劉福元來信六封

一

魏老：

　　大劄及尊稿，均已拜讀。

　　讀《紫庵詩草》，深感於其中所洋溢的詩情。《老梅二度·保定中山文化業餘補習學校第二次開學典禮》和《保定蓮池書院老人大學開學，喜而口占四言頌辭》兩篇，涉及到了成人教育，我擬選載於《河北成人教育》。您若同意，我便同其他編輯商量，安排適當的版面。

　　《河北成人教育》，已經省委宣傳部批准，從今年第一期起公開發行。公開發行，要求更嚴格了，望能得到您的指導。

　　暫寫這些，容後詳敍。

　　即頌

冬安！

福元

84. 2. 2

二

魏老：

　　載有大作的《河北成人教育》第五期已印出，今寄上一本。另有贈刊和稿酬,隨後由編輯部寄上。

　　為擴大發行《河北成人教育》,編輯部諸同志到各地、市跑了一趟,聽到一些單位表示在明年增加訂數。如邯鄲中山業校校長趙炎表示,明年他一個學校將訂一千份。保定中山文史學院,不知明年訂多少?

　　望多聯繫。

　　即頌

教安!

福元

84. 10. 29

三

魏老:

　　托李金善、方勇二同學捎來的尊作二本,已收見。謝謝。

　　捎給姚大業的尊作二本,因他回天津了,留在我處,待他返校後,由我交給他。

　　不知何時再能見面,盼望這一天。得相會時,再請教。

　　匆此,順頌

暑安。

福元

85. 7. 18

四

魏老:

您這次赴唐山參觀,收穫不小吧?

上月底我給您寫了一封信,隨後於三十一日到貴府拜訪,才知您赴唐山去了。

這次職稱改革,我的論著需校外專家鑒定。系裏讓本人提名,我想到了您。您如同意,我就向系裏說了,以便將論著寄上。

麻煩您了。容後面謝。

即頌

暑安!

福元

86. 8. 2

五

魏老:

剛給您寄上第二封信,隨即收到了您從唐山返回後就寫的信。

信中言及"義不容辭",將獎掖後進作為自己的義務,實在可敬。

我即向系裏匯報,請將我的材料寄給您。另,我愛人楊新我的材料也請您審,一併寄上。

薦稿同時接到,我馬上與《河北學刊》聯繫。

有關文史學院的宣傳,前發過您的詩文,後又發過梁葆順同志的文章,梁的另一篇文章擬發。不知還有何賜稿?

即頌

暑安!

福元

86. 8. 5

六

魏老:

我剛由承德返校,正準備寫信問候,恰值竹君來,便托他捎上這封信。

胡佳題的稿,我已推薦給《河北學刊》。《河北學刊》編輯回信詢問:胡佳題的通訊位址,今後是否直接與本人聯繫? 望能函告。

待以後有脫身的機會,再登門拜訪。

特此,順頌

大安!

福元

86. 9. 8

湯炳正來信二封

一

際昌先生有道：

秭歸一別，倏已年餘，起居如何，時縈於懷。

敝院學術會，蒙允光臨指導，不勝榮幸之極！現二次請柬已發出，相晤在即，屆時當有一番樂趣也。

聞黃中模同志言，先生此次為成立中國屈原學會奔走江漢間；又為"保衛屈原"，南下洞庭。以高齡而負此重任，實在令人敬佩！

現為籌備學術會，極忙。餘俟面敘，恕不一一！

匆此敬頌

撰祺！

湯炳正

一九八四年四月廿九日

二

際昌教授：

貴陽相晤，來去匆匆，未能暢談，深以為憾！

近接受巴蜀書社委托，主編《楚辭賞析集》，其中《湘夫人》一篇，

擬請閣下撰寫。萬望撥冗賜稿，以光篇幅！有關該書其他問題，如有
高見，亦請隨時見教！

　　參觀黃果樹瀑布遇雨，當無損於健康耶？不勝懸注之至！

　　專此順頌

撰祺！

湯炳正

一九九〇年六月十六日

劉健芬來信一封

尊敬的際昌師：

　　長沙別後，不覺已月餘了。先生近來身體可好？常在念中。

　　汨羅、長沙之行有幸和先生在一起，時間雖短，卻給我留下了美好深刻的記憶。先生知識的淵博令我敬佩，先生平易近人的態度使我感到親切，先生所憎所愛的東西和我有同感，我們兩代人的思想是相通的。在和先生相處的日子裏我受到了教育和啟示。從先生身上我看到了老一輩知識分子的優秀典型。先生是我學習的榜樣！這些都是我真實的感受和心裏話，絕非客套之言。

　　若有空，請先生為我豎寫一副屈原的兩句詩："路漫漫其修遠兮，吾將上下而求索。"從我讀《離騷》起就特別喜歡這兩句。我要將它裱好掛在書房裏，作為我的座右銘。

　　寄上我與楊烈的拙作《魯迅詩歌簡論》一本，請先生批評指正。

　　五月下旬的成都屈原討論會，我爭取去學習，很想再聆聽先生的教誨。

　　敬致

教安！

劉健芬上
八四年五月一日

許盾來信六封

一

魏先生:

您好!

太謝謝您了! 不想到這樣快就收到了您的親筆信,使我很受感動! 您的謙遜態度可謂"虛懷若谷",我將銘記在心。

捧讀您的覆信,我原來的疑難問題一下子都解決了,而且又有了新的啟發,真是"頓開茅塞",受益很大。我應再次向先生表示敬意!

現在我的學習還只是剛剛開始,沒有什麼成績向先生匯報的。以後有了疑難問題,還要再打擾您的,不多佔用您的寶貴時間了。

敬祝

大安!

學生　許盾

一九八四年八月二十日

二

魏先生:

您好! 知道您的身體很好,我很高興。

您寄來的詩詞和論著收到了,我連續兩天先把你的那本《紫庵詩草》讀完——確切說是一字一句的琢磨,我敬佩您的博大心胸,仰慕您的豪放性格,您在八〇和八一兩年的新春元日寫的"抒懷"詩,給了我很多聯想和啟發,我常常因此而思索自己今後的路應該怎樣走……你寫的《述志》一首,我已背誦下來。心想,什麼時候見到您了,一定要您給我寫下來,掛在牆上——我真的很喜歡它!

魏先生,您有時間到北京來住幾天吧,我們北京的幾個中文系學生很想看看您哩!

不再浪費您的時間了。

敬祝

大安!

學生　許盾上

八四、十二、二十八

三

魏先生:您好!

因節前到南方調查去了,最近才回來,回信晚了。恰好今天是元宵節,那就給先生拜個晚年了,祝先生龍年如意、健康!

您的來信也收到了,您在繁忙的學術活動中還搞詩詞創作,治學精神真為後輩楷模。我與北京的幾位同學〈劉洪海等〉常談起您,也常將您的詩作誦與大家聽,他們也無不歎服先生氣魄之宏大,筆力之剛勁,這又使我們想起您給我們講述"兩漢散文"時,對古代豪傑像賈誼、陸賈等的分析、論證……。近來,你也一定很忙吧,在校內要帶研究生、搞學術研究,在校外又有很多社會活動……。也正因為這,有時想給您寫信,提起筆又放下了,不忍佔用您的寶貴時間,心情也是矛盾的。

　　學生現在一切都好,社會調研是一項適合青年人的事業,我又很偏愛它。故幹起工作來還很順手,也很帶勁。時常也寫些調研報告或對調研事業有關的問題發發議論,因自認淺顯,尚不成熟,不好意思讓先生過目,有了自己較為滿意的,再送先生閱改,求先生開導。

　　上次信中提到的楊啟先教授,確是一位有學者風度和雅量的導師。接到您的來信後,我冒昧地跟楊先生通了電話,他約我過一段時間與他敘談,我準備就改革的一些事情向楊先生請教,但考慮到現在從年齡到職務上都相差甚遠,還是有些心悸。說來讓您見笑了,電話中,楊先生還問及了您的近況,說您是中文系的老前輩了,等。現在他的通訊位址是:

北京市西安門大街 22 號

國家經濟體制改革委員會轉

　　就暫寫這些了,不多佔您的時間了! 順頌

大安!

學生許盾

88. 3. 3 日

我的地址:

北京市德勝門外黃寺大街

人定湖北孝巷 11 號

中國經濟體制改革研究所社調室

四

魏先生：

您好！

现在您还是那样繁忙吧。想您在研究之馀，一定又有不少的诗词问世，真想早些捧读这些作品的风采。因您已寄给我基本诗词，我已颂读几遍，无不感受到您那"志在千里"的豪情，同时也深深地感染了我，让我奋进，努力……

去信不为别事，近一时期，边工作边读了点书，有所启发，认为像诸葛亮《隆中对》这样"国策"性的文章，在汉代、唐、清等的历史都有其人其文，由此我想写一篇探讨"策士与策文"一类的文章，材料准备不很足，所以现在有些犹豫，一来不知这样的探讨有否价值，二来历代是否真有孔明《隆中对》这样著名的策问文章？三来时间、书籍有限，查找资料如下海摸鱼，难度不小，怕又不能胜任，白费了功夫。故去信就此向您领教。现在我就等先生的明示了。

再，最近写了篇读鲁迅杂文有感的杂文，已给《北京日报》，如能录用，一定给您寄去。打扰您了，学生不恭，等您的回信。

敬祝

大安！

学生 许盾
1988.5.20

五

魏先生:春節好!

　　首先向先生拜年,祝您身體安康!

　　前些日給您一信,不知收到否?

　　研究諸葛亮等"策對"文章,難度不小,尤其是學識淺的我,更覺力不勝任。但我還要決心搞一點名堂,現在已有了一點東西,待成後,再請您為我修改。

　　您現在還很忙吧,有時間到北京來,一定告知我。現在我已調民政部婚姻管理司,電話 55.1731—317。我希望能在北京幸運地見到您,當然,你也要多多保重為要!

　　您的時間寶貴,我不敢多佔了。

　　祝先生

大安!

學生　許盾上
89.2.6 日

六

魏先生:您好!

　　多日不見您的來信了,我因經常外出,也沒有及時給您請安,請老師寬諒。

　　上次信中向您請教"策對"問題,收穫甚大,目前已積累些資料,只是無適當時候，故引而未發。現在民政方面工作很多，從歷史上看也就有了民政工作，如賑災、救荒、婚喪嫁娶風俗等，我準備再用心搞點資料，不知您能再傳教與我否？

近來您身體可好？不知您何時到北京參加"中華詩詞協會"等方面的會議，來京時請您一定給我聯繫。儘管會有人照顧您，但師生之誼我是永難忘記的。

我單位位址在東城區北河沿大街 147 號，民政部婚姻管理司，電話：55.2005 或 55.1731—317。

知您公務繁多，不敢再多打擾。

敬祝

大安！

七九級中文系學生許盾

89.8.25

黎鳳兮來信一封

魏老：

　　您好！

　　您的來信拜讀了。感謝您在百忙之中抽出時間，給一個"小學生"批改作業。您老這種誨人不倦的精神是我永遠學習的榜樣。

　　魏老，我是一個舊體詩詞愛好者，吟誦之餘，亦喜歡學著寫一寫。但由於自己古典文學修養不好，功底不深，基礎不牢，故而總難突破，盼您多多指教。我願面北而跪，行禮拜師。望您收下我這個"函授"學生。

　　下面又呈上兩首習作，敬請您用開山越斧，砍之斫之。愚生並有一奢望，請您將習作向報刊上推介推介。匆此，敬祝，

文安！

　　　　　　　　　　　　　　　　學生 黎鳳兮拜上

　　　　　　　　　　　　　　　　8.30 晚草

聶文郁来信三封

一

酬贈際昌老學長

　　老學長際昌兄光臨河湟,日夕相處,深受教益,臨行贈我以詩。我才短學淺,不揣冒昧,妄以短幅酬贈,聊表謝意。

　　　　古橋頓地起烽煙,國事催人別校園。蹀躞御溝常忐忑,
　　飛翔霄漢仰斑斕。我今精衛銜西海,君正蒼松橫燕山。年過
　　古稀惜分秒,天涯望寄開塞篇。

學弟原平聶文郁於一九八四年九月七日臨別前夕。

二

際昌教授學長如晤:

　　九月十一日惠書敬悉。

　　自武漢舊識重逢以還,渴慕良深。金城盛會,西平邀約,得與尊兄朝夕相處,盡吐積愫,幸何如之! 恨數十年來國事紛擾,天南地北,甚覺獲教之晚也。

《王勃詩解》，倉卒問世，不是之處甚多。辱蒙讚賞，實增愧疚。但顧以此為鞭策，努力於今後耳。

昨應黨委請，賦七律一首，錄之以請尊兄斧正。題為《賦贈校刊復刊並祝三十五周年國慶》。詩如下：

秋花奪目好雲天，改革風雷萬事妍。舉國展容迎大慶，期刊復業著詩篇。以文會友爭四化，執策登臺誓百年。浩瀚江河波激蕩，壯心與共灌園田。

1984. 9. 20 日作

最後，敬頌

教安，並問嫂夫人安好！

弟聶文郁擇上

杜舜英囑筆候安

9 月 21 號

三

際昌學兄教授如晤：

尊詩拜讀，愧何如之！學長應有所教，弟本拭目以待。愧疚之餘，冒昧步韻抒思，以酬知己也。題曰：《步韻酬際昌學長見贈》：

魏兄投華詩，讚我解譯篇。

玉盤連珠語，惴惴不堪言。

筆無八斗才,未可議精專。

為我愛繡虎,不懼汙前賢。

風骨明日月,文采甘醴泉。

陳思育百世,前代誰為先?

吟誦六十載,高情實拳拳。

染翰求方家,教益莫遺遠。

　　專此,敬頌

金安!

弟聶文郁敬上

1986. 9. 30

楊炳來信一封

紫翁文几：

　　詩人老去童心健！拜讀《詩草》，樂何如之！本擬獻詩奉和，無如趕編《列寧論文藝和美學》一書及其他冗事纏繞，只好俟之來日。數月前為酬答我的故鄉黃鶴樓下一位與吾翁年相若的詩翁，曾寫下一首五律，其中一聯云："棗紅時熟，蔗影根處甜"，特以抄奉吾翁，略表寸心。時屆冬令，尚祈注意冷暖！謹此奉聞。

　　並祝

健康！

楊炳

一九八四年十一月二十日

張彥來信二封

一

魏際昌老師:

您好。我是您老五十年代的學生,現在天津市第一輕工業學校工作。最近,我從《屈原研究論集》一書中,見到您的大作《屈賦再生,靈均遺愛在人》,讀文如見師,親切悠然生。回憶往事,皆歷歷在目。再見老師在我畢業簽名冊上的三個"魏際昌"大字,頓增敬仰之情。由於人生坎坷,世事滄桑,尤其是"十年動亂",我與母校河北大學之關係就如斷線之風箏,失掉了聯繫。然而,於內心,卻一直是"藕斷而絲連"!如今母校的變化不小吧?您今年高壽幾何?七十開外了吧?我衷心祝福您健康、長壽,鶴髮而童顏!

其他一些老師還均健在不?如韓文佑師,高西□師,王蔭波師等,還有黃綺師等,他們都好嗎?請代問之!

我現在是天津市先秦文學研究會的會員,我們會長是南開大學的王達津教授,您們大概都是相熟識的吧?我現在是業餘的先秦文學研究者,條件很差,時間也很少。尤其是耳目閉塞,資訊甚少,手頭資料十分短缺,苦於研究成果不顯,愧對人生之志趣矣!更苦惱於如下之事:我於五十年代就寫出了近百萬字的《詩經注疏》和十萬餘字的《楚辭句讀》,迄今壓存篋底,無緣問世。每逢思及,潸然淚下。我過去是先生的學生,現在仍然是先生的學生,以後也必然是先

180

生的學生。因此,我十二萬分地乞得先生的賜教和幫助。這是我寄此文給先生的目的和願望之一。先生一定不會棄教於鄙生,我多謝先生了!

至於怎樣在百忙中賜教和幫助,請先生自使,鄙生如孩童期待父母歸,如禾苗盼甘霖,如饑漢餓吏乞得食矣! 謝□! □□!

願達

師安!

河大中文系畢業生、您的學生　張彥
八五年五月十二日書

二

尊敬的魏老師際昌先生:您好!

去信已有月餘,不知先生收到否? 悶念。

新年即至,學生衷心祝願您老新年愉快,身體健康! 並祝願您老在新的一年裏,一切順利,萬事如意! 祝您全家安好,幸福!

在我這一生中,您老是我遇見的第一位可親可敬終生難忘的先生,一位最好的老師和伯樂。我真正感到非常幸運和欣慰啊! 如果說尚有什麼遺憾的話,那就是"時代浩劫"造成的我的重新建立起來的聯繫和我向您老重新求教學習的時間太晚了。大好時機丟失得太可惜了。先生在信上對我的賜教和鼓勵,我十分的感奮,又鞭策我振作起來。自從先生來信說願提攜我幫助我付梓拙著,我真是如魚得水,似凍餒得以溫飽矣。幾乎天天都是在歡樂中盼望先生來信或來人示教,經常因此去收發室詢問。不知先生因何未發函示,是不是事情太忙,

還是外出開會,抑或是另有他因？是不是學生語言不周,說話唐突,忝對先生？本來應該由學生親自把拙稿呈送先生,學生曾多次作如此想。只因教務在身,不易請假;又因家中無人,不宜脫身,故才在上次信中作如是考慮。請先生原諒!

　　現在,先生又對拙作和我本人怎樣賜教,學生翹首期盼。乞請先生函示。謝謝! 再見! 謹頌

大安!

學生　張彥

一九八五年

十二月廿九書

孟藍天來信一封

魏先生：

您好！近來身體好嗎？

不知不覺，我離開河大就快兩年了。這兩年又是碌碌無為的兩年，真是不寒而慄，不堪回首！

去年上半年我集中精力寫了《豐碑》一文，就是咱們去夏到秦皇島開《水滸》學術討論會我帶去的那篇東西，當時考慮怕影響張國光同志榮任會長，所以沒有印發傳散，但我在會上發言時談了要點，這你聽到了。《河大學報》不棄，分上、下兩次全文刊發了。想不到的是，學報三月份才出來，而人大報刊資料選匯竟於當月《中國古代、近代文學研究》分冊上全文複印了，如此之快。當然複印並不一定意味著文章寫得多好，品質多高，但它也可以證明文章起碼還有可取之處，不全是廢話。這樣，拙文就過了三關，第一關讓王瑤先生審的稿（因為我在文章中涉及到他了，他又是我的師長，自然發前必須讓他過目），他一方面謬獎了拙稿，另方面又提出了寶貴意見。第二關是河大學報編輯，他們認為我的稿子寫得不錯，願意全文刊發。第三關就是人民大學書報資料中心的編輯們了，他們竟能一眼看上我的文章，決定全文複印。這樣我就稍稍松心一點了。儘管從前我寫的東西，人大也複印過，但像這樣的長文，竟當月就複印，卻也出乎我的意料。總之，算是沒有過於辱沒王瑤先生和李何林先生的名譽。我的期望也僅止如此。

魏先生是老《水滸》專家，你的講《水滸》比我學《水滸》還要早許多年，所以我去信高慧，讓她抽空給你送上一份，請你批評指正。如果魏先生也願意給它寫點評語的話,我當然歡迎。因為我瞭解,魏先生是樂意獎掖晚輩的。河大情況複雜,我寫的事你知道就行了。

　　問于先生好!

　　祝

教安!

　　　　　　　　　　　　　　　　　　　　晚

　　　　　　　　　　　　　　　　　孟藍天

　　　　　　　　　　　　　　　　85. 5. 28

祝恩發來信四封

一

尊敬的魏老均鑒：

保定車站一別，已半月有餘，先生身體可好？家中都安好吧！

晚拙回撫後，便忙於籌備"唐代文學年會"的雜務。直至今日，方算有了點頭緒，忽然想起在武昌時曾與先生及張得育先生相約互寄詠黃鶴樓詩一事，我已草成了一首歌行古詩《黃鶴樓行》。今抄予先生，望教正。

黃鶴樓行

> 黃鶴已隨昔人去，而今復乘白雲來。
> 鶴來不識舊遊處，新樓巍峨倚雲栽。
> 鸚鵡洲頭尋芳草，拔地沖天廣廈宅。
> 晴川無覓漢陽樹，酒望裁雲寫招徠。
> 鶴兮鶴兮莫之怪，龜蛇拱臂手相攜。
> 天塹險關何所恃，南北通脫任往來。
> 鶴兮鶴兮速來歸，煙波江上無愁懷。

注：在晴川新建一處"晴川飯店"，高廿餘層，故云"酒望裁雲"。

　　魏老,我這次真的把會址安排在郊外的草廬之中了,名曰郊外"別墅",實則只是幾椽平房,而且設備簡陋,恐怕魏老師要做點兒吃苦的準備的。不過這地卻幽靜得很,既不聞車馬之喧,又無絲竹之亂耳,而且腳下就是薩爾滸古戰場,現在是旅遊的風景區,三面環山,一面臨水,如果魏老喜歡垂釣,則可將漁具帶來,我一定陪先生夜釣於渾江!

　　不再絮絮,恭候光臨,抵掌相談,以聆雅教。

　　順頌

夏安!

晚生祝恩發手啓

一九八五年七月十九日

二

尊敬的魏老:

　　自保定一別,學生沒有一日不在思念先生,不知何故,發出的信及請柬又被退回,學生憂苦已極,先生一字未賜,而情思又被斷阻,學生不知怎樣處置為是! 只好按原處改成掛號投遞。

愚晚 祝恩發 又續

一九八五年七月廿九日

三

魏老尊啟:

　　今接到尊師母惠函兩封,知魏老已赴北戴河。而且只接到了我的電報,而未接到我寄去的信詠黃鶴樓詩,請柬和與會的注意事項等,心中仍很焦慮。今尊師母大人之意再寄一函來,不知先生能否收到。

　　師母過分擔心會址條件之差。其實卻是我故意選擇的一處難得的郊外別墅,住的條件雖差但環境幽靜極了。真是無絲竹之亂耳,無車馬之喧囂,就在薩爾滸風景區裏,腳下就是薩爾滸明清決戰的古戰場。您一來便會喜愛此處的清幽的!

　　至於代步之車,我早為您安排好了。您可乘 271 次北京至吉林的直快或 107 次青島至通化的直快。到撫順站下車這裏有車接站,您可提前買好軟臥票,十八日晚從北戴河上車,十九日中午到撫順車站。我如果能脫開身一定到車站來迎候您,如果我實在脫不開身將由我們的系主任來迎接您。如果您十九日到不了撫順請您在動身時來電說明坐哪日的哪班車,我隨時派車來接您。

　　這個招待所原是遠離市區的一處幹休所,由於離市區太遠,請帶足生活用品。

　　匆匆不贅,望魏老平安
光臨!

愚晚 祝恩發手啟

一九八五年八月八日

四

尊敬的魏老大鑒:

先生的手翰及賜予的惠書二卷均已收悉,多謝先生的錯愛。

會議籌備期間先後接到師母的三封來信。因塵務庸忙,均未回信,這裏一併請師母見諒。如學生有幸南下,一定來看望二位先生。

唐代文學會議期間正值遼寧洪水氾濫,因之來客較少,但湖南、湖北、甘肅、內蒙等地的一些學者也還如期到會了,會議期間我們還買舟去遊了張作霖的陵園,並泛舟於薩爾滸水庫之上,憑弔了明清大戰的薩爾滸古戰場,領略了數萬頃之大的人造湖的水色山光,人們對這一人工湖蓄水量之大都歎咤不已。繼之我們擇日遊了興京——永陵——滿族發祥地及後金都城——赫圖阿拉——人們俗稱老城。學者詩人們在以上各處遊興正高,吟詩作畫,聯句酌章,興趣盎然。唯其主人略有戚然之色,誠念吾師之未赴會也。

會議之高潮為話別之宴——我把它名之曰詩酒書畫話別會,會上諸賢邊吃邊飲,但每人必須作詩一首並用古調吟唱,同時還須吟唱唐詩一首(因為是唐代文學會議麼)。沒想到我這一別出心裁的作法卻收到了意想不到的效果,諸位老先生帥先垂範,都作了詩,吟唱了古詩。青年後學,習作、練唱也很勇躍。而那些作畫者、求畫者、觀畫者更是如市如堵,其雅興更高。

大家一致認為此次話別宴一掃了過去的那些學會之臨別宴會的以吃喝為主的俗氣。

尊敬的魏老、于老,這次會議收到可作為留存的文字不多,也沒買什麼紀念品,我們從撫順社科所徵來的《撫順名勝古跡考》及《詩中撫順兩千年》還較有地方特色。今各寄上一本以供二位先生茶餘一閱，以便瞭解一下後金之都和滿族之始生地的概況。尤其得知師母是搞歷史的，不知是否對清史有興趣。

　　最後誠望二位先生多多保重玉體，先輩之康健乃是後學者之大事也！恭祝

大安！

晚生祝恩發啟

一九八五年九月十日

馮明叔來信一封

紫庵學長:

　　大作六份及附劄,8 日收到,承蒙關懷,並以學業相勖勉,無任感激,匆匆拜讀,知學長學殖深厚,詩詞歌賦,無一不精。雖歷經坎坷,而壯志不衰,老而彌堅,實又欽敬無已! 今得老兄不棄,以及禹昌兄,謝謝激勵,實深感晚年之有幸!

　　我的情況是:自 56 年前後,患較嚴重的神衰,既不能吃,又不能睡,幾瀕於蹶竭,經多年來治療,現惟勉力工作而已,而腦力不濟,時時頭昏,不能做稍久思考,此所以略可謂"好讀書,不求甚解"者也。在北大讀書時,曾聽過沈啟無的"近代文",頗喜公安、竟陵之瀟灑不羈,但多年來迫於形勢需要,已從事於第一段文學史楚辭課教學,以之資,糾結於頭緒紛繁之叢棘中,精力已感不濟,實無力再做其他方面的探求,非不為也,力不逮也!

　　江陵之會,敬聆老兄發言,抑揚頓挫,鏗鏘有力。會後曾有人云:"此老神思敏捷,來得快! 洵非虛語。惟望善自珍攝,健康長壽!

　　末了,給老兄提點意見:你"實事求是"地呼我為學弟足矣。現稱為學長,而自署為"後學弟",真是折殺我也! 如這樣,來日我將不敢再請你吃魚也,如何?

　　拉雜寫來,擾你清神。靜候

教安!

弟馮明叔敬上
1985. 8. 24

朱琦來信一封

魏先生：

您好！多日不見，身體仍然很健康吧！近來時不時想起您來，您的音容笑貌如在目前。

魏先生，很想您，雖然我們只有一周多時間的相處。這不僅是因為您那樣關懷我，那樣"偏愛"我；而且，我斗膽想說，您我一老一少，在做人的風格上真有些像呢！先生不會見怪我這話吧？論學問，您是滄海，我是其間一粟；論年紀，您長我半個世紀還多出許多。不過，我深知您的爽朗和謙遜，所以我這個學生也就隨便了。

您收我做學生，您百般鼓勵我，這些我永遠不會忘記。學生當竭力而為，不負先生期待。

我的分配尚無結果。估計得拖一段時期。王珍分配去向是人民日報社（該單位已來公函證明），但山西就是要卡一下。不過，終究能去的，您放心。

彩照洗出來了，您與姚先生、史先生的彩照我各洗了兩張，也已給了他們。您與我的合影，我已留在了影集裏一張。照片中的您與往時一樣，慈祥可親，眉宇間透出對後輩的關懷和鼓勵。學生日後翻看此照，能不油然起敬、油然生情？

馬上要去太鋼講課，不多說了，到時一定去看您，再聽您教誨。

問于師母好！

祝您和于師母健康、愉快！

學生：朱琦
拜上
1985. 9. 13

劉憲章來信六封

一

魏老賜鑒：

　　秦皇島幸會，獲益良多，感觸頗深。魏老誠摯熱情，關心後進，給學生留下深刻的印象。

　　日前已將學生參加編寫的《外國文學簡明教程》寄呈先生，敬請指教。原想拜託您轉呈雷老一冊，並向雷先生介紹學生相識。考慮此種做法恐對魏老不敬，而未做。

　　學生本學期仍兼中文系的外國文學課，十月中旬擬參加深圳的比較文學會，十二月初返石。

　　魏老如來石，望通知學生，望往拜謁。

　　順此敬頌

大安！

劉憲章謹上
85. 9. 16

二

際昌先生鈞鑒：

　　您好！

　　近月在邯鄲上課，久未箋候，想先生一切佳吉。

忠心感謝先生的鼓勵，學生當以此自勉。如能擺脫學報工作，有所著述，不然，難有所為。

假期如赴保定，當拜謁先生，敬聆雅教。

預祝魏老新春健康、愉快！

耑此，恭頌

長安！

晚劉憲章拜上

一月二十九日

三

際昌先生道席：

您好！師母好！

久疏恭候，甚念！

萬分感激先生賜字！學生將珍藏之。先生雖年事已高，然壯心未已，可敬可佩！望先生多保重，祝健康長壽！

學生忙碌一生，無所作為，至愧至愧！

耑此，恭頌

長安！

學生憲章拜上

三月二十一日

四

際昌先生賜鑒：

您好！

福元日志已轉達道席之意。我已和夏傳才先生從宏著《西漢散文鉅子分論》中選出力作《從〈春秋繁露〉等書看董仲舒的哲理文章》，擬在拙刊第三期刊布。

先生宏著積壓過久，力作列入發行計劃以後，又沒有及時奉稟先生，負歉良深，望先生多多海涵！

望先生多予支持和指教。

敬頌

大安！

劉憲章謹上

三月二十一日

五

際昌先生鈞鑒：

您好！

學生對由研究生代筆信和由朱澤吉先生轉達的問候，至為感荷！因我準備四月下旬拜謁先生，未即復，祈諒。想先生的大作已完稿，在此，祝先生碩果早日問世！

近一年，一直忙亂，學校的工作，相當麻煩，再加上上課，就更加忙亂。不周之處,請先生原諒。

　　耑此,恭頌

大安!

晚劉憲章拜上

四月七日

六

際昌先生賜鑒:

　　您好!

　　夏傳才先生囑將《西漢散文鉅子分論》餘稿寄奉給您以備用。

　　夏先生和學生再次向您致歉,望魏老原諒。

　　耑此,敬頌

大安!

劉憲章謹上

三月二十九日

陸永品來信一封

魏老:

　　您好。來函敬悉。讀完之後,頗為痛快。一篇真言,向我傾吐,說明我們是知音,是無話不談的。魏老是老前輩,我們結為至友,可謂是忘年交了。據我所知,像我們這樣誠實的人,自然天下亦有不少,不過,就我們知道的人中並不多見。對事業忠心耿耿,對朋友肝膽相照,您我都是如此的。

　　談到對胡適先生的評價問題,理應有個公正的評價。他在學術上的貢獻是很大的,至於政治上,現在對過去的事,亦應冷靜,歷史地看待。我們外國資本家、帝國主義都講友好、合作等等,難道對待胡先生就不能做歷史的評價嗎? 不過,目前極左思想仍影響很大,還不是談這個的時候。而從學術上對胡先生的貢獻給予充分的評價,我看是沒有問題的。魏老若寫文章,現在只能從學術談起,至於政治問題,現在不宜評論。我室的徐德政同志,前幾年已去澳大利亞定居,他走前留下評論胡適先生研究《紅樓夢》的文章,至今都不能發表。因有關雜誌怕出問題,所以一直未能刊用。我們所編的《中外文學參考》(原"文學研究動態")作為內刊,現在擬發表一組討論胡風問題的文章,等出刊後,我給魏老寄去,可作參考。以後若能討論胡適先生的問題,可以請魏老寫文章,那時候也未嘗不可。

　　方勇、金善同志是魏老的得意門生,我自然會盡力幫助,也樂意幫助。請魏老放心,他們兩個都比較誠實,這樣就好。人貴誠實,恐怕這是對做人的最起碼的要求吧。只有這樣一點,其他事情才好辦。不多敘了,下次寫信再談。請魏老外出講學,要多多保重。但願人長久,千里共嬋娟。代我向于先生問好,她也是我非常尊重的最善良、誠實的老人,祝

中秋節闔家歡樂!

永品

85、9、17 草上

李金善來信一封

于先生：您好！

　　我跟魏先生于二十九日離校後順利抵達北京，晚六點半鐘乘 127
次於第二天中午十二時到合肥，只是軟臥困難，我做了各種努力都沒
有換成。到合肥站後，有車來接，當天下午就安排住在省招，三十一日
上午，乘大會租的面包車到了桐城，一路平安，請您放心。

　　這次會議由安徽社科院組織、主持，省、地、縣三級領導非常重視，
親臨會場和代表們一一握手見面，大會對老先生的食宿安排非常周
到，魏先生和劉禹昌先生同住一室，食堂裏有小餐廳專供幾位老先生
進餐，伙食條件很好，魏先生非常滿意。桐城中學的小胡也來參加大
會，昨晚他和他的妻子帶著一雙兒女專門看望魏先生和劉先生，並一
定要請魏、劉二位先生吃頓便飯，魏先生考慮到太麻煩他們，去不去還
沒有最後決定。

　　會議的安排日程是，一——五日進行小組討論、大會發言和參觀活
動，六日、七日組織遊覽天柱山、浮山等，黃山不去。遊覽完畢，八號下
午回合肥，當天晚上乘 128 次火車回去，如果沒有變化，估計九日到
京。九日或十日就可回到保定，具體回去的時間，到北京後打電報給您。

　　魏先生在這裏得大會和小胡及其他人的照顧，又有我在他身邊，
請您放心。

致禮！

學生金善
11 月 1 號

任國瑞來信二封

一

魏老：您好！

惠書收到。先本托買，勞您惠賜，真不好意思。然而，又不敢寄錢，怕以後碰到您挨"克"。

近來，只是雜亂地讀點兒書。您不是囑我豐富詞彙多讀書嗎？

張中一還是那麼有幹勁兒。龔先生沒有聯繫。湖南屈學分會的論文集已經進廠排版了。其他則不見風吹草動。

我於十月份調任宣傳部副部長，謹告。

敬頌

秋安！

學生　任國瑞
85. 11. 3

二

魏老：

您的照片二張，今寄給您以留紀念。《屈原年譜》小冊子將出，由湖南人民出版社出版。今將初稿寄給您，請您在這小冊子前寫幾句話，讓我這不值錢的勞動增添光彩。這個初稿和寄給出版社的稿子稍有區別，這個稿子是表格式，而寄給出版社的是時序性的記事體。另外還附了我寫的《屈原新傳》。

　　其餘不具

　　耑此　敬頌

教祺！

學生　任國瑞

88. 8. 30

徐家昌來信三封

一

齊魯車中即興謹贈際公學長

調寄沁園春

　　北國行車,紅樓憶舊,共惜年光。愛桐城山水,爭鳴有地;北風南斗,匯合無妨。抗日功成,江山無恙,四十周年洗劍芒。心情壯,把漢書下酒,仔細評商。　　不恨暮景殘芳,恨今雨淹遲舊雨窗。奈燕山未勒,書生無計;彼蒼易老,此事難荒。母校殷勤,故人期待,一事無成兩鬢霜。相攜處,望中流借楫,與我偕航。

　　　　　　　　　　　　　　聊城徐家昌學
　　　　　　　　　　　　　　1985.11.9

二

際公學長賜鑒:

　　津站握別,正值晴雪初見,今夕寒齋撥火,轉憶山城定交,傾蓋如故,倘能與老兄圍爐煮茗,暢敘衷曲,樂何如之。弟自返津沽後,略停

202

數日匆匆又赴京城,在舅父平翁寓所侍坐之際,匯報老兄思慕平翁之熱忱,平翁雖記憶力減退,聞弟言仍極感欣慰。弟又與陸永品同志晤談,頗為融洽。陸君一悉老兄願與平翁之會,即云必當發出邀請與會之函。想京華盛會,老兄與小弟又得歡晤,屆時必能多受教益也。專泐,藉頌道安!

學弟徐家昌謹上

11 月 27 日

三

際昌學長:

　　三月八日,惠書祇悉。弟近日外出,長達兩旬,遂致遲覆,多祈鑒宥。大著《桐城古學派小史》,前承惠賜,已經拜收。我兄對桐城學派之原委,提要鉤玄,功力極深,容弟仔細學習,以俟面聆教言。至於我兄培養研究生,論文答辯之事,欲使弟參與評議者,乃兄命也,當及時奉召,準時到達,至則唯兄馬首是瞻。清苑與津沽同州之地,而雲山迢迢,多載暌隔,此次趨赴明廬,暢敘離悰,幸何如之。專覆,藉頌
道安!

學弟徐家昌頓首

3 月 18 日

王氣中来信一封

魏老：

桐城之會，獲聆教言，快人快語，震聵發矇，頓啟鄙懷，不意"和風細雨"中忽見晴嵐也。

聞老兄上天柱峰，捷足先登，餘勇可鼓，少壯輩歇弗能及。剛者健，仁者壽，老兄已兼之矣。願葆此雅量，永遠健康長壽！

在桐城時，獲詩數首，歸來整理為《浮山三十韻》和《天柱峰下留別諸同志》。抄錄，請不吝指正！

蓮池在望，無任依馳。敬祝

撰祉！

王氣中再拜

1985. 12. 1

張國光來信三封

一

魏教授:

　　接奉大著《晚明雙璧》一文,十分感謝! 我們將全文收入論文彙編,特此函達,請釋念。

　　竟陵派文學討論會,定於四月廿日在武漢報到,會期四天左右,即將寄上正式邀請書,敬請大駕屆時光臨指導。另外,我去年收到大駕寄來的詩稿,已經認真拜讀,非常欽佩尊詩功力之深。但是並未見到您為竟陵派學會題的詩或詞,謹此奉聞。如承您另寫一份寄來,我們將製版編進論文彙編。專此奉覆,並祝

撰安!

張國光啟

元月 16 日

二

際昌教授:

　　您好!

　　違教數月,時切神馳! 最近《荊州師專學報》刊出了論竟陵派文學

的拙稿，結尾恭錄了大作五言古詩一首，頗為篇幅增光，謹將該文寄請您審閱。

去年秦皇島的講學和竟陵學會的舉行，都因為有大駕的光臨，使大家深受鼓舞。今年十月份，我們將舉辦公安派文學討論會，已籌備好了資金，定於會前出版一本公安派文學論文集，交出版社公開印行。先生思想解放，總是站在潮流的前列，這在老專家當中殊不多覯，敬請先生撰賜有關公安派的論文。貴系教師有這方面的文章亦所歡迎，截稿時間五月底。這一論文集是公開出版，而且時間充裕，我們將努力將它編好，正式請您指導和撰稿的信不久將寄上。致以
敬禮！

張國光啟

86、1、19

三

際昌教授：

去年夏秋，承蒙惠贈寶書條幅，我已請人精工裝裱，懸掛書齋，現特拍照一照片寄請惠存，兼表深切謝意。

去年十一月，在我校舉行了《水滸》全國學會籌委會議，通過該會掛靠我校的決定。目前我會有三個任務：一、籌建《水滸》資料與諮詢中心；二、出版《水滸爭鳴》第五集；三、籌備今年秋冬間在湖北召開《水滸》第四屆討論會。關於您接收中心顧問聘書的回信，我們都傳閱過，大家都感謝。至於您捐贈《水滸》資料的事，就不必了。我們擬定通過武漢大學出版社出版《竟陵派與晚明革新思潮》一書，此書即將上

架,是將原《論叢》一、二輯文章,粘補而成,大作照原樣收入,刊在該書之前列。二屆竟陵派文學討論會,大概五月上旬舉行,如有近年新作仍所歡迎。專此

並祝新春筆健!

張國光啟

1987、元、25

葛景春來信一封

魏先生：

您老的信和大著都已拜收，於上星期轉交給了中州古籍出版社的范炯同志。小范同志很熱情，他說等他看完後便立即交給出版社領導，請領導定奪。一但有消息便馬上給先生去信。小范同志還告訴我說地方出版社一般都願意出和地方有密切關係的書，強調地方色彩，比如先生的桐城派古文的專著，安徽出版社一定喜歡接受，現在各地方出版社都計劃出一套地方叢書。這兩年由於片面強調出版社自負盈虧，許多出版社對一些學術價值較高，但不賺錢或賠錢的書都不願意出，至今這種狀況還未有根本好轉。今年四月洛陽會上，還有中州古籍的同志參加，關於出書的事，可以在會上與他們面談。學生近半年來主要忙於籌辦洛陽討論會之事，由於經費少而要求參加會議的人員多，為此事大費腦筋。這次會議河南省政府不出公文，全是河南各大專院校和研究機構自籌經費，所以會議不能開得太大，其規模遠不能與西安和蘭州會議相比。這不但會使很多人失望，而且會受到很多人的抱怨，然此事既然委托我所及學生具體籌辦，又不得不勉為其難，像這樣掏力又不落好的差事真不好辦，又不得不辦，真是騎虎難下。河南省歷來不重視文化，由此亦可見一般。然不管怎樣，我們師徒能在洛陽花會一聚，自是幸事，屆時定當焚香掃榻以侍先生，重承溫顏，再聆誨教。

代向于先生問安！

　敬祝

春節快樂！

　　　　　　　　　　　　　　　　　門下葛生叩上

　　　　　　　　　　　　　　　　　1986. 1. 30

時人來信二封

一

魏老先生：

　　給您全家拜了晚年，原打算春節前會赴京，專程去保定看望您，因故未能成行，故拖至今日才給您去信問安，請鑒諒。

　　隨信寄上拙文一篇，請指正。我近來重在研究中國文化和文學之關係，四月份擬上黃山參加《文心雕龍》討論會，不知是否能去得成。祝您健康長壽。

學生時人上
86. 2. 25

二

魏老先生：

　　月前您和李先生想已安全返家。九月份我到校終因事冗，亦未遑問訊，歉歉。

　　此次您到連雲港來，因諸多不便，未能很好接待，私下常懷不安，只能請先生鑒諒。家父、家岳也有此感，並因未能留下先生墨寶深以為憾，前來信均談及。我想，倘先生有便，尚乞費神揮翰並賜下（家父諱"廷貴"，"葛鵬"乃家嶽名諱）。家父家岳，請各賜一幅可矣。如有餘墨，也請賜我一聯，書"望崦嵫而勿迫，恐鵜鴂之先鳴"，集《離騷》句。

　　隨信寄上拙稿一篇，係拙著《大唐三藏取經詩話校注》的前言（該書大約明年由中華書局出版）。請先生斧正後轉給《河北大學學報》編輯部，作為我的投稿。倘能在河大發出，今後我到河北和先生聯繫以及開會、訪學等就有一些藉口了。如果不蒙刊用，請叫編輯部退稿（因我手頭只有此一份）。請先生不必多費神，諸事由編輯部處理即可。

　　我近來正編著《古代短篇小說傑作選評》，出版社催稿，年底交稿，明年大約可以出版。

　　順頌

大安！

時人僅上
八六．九．十一

范炯來信三封

一

際昌老：

您好！

桐城一晤，雖成記憶，但您老慷慨論文、健步登山的風采，猶歷歷如在目前。

前時曾給高足金善一書，言及魏玉賢阿姨與我母至交，時時相過，情同手足。桐城會後，偶語見您於皖，魏姨興奮異常，連歎遺憾，早知有此幸會，可托我帶去她對您的問候。好在時日正長，為期不晚，再會只在屈指之間。我年年外出，北上更是熟路。

景春轉來大稿，觀畢，深佩您老博學多識，雄風不減當年，正和八旬征服天柱山一般氣韻。我已轉呈總編孟莊錫同志，他表示將細細拜讀，意見如何，容當後稟。

他日得便，萬望得幸拜接您於豫都，務請賞光。

盼常聯繫，別不多擾。

恭祝

康健！

代問伯母及金善安好！

晚生　范炯

86. 3. 3

二

魏老:

　　您好!

　　這一陣子由於忙著出差、編稿、讀校,一直沒空給您去信,疏於問候,望勿多怪。

　　對您的學識和聲望,我和社領導早有所知,不言而喻。但因未做過細的研究和調查工作,沒制定什麼可行性選題,加之目下出版業不景氣,古籍書銷路有礙。我社經濟赤字日增,異常吃緊,在學術上一時變得氣短,無所適從。所以亦無法給您主動提供好選題,請您海涵。

　　您目前正研究什麼項目,今後有何成熟的打算,得暇望來信詳談一二,以便互通信息。

　　金善面臨分配,曾給我一信徵求意見,我即作復,不知他收到沒有,迄無回音。

　　有何吩咐和要求,敬請直言,我一定盡力而為。

　　恭頌

夏安!

　　所寄材料,如不必需,我擬留用,不知允否,乞告。

范炯

86. 6. 23

三

魏老:

您好!

玉賢阿姨轉來您的大作,捧讀之餘心中非常高興,天涯何處不相識,魏姨和我母親是幾十年如一日的好朋友,桐城一會又使我得緣與您相識,真乃天意。也許正應了美國人的一句套語:世界真小。

《桐城學派小史》是您幾十年前的舊作,可今日發表猶有新意,她填補了學術研究的一項空白,理清了有史以來最大的一次學派變遷史,其功在史冊,的確值得慶賀。

您 86 年一馬當先登上天柱主峰的風姿,至今目覩耳聞者猶感佩不已,從您書頁給我的題字看,您老身體仍然勁健,真令人欣慰,相信您仍能寫出更好的作品。

有用的寄我處,請直言,儘管目前出版不景氣,但我一定竭力效勞。

我於去年調入另一編輯室,主要從事歷史哲學類稿的編輯工作,我的地點也有變化,請記下。

您的學生李金善與我相善,他分到何處? 請代致意。

今晚赴京參加書展會,匆匆即此。

恭頌

秋祺!

學生　范炯

89. 8. 18

白靜生來信一封

魏老台鑒：

又多時沒見到您了，聽說您很忙碌，假期也要出去開會工作，您可謂是寶刀未老，壯心長存，你的勤奮真是晚輩們的表率。

我最近總算把《班蘭台集校注》搞完，交給了約稿社河南中州古籍出版社。在校注過程中，您送給我的《漢魏六朝賦》使我得到很多教益，吸取了您對班固《兩都賦》《幽通賦》的意見，真要感謝您。先師李松筠先生在世時常常稱道您的學問人品，我雖未從您受業，但您是前輩，又是松筠師的學長好友，所以我也就自認為是您的私淑弟子了，以後還有請您多多教誨我。如果我那本小書能夠問世，我一定要送您一本，請您批評指正。

現在有一事想求您幫助我，就是我提正職的事，想求您給寫一份學術鑒定。因班集校注還不能算數，《歷代文學作品選（簡編本）簡析》比較簡單概括，不太適合，因此我送審的材料是我提副職後的三篇研究《史記》的論文，一是 81 年寫的《史記的場面描寫》（收入中國社會科學院編 1982 年《中國文學研究年鑒》），一是 82 年寫的《史記中的女性形象》（張大可《史記研究》一書中有一篇《五十年來史記研究述評》提到了這篇文章，做了肯定），一是 85 年寫的《靈活多采的太史公曰》（此篇花的力氣較多）。這些文章是我自己的心得體會，水平如何不敢自詡，但聊可自慰的是沒有剿襲他人成說。這裏領導上日內就會給您寄去，請您審查評議，鼎力扶掖，我將會終生感激不盡。

原來我自認為沒有希望，沒作申報的準備，最近知道內情的人告訴我此次提正教授的名額佔副教授的 18%,河北師院提正職的可有 7 個或更多一點,這樣一來,人們說我還有希望。因此我也就硬著頭皮一試,不怕貽笑大方了。能提當然更好,不能提,對自己也是一次考驗鞭策,由於我最初就沒抓緊,因而材料送審較晚,這肯定會給您造成緊張與麻煩,還請您原諒我的粗疏。

我將來如能到保定去,一定去看望您,登門道謝。

敬請

暑安!

後學白靜生上

1986. 8. 6

陳劍恒來信二封

一

魏老我兄大鑒：

　　七八月間數度捉筆，因酷暑逼人，只好作罷，尚祈諒察！來函及照片俱收到。

　　吾兄乃飽學之士，多年前帶病赴保，在遷校後，為河北大學出力不小，河大未致完全垮臺者，我公與有力焉。

　　承囑書寫教育心得，想兄早在來河大前，已從邱大年先生處知我為人，是我等在來河大之前，已曾相知矣。

　　我自遭遇運動迫害後，殊少寫稿，當然寫了也無處刊登。四年前，忽有濟南教育局史志主編別少逸先生來訪、約稿，後曾寫了一點回憶錄，惜"別公"與總編意見不一，只登了一部分，其餘重要的卻從總編推給濟南市史志分登，一部完整的回憶錄，卻分裂為二，引起主編極大不滿，今將別君覆信，附陳一閱，可見梯進者正掌大權也。

　　河大留津老教授的宿舍問題，迄未解決，看來非向中央申訴不可，事情必須解決，兄嫂來津之期，恐不會太遠矣！

　　果吾兄能回天津，頤養晚年，我可朝夕聆教，就老年來說，豈非是人生一大享受！

　　別君現年72歲，是我一生最後的一位知友，其為人多才多藝，耄耋之年得遇相知，亦是幸事！即祝
暑祺，並望保重！

附信閱後,請擲還。

月萍先生處,請代問好,不另。

弟陳劍恒再拜

二

魏老我兄如握:

日前偕萍嫂來訪,闊別近十載,想念殊甚,故舊情深,良可感也!

津地除勸業場如故外,市容變化頗大,值得一看。該日因時間不多,恐誤採購與遊覽,未能款待,甚以為歉!尚希諒之!

好在過日遷居一處,朝夕聆教,猶可復當年談笑生活,此當日夜盼之。

餘不贅,即祝

教祺!

月萍先生處並此問候!

弟陳劍恒拜上

87、4、7

柴世森來信一封

魏先生：

　　在您托人帶給我系的送審科研成果的紙袋裏，夾著一封給您參加學術會議的邀請信，現給您寄回。

　　您給我們幾位教師鑒定科研成果，實在辛苦了，薄酬容後寄上。謝謝您。順頌

安好！

河北師院中文系

柴世森

86. 9. 3.

廖天亮來信二封

一

魏先生:

　　您好!

　　教師節可愉快? 為人師者,有了自己的節日,可賀!

　　您渴求青年友聲,以抒發赤子之心,令學生感動。在青年學子心裏,亦未嘗不揣著求教前輩的熱望,只是機會太稀,認識您老,似乎打破了我心中對老先生的一種難以接近的偏見,也鼓起了我重新認識自己,調整自己的勇氣。

　　我們這一代人,多少都帶點時代的悲劇色彩,年幼時的空白留給自己一種先天營養不良症,基礎貧乏,功力膚淺,比起老先生來,實有千里之隔。因此,捧讀先輩才華橫溢、知識廣博的著作和文章,往往令後生心中有一種莫名的自卑感。當然不是絕望,而是對自己差距的反省。面對差距,唯一的辦法是 Make—up。這一方面需要自己堅持不懈的努力,同時,要廣泛的交流,不僅同年輕人交流,更要同前輩交流,接過他們的傳統,融進新時代的血液,以圖有所造就,有所突破,您說呢? 先生。

　　先生對我的畢業論文選題及內容作了一些指示,很受啟發。早期嚴復、林琴南,晚期胡適、朱光潛在中國文學觀念的轉化上有著不可磨滅的功勞,考察他們的美學觀,在具體認識上有些許的差異,但有一點是共同的,就是他們所處新舊交替的時代。近代中國遭受帝國主義的侵略,同時也遭受到槍炮挾帶的外來文化的衝擊。中國文化及文學自身沿革傳統的慣性極大,在這種衝擊之下,表現出了頑強的對抗。從洋務派的"中學為體,西學為用"的道器分裂主張,到改良主義社會改革主張,中國傳統文化思想的弊端日益暴露,而同時外來文化思想的優勢又未能被充分發現,因此,中國近代出現了文化斷裂,出現了沉重的陣痛。這種總體上的混亂必然帶來人們心理上的饑渴與焦躁。一方面對民族的積弱形勢痛心無比,渴求改變現狀;一方面又以傳統的思想觀念指導自己的實踐,這種特殊心理態勢決定了近代在接受西方文化包括文學時的特殊情形:從古代中國思想裏尋求對外來思想的比附,用中國傳統的思維模式來理解西方的政治經濟文化。這種情況在王國維、梁啟超、嚴復等身上表現尤為明顯。只有弄清了這一點,才會深切體認王國維美學觀念對於傳統的突破和對西學的扭曲。唉,給先生寫信,怎麼一本正經地談起學問來了呢?我應該多問些問題才是。

　　對於王國維,能接觸到的材料並不多,人們在談論他的時候,多拘限於探討"境界"說,但很少考究"境界"說裏對文學根本看法的西學成分。王國維舍"興趣""神韻"而談"境界",自有他充分的理由,如果僅以"情景交融"來概括的話,那能談得上有什麼突破呢?所以我在大量閱讀英文材料的前提下,想在王國維美學觀念中對一些最基本概念做一番檢討,並與其來源作縱的橫的比較,也許能說得清楚些。

　　先生,您治古代文學,對中國文學的本質特點一定有許多感性的體認。比如中國人說詩,僅在情與自然的範圍內,情和自然這兩者既非超現實的因素,並非完全現實的因素,它們是矛盾的綜合體,不像西方理想主義的抽象觀念,現實主義的有社會內容的實際,等等,不一而足,先生對此有何想法,望不吝指教。

好了,夠囉嗦的了,問師母好!

祝您康安,快樂!

學生天亮

1986. 9. 13 草上

二

魏老先生:

您好!

在連雲港很高興與您老相識,我沒忘記您拍著我肩頭所給予的叮囑,非常感謝!

魏老,您在連雲港時人老心不老、神不老的言談舉止給我留下了深刻的印象,給了我極大的鼓舞,您的樂觀主義也仿佛注入到了我的身上。

我很年輕,有朝氣卻缺乏紮實的基礎,在學業的路上還有無數的障礙要跨越,還望您老多多指教。明年我就面臨分配了,我初步決定到人民日報海外版去,因為我渴望著去摸一下社會的脈搏,讓現實給予我真切的感受,讓生活砥礪我的思想。然後回過頭來做學問,我想會更深刻些,您覺得呢? 您雖然七十九歲高齡了,但跟我們年輕人之間沒有任何隔閡,呆在您身邊相當自由舒展,什麼都可說,什麼都可做,而且因為有您的指點,更添了一層安全感。所以對於自己的未來,我很想聽聽您老的意見。

回滬後,一切仙氣都消散了,喧鬧的都市已把我趕進了常規的生

222

活軌道,我成天埋頭於書本,準備畢業論文的材料,我打算從王國維吸收外來文藝美學思想的情形中探討一下我國初期接受西方影響的模式與表現形態。問題是複雜的,但年輕人就應該在困難中磨練自己,所以自然也有無窮的樂趣。

我對我導師講了您對我的關照與鼓勵,他表示感謝,並代問您好。我的導師也是一位和藹可親的長者,我為有他那樣的導師感到欣慰。您的研究生也一定有我這樣的感受吧!

就此打住,問師母好,問李竹君先生好!

祝健康!

學生天亮

通訊位址:復旦大學中研信箱　廖天亮收

趙澤宇來信三封

一

魏老：

您好！

今寄去我院《學報》一本，內有我寫的一篇小小文章，記錄了去年九月我們和海嬰等同志一起紀念魯迅的印象，請您賜教，也算是我們相識的一個小小的紀念。

以您的年齡不辭辛苦到石家莊親自去接海嬰，這個形象，這種精神，深深印在我的心底，不會忘記，不會磨滅。

我兼任我院《學報》副主編，請您賜稿，支持我的工作。今後我有空一定去看望您。

謹頌

安康！

趙澤宇

1987. 3. 26

二

魏先生：

您好！收到您的信和賜稿，沒有及時回復，望見諒。我是想，等有了眉目再向您回話。您寄來的"李煜"的論文,用在我院《學報》八七年第一期,現正在排印中,那篇論"公安"派的論文,我推薦給師專學報,據說他們已給您聯繫,摘錄選用,大約也正在排印中。這樣,我就有顏面向您回話了。不過,我們兩家學報稿酬都很微薄,這是由於經費緊張,壓縮開支造成的,我想,您不會見怪的。

另外,我有一事相求,望您在百忙中費心賜教。

河北省各教育學院聯合編寫適合教育學院使用的"外國文學"教材,給我的任務是亞非部分的現代文學一章,除重點介紹"小林多喜二"(日本)之外,其餘作家均概括介紹,要求最好有新觀點和新突破。為此向您討教,或者是通過您向研究亞非現代文學的老師討教,請告訴我概括介紹哪些作家和作品為好,對這些作家(包括"小林")目前有什麼新的評價。如果您手頭有資料,請借我一閱,用畢,定當完璧歸趙。如能告訴我參考哪些書目、報刊(書刊名稱、日期、題目、作者),也求之不得。如能指出一些作家的名字及其作品的題目,且能給依據中肯的評價,更是感激不盡。

我與先生雖僅有一兩面之交,但我深深地尊敬您,此不需多說,盡在我心中矣!

謹祝先生

健康長壽!

並祝師母

健康幸福!

趙澤宇

1987. 6. 20

三

魏老:

您好,近來身體康泰吧。

很對不起,您的關於《李煜和他的詞》這篇大作本應在 1987 年我院《學報》第二期發表,但由於當時正值"職稱評定熱",為了照顧本院作者評職稱,我們臨時決定把院外作者的部分稿子暫時撤下來。您正是大名鼎鼎的教授,不存在職稱競爭的問題,因此把您的大作挪至今年第一期發表。請您諒解。

您的另一篇大作我已推薦給《邢臺師專學報》,已於去年發表,想來您早已知道了。

今後我們還要去請教您。今年九月份要召開省文學會年會,不知道您老是否已接到通知。希望在那次會上能見到您。

順頌

大安!

趙澤宇

1988. 7. 25

謝瑜來信二封

一

魏老台鑒：

此次京會，有緣識荊，不勝欣慰。

今奉上拙集和《京會吟草》各一本，請指正。

魏老，我拙集雖已出版，但畢竟年輕，初涉文壇，極需扶持。因此，懇請您老，為拙集寫個書評，未知可否？倘您老書評見諸報刊，這是對我極好的扶持，拜托了。

豫老處，已將大作寄去，請免念。

其他不贅，請多指教。即頌

吟祺！

後學謝瑜

87. 6. 10

二

魏老台鑒：

久未請安，不恭請見諒！

《波雲齋師友詩詞選》已付印，詩人丁芒作序，文化部高占祥副部

227

長題鑒,爭取春節前出書,您老大作已編入。

馬來西亞將出專輯紀念拿督黃國泰大慈善家逝世三周年,如蒙垂青,請寫一、二首悼念性詩詞寄我轉海外,將不勝感激。拿督黃為我拙詩集寫的序見今年九月廿五日《作家生活報》第三版中。

不敢贅述。即頌

吟祺!

後學謝瑜

1988. 11. 15

張秀□來信一封

紫盦鄉兄唅座：

　　都門小聚，倏又經年。弟以社會活動過多，又因參加編寫中國古代道路史及文史研究工作，迄無暇晷。早擬致書問候，稽遲至今，尚望諒宥是幸！

　　弟忽憶及四十餘年前，君曾與鄉先輩胡體乾（君筠）共事於吉垣，余時任教於毓文中學，深蒙胡老厚愛與賞識，君係經小野兄之介紹，弟乃得數聞謦欬也！當時君風度翩翩，予人之印象極深。弟曾語人曰：與魏紫銘結識，真"萬人叢中一握手，使我衣袖三年香"也。令妹魏媛與家妹秀梅為吉女師同學，弟亦相識，不知現在何處？家妹已物故。尚憶及君曾以長白餘孽為筆名，於報端連載文章，凡此等等，惜乎去歲在都門倉促相見，均未憶及前塵以話滄桑，今日始湧上心頭，恍同昨日也，然吾等皆垂垂老矣！

　　去歲攜回君之大作《紫庵詩草》，每於燈下莊誦，輒覺秋風颯颯，大氣磅礴；不事鉛華，神志自豔，是於古樸中見風采也。贊佩之餘，回視己作，滿紙雕蟲漫漶之跡，而為之赧顏也！

　　今寄上《瀋陽文史研究》第一二輯及《瀋陽文史研究·詩詞專輯》各一冊，其中載有拙作詩、詞、文章，以博一粲！並希不吝斧削繩糾。另附呈詩集未收之近作摘抄一份，他人介紹弟之經歷一份，統希教證！
謹此即頌
吟安不既！

鄉小弟張秀□頓首

1988 年 5 月 10 日燈下

孫叔容、華鋒來信四封

一

魏先生尊鑒：

久疏函候，歉甚！

先夫鍾彥大去，蒙先生遠賜輓詩，深情厚意，存歿俱感，特函奉謝。

祗請

教安！

孫叔容拜

8 月 7 日

二

際昌教授仁兄尊鑒：

久疏函候，歉甚。近況想甚安好為頌。憶先夫鍾彥大去，蒙先生撰聯並函相慰，存歿均感。年來將鍾彥遺稿與小兒華鋒並系中友生等支持，幫助整理編目。擬先出《華鍾彥論文集》一冊，已得校系領導同意，並允資助部分用費，由河大出版社出版，然後再出一本《懷念集》，此集大部收入鍾彥生前師朋賦友及其及門桃李所撰詩文，現正編輯中，何處出版未定。也希望先生在不影響身體和公務前題下賜稿一篇,或詩或賦或長或短,悉聽尊便。先行致謝。

　　茲有肯者,《論文集》稿件已交出版社,擬請先生寫一序言,以光篇幅。想鍾彥生前與先生有同鄉、同學之誼,且情意相厚,此皆叔容所深知,此情想不我拒。如蒙俯允,請來函示知,以便將其部分稿件奉上一閱,以便言之有物,有的放矢。長夏炎炎,請希珍重。俟候回音。肅此,即請

教安　代候

夫人安好!

孫叔容

7 月 27 日

　　8 月初,我將回京,請寄小兒華鋒,讓他辦理,多謝。又及

三

際昌教授仁兄尊鑒:

　　近來好? 我因參加先夫鍾彥逝世兩周年紀念活動,於 6 月底由京回到開封,聽小兒華鋒談及先生為鍾彥遺著作序並於信中教導他如何研究學問等等,想見先生古道熱腸,紀念舊日同門情義,又推烏屋之愛,教導侄輩,此情存歿俱感。

　　自鍾彥去世後,兒女們俱不讓我獨居生活,在北京與大女兒一家同住,在開封與華鋒一家同住,雙方兒孫輩均極孝順,一家三口,穆穆融融,頗令他人豔羨,知注附聞,祈勿為念。長夏炎炎,尚祈善自珍攝。順頌

夏安　代候夫人好!

孫叔容

1990 年 7 月 25 日

四

華鋒(華鍾彥子)劄

魏伯伯:

　　近祺!

　　拜讀大函詩作,不勝感激。您熾熱的感情,對先父準確、精警的評價,我們都深受教育、感染,您真是先父的老同學、老朋友。先父有您這一知己,九泉之下,當能含笑。

　　先父生前著述較多,78 年以來尤為如此,只是由於天災人禍,大部分已遺失。華鋒與家母從現存稿件中,精選 39 篇,編為《東京夢華之館文鈔》一冊(暫定名),現寄上主要的論文 20 篇,請先生過目。這些文章,原則性的反映了先父不同時期的學術觀點,除《詩經十講》外,均已在各種不同的刊物上發表過。

　　侄華鋒現仍在中文系古代文學教研室教先秦文學,掛個教研室副主任的職務,實際上不問閒事。魏伯伯有事,請直接與侄聯繫。家母今年三月返豫,月中旬始返京,她問你老人家好! 並請代問伯母好!

　　順致

文安!

侄華鋒

88. 8. 21

馬依群來信二封

一

尊敬的魏老：

　　接奉來教，十分感謝！因為籌備學會年會工作，迄未作復，至祈寬宥。

　　現在經省市領導同意，會議決定於重陽日——十月十九日至二十日在太白樓舉行：

　　經徵詢意見，趙朴老、郭化若、匡亞明、袁曉園、闞家蓂、唐向明（澳大利亞）、周一萍、陳明遠等同志任名譽會長（省內還有九位），汪普慶、郭因、陳登科、魯彥周、劉雋甫等同志為顧問

　　由於前期會事艱難，所以未便向您徵詢意見，現在特謹求您屆駕擔任顧問，特此奉達，並懇求支持協助，為感！

　　大詩作百壽圖，調高韻清，為所見詠圖之冠，徐步雲兄特意要我代向閣下致謝！書成之後，定會奉上一冊。

　　關於會議通知及有關資料，正付印刷廠排印中，待奉呈。

　　專此致

萬福！

後學馬依群

一九八八年九月廿一日

二

魏老：

前函想已收到。今年江南酷熱，合肥、南京均熱死了一些六十歲以上的老人。近來氣溫下降，接近立秋，酷熱不知會重返否？

今托友人金石家、詩人徐步雲先生，為您製作了一幅百壽圖，以祝您長壽百歲！徐公已收到海內一些名家為其圖題詠的詩文，準備出集。您老如能寫一首詩或詞作為答謝，則不勝感激之至！信可由我轉。

祝

壽比南山！

馬依群敬上

七月廿九日

顧之京來信一封

魏老：

　　您和于先生自西安返回保定一路順利嗎？我們乘硬臥至成都，夜間我感到有些冷，再看上鋪高高的，很掛念您們，不知是否調到了軟臥？如在硬臥上，對您二老體力消耗就太大了，您到家後一定要把手頭的其他工作先放一放，好好休息幾天。

　　下面向您匯報我們的情況，總的是一切順利，請您們放心。我們到成都後就住在了于先生告訴我們的梁家巷運輸公司招待所，這裏現在不僅代訂車票，而且代訂自重慶下水的船票。我們三人商議了一下，決定不下雲南，而訂票至重慶，再轉船過三峽，正巧有十月二號的客輪。我們訂了三十日至重慶的火車，準備在重慶停留一天多，參觀一下曾家巖等革命紀念地，二號就上船。為了節省時間，我們的船票是訂到宜昌，準備自宜昌上岸，乘北上的火車返校，這樣時間、經費都不會超出。由於免去了自己排隊買車票的負擔，這幾天在成都活動安排相當緊湊，25—27 是三日遊（樂山、烏尤寺、峨眉、三蘇祠），28日是一日遊（都江堰、二王廟、青城山），今日是 29 日，準備在市內參觀武侯祠、杜甫草堂，明晨離開成都。成都與西安不同，西安多古跡，成都除古跡外，自然風光真是氣象萬千，我這次是大開了眼界。我身體很好，請您二老不要掛念我，他們兩位也都好，他們都登上了峨眉金頂。

這封信是坐在牀上寫的,寫得太亂了,請您原諒。

祝您和于先生

身體健康!

之京

88. 9. 29 晨

注:此信是顧之京教授陪魏際昌、于月萍先生帶研究生孫興民、賈東城畢業訪學至西安,魏先生、于先生從西安返保定,顧教授帶孫興民、賈東城自西安到成都後寫給魏先生的。信中有訪學的計劃及行程安排,其中對成都諸名勝古迹的由衷贊賞溢於言表,對魏、于二老的挂念之情真摯感人。讀之恍若昨日,甚念有加。

堯敏來信一封

魏老：

　　您好！久未寫信問安，歉甚！

　　記得前次去拜訪韓文佑老，記起他和您都發了退休的大紅花。我揣想既已戴過大紅花，那歸期想已不遠。時至今日"問君歸期未有期"，想校方又返聘了麼？您是個幹勁十足的"老青年"，自然不甘心回家抱孫子。（霞霞也不用抱，她是否上大學了？）

　　這次給您寫信是問安，也是報喜。我的高級職稱（中專叫作高級講師）這次批下來了，總算不負您的教誨與提攜！我們六六屆同學要升高級職稱的寥寥無幾，我算是幸運的了。

　　不知您和師母身體如何？念念！一切不應過力，不知您還堅持鍛煉嗎？

　　我家□蔚（大女兒）已考取天津醫學院臨牀醫療系，承父業。今年"醫"競爭很厲害，共有 1200 人報醫療專業，只取了 150 人。她竟能考上，讓我松了一大口氣。小虎子已上初二，五年後姐姐畢業，他考大學。王書亭已然調入公安醫院，昨日周紹□先生昏厥，今日書亭為周先生作心臟檢查。您和師母若回津，王書亭可充家庭醫生之職。

　　師母前請安，不另。

　　書亭附筆問候

　　敬頌

大安！

不肖弟子

堯敏敬上

88. 10. 3

葉蓬來信八封

一

魏老：

關於桐城古文論著一書，我已分別找到教育出版社副總編李白修和小成同志，瞭解了情況，他們說，送部書是要參加八月份去北京參辦的國際圖書博覽會的，所以，最遲八月份以前，也能出書。我說希望能再快一點，端午節以前能不能印出來？李說，那就需要採取一點特殊措施，比如，找個和保定新華一廠有熟人的同志，或許可以在安排印刷次序上再提前一點。我說，請他們給幫忙辦一下行不行？他說編輯部和印刷廠沒有直接聯繫，只能一般地催一下。我看，如果爭取趕在屈原年會前見書，可以請您的高足東城同志去跑一趟，東城和印刷廠不熟，可請地區文聯晏文光同志同往，晏和廠裏負責人唐 XX 很熟，我給他寫封信，我想他會幫忙的，這是個很好的負責同志。附上我的信，可請東城同志找他聯繫同去。至於教育出版社這方面，如能讓□安同志催催他們，我看也是有作用的。

我的職稱評定問題，有了您作的鑒定，中級評委會已全票通過，推薦到高評委了。高評委可能十八九號開會，我想，有魏老您所作獎譽的推薦，也將有重要的作用和影響。

會務工作剛面談過，不再贅述。

祝您和月萍老師

春安！

葉蓬

（1988年）四月十二日

二

魏老：

這幾天又讓您受累了，房子也讓他們擠得接連三遷，我心實屬不安。

寄上全國和我會的登記表和那本書，這樣好的書反倒五折處理，許多武打兇案之類卻暢銷，也真咄咄怪事！

信到時也過年了，祝您

歲歲為意，健康長壽！

葉蓬

十二月廿八日

三

魏老：

春節好，先拜年！我節前去京，不巧，楚老身體不適在醫院療養，因此暫不能為我們題字。楚老之長公子楚莊說，先將他手中保存的楚老詩詞墨蹟給我們發表。他說春節後寄來，現在還沒收到，我已經去

239

函催問了。

　　在京見到周一萍同志,給我們兩首詩——《趙州橋》與《大佛寺》。汪善慶同志說,讀《紫庵詩草》後,有詩兩首給您,我想請您將此抄寄一份,發在第一期會刊上,不知您意下如何? 浪波同志回石後,我問他開了座談會沒有? 他說太忙實在顧不上,既然錯過了這機會,那怎麼辦? 還要不要另外召開,請示之。

　　近接小范同志信,說統戰部給撥一點經費之事還是可以商量,是有希望的。文聯可望三至五千。河大再撥一點,多年的日子也可維持,但總非長久之計。中華詩詞學會正搞一公司,各省協會可以入股,每股二萬元,省委省政府如能撥給 5 萬元,我們入上兩股,今後只以利息作經費,原本金作基金,便不用年年向他們伸手了。請考慮,我們怎麼辦好?

　　會刊,我想儘量搞得好一點,這是唯一可以拿出手的一點東西,在這上面多花幾個錢也值得,您說是不是?

　　函授班的廣告,《文論報》《大千世界》已刊出,但究竟能有多少學員,尚未見動靜,不敢過早地作樂觀的估計。

　　以上幾件會務大事,請魏老回函示教,要不,我就去一趟,請您面授機會。

　　專此順問

　　春安,並祝

　　松梅長青並茂!

葉蓬

二月廿五日

四

魏老：

　　南行定有豐碩成果，望將新詩給第二期會刊發表。刊物本應 6 月 10 日印出，但因文聯印刷廠經常停電，至今沒有印出來，緊催慢催，說也得到下月才能印出來。實在成問題，急死人也沒法，這個工廠是農業用電，第 2 期考慮另換別廠。等到刊物出來，我就立即去信，請您來開個常務理事會，傳達中華詩詞學會的精神，解決一下要經費問題，你說好嗎？還是不等刊物，先開會好呢？請示知。附二期會刊約稿信，請讓東城代催一下河大和保定詩社的詩稿、文稿。順祝

　　暑安。代問月萍老師好。

葉蓬

六月廿七日

五

會長閣下：

　　東城帶來大函收悉，給申明同志的信我也親自送去。原以為您一定給您這位高足談談咱們會務方面需他幫助的事，可他說只談了他的書，沒談別的，您怎麼不趁機給他說經費、編制、增補顧問等大事呢？如果另外寫信，就不如談他的書時，順便談及自然一些吧！

　　給我的信中說到增楊彥甫同志為副秘書長一事，我想這完全是會長許可權之內的事，而且出於工作需要，我和浪波都同意，想別的副會長也不會有不同意見的。就算定了。至於儘早公佈名單，因個別地區

還沒最後敲定人選,還得再稍候一下吧。會刊,我也很著急,但因周一萍副會長的講稿尚未審回(據他們辦公室來信說,他可能出門了),而且交稿之後,印刷過程也相當的長,實在不像話。除了我們自己能辦的事有主動權,其餘一切都不由己。

招生簡章印出,但《詩神》二月號已發稿,三月就太晚了,還需聯繫別處刊登。

至於今年初,在保定開擴大會一事,浪波同志考慮,絕大部分常務理事在石家莊,這些人,恐怕不易抽身,因此,說再給您商量。

前寄會員登記表收到否? 不夠再寄。

年剛過,補祝

年安!

葉蓬
元月三日

六

魏老:

知您太忙,以後,凡顧之京的學員作業,請捎回石,另安排人處理好了。

王國標與總會辦公室卞志良的詩詞均可適當編發,唯獨臺籍學生馬彥容的詩,因是新詩,無法處理。原先我曾想每期發一兩頁新詩,正如新詩刊物每期一兩頁詩詞一樣對待。但上次會長辦公會上,此意見被否決,馮健勳、夏傳才等副會長均不同意發新詩,排在二期上的兩頁新詩也撤了下來,今後不好發了。如轉《詩神》的話,我這個編委實無法讓他們照顧發出,少劉是他們的編輯,也沒有簽發的權,轉去也是石沉大海，不如寄還作者，另投他處。如果一定要爭取在《詩神》上發的話，請您給浪波寫封信，他是《詩神》的編委會主任，由他轉給現任主編旭宇（河大教育系畢業的），才有可能發出。

萬萬沒有想到，劉秉彥、尹哲兩位老同志批了意見，文書記又批給財政廳長，我們的經費，仍然未得解決，實在是無法可想了，寸步難行，連個常務理事會也開不成。我從北京回來，又聽馮建勳講印刷廠太忙，不給印了，印了也沒錢付印刷費，稿費還得繼續拖欠一個時期，文聯已代付一期印刷費，波浪什麼時候說過，文聯可以代付兩期刊物印刷費的話呢？付一期已十分勉強，恐怕不會再給錢了。統戰部原應給300元，河大應給1000元，加在一起，也不夠印一期刊物的費用，我們的日子艱難到這種地步，在中國想正正經經做點事太不容易了！還不
〔下缺〕

七

〔前缺〕在打個長途電話也困難，您確定哪次車去京，如行事前，請東城同志給我個訊兒，來個電報或電話告我，我就到車上找您。如果來電話，請讓省文聯秘書科馮建勳轉我。即使聯繫不上，我22日下午到中華詩詞學會也會打聽到您的住址，保證誤不了事。專此問候
夏安

　並問
　月萍老師好！

葉蓬

五月十七日

八

魏老:

　　首先向老會長報告兩個好消息:第一,三萬元經費批下來了;第二,經過申請,河北省文藝振興獎分給我們三個名額,這兩件都可以稱之為大好事!

　　分給了名額,非需建評委會,我建議副會長以上都作評委,規定不能少於七人,老會長兼任評委會主任,副主任是作具體事的,由我來作。評委會下設辦公室,由馮建勳任辦公室主任,魏老,您看行嗎?

　　按規定,九月十五日以前評定,所以我們評委開會需在九月上旬,此外再加保定、唐山、碣石、石家莊地區、邯鄲市,五個地市級詩會,各出一人參加。除評獎外,連別的會務工作也就一併解決了。是否可以? 請速垂示!

　　祝

松梅夏安!

葉蓬

八月十日

李進來信二封

一

際昌先生：

　　你好！

　　信收到。你太謙虛了。

　　《燕趙詩詞》，亦收到。拜讀大作，受益良多，隨信附上詩箋一冊，以助詩興。

　　此間亦出版了《江海詩詞》，每期也有我一二首，但不足為先生道也。我亦被拉為江蘇詩詞協會顧問，但空有虛名而已，從不顧而問之。詩壇所為，原為雅事，但卻也發生糾紛，頗為可笑。此間就有一次大風波，附點資料，以供讀助。燕趙慷慨悲歌之士，今在先生主持之下，當不會如此也。

　　周一萍、任普慶二君，曾在參加貴校成立大會。此二人均係過去曾一處工作者，很是熟悉，下月初，我將赴京參加文化會，或可與之相見也。

　　謹致

敬禮！

李進

十月二十日

二

際昌先生：

你好，連雲港一別，匆匆多時了。承先生關注，托人送來所贈《桐城古文學派小史》一册，感謝之至。相隔兩地，無機會當面求教。得此一書，自能拜讀而有所得益，豈不快哉。

近年來學畫遣興，附寄一紙，供先生一笑，亦是感謝之意也。我曾有題畫句曰："成名畫家，求也難畫；新成畫家，一請就畫；不是畫家，主動送畫。"是故畫雖不成畫，卻可使先生開顏也。

我現雖尚未退休，辭而未准，然而已不大上班，不時讀一些書，以補知識之貧乏。得先生書，即粗粗翻閱，準備隨後仔細學習。我發現，此書在出版方面，校對不精，標點符號之錯誤似乎較多，可能現在之校對人員，文化水平不高，係好些出版社之通病。校仇之事，也不為出版人特別重視。觀乎封底，有編輯、題字、設計者之名字，其實，也應特別讓校對者列名，如此，不僅係對校對者尊重，亦可加強其責任心的。大著之裝飾設計甚好，惜上述之校對問題，未免有佛頭著糞之憾了。此事宜向出版社提出意見，鄙人性坦直，有話一吐為快，不知先生以為然否？

謹祝健康長壽並請

撰安！

李　進

九日十三里於南京白下區復成新村五號

顏振吾來信一封

魏老先生鈞鑒：

　　承蒙惠賜，鈞制《桐城古文學派小史》一冊，已勞劉師轉寄晚生，十分感激！因近來時常因公外出，以致遲遲修書拜謝，深以為歉，伏乞長者寬恕失敬之罪！

　　據劉師函示，長者乃適之先生嫡傳高足，大著係當年您在胡先生指導下所寫的畢業論文稿整理成書，極其珍貴。晚生對適之先生景仰之至，有幸得此薪傳，無異忝列門牆作適之先生再傳弟子，倘蒙長者不以愚頑見棄，懇乞今後常賜教誨，坐我春風化雨之中，使能在學問方面有所進益，則教化之恩，何敢忘懷！

　　晚生少時讀書，從適之先生的"呢，呀，嗎，的"開始，未窺舊學門徑。桐城大家，更無論矣。至廿七歲因言獲罪後，屢當"壞人"，因欲隱心遁世，故常涉獵典籍以求消遣解脫。但因學無根柢，難得要旨。即對素所敬佩的嚴復、林紓二先生之學行亦不甚了了。今拜讀長者宏著，直如醍醐灌頂，茅塞頓開。長者月旦人物之精當，學貫中西之博雅，尤其已屆八旬高齡猶"中心藏之，曷日忘之"，念念不忘先師，凡此種種盛德，無不使晚生以未列門牆為生平憾事！

　　夜已深矣，晚生病痛不久，又復奔走勞累，體力不支，匆匆草草拜復長者，內心甚為歉疚不安。您老乃碩學通儒，光風霽月，當不我罪也！

　　恭祝

長壽而健康！

淺學小子顏振吾敬上

1988 年 10 月 22 日夜十二點於胡適故鄉績溪景城

柳青來信一封

魏老:

您寄來的書已收到,只是拆開一看,書上的名字不對,是您裝錯了,這是寄給逵夫教授的書,書中還夾著一封信,因此包起來,再給您寄回。

現在要出書,是非常難的,您的書也拖了兩年多,不過總算出來了,還是值得慶賀的,待接到書後再仔細拜讀吧!

我最近正在設計一個兒童劇,工作十分忙碌,戴真忙著編《舞臺美》,也是不得閒,我們只願在有生之年多作點事,別無他求。

祝

健康,問于老師好!

柳青

1988. 10. 28

鄭鐵生來信一封

魏教授:

　　您好!

　　今寄給您我寫的一本小書,看到我的名字,不知您是否還記得。我是77級中文系畢業生,而且是古代文論科代表,去家給您送過作業,多次聆聽您的教誨。儘管幾年來疏於箋候,但始終未能忘懷恩師。

　　前天收到石京山老師來信,告訴我您的專著《桐城古文學派小史》是一本學術價值極高的力作,使人讀後,不得不折服先生研讀面之廣和數十年鑽研之深,"把有關戴名世、方苞、劉大櫆、姚鼐及姚門諸子的著述、詩文、書序、評議、墓誌等等作了大量的研究評騭,文章洋洋灑灑,評議也極公允、全面,是現有教授所不及的。"聽了石老師的介紹,我很快就回憶起當年給我講授的這門選修課,您聲如洪鐘,深入淺出的講授,頗得學生的歡迎和敬佩。我十分誠懇地希望魏教授慨然贈給學生我一本。

　　我現在張家口大學中文系講古典文學,有機會也想講點文論,只因才疏學淺,未致張羅,以後還想得您多求教。

　　祝
健康長壽!

鄭鐵生

88. 11. 22

丁盛文、宋國珍来信一封

子明老友如晤：

　　一別四十餘年，未得一次晤面，亦未通函致候，每一回憶，恍如隔世。然寒來暑往，未嘗一日忘懷也。

　　一九四六年，吾兄在吉林時，曾向長白師範學院推薦的邏輯學教師丁盛文，即我是也，不知我兄尚能記憶否？四八年吉林解放後，長師為東北師大接收，我繼續任教，直到今天。

　　頃接北京李捷秋同志來函，始知我兄近況，因立即通函致意，萬望示復為感！

　　愛人宋國珍，係魏媛同志之摯友，亦月萍同志在女師時的同學，同此致意。專此，敬候回音，並祝闔家康樂！

　　　　　　　　　　　　　　　　丁盛文 宋國珍同啟
　　　　　　　　　　　　　　　　八八年十二月十三日

王振泰來信一封

魏先生：

　　安好！

　　後學編選關於臺灣方面古體詩詞九百首，曰《黃金鑄中華》，現近結束。自姜建群主任處得先生大作四首，望將八四年後有關此方面大作賜余，如存臺灣諸先生之作，亦不勝歡迎！

　　姜建群近來甚忙，待晚些時候能復函於先生，于此特轉他親切問候！

　　祝

起居清勝！

王振泰頓首

88. 12. 19

孫興民來信一封

魏先生:

您好!于老師和彩霞也好吧。

來函收悉,因"五一"放假,信在前幾天剛收到,又到中國民航售票處及北京站等詢問有關機票及軟臥車票之事,今日才趕忙提筆給先生回信,以免讓先生懸念。

北京至貴陽的民航機票票價391元,去東四中國民航售票處預售15天之內的機票,需要單位(河大)介紹信和乘機者本人的身份證(或工作證);北京至貴陽的軟臥車票票價264元,在西直門售票處預售三天(包括當天)之內的車票,需要單位介紹信(寫明身份、職務、到達地點等)和乘車者本人的身份證或工作證。

先生需要購機票還是購軟臥,學生在京定當盡力去辦,敬請先生明示則可。以目前情況看,機票比軟臥票好買一些,但票價稍貴,往返時間則短些(單程約三四個小時),購票後的時間也相應會從容些;軟臥票是否好買現在尚未可知,因我們單位現在沒有訂票業務,故只能靠自己想辦法解決,但我想這恐怕也沒多大問題,若先生想乘軟臥去貴陽,需要我幫著買票的話,請及時來信並將錢和所需證件等寄給我或來人交給我均可,我買到票後再去電報告訴您時間,車次(只有149次)。只是以時間上考慮顯得匆忙些,從買到票至開車只有三天時間,而河大接送電報又不是很及時,不過只要票一到手即發電報,我想總還是來得及的。先生究竟是乘機還是乘車請定下後及時來信告訴學生,弟子當效微力。至於來京住的地方,先生可不必擔心,下車後可打電話（552971）給學生，學生當為先生安排。此行是先生一人赴築還是另有陪同？亦可在信中告知，以便在購票或住宿時儘早安排。

　　先生所書篆文，筆力遒勁，內涵深蘊，學生於中獲益匪淺，然先生於信中稱學生為"弟"，學生實在不敢。您和于老師過去是我的先生，現在還是我的先生，將來也仍是我的先生，雖現不講"一日為師終身為父"之訓，然作為授業、傳道、解惑的先生，往日教誨，學生當銘記在心，而先生信中稱謂，實令學生誠惶誠恐。請先生信中直呼其名則可，萬不可過於客氣，不然，學生心中會不安的。時綏，詳情未及便達，容來日稟述。

　　敬請

先生暨于老師夏安！

學生　孫興民

90.5.8 草

253

邢崇智來信一封

尊敬的魏老:

惠書收悉,深表謝意。河北變化,全賴黨的路線之功,人民群眾之力。我在工作中,缺點甚多,失誤不少,懇請您老及許多前輩、同事經常提示指教。為感謝您老的鼓勵,這裏步韻幾句:

改革十餘年,燕趙換新裝。巨輪擊渤海,科技上太行。

糧棉盈倉廩,煤鐵輸四方。軍民大團結,歌舞普城鄉。

盛世頌聖績,功在黨中央。方針政策好,民意民心暢。

化作回天力,繪出錦繡章。中有知識界,貢獻尤堪揚。

教授八十翁,喁喁心向黨。感此精神振,為詩相答唱。

頌祝

魏老健康長壽!

邢崇智

1990 年 8 月 29 日

匡扶來信一封

致明尊兄：

昨接賜書，知近況佳善，貴體亦俱健康，且從大作中得悉，二老的精神生活也十分愉快，難得之至，何勝欣祝！

魏兄回顧入關之數位同鄉學人，如高、二傅、華等都已次第謝世，所幸我們兩家仍然健在，不禁引起抉等的無限感慨！其實，再回憶一下華大時的另幾位同鄉學人，如高蘭等亦皆作古矣！奈何！

尊兄連年勤奮耕耘，在教學和科研上都曾作出傑出貢獻，弟雖又多年未能奉晤，但從往來人員中曾得到不少信息，欽仰深！弟已於86年冬批准離休，之後，又代了幾屆研究生，近期才結束，止剩下老年大學一門文學課，還須支應。楊的研究生日語課也剛剛告終。現在只是需應付一些斷斷續續德約稿等雜務而已！

二位都比我倆年長數歲，而精力身體卻如此好，可見修養有方，未知能一一見教否？望之！及之！

《詩詞選》一小冊，係《甘肅十三教授詩詞選》的抽印本，選詩164首，歷時前後55年之久，滄桑挫折，往往流露於字裏行間，奉寄請二位多多見教，或可引起許多共鳴之處，亦未可知也。

匆匆，祝

全家春節好！

鄉小弟

匡扶上

91. 1. 24

郭維森來信一封

魏老：

去年夏天，在貴陽得侍左右，幸甚！回來後即見賜稿，感謝莫名。此書約稿早都確定，但迄今只收到 3/5，最近擬再發函催索。因出版周期很長，出版社決定分期付給稿酬，據我們這卷的進度，先付 1/10，我們商定特約稿分量不多，可全部付給。照原合同最高酬為每千字 25 元，您老大著 1700 餘字，今由郵局寄放五拾元，不成敬意，請哂納。待出書後，酬金若有調整，再補上。春節將至，敬祝

健康長壽、闔家康愉！

晚郭維森敬上

1991. 2. 2

湖南省屈原學會來信一封

魏先生：

　　您好！

　　關於我省首屆屈原國際學術討論會，蒙您老的大力支持，目前籌備工作正在加緊進行。根據需要，我們又擬了 3 個補充函，要寄給境外學者，因您已直接寄了兩個函給您熟知的國外學者，因此隨信寄上兩份，請您仍代為寄出。

　　感謝您對我們這次會議的大力支持。

　　此致

敬禮！

湖南省屈原學會

1991. 2. 13

張慕苓來信二封

一

魏、于老師,你們好!

我在天津提前給二位老師拜個早年。

我的職稱評定,雖未正式公佈,但我已經得到可靠消息:已經被否定。其主要原因是因為書的"校樣"不算數,必須得正式出版,只差一個月。當時申報時並沒有這樣說。已經報上去了,才制定了這個"土政策"。可申報一個月後,我的那本小書出版了,可又不准補報。除此外,據說還有一個原因,即我現在是"超齡服役",此次和以後評職稱,主要是考慮正式在崗的,"超齡"者已不作重點考慮了。看來我是又趕上"這撥兒"了。二位老師,非是你們的學生不努力,但是難違"造物主"的"賜予",個人只管努力,但命運卻並不掌握在自己的手裏。您說是吧?

老師,我是想得開的,想當年我二十多歲時,"今天"還在講壇上講課,"明天"就叫你去"改造",一去就是二十一年。我是從"地獄"裏爬出來的。我現在僅有的一切都是失而復得,"小子"如我,何敢復存奢望?我忽然覺得應該多一點"阿Q"精神:"文章千古在,名位一時榮。"以此無愧於心,聊以自慰耳!……故奉上一本小書,作為作業,請您批改教正。順頌

春節身體安泰、精神愉快、萬事如意,並問候彩霞。

學生慕苓頓首

92. 元 . 25

二

魏老師，您好！

您在信中給了我那麼多的鼓勵，內心的感動，實無法形諸紙筆。可我"先天不足"，而"後天又失調"，況又二十多年被迫離開工作和學習，笨拙如我，實不敢稍有鬆懈，虛擲光陰，願能彌補失去的萬分之一。因此，一是拼命學習和工作，二是儘量使壽命延長，二者儘管有矛盾，當儘量使其統一，只要想到您，就使我增添力量，受到鼓舞。充滿信心，請老師放心！

您信中說："房子暑假可能分下來，天津還有答辯任務。不知房子是否已分定了。何時來天津？屆時請提前通知我！"今後賜信，最好直接寄到家裏來，因為我不住在學校，又不坐班，特別是暑假，我不在校，以免耽誤，我住在"天津紅橋區丁字沽光榮道光榮樓5號門603"。

魏老師，您千萬要注意身體，無論您從哪方面說，對祖國和人民也是無愧的，您說不是嗎？

現在正作學期總結工作，較忙，簡單寫了如上的話，我在這裏衷心地祝于老師健康愉快。謹此敬請

夏安！

學生　張慕苓

7.3

魏文德來信一封

際昌學長兄：

　　來信及附來照片，九日收到。我前幾日去市郊區開會，最近才回來，覆信遲了些日，請諒！

　　舊日老同學散處各地，又多老病，見一次面很不容易。文革前，文修兄曾來過我家，因未記下地址，所以同在北京，以後未再見面。北京化工研究院就在原河北師院（現改為中醫學院）對門，當時周學鼇在該院，周與我在正定河北第七中學同學，文革後調石家莊，以後也未再見過。

　　來信囑交換照片，我很高興。近來，我很少自己照相，接信後幾次想去照，又一拖再拖未去。先把今年四月間孩子們在家給我和老伴兒照的一張寄上。請老兄收下吧！

　　近日，北京天氣悶熱，為多年所未見，不多寫了。敬祝
闔家快樂！

同學弟魏文德上

91. 8. 22

文壇、寶霞來信一封

伯父、伯母：

　　12 月 14 日收到您們的來信，感謝您們對我們一家的褒獎。說"入鄉隨俗"，有時是對的，說"我行我素"，有時也是對的，一切要看時間地點。女兒出嫁我們沒有入鄉隨俗，天津的鄉俗多得很，數也數不完。但不入鄉隨俗也不行，比如楊戈的分配問題就挺讓人犯愁，也怕得大病，得病住院不僅要花醫療費，而且要花大筆的人情費，管不了，又無法抵制，只能"入鄉隨俗"了。說起醫療費，也是美國大選的大問題，美國的醫療費支出佔總開支的 13%，遠遠超出國防支出的 6%，想削減遭到了美國大眾和醫生們的反對。我國的醫療費支出各單位沒有不超支的，也是從中央到地方都十分頭痛的問題。天津市許多單位都拖欠不予報銷，河北工學院實行自付 10%（45 歲以上）或 15%（45 歲以下）的辦法，遏制了大幅度增支的勢頭，但超出仍很嚴重。您們要多聯繫幾個醫療單位的人，這是用得著的人。"為人開一條路，得罪人設一堵牆"是一句"俗話"，是實用的"俗話"。

　　冬至已過，時值隆冬，按平均氣溫計，北京的冬季從 10 月 26 日要延續到 3 月 31 日，共 150 多天。您們要多保重。92 年 11 月 2 日天津日報第六版載文談到人生十二大財富，前五條是"積極的精神態度——所有的財富，都始於一種內心的狀態，內心乃個人自己能完全控制的唯一的東西；良好的體格——保持正常積極的精神態度是避免疾病的最佳途徑；人際關係的和諧——只要保持內心平靜就會容易與別人建立和諧的關係；脫離恐懼——被恐懼所奴役的人不會是富裕和自由的;信念。"其實這就是常說的:堅定的信念,樂觀的精神,健康的身體,容人與大度,無所畏懼。能完全做到這些不容易,希望與您們共勉。

我的表妹夫張慇在保定合成橡膠廠工作,人很能幹,前幾年已被評為正高工(教授級高工),男孩張勁松廊坊師專生物系畢業,在保定製藥廠工作,女孩30歲了,生下來就有病,半殘,很難找到婆家了,這是他們夫婦的一塊心病。表妹劉振英在保定14中教語文,已到退休年齡,有高血壓病,可能還沒辦退休手續。他們住在保定建華南路甲2號樓四單元302號。您們需要他們幫忙的話請與他們聯繫,他們一定會熱心完成的。

今年我校招了1000自費生,明年還要擴大規模,計劃內的也要提高收費標準,其他高校大概也會這樣。彩虹、曉東都趕上了,即使計劃內的也要增大擔負。按河北工學院標準,入學第一學期沒1000元是不行的(公寓制,書費,文具費,伙食費……),以後每月生活費還約100元。有學上就要上,美國青年是貸款、打工上學,香港父母為孩子上學寧肯負債。您們還得為孫子操份心。

我們1月18日放假,寶霞放假還要晚,願打算入冬就不幹了,可領導一再挽留,看來老實巴交的人還是受歡迎的。

新年就要到了,祝福您們新年好!

侄文壇、寶霞
92. 12. 23

趙庭葵來信二封

一

魏教授：

　　您好！許久沒和您見面，非常想念。

　　現在有一件事情向您匯報一下：近年來，有些詩友總勸我把手下積存的詩稿整理一下，印成小冊子，贈送親友，並留給子孫。他們認為如果把存的詩稿扔掉非常可惜，他們東奔西走，找到了書號和印刷廠，由省社會科學院的豐暢同志編選入舊體詩詞 500 首，楹聯 270 首，定書名定為《趙庭葵詩詞楹聯選》，我作為保定詩詞楹聯協會會員，我想您是會高興的。

　　為提高該書的知名度，我想請您給寫一篇序，並書寫書名。但我深知您年事已高，應酬繁忙，本不好意思張嘴，可是不張嘴又不行，還是說吧。我原本打算去保定談，奈因入春以來身體總是不好，大部時間是臥牀，所以先送去這封信，拜托。以後身體好了再到府上拜望。請原諒是盼。專此順祝

教安！

涿州市林業局趙庭葵

1993 年 4 月 24 日

二

魏教授:

　　您好,久未晤面,殊深想念。

　　前些日子我給董福東同志去電話,打算把我的所謂詩選,通過學會贈送每位會員人各一本,分文不收,福東同志表示同意。今托涿州水利局陳局長,帶去詩選 60 本,請您代收,轉交福東即可。

　　此托,致
敬禮!

涿州趙庭葵
一九九四年六月十三日

蔣南華來信一封

魏老：

　　您老人家好！蒙您厚意，賜書賜教，學生實在感激萬分！

　　先生的學識人品，各方面都是學生我等的楷模，永遠值得我們效仿。上次先生來貴陽，給貴州的學生們留下了深刻的印象，先生雖是八十二歲以上的高齡，仍老當益壯，身體非常健康，腦子反應十分機敏，比我們後輩強多了。願先生活一百歲以上，教給我們後輩更多的知識！

　　祝
先生健康、長壽！

學生蔣南華

七月廿七日

姚奠中來信三封

一

際昌先生左右：

承電告允來并指導研究生答辯，十分感謝！答辯日期已擬定於 8 月 22、28、29 等日。今補寄董國炎論文一篇，請評閱後，並前來帶來即可，不煩另寄。25 日前，當派人到保定迎接，以便沿途照料。把握在即，不復——。祇頌

道安！

姚奠中

1985、8、21

二

紫庵尊兄有道：

承寄彩照，又見風采，喜慰之至！董生一幀，當如命照轉，希釋念！

尊兄精力過人，冒暑奔馳千里，為道宣勞，可敬可佩！所云天津房子，不識為別業乎？抑兼課下榻處耶？弟處研究生四人，亦已入學，兩地相同，可謂千里共明月。匆覆，不盡。

敬候

起居佳勝！向

月萍嫂夫人致意！

弟姚奠中

1986、9、1

三

紫庵尊兄左右：

　　得來示，忽忽十餘日，稽復為歉！一則忙於參觀、開會，一則所詢傅批"紀事"一事，出於意外，未解所以，故遲遲未能奉復。回顧"紀事"一事，吾儕來往書信，從未有"參用"或"借用""借閱"一類辭彙，因為兩方都從未有此想法。事實是，一方商請"出讓"，一方慷慨捐贈；受贈一方為謝"高誼"而致酬，捐贈一方為受酬而致謝。來往書信俱在，受方已登記入藏，如何可能是"參用"，似乎用畢可以歸還！如係借去"參用"，又何為送上四千元！似此情況，弟很難向受方開口。我輩書生，雖不能說"一諾千金"，但至少也不能"輕諾寡信"！況兄歷練至深，又係共產黨員，信譽攸關，更不宜草草乎！往屬個人所有，組織亦不宜干預，事理至明，尊兄似不必有為難之處。以上種種，尊兄明達，本不待繁辭續聞，慮或一時考慮未周，致勞注念。故縷縷述之如上，至希亮察！尊兄跌傷新愈，調護為急，藥、食並重，動、靜結合，延年益壽，定符下祝！

　　匆匆，並候
月萍夫人興居佳勝！

弟　姚奠中再拜

1993. 10. 18

劉曉霞、周紹曾來信一封

魏先生、于先生：

　　您們好！

　　多年不見，疏於問候，遙想二老玉體仙健，為頌為禱。從報上看到消息，得悉河大這些年變化很大，令人鼓舞。魏先生前幾年以八旬高齡到全國多地參加學術活動，至今仍堅持伏案工作吧。于先生一向滿腔熱忱，積極工作，現在一定還很忙吧。二老年事已高，還望多多注意身體。

　　我們兩人均已退休。父母身體尚康健，只是視力衰退，她常常惦念您們。兩個孩子均早已工作，現在在天津、深圳兩地來回奔波，濤濤在南開大學上班。一家粗茶淡飯日子還過得去。目前，感到困難的是住房問題。我們現仍住在河大宿舍一樓，兩間房雖住得下，但陽面一間，靠近公用水房廁所，水泥地板下就是地下水道，加上水房廁所經常污水外溢，因此屋內特別潮濕，四周牆壁壁皮腐蝕剝落，齊根一米多高，"體無完膚"，陰面一間，終年不見陽光，陰冷潮濕得連夏天都不必開窗。一住多年，老母和我們二人都因此落下腰腿疼痛，骨質增生等疾病。上月曉霞突發急性膽囊炎，到醫院動手術摘除了多年的膽囊結石。手術雖還成功，但因年過花甲，久病之軀衰弱不堪，出院後體力恢復非常緩慢，居住條件對養病也不利。多年來朋友、鄰居們關心我，有人曾幫我們向外換房，但因這房是中醫學院校產，非中醫學院職工不許入住，極個別中醫學院職工有意換進來住，但一看這樓條件實在太差，結果沒有換成。再一個辦法是借房。這邊二樓原有閒置不用的空房,但後來被學生佔用了,前些時同宋麗輝閒談,得知您們那間房內家具物品不多,想暫住一下,但又怕您們這間房經常備用,礙於情面不好斷然拒絕,反而增添了二老的麻煩。可是在別無辦法的情況下,也只好寫信向您們求助,如果二老同意,我們一定保持室內整潔,您們何時需用,我們一定毫不耽擱地騰出來,在借用期間我們絕不轉給任何人。如果您們有困難,也請直接提出。二老是我們的老師、前輩,千萬不要客氣。如果因為我們貿然開口,增添您們的困難和不便,就太過意不去了。

　　北方春季,氣候驟變無常,尚祈二老珍攝保重。

　　敬請

大安!

學生:劉曉霞、周紹曾

敬上

95. 4. 21

尹哲來信一封

魏際昌老:

首先向您致以謝意。《桐城古文學派小史》已收到,我將認真拜讀,對此我沒有一點研究,但會增長知識。

學會的編制解決起來有困難,因有此要求者較多,而編委又控制甚嚴。經費,據李文珊同志說,他可批給財政部門予以解決,尚不知下文如何?

盼有機會見面。敬祝

新年全家快樂!

尹哲

12 月 27 日

劉秉彥來信二封

一

際昌同志：

因事去京，回時拜讀來函，遲覆為歉。

關於詩刊資助，已請李文珊同志批轉財政局解決，但尚未落實，當盡力一講也。

順問

冬安！

秉彥

11 月 26 日

二

際昌同志：

拜讀大作，深以為謝。《戰地詩抄》尚未編成，謹就"燕趙詩社"之興，濫竽充數了。擇其自以為是者，刊《詩神》。每讀老校友長廊詩，文情並茂，精湛詩藝，深受感動，朗朗上口。順頌

撰安！

秉彥

9 月 2 日

徐敏來信三封

一

魏先生:

您贈的《桐城古文學派小史》和附函均已收到,十分感謝,我現在還在搞戰國秦漢這一段,清代的東西也讀了一點,但不像您在青年時代就有如此深刻的研究,我一定從你的大作中領受教益。

胡適先生的作品,我從來主張可以選出一些,我這裏只有他的一本《嘗試集》、一本《中國哲學史》和三本《書信集》,之外,就沒有別的了。目前出版界固然出版了不少好書,但出了不少壞書,有點失控,這不僅浪費了紙張和印刷力量,而且毒害了一、兩代人,看到這種現象,令人氣憤和耽憂,首都尚且如此,地方上更不用說。下月在武漢有一個楚史和楚文化的會(武漢大學發起的),我不想去參加了。

北京正是秋高氣爽的季節,秋夜讀書和寫作是最美妙不過的,不知先生以為如何?

專此,順頌

教祺!

徐敏
10 月 6 日

二

魏先生：

　　孫興民同志今天來帶來論文三份，已收到。我與他商定 26 日去保定，我去訂票，如能訂到，我即打電報給您，見面再詳談。即頌

教安！

徐敏

五月十五日

三

魏老：

　　還是今年春天，您給我來了一封信，並附寄彩照一張。時間過得真快，秋天又要到來了。今年三月，我去上海一次，是一些老同志邀請我去的。在上海我去虹口公園（現改為魯迅文化公園），瞻仰了魯迅先生墓，遊了外灘公園、人民廣場等處，並去龍華，看望了上海社會科學院歷史所的一些老朋友。返京以後，我一直忙著寫一篇論文，關於親士、尊賢和士的修身思想的。現在文章已經完成，準備送去，可以松一口氣了。

　　今年是世界反法西斯戰爭暨中國人民抗日戰爭勝利五十周年，北京的活動很多，盧溝橋抗日戰爭紀念館和軍事博物館都有大型展覽。盧溝橋的紀念館，還展出張自忠將軍在宜城之戰中犧牲時的血石，因為他犧牲時，鮮血灑在這塊石頭上。當地人民把它保藏起來，所以得

以在现在展出。在中央各机关,都举行一些慰问抗日战争时期的老同志的座谈会,因为要参加这些座谈会,所以比较忙些。

日本现在有一股右翼势力,对侵略朝鲜、中国、亚洲各国的罪行不认账,这股势力也是美国把它保存下来的。美国的统治者认为这样做符合美国的利益。这股势力的政治上代表人物,都是和侵略战争时期的陆军省、参谋本部、执政党的政友会、民主党、垄断财团有这样那样的联系,都是忠于天皇的军国主义者的崇拜者。有一些人现在都是村山内阁的阁僚,在国会里,也不乏其人。所以对日本这股军国主义势力要提高警惕。我们要教育后代,要居安思危,不能只讲中日友好,而忘记了另一面。

近来,我重读了毛主席的抗日战争时期的一些主要著作。特别是军事著作,启示了一些抗日战争的回忆录,结合自己的经历,加深了对抗日战争的理解。经历过的事情,不一定完全理解它,往往是事后研究它,才进一步从理性上认识它。现在我还在继续学习。不知你们那里情况如何? 如有可能倒想知道一二。

祝:

您善自珍摄,健康长寿!

徐敏

八月二十一日

张岱老我春天拜访过他,我和他是很熟的。汤一介认识,但无交往。岱老听觉不好,但思维是敏捷的。又及

姜海峰來信一封

魏老:

賜涵並詩作,均已拜讀。

因外出講課、開會,遲復為歉,請見諒。多謝垂注與激勵!

桐城之會,拜識了魏老,長者風範,至今記憶猶新。又因鄉音,他鄉之遇,倍為親切,實為今生之幸,但亦恨相識太晚!

桐城之會期間,聞人言:魏老是北大研究院造就出來的,導師為胡適先生,還曾擔任過愛國將領傅作義先生的秘書,當時我就景仰!

魏老,幾十年,我由北方人變成了大江南的遊子。我由東北大學(後改東北師大)文學院中文系畢業,而後到杭州浙大文研所(後改杭大)中文系,研究生畢業,大學教我中國古典文學的是唐圭璋先生,中國古典文學研究生時的導師為夏承燾先生。直到二師離世之前,我們一直有書信往來,探討中國古典文學詩詞曲所涉問題,遺憾的是,您已高壽,恐難在此方面用精力了。不過,我們還可以開懷暢言,赤誠相見。

賜詩二首,已編入十六期中,明年初可以出書,到時呈上。尚乞經常賜稿。

我做刊物主編,出於無奈;我個人校內外事情很多。

關於學會領導人間的矛盾,並非始自昨日,而由來已久。據聞,"文革"後期開始,此事不但外方人不好介入,就是本土人也只能袖手旁觀。人們雖然也想為之解決,但由於馬寫了兩本小冊,到處寄發,這樣,孫也就要反擊了。馬是副處級幹部,孫是副省委級幹部。不久前,中華詩詞學會的銀川之會,邀請孫會長,而且很重視他,看來中國詩詞學會對孫已有了理事。此事一言難盡,局外人,不可能洞曉細節。此事,我們知之是了,勿與他人言也。

　　魏老,謹此回報。

　　遙頌

高壽!

府上萬福!

姜海峰拜上

一九九五年十二月一日

張志春來信一封

魏際昌先生：

　　近好！您為山東龍口市文聯曹堯德所著《屈子傳》寫的序言，已隨該書出版了。今寄上《屈子傳》一冊，供您過目保存。是另件掛號寄的，請注意查收。

　　關於稿酬，待該書稿酬開出時，再單獨匯寄於您，希稍待。

　　我是北京大學 1965 年中文學畢業生，曾任花山文藝出版社副總編輯，現為編審，是您的小師弟，對您敬慕已久。今特向您致以誠摯問候，祝您健康長壽！

　　致

禮！

張志春

1996. 7. 3

甘乃光來信一封

魏老師：

您好！

有幸在《三星圖集》中讀到您的詩作，很喜歡。今冒昧投書，無非希望多讀幾首您的好詩，未知可否，望見諒！

我乃一個小商人，成日東奔西走，不知忙個什麼。偶得閒暇，不敢忘了當年大學老師的教誨，不免翻閱起陋室書籍。銅臭怎敵書香！

想老師亦擅書畫之類，能否悉賜一二，作個長久紀念？

謹此敬致

大安！

甘乃光

96. 10. 8

丁舉華來信一封

魏際昌先生：

　　您好！

　　在河大上了四年學，久仰您老先生的大名，都未曾有機會拜見，很是遺憾。沒想到在我畢業後在石家莊軍區禮堂舉行的紀念魯迅先生逝世五十周年的大會上恭聽了您詩一般的發言，深為榮幸。

　　我原是河大外文系 82 級的學生，後來對比較文學發生了濃厚興趣，先後寫了兩篇有關比較文學方面的文章。一是《湖畔的歌——關於中國"湖畔詩社"汪靜之與英國"湖畔派"華茲華斯的比較》，二是《比較文學的歷史與現狀》，這也是我的畢業論文，欣聞您老先生正在籌備我省比較文學協會，茲寄去這篇文章，望老師指點。如夠格，望收為會員，不夠格，還當努力。《比較文學的歷史與現狀》較長，有八九千字，只存有殘稿，沒有打印，我卻更喜歡這篇文章。

　　畢業時，也曾考"比較文學"研究生，報考的是南京大學趙端燕先生的。只招一名，考的課程有外國文學、中國現代文學、西方文論和英語。除外語外，其他皆為自學，總得分 220，名落孫山。

　　我分到石地教育學院，教外語。

此祝安康！

學生　丁舉華

98. 10. 8

李登伍來信一封

魏老、于老:

您們好! 托人捎來的信和見笑大方的《九章譯注》等均已收到, 勿念!

本打算來保定看望看望二位老人家,並請教填寫中國屈原研究會一表的事宜,哪知我系出了一點麻煩事,弄得我脫不開身。一女生因期末考試估計自己三科不及格,就決意去少林寺出家,走到半路服藥自殺,幸好當地政府搶救及時,終於脫險。我們就奔波於尋人、救人之事,鬧得人不亦樂乎。現在大體已定,算告一段落。只是把時間耽誤了!

儘管事物紛繁,但我仍不忘治學。遵照先生教誨,除深入讀《楚辭章句》《楚辭集注》和《山帶閣注楚辭》外,我還在細細讀《論語》《孟子》《墨子》《莊子》《荀子》和《韓非子》等。在此基礎上,寫了一點小文章。如《談談孟子的仁政》《談談孔子的思想體系》。由於人地關係,發表較困難罷了!

先生介紹我入中國屈原研究會,我非常高興。只是覺得才力不濟,又沒有做出什麼成績,實感羞愧!

這學期開學了,我沒有課,雖然外出困難,但我一定最近要來保定看望二老!(大概在九月或十月來保定)

祝

安好!

登伍

9.4

280

紫庵詩草

上　編

前 言

　　此編是我自盧溝橋事變到"文化大革命"(也就是一九三八年秋至一九七六年秋)近三十年間的舊作,因為歷經變亂,早已殘缺不全,人老則思古,所以整理出來,分作《流亡》《抗敵》《文教》《勝利》《解放》《勞動》等六篇凡百十二首,列印裝成獻給同道,匪敢稱詩,韻語而已,但那思緒和情景,卻是不絕如縷保證真實的,亦雪泥鴻爪之意云爾。

　　　　　　　　　　　　一九八七年國慶三十八周年
　　　　　　　　　　　　於保定古城之河北大學

一、少年篇

　　余從祖父化純公學習《千家詩》和《唐詩三百首》時，即知吟詠而不能工。後又熟讀《詩經》，頗識"四言"，而不悟"古韻"，格律往往似是而非，因之成篇甚少。年代既久，事過境遷，僅就記憶所及，錄出下列二首：

化純公禮贊
紀念先祖父之作二首

一

隆眉俊目立亭亭，威而不怒處士風。
青衿早領才稱雋，下吏常充志已盈。
生子樸訥未跨灶，教孫廣智擬宗功。
音容宛在時追慕，獨秀異鄉一老松。

二

世業農桑居撫寧，族人繁衍到關東。
能文羞比相如賦，非賈卻友陶朱公。
敵前廉守民族節，病後退食子孫中。
光耀豈必學干祿，義行鄉黨亦蜚聲。

　　編者按：紫庵先生,少時從祖父化純公(清末生員)學聲律。其時所作,今僅存《化純公禮贊》二首,及 1933 年 1 月所寫《贈阿蓮》殘詩一首。據先生回憶,其少年時詩稿,有數百首,訂成一厚冊,有祖父批改,後遺失。中學時,作詩亦多,1924 年曾參加由吉林省教育廳廳長于源浦組織的國文會考,作有《漢武帝論》文和七絕一首,未存稿。抗戰中所賦《贈朱經農》詩及 1947 年在瀋陽"白雪詩社"所作、建國初所詠之詩俱不存。今特闢"少年篇"欄目,補錄《化純公禮贊》二首,吉光片羽,彌足珍貴。

二、流亡篇

一九三一年秋,九一八事變之初,我已經從東北吉林流亡到北平了。說來慚愧,這已經是"二度劉郎"啦。凡廿四首。

盧溝橋事變

城外炮聲歇,死寂見通街。陡聞飛機響,傳單雪片篩:"宋哲元敗逃,皇軍保安泰。"遂知大勢去,又掙作奴才。啼淚縱橫落,哀哉是吾儕。托庇已無所,天地與同壞。悵悵望江南,何日挺出來!

注:七七事變後,風聞我軍奮起抗敵,數日之間,號外紛傳:"宛平報捷""收復豐臺""廊坊仍在我軍手中"。今則"二十九軍潰退,宋哲元已逃保定"的情況,由日寇發佈不已了,哀哉吾民!

流亡上路,別月萍

變後生路絕,俯仰無著落。九城空蕩蕩,舉目異類多。株守徒自苦,不走待如何! 乃與月萍議:"先行應是我,相累以幼子,歉仄心諾諾。前途當有望,切勿淚婆娑。"月萍默無言,堅忍上眉梢。抱兒送我出,黯然易水歌。

注:八月六日晨六時,在北平西城浸水河寓所前,兒鐵華方三歲,故云。而箱中只有大洋六十元,兩人平分各半,其清苦可知矣。行兮送兮不堪俯仰!

北寧綫上日寇兵車銜尾

這個仗可怎麼打! 調兵遣將任敵發。客車逢站必停靠,紛紛兵馬亂如麻。車中敵寇橫槍走,兇神惡煞示鎮壓。不期而遇仲霖師,暗打招呼未對話。逮及東站下車時,我遇麻煩被檢查。幸得故人代說解,鬼門關上竟溜煞。用錢買過法國橋,熙來攘往好繁華。對比倭賊屠殺場,天堂地獄一般差。

注:七七以後,我搭第一次平津通車到津,略書所見。時綸三師已先至矣。入法租界,分往客棧候船票(我住悅來棧)。

老火車頭車站鬼影幢幢

寇兵橫槍詰問:"你的什麼的幹活? 北京大學學生? 共產黨的是麼? 撒謊死啦死啦。"刺刀挑破包裹,上下翻攪乙過。"畢業民國學院,小學教員幹活，天津探望親戚，別的沒有什麼。"翻譯旁邊搭話，嘰哩咕嚕代說。面孔似曾相識，揮手令我通過。東站夜無燈火，屍臭到處散播。勉強擠入旅館，敵憲攪擾難臥。

注：倭寇對於知識青年特別仇視，出站口的盤問，等於過鬼門關。余幸而免，迫得翻譯之助也。此人似是北大同學某而隱於敵中者。

八一三，滬上開戰

八一三開火，號外連聲喊。總算打響了，這番不簡單。舍此無出路，但願持久戰。飯也吃得香，覺也睡得甜。急盼去南方，同樣幹一番。人人都興奮，個個在騰歡。同仇與敵愾，才是男子漢。且莫管成敗，只要保江山。

注：天津法租界內得此消息，人人興奮，時余留此已五日矣，急盼得票南去，側身其中。

嶽州九上

逃難須坐日本船，嶽州九上睡甲板。蜷伏人叢三尺地，面面相覷只微歎。任敵縱橫陸海空，中華兒女何以堪！河山破碎人飄零，七載光陰已塗炭。攜我同行有傅師，水旱兩番共患難。先生老矣也拋家，泛舟南去渤海灣。寇艦七艘正環伺，舉首蒼蒼實汗顏。

注：在天津法租界內守候船票凡五日，始得甲板一席，然非綸三、仲霖兩師之力猶難辦成。傅師偕行，李師暫待，另有公幹。

到濟南後的新生活

濟南多名勝，嚮往非一朝。孰料流亡到，遊興已全消。悵對大名湖，千佛山不眺。所談惟救國，如何去京兆。暇則學合唱，抗敵曲更好。也搞街頭劇，殺賊志氣高。須知六合中，到處有創作。士子既同仇，安能廢趙超！

注：在研究院學習時，只曉得聽教授課、鑽古書堆，以為天下學問皆在"象牙塔"中矣。平津失守後，始知讀書無用，坐視喪亡之苦，然亦無可奈何也。輾轉至濟南，大開眼界，抗敵宣傳本領如此多方！於是愛之、好之、學之、實踐之，日孳孳汲汲猶恐其不及。蓋《流亡曲》《遊擊隊歌》《大刀進行曲》，較之《滿江紅》解決問題；而《李家莊》《放下你的鞭子》，感受尤為親切，勝過京劇多多，殆亦生活環境、思想感情變遷之必然結果耳。

徐州車站旁遭遇敵機轟炸

膏藥旗飛機，沖向車叢地。轟轟先投彈，噠噠狂射起。硝煙迷漫處,哭叫聲慘悽。警報解除後,方知災禍遺。火焰猶未定,車頭響汽笛。繼續南行路,碧野望無極。祖國真廣大,吞象蛇妄急。創傷終須愈,徒死是倭鬼。念此信心足,拭淚止餘悲。

注:運送流亡學生專列凡車箱七節,韓復榘之所指定也。到徐州換乘,竟遭敵機轟擊,始見火藥氣味,並知抗戰已無前方後方之分。

初到南京

間關到浦口,輪渡已停開①。市井嫌冷落,疏散正安排。學會有辦法,接應汽船來。再搭小火車,直達西門外。住進市二中,隊員始放懷。未料午夜後,附近遭禍害。敵機大轟炸,八府塘燒壞②。斷瓦殘垣裏,慘慘橫殘骸。見此極驚詫,防空何所在? 後方無保障,抗戰將不逮。輾轉難入睡,悻對東方白。

丙如師召宴惜別

山東丙如師,訥訥仍如昔。召宴吉大人,脈脈有深意。即將出洋

---

① 舊日下關有輪渡以濟火車及人群。
② 八府塘鄰近市二中,敵機臨空時有信號彈指示目標,似為毀滅吾等而來,不幸殃及居民。

去,撫膺長歎息:國事不可為,雖然抗戰起,勝利知何日,且自好將息。單獨語我曰:吾頗有才氣,諸般應努力,但願再見時,茁壯成大器。舉箸勸佳餚,雞魚海味齊,流亡到今日,始得真激勵。

注:同座者:綸三、宣猷、仲霖諸師,余與蕭輔仁兄,均吉林大學師生也。丙如慈翁,美國哲學博士,教授吾人教育學及哲學,平易近人沒有架子,對余頗為垂青。

宣傳、募捐到秦淮河

秦淮河畔霉氣生,笙鳴管奏醉太平。清唱小樓多粉項,起舞大廳有妖星。"敵寇侵淩由他去,燈紅酒綠且縱情。"軍裝革履官家子,禮帽華服巨賈丁。宣傳隊到眉頭縐,募捐聲動錢袋驚。全無心肝真是矣,不如禽獸非罔定。逮及連袂出門後,喧笑盈庭更忘形。

注:南京業已鶴唳風聲,此輩猶自樂其樂,非毫無心肝而何?真所謂"冷血動物"矣!"商女不知亡國恨,隔江猶唱後庭花"者,不意於今日見之。

淞滬前綫慰勞國軍

炮火連天湧,硝煙彈橫飛。京杭國道上,呐喊聲如雷。戰壕犬牙錯,士兵面黧黑。三八大蓋槍,竟以禦強敵。延入掩蔽部,師長話筒催:"急語眾代表,慰勞意甚美。所缺在藥物,擔架亦不備。救護難及時,傷員最可悲。"離去陣中地,悵然心慘淒。血肉築長城,堪稱好部隊。傷殘猶坐視,何以對健兒?

注:流亡學生代表募得毛巾、餅乾等物一批,帶往上海前綫慰勞,由駐守真茹相機進擊之廣西某師長接見,語及戰地急救傷員之重要。

南京傅厚崗客舍見胡適先生

先生鎖雙眉,諄諄告誡說:"國家打仗了,讀書做什麼!投筆從戎吧,班定遠可學。我也要出去,不是為官樂。對美辦外交,有利於合作。"聞言遂了了,胡博士推託。其心已外□,毋庸再囉嗦。去找陳部長,看他怎定奪。

注:到了南京才知道適之先生已發表為駐美大使,克日出國,學校的事已經無暇過問了。按照他的指示,新教育部長陳立夫,對於平津流亡大學生,將有所安排,遂悄然告退。

流亡大學生會見陳立夫部長記

兒哭抱給娘,約見陳部長①。二中禮堂內,學生氣軒昂。部長逡

---

① 陳立夫新放教育部部長,兼大元帥行管第六部部長,掌管民眾運動。

巡入，衛士站兩旁。神精似忐忑，開口江浙腔："南京正疏散，停留不可長。學生應讀書，待命且還鄉。"聞言學生問："無家去何方？戰火正紛飛，我們要救亡。"部長忙答言："此事非尋常，難自作主張，請示委員長，始可見端祥。"諸般近搪塞，學生意未償，一時騷動起，口號震天響。"打回老家去"，《流亡曲》高唱。部長頓驚慌，踉蹌退後廂。衛士挾護去，不歡而散場①！

在南京青年戰地服務訓練班學習

紅紙廊中軍號響②，編隊受訓悲流亡。五百平津大學生，矢志報國去沙場。抗敵歌曲聲洋溢，座談形勢亦昂揚。教學科目《典範令》，文化課程更多樣。各部官吏來主講③，將校督練在外堂。使築掩體防空洞，模擬野戰爬山崗。耳目清新精神好，緊張刺激不尋常。投筆從戎今是矣，何日始能到前方？

---

① 會見前曾保證和平答問，不生事端的。因陳立夫吞吞吐吐，不能痛快地解決問題，始惹起紛亂，不可收拾，亦流亡者易於激憤之常情也。

② 紅紙廊，中央政治學校所在地，該校學員已疏散他去。

③ 汪精衛、陳果夫、陳立夫、余井塘、陳禮江等人均曾到班講話、授課。班主任陳立夫兼任，副主任黃其翔代行。學員採用部隊編制，設大隊部以掌握軍訓，班本部為最高領導機構。本部分置教務、政訓、總務三處。大隊下轄五個區隊，區隊各有小隊三或四個。區隊有隊長、教官一人，小隊長由學員擔任。第五區隊係女生。我隸屬於第二區隊第一小隊，區隊長戴謙，教官魏希文。

哀南京淪陷

兵家勝敗雖常事,失落首都卻可哀! 袞袞諸公誠匪人,禍延百姓被屠宰。祖國幅員縱廣大,日馳千里亦無涯。抗戰到底究何恃,半壁河山早易色。俯仰絕望哭不得,暗對東海招魂來。伏波定遠終有在,搏鬥一生是吾儕。定必打回老家去,陰霾驅盡彩霞開。

注:十一月十三日,教官魏希文在東山蕪湖高中宿營地宣告南京淪陷,學員有痛哭失聲者,予惟切齒暗恨。九一八、七七以及此日,蓋已飽經滄桑矣!

牙山休整,何時出動?

銅陵入牙山,越離前方遠。局促大廟內,學員不耐煩。本欲作劉琨,卻走為謝安。群起問主任,訓練何日完? 銳氣消磨盡,豈是男子漢! 主任辭閃爍,云正待機緣,西去漢口後,始可有派遣。聞言無奈何,且吃安閒飯。既已不下操,可以動筆硯。圍著丘陵轉,亞賽活神仙。

注:自蕪湖,轉銅陵,入牙山,越走距離火綫越遠,這不像帶著我們即刻參加戰鬥的樣子,許多學員大失所望,僉云"上當受騙了",余亦謂然。

池州過包希仁先哲大冢

宋相包孝肅,笑比黃河清。佐治仁宗朝,剛正莫與京。庶政稱全才,外使不辱命。遺愛在人民,千古有令名。國難今方重,士子徒請纓。僕僕征塵裹,一事尚無成。回首望大冢,愧對老先生。

注:包拯,北宋廬州合肥人,幼而純孝,長極賢能,不徒公案小說中以為傳奇人物也。兒童時喜看《三俠五義》,常恨未歷此公之鄉,今乃過之,又在抗戰初起西上走避之際,遂令百感交萃、發言如是。

行經皖贛某舊蘇區

斷瓦殘垣多,荒蕪人寥落。標語猶醒目,貧窶是生活。婦孺藍縷見,依依問誰何。"紅白哪家軍,此來幹什麼?"聞言難解答,漫應以喏喏。忽要大槍看,板機一聲破。憨態原可喜,不欲斥走火。大隊蜿蜒過,隱隱轉山坡。野兔驚跳裹,悵觸悲民瘼。望望然去之,天地誠廣闊。

注:十月上旬矣,黃葉始飄飄,畢竟是江南景象,然而皖贛東北邊境,如此零落凋散,已非前此魚米之鄉可比,使人感喟實多,蓋"安內"政策之遺跡也。

途次瓷城景德鎮

瓷都景德鎮,贛南舊有名。今日浮梁縣,市街冷清清。旅社三五家,餐館不興隆。多次瓷器店,寥寥人問津。當是抗戰故,脫銷難經營。學校正暑假,四顧也空空。我隊來入駐,意亦在休整。無事觀瓷廠,慨歎工藝精。長板貼白胎,轉模器成形。彩繪浮花鳥,栩栩俱如生。窰火發高熱,炎炎煉晶瑩。累累倉庫裏,琳琅滿目盈。

注:我隊在此休整幾有一月,然後舟船過鄱陽湖,至南昌市,泛覽祖國東南部沿江河山,當為此次受訓之最佳收穫。

放眼南昌有感

南昌故郡,鄱陽巨□。山光水色,莫此麗都。茶香魚肥,橘甘梨脯。行軍至此,情緒安堵。已自邊區,來至大埠。朝遊市街,夕臥長鋪。祖國美矣,誰敢荼毒。誓執干戈,衛我漢華族。不唱《流亡曲》,只思"破陣舞"。血肉化長城,壯志吞倭虜。火速轉前綫,不惜拋頭顱。生為男子漢,死不作鬼哭! 文信公在前,日月與同步。

注:南昌乃宋文天祥屯兵勤王之所,正氣動人,抗敵至此死。此雖狀元宰相,固是書生出身,不禁欲以為比,亦困於"訓練"之積愫也。

山崎街日租界

漢口山崎街,日僑舊所佔。樓臺毗連立,華美使人歎。室內尤精緻,壁上櫻花燦。枝形燈高懸,窗帷垂金□。吾隊得駐入,頗有勝利感。□處沙發牀,臥睡厚址氈。祖國不抗戰,空入寶山還。

注:青年戰地服務訓練班到此結業聽候分配,班主任黃琪獨佔一樓,餐廳浴室俱全,尤為氣派。亦可見日人當日掠奪吾人之嚴酷了,是以難忘。

武漢看空戰

保衛大武漢,空軍最慓悍。一日警報來,走避長江岸。砰砰槍炮鳴,仰首看雲端。俄而有火團,零落似星散。鼓掌遂歡呼,敵機完了蛋。蠢爾入侵者,妄冀豕狼竄。中華多英雄,時時懲兇殘。空戰亦如此,飛龍鎮天關。

注:我空軍抗敵自南京初露頭角以來,愈戰愈勇,轉進武漢,又得以庫里申科大隊長為首的蘇聯鐵翼之助,屢殲日機,故人歡欣鼓舞,盛言"積極防空"之美也(人謂只有高射炮者為"消極防空")。

侯銳之學友餞別我於漢口①

　　三八年秋天,得職去湖南。這個前程好,朋輩都欣羨②。老友侯銳之,餞我"大三元"。舉杯稱魏弟:"我為你喜歡,同學多不見,□零非一般。從茲江漢別,再會知何年!"聞言心內酸,淚滴盤中餐。愛念弱□時,吉林讀師範。劫後入燕京,學文在沙灘。荏苒二十載,息息常相關。君實多才藝,俊逸使人贊。相待如昆仲,有時也抗顏。今雖暫有違,恨失小白山③。

---

　　①　侯封祥字銳之,吉林雙陽人也,吉林第一師範、國立北京大學,與我兩度同班學習,年長於我,呼之為兄。侯君擅長古代散文寫作,考試名列前茅,待人亦誠篤,惟在政治上為國民黨之信徒,有時未免相左。且侯為雙陽地主,舊日吉林縉紳界之寵兒,工作常被優先照顧,余則非其匹矣。至是,同流落於江漢之間,未免感喟叢生。

　　②　三八年秋,在教育部社會教育督導員訓練班學習完畢,被陳禮江司長分配到湖南教育廳(同行者尚有江蘇王泳、江西王振鋒)。流亡學生得此正式職事,頗不多見,故云。

　　③　吉林省城附近之名山,為清帝封禪地之一,以其為長白山之支脈,且地控松花江上游,盛產木材,便於造船。

三、抗敵篇

說是參加了抗戰,實際上並沒有做什麽工作,不過既然從"青戰班"結業,被分配到了第一戰區,也就不能不算數了,得詩篇凡八。

鄭州專訪廣蔭鄭月潭鄉友

鄭州中原地,兵家所必爭。癙生春秋初,小霸東周城。今日仍繁庶,往來多精英。我來尋老友,月潭推事庭。相見各唏噓,持杯久無聲。伶丁勤公職,茫茫憫孤窮。臨別贈行儀,大洋三十整。舉手勞勞去,前方任縱橫。

注:鄭廣蔭月潭,平大法學院畢業,分配為鄭州法院地方推事,予稍長之。至是專訪,相見如此,後遂渺無音信。三七年秋記於客舍。

再受訓後,得職為第一戰區民眾運動指導員①

第一戰區裏,入隊又受訓。地點是鄭縣,久仰中州郡。車站尚宏敞,街道亦清順。縣立小學中,管地卻狹緊。設備既簡陋,操場尤湮遜。較之紅紙廊,可以霄壤論。沒有防空壕,遇警奔鄉村。遂令大轟炸,死傷近千人。市容殘毀後,結業始批准。分發各縣去,任務搞民運②。

禹縣十二州藥材市

藥材集散地,人稱小禹州。市隱韓康多,醫說扁鵲流。苦口利於病,救死乃國手。大廟牌場下,羅列供君求。神農□百草,軒轅內經修。此道獨我早,豈可自言陋? 對日正抗戰,宜求供應周。土法亦上馬,保健第一籌。

注:禹縣距許昌僅四十里,藥商輻湊,車馬交流,市面頗為繁榮,語以抗敵,泰半木然,為可悲也。

---

① 訓練了僅有一月即草草結束,由政訓處處長親自點名發給民眾運動指導員委任書(程潛簽名),處長李世璋(中將銜)北大出身,聽說我是同學,給以照顧分到了禹縣。

② 同學們以一再受訓並不分配職事,嘗有"順口溜"曰:"受訓的腦袋,跑路的腿,說什麼抗戰,碰他娘的鬼。"以泄其忿。

禹縣民眾運動指導

鄭州重受訓,第一戰區管。依舊老法門,跑步聽操典。適逢大轟炸,屍骨幾不完。奉命禹縣去,民運指導員。月薪二十塊,領章無軍銜。官衙所輕視,只能吃閒飯。結友成三人,聊以卒宵旰。燕燕終飛去,利劍違我顏。

注:禹縣三月,無所事事。縣長王桓武,老奸巨猾,根本不允許我接近群眾。義兄陳子敬見告:"此地不足以有為,可速去。"

禹縣保衛團

禹縣抗日有武裝,光怪陸離好看象。曾隨縣長作視察,哭笑不得實難忘。土山上,寨門敞,便衣英雄站兩廂。盒子炮,紅纓槍,搖搖擺擺亂開腔。呼兄喚弟說黑話,不下操場□□□。兇神惡煞誰敢惹,龍頭大哥本姓王。這些傢伙能打仗?魚肉鄉民卻在行。歸來策馬暗心傷,動員群眾枉思量。決計棄擲許昌道,重握筆桿作文章。

注:縣長王桓武即是幫會頭頭兒之一,他們串通一氣,上下結合,把持地方已非一日,絕難拔除。

俘獲井田一夫

一架敵機落,郊區電話急。馳驅出北門,遙聞槍聲飛。沖入包圍圈,抄襲其後翼。用英語喊話:"交槍不殺你!"遂使舉手降,爬露敵機體。短胖灰日賊,瑟縮汗水滴。自云偵察機,故障迫降的。此際嗡嗡嗡,又一敵機至。盤旋低空裏,似欲毀前機。小賊亦狂嘴,幻想被救起。我軍奮力戰,上下彈紛紛。惜無高射炮,難以禁施為。終被炸燒去,只牽俘虜歸。

注:湯恩伯軍政訓處某隊駐在附近,與禹縣自衛團合作,俘虜了這個小賊,事後爭功,甚為可恥。

承審員刑訊人民

司法不獨立,承審作威福。訊問用刑具,逼供真慘酷:使坐老虎凳,鼻灌辣椒糊。大掛也時上,還有夾棍出。直是閻王殿,狼號與鬼哭。何求而不得,草菅人命毒。十八世紀式,哀哉吾民苦。莫怪老百姓,怕官如見虎。始者未之信,今朝親目覩。客舍鄰法庭,遷避曾屢圖。

注:縣長兼司法官,由承審員問案,誰說了算,不問可知。而戰時可以便宜行事,一審即能定獄。曾問兼法官:"何故使用重刑? 三木之下,豈無屈打成招情況?"答曰:"民刁。"

303

中牟縣探視李德全

平漢轉隴海,中牟縣停站。白沙滾滾中,獲見李德全。破損關廟裏,伊正忙宣傳。工作熱情高,使我心讚歎。縣長關某曰:"此地太貧寒。衣食皆不周,百姓已星散。老日都難進,無人怕前綫。"聞言感觸多,如此對抗戰。寸土猶必爭,況是大鄉縣! 眼望拴馬樁,再拜辭三官。昔演捉放曹,陳宮是好漢。

注:訓練班時,德全為□盟三弟,結業後被分發到中牟工作,與縣長關某甚為□手,故讚歎之。而不直關某之言也,守土無責,直似兒戲!

四、文教篇

武漢撤退前,余自"社會督導員訓練班"結業(僅一月,地點:江漢中學。主任:陳禮江司長),即被派至湖南長沙教育廳工作,主辦省立館、校及督學視察,先後凡六年(三八──四二)。有詩十九篇。

火夜走湘潭

午夜忽聞人傳喚,大火燒來快逃難。披衣巷口問根源,夜空果已飛紅焰。婦孺老弱潮水般,提攜捧負忒紛亂。湧出南門循公路,隨波流奔湘潭縣。行行已去數十里,猶見灰燼半雲天。箱籃包裹遍地灑,哭聲不斷實淒慘。哀哀吾民何所思,四顧茫茫惟憂歎。喪家之後無憑依,坐對朝曦枉自憐。

注:大火後,余亦逐人流而南,蓋聞教育廳已去邵陽也,日間已知長沙開始大疏散,但未料其將被焚。

305

記長沙大火

將軍真妙算,焦土去抗戰。未聞槍炮聲,先自焚家園。長沙遂灰燼,白骨悲散亂。追究責任者,三個人頭攢。首犯竟逍遙,依舊朝中宦。念念慎勿忘,此輩無心肝。萬物為鼠狗,不是男子漢!怒髮上衝冠,切齒對凶頑。

注:三九年秋,張治中為國民黨湖南省政府主席,敵寇方至湘陰新牆河即火焚長沙,云為焦土抗戰。事後蔣介石親至處理,槍殺責任者:豐悌(行政區專員兼警備司令)、徐權(保安團長)及文某(公安局長),時人撰有對聯以嘲之云:"治術如斯,兩大方案一把火;中心何忍,三個人頭萬古冤。"橫批為"張慌失措",蓋藏頭對聯也,內嵌"張治中"之名。又張回長沙郊區二里牌唐生智住宅辦公時,門首被先貼有"小心火燭"四字,亦可謂謔而虐矣。余時被委為湖南省戰地政務處教育科代理科長,故知之甚詳。

胡蝶、紫羅蘭長沙義演勞軍

電影皇后到,明星紫羅蘭。云是為勞軍,轟動楚王壇。色相果迷人,歌喉未足觀。幾隻上海調,一曲是《搖籃》。抗戰而聞此,頗使人汗顏。唱罷翩然去,夾道怪聲看。

注:其時已在武漢撤退、長沙大火之後,兩人入川被遮留義演。紫羅蘭老

矣,尚可賣唱。胡蝶則除《搖籃曲》"睡覺罷,我的寶貝呀"以外,已無他詞。報幕者還說"蝴蝶小姐,一路風塵,微患感冒,嗓音還未恢復"云云,然而入場券猶售五元也。

歷史新劇"土橋之變"露演

土橋之變,明末史劇。田漢編導,富有新義:可法閣部,四鎮安輯①。團結驕將,以禦強敵。高傑跋扈,卻有美妻。得功驃悍,因人成事。行當齊全,劇情火熾。長輩短打,靡不相宜。戰時得此,可安戲迷。翎頂少將,公也魅力。較之昔者,一日千里。

永順赴沅陵途中有見

說甚窮山惡水,實則景色奇妙。峭壁連嶂西走,仿佛蒼龍飛躍。西江澎湃下注,險灘使人驚叫。小船顛簸往來,梢公習慣微笑。欸乃幾聲槳動,綠遍上下飄搖。左岸野草叢中,馬楚銅柱光耀。飯罷斜臥後艙,埋頭去睡午覺。夢裏敵寇襲來,逃避戰火沖霄。醒後暮靄沉沉,

---

① 高傑、黃得功,《明史》有傳,劉良佐、劉澤清,崇禎後同守河揚,號稱"四鎮",歸史可法節制。舊謂田壽昌止能排演話劇,今竟有此,不愧"少將"官衡。又《江漢漁歌》,亦其所編京劇,係說漁民反抗日本佔領軍者,以父女二人為主角,頗有《打漁殺家》的味道,殆脫胎於此者也,雖有現實意義,效果不如《土橋之變》。

舍舟上岸長嘯。鬱鬱羊腸道內,王村步步登高。

注:八區舊有山窮水惡之說,余第覺其嶙峋蛇蜒,奇特可愛。酉水為往來必經之路,一出王村,豁然開朗,雖欲遇險灘,曾未之懼。馬楚則後楚馬希廣等,曾奄有湘西南之地,為五代末季小王,立有銅柱所以旌功,今猶巍然也。柱凡六面,字跡了了,當地人民稱為"神柱"。省館總務主任吳壯達君曾專程前往摹印,並有文以記之,發表在二期《湘西民教》期館刊上。

素描永順萬壽宮省民教館館址

永順萬壽宮,建築頗崇宏。地處縣東街,矗立山城中。未派好用場,寂寞對秋風。省館遷入後,佈置得從容。前樓圖書處,下設閱覽庭。診療室左列,翼然第一重。石鋪大落院,露天康樂廳。可以演話劇,便於放電影。中殿是會場,兩旁去辦公。不必用話筒,消息即靈通。後庭為宿舍,男女上下層。天井小池裏,碧落水溶溶。又有東跨院,高臺一寬廳。成人識字班,夜校最安寧。荒遠區得此,額首應稱頌。十五位同事,工作興沖沖。

注:佔用此地,亦係通過鬥爭始得,最後由老鄉紳彭惺荃先生(中國公學學監。自云:"胡適之的小辮,還是我給他剪掉的哪。"因此,我稱之為"太老師")出來撐腰,才定立下來。彭老的長公子彭代雲,也在北大念過書。其女彭宜容則畢業於女師大,與月萍前後同學,任永順鄉村簡易師範學校教務主任。

月萍南歸喜而有記①

攜兒間關到湘西,月萍遂賦《南歸記》②。相見有期果踐言③,燈下恍然不勝喜!千里尋夫豈易事④,備嘗艱苦草淒迷。黃泛區中曾遇寇⑤,劍閣道上少人跡。遂驚永順之仕女,紛紛設宴請話奇⑥。僕僕風塵淨未幾,即入鄉師為教習⑦。

稱為永順的"人才館"

幾個流亡大學生,同到此斬棘披荊。創辦了省民教館,全憑著毅力熱情。壯達君細緻穩妥,炳皋兄開拓主敬。受謙弟溫溫恭人,陳石公藝術足稱。因團結友愛互助,使工作振振有聲。宣傳抗戰無已時,開發民智不稍停。被稱為才士薈萃,亦得到上峰垂青。這就是吾輩成

① 三九年秋,月萍自淪陷區北平尋我到湘西永順,備嘗艱苦。

② 《南歸記》,月萍所作之南來實錄,發表在《湘西民教》及湖南《力報》等報刊上,頗動聽聞。

③ "七七事變"話別時,曾有"相見不久"之約。

④ 人謂月萍平安抵湘西為"千里尋夫"無恙。

⑤ 行至黃泛區赤兔馬莊,候船過河時,突遇日寇掃蕩北岸,忙走避,幸賴鄉民掩護,人、物均未損傷。

⑥ 永順地方機關及學校,紛紛茶酒招待,請其敘說北平淪陷後的現狀及旅途情況。

⑦ 休息未久,即為湖南永順鄉村師範學校聘為語文教師。

果,三年來頗感光榮。

注:永順地處湘西,風氣閉塞,三九年後始有"聯中""簡師"及省立民眾教育館之設置。同人以拓荒者的精神,積極工作,表現得頗為出色,以故有此小結。

視察桑植

小城真閉塞,平房無大街。文教亦落後,初中才二載。郊外河水清,入浴舒體魄。東鄉巖洞奇,遊覽脫塵埃。湘西說桑植,革命多後代。縣長喜樸實,訥訥笑顏開。

注:余兼任湘西社會教育督導員,每年應作例行視察。此次偕行者有湖南省立永順簡易師範學校校長丁超先生。縣長某氏,中學教師出身。人頗本等,無官場習氣。

廣東省立文理學院教授①

播遷在砰石②,竹籬伴草棚。圖書本殘缺,儀器少補充。常有流

---

① 院長黃顯聲,吾師胡體乾先生之摯友也,聘我為該院中文系教授,講文字學與文學史課,時在四二年秋,日寇打通粵漢綫之前夕。
② 砰石,韶關附近一市鎮,中山大學戰時亦遷此,胡先生係其法學院院長兼社會學系主任。

言至,師生多虛驚。戰時大學校,此實其特徵。對於北人說,舌語難明。幸賴皮與吳①,諸般代疏通。荏苒半載裏,談笑每風生。舉箸茶寮中,糕點味馨馨②。

頌朱經農先生 (有序)

經農先生,北京大學之老教授也。出長湖南教育廳幾十年,頗有政聲。余流亡至湘,一見垂青,累蒙拔擢,銘感無已。今調去重慶,心焉思之。

寶山朱先生,南國之精英。教育界前輩,多才亦溫恭。桃李滿天下,學者每羨稱。湘教廳為長,十年有專聲。任人不以親,獎懲常分明。調去重慶後,懷念非一姓。某也失憑依,轉職廣東省。課堂教授後,西望歎零丁。

注:朱廳長去後,余以胡筠巖先生之薦,入廣東文理學院,教授中文。

---

①　皮禹,江蘇人,文理學院院長辦公室秘書,余三八年秋受訓於教育部督導員班時同學。吳壯達,自衡山農專校此為地理講師,兩人常相過從,代為料理生活中事。

②　廣東茶點最有名,友朋聚首即享受之,而茶寮始為其供應場所。

兼辦長沙岳麓高中

迎著炮火前進,長沙再辦中學。岳麓山下局促,人才物力兩薄。利用清華舊址,課室相當殘破。少數東鄉教師,全靠學穀過活。設備既然簡陋,工作未免湊合。我因兼職常出,月萍獨力負荷。五百員生紛擾,許多問題囉嗦。最是當局欺騙:大軍勝利在握。敵人一觸即潰,四民倉慌失措。學校遂亦解散,半載妄費張羅。

注:羅敦厚先生拉我兼長此校,而妙手空空,一切從頭做起,方著手半年,日寇即沖入長沙,幸我方從廣東歸來,室家得以脫出,險矣哉!

保靖省立第八中學

延陵古郡雅麗山①,省立八中踞其顛。莘莘學子苗區來②,朝乾夕惕好喜歡。夫婦同館職教事③,廓然大公敢犯顏④。男女兼收已突破,

---

① 保靖舊屬延陵郡,雅麗山在縣城東麓,校部設山上,操場宿舍在山邊,有水豐饒東流,景色宜人。

② 八區多苗族子弟,漢族青年亦樸實向學。按永順、保靖等地,清雍正十三年始改土歸流,今之苗人多已漢化。

③ 我因省民教館三年有成,調任省立第八中學校長(月萍後為教導主任)。我們兼教英語、國文、歷史等課,以地僻人稀,少見高校畢業之知識分子。

④ 縣長田植,老國民黨棍,薦人、保送學生、干涉校政,我們同他對著幹,無法合作。縣黨部書記彭某係其叔丈,唆使流氓宋大柄、軍痞吳清茂等八人內外勾結搗亂,欺侮外鄉人。

高初兩等均設班①。粗具規模人刮目,循序漸近可奠安。孰料土劣竟滋擾,為奪校權呈凶頑②。迫我樸被來陽去③,既歎省方竟容奸④。月萍留後辦交待,備受欺凌與刁難⑤。

督學工作有述

廳長酬庸授督學,是個官兒須奔波。經常奉命去視察,南楚見聞獨豐富:平江老區陳跡多,標語殷然"打地主"。汨羅前方尤奇特,戰壕縱橫使人悚。湘西本我舊遊地,茲亦多匪人罕入。桃源曾尋淵明洞,岳陽登眺洞庭湖。最是長沙好風景,嶽麓山上黃蔡墓。數典從來難忘祖,屈子賈誼有奇廬。

注:八中校長卸任,朱廳長向省府薦我為督學,儼然教廳一代表,四方奔走視察(或為私立中學立案)。事雖辛苦而多見多聞。四二年記。

---

①　此縣原為破爛攤子,舊校長余某只招收初中學生一班,即揚長而去。我們接手整頓,不及二年,有高、初中學生六班,男女兼收。

②　威脅、造謠,懷刀臥於校門側,聲言欲與校長拼命,出頭的為被解職之書記員宋大柄,其後臺則縣長田植。

③　教廳派督學文亞文前來相接,也是保護的意思。文云:"廳長耽心,說田植與徐樹人不同,徐亦外省人,故在永順可以合作,田則保靖的地頭蛇,跟他拼個什麼勁?"

④　對於朱廳長妥協軟弱的處理辦法"另有任用",撤去與縣方同惡相濟的"八中會計王成的職務",頗為感傷。

⑤　月萍留後辦交待,新任校長某(亦湘西人),百般刁難,劫持業已付價之大批教科書和我輩應得之近月薪金,並批撥三青團分子起哄。

湘桂大潰退目擊

秋風掃落葉,日蹙圍百里。幅員再廣闊,難以禦強敵。將兵者喪心,競侈言勝利。災及我人民,昊天其罔極! 衡陽站臺上,行李積如山。車到爭蟻附,已不顧安全。攜妻將幼雛,某亦拼命鑽。南下逃難去,可憐說抗戰。

注:我們趕上了湘江大橋尚未炸毀以前,所以順利到達衡陽。迨及桂林之後,又去曲江廣東省立文理學院搬取了一回行李,這回可真碰上了:兵車西來,絡繹不絕,戒備森嚴,壯丁押送,幾乎上不了車。四三年夏初。

匆匆過戰時桂林①

桂林山水甲天下,此際無心作旅遊。七星巖內逃警報,獨秀峰前訪舊友。得見木天老作家②,栢思教官已高就③。本欲覓得一枝棲,爭奈疏散又臨頭。民心惶惶無寧日,學人漸次去渝州。遂亦準備再西

① 松岳、菲巖在桂林高中任教,此來本擬長住,遭逢疏散,遂分袂去。
② 穆木天,創造社老作家,隸籍吉林,亦吾師也,其時亦正潦倒。
③ 褚栢思,青年戰地服務訓練班時之政治教官,與我甚為相得。在桂林為上校軍管區司令,已與女教官李果珍結婚,蒙留飯焉。

行,川黔路上蕩悠悠。六甲山中幾蒙難,鄉音站長解吾憂①。

貴陽小住懷陽明先生

貴陽地高曠,氣候宜北人。鄉友三五輩,天涯益相親。把酒話先賢,並尊王守仁。龍場為驛丞,只因忤劉瑾。苗僚雖雜居,化行俗美勤。吾輩卻無似,"小乘"了自身。不及東洋客,知行合一論。文化亦興國,推陳可出新。

注:倭寇明治維新,未嘗不借鑒於漢唐文化,而王學之在東土,其影響尤不為小,固不僅現代武備有勝吾人,致使中華淪為被侵入之國家而莫之能禦也。言念及此,潸然出涕。四三年秋八月。

困居渝州有言

重慶小山城,戰時充上京。衙門如叢林,權貴穿梭行。街道雖狹窄,店鋪廣經營。毛肚常開堂,舞廳最火紅。朝天門內多大賈,海棠溪畔有潛龍。世路無奇錢作馬,愁顏易破酒為兵。我來住入中二路,巷

---

① 六甲站上車票難買,有同行東北軍人入票房搶購,遂被拘禁,揚言將以破壞交通罪軍法從事。幸賴站長為河北鄉人,人見我名片上有大學教授頭銜,連稱"誤會",享以肉絲麵並送上開往獨山之車。四三年夏末。

小樓低頗安靜。主人鄉親吳景芳,秉業駐渝辦事廳。日間訪戚友,夜裏打地鋪。廚房備便餐,價廉可羨稱。衣物常當賣,工作久無成。志氣消磨盡,此豈是人生!

注:在重慶求職二月,始以周或文主任之介紹,與月萍同去西北醫學院任教。

城固西北醫學院之秘書工作①

西北醫學院,附麗漢水頭。員生多北人,粗獷而好鬥。常不滿現狀,攘臂問教授:"英美重管理,德日講搜求。老師竟分派,吾輩何所守?"爰謂諸青年:"樂群始無憂。岐黃貴實踐,救死為國手。寇入已深矣,幸勿自咻咻。"

---

① 院長侯宗濂,德日派之老生理學家也,為人忠厚,不偏不倚。其學生陳閱明副教授,則為英美派之庸中佼佼,乃能與侯老合作,分主漢中醫院。在城內開班,惟學生心情不穩,常與部分教員尋釁鬧事。余在渝,受聘為國文教授兼院長辦公室秘書,主要工作是給院領導排難解紛,彌縫裂痕。同來的新教師尚有周海日、汪功立、陳閱明等,都是從福建撤出來的醫學人員,頗能與院長合作。四四年秋九月。

五、勝利篇

抗戰八年,到底看到了日寇投降,於是想方設法要回老家探望父母了。值因公出差重慶之便,跟國民黨吉林省主席接上頭,準備起飛。有詩十四。

日寇無條件投降

鑼鼓喧天,滿地花炮。載歌載舞,相互擁抱。喜極而泣,幸福來到。十五年中,曾無下梢。倭寇投降,仇恨始消。漫捲衣物,還鄉及早。省視雙親,拜我父老。白山黑水,重入懷抱。不罔此生,為國宣勞。

注:八一三日寇投降日,余正在陝西城固西北醫學院任職,電訊傳到,大喜欲狂,蓋自九一八事變以來,十五年之流亡生活可以結束矣。遂與月萍酌酒對飲,共祝勝利,鐵兒雖幼,覩狀亦知手舞足蹈也。四五年八月。

勝利後重返北平城

起飛重慶府,白雲即悠悠。降落北京城,我心亦休休。別來無恙

否,蒙塵非一秋。故宮夕照呈,市井陳如舊。住入接待處,候機再東
投。刷鍋東來順,京劇程尚優。頗有優越感,一時講享受。八年南北
走,始終抗日寇。七七事變後,未肯作楚囚。痛定方思痛,誰曾與
同仇?

注:揆違北平已八載矣,今日一見,風貌依然,而故人聞吾儕來,多鞠躬如
也,設宴洗塵。不禁喟然興歎,前倨後恭,非止世態炎涼而已,殆已毫無民族氣
節了! 四五年秋十月。

天津北大關謁見舅父劉老

聞說舅父在天津,行醫貨藥苦經營。亂世一作韓康隱,老人卓識
我服膺。下車直趨北大關,小樓之上見分明。皤然一翁已駝背,乍覩
甥男喜而驚。此即吉垣神扁鵲,鄉黨知名叟雲卿。案頭猶置巨筆硯,
小篆龍飛字益精。辦飯使吃比目魚,慈祥不減舊時情。因之頓首增孺
慕,迫切思歸拜母庭。

注:舅父劉字雲卿,吉林老名醫也,工於篆書,老而彌篤。勝利後,余自北
平至津拜謁之,相待一如在松花江上,故益思老母也。

乍到長春的見聞

一

　皚皚天地雪，久矣違故鄉。長春稱新京，父老苦災殃。十四年奴化，咽菜吃糟糠。協和語滿口，混合布衣裳。喏喏兮音聲，卑卑其形狀。此豈似國人，愴然心憂傷！

　注：中老年人多數衣服藍縷，精神萎靡，蓋吃不如豬食的"混合面"，穿一撕即破的"混合布"，極口"太君"聽任宰割的同胞，業已被壓軋得奄奄待斃，有氣無力了。

二

　棟廈起連雲，街道亦堂皇。標準日本式，櫻花飾廳堂。巡迴市容時，恍如在東洋。倭人雖式微，蠕動不尋常。攤販舊衣物，店鋪貨羹湯。少婦與長女，出賣其色相。

　注：日本人厲害得很，"能令"作主子的時候，穀糠也把你軋出四兩油來；"不能令"的時候，就低下頭來聽任擺佈。但是他們求生的本領很大：變賣衣物，甚至不惜讓婦女賣淫，不以為恥，而得來的錢竟交給"居留民會"分配，以資互濟，賣不出去的笨重傢俱，則劈了燒火也不給中國人完整的留下，可怕！

三

　蘇聯佔領者，軍車馳廣場。女兵作指揮，紅旗擺動忙。所有大機器，拆卸已裝箱。云是戰利品，搬走理氣壯。偶有小戰士，凌辱日販

319

商。謾罵不離口,餘威猶蕩漾!

注:據云這是國民黨政府業已公開允許的事,蘇聯軍隊不過是履行任務而已。於是我們得到的,只是一些空城,有的已經破爛不堪。四五年十月。

國民黨接收[①]

五子登科信有之[②],此輩早已不知恥! 人民塗炭十四年,未加撫恤反齧噬。吸血嗜殺何以異,喪心病狂指天斥。旅進旅退大勢去,為淵驅魚竟無知。倭寇投降才幾日,黔首乞討太平時[③]。鰥生對此徒悲歎,只濡禿筆去寫詩!

堂前拜老母

白髮蕭蕭,形容枯枯。衣屨破敝,憂心悄悄。歷經喪亂,母氏劬勞。十三年來,奉養無著。父喪未奔,兄亡侄少。泣拜膝下,自稱不孝。顧瞻廬舍,東歪西倒。接晤弟妹,菜色蓬蒿。日寇殘酷,使人餓

① 以九省兩市,尤其是委員長行轅為首的接收大員,好似飛來的蝗蟲一般,大事劫收東北的殘羹剩飯。例如熊式輝主任的座機,每當撤退都必運走大包裹幾十個,珠寶文物,此亦民脂民膏也。

② 位子、房子、金子、娘子、車子什麼都要,老百姓稱之為"五子登科"。

③ 東北人民於八一五日本投降之後,渴望太平,反對再有戰爭。

320

殍。今雖授首,餘恨難消。

注:余家舊居吉林省城致和門外北山後昌隆區,已二十餘年矣。喪亂以來,屢遭破毀,幾間房屋,一個小院,業已面貌全非,老母年邁,猶蝸居其中,故爾傷慘不已也。

哭祭父兄之墓

一

吾父慈祥待子女,從不鞭撲與叱喝。自幼失學常痛楚,督飭諸兒使補課。個中惟我體會深,矢志工讀有成果。豈料遭逢九一八,迫之遠遊以避禍。續學北京近六年,承歡未得空蹉跎。待及勝利歸來日,棄養已有三年多。音容宛在號天泣,墓前匍匐是荒坡。

注:余家貧,無祖塋,葬埋父兄於吉林西郊八百壟,吾母所親理也。

二

吾兄孝弟人永懷,承擔家計苦安排。有婦未適萱堂意,居恒孤零跑外差。書法成功傳東北,到處被稱善理財。多能反爾遭猜忌,日寇侵入事更壞。子女幼騃無足喜,惟盼紫銘早成才。哀哉敵偽授首後,遽爾跨鶴入蓮臺!

注:兄華甫逝世前,日夕盼我歸來,不意感染猩紅熱疾,誤醫,遂永別矣。余派三弟澤長到舒蘭迎嫂及侄回永吉安居,亦母氏之意也。

321

記張莘夫事件

時值冬天月,取暖要煤炭。張莘夫一行,撫順去幹辦。長春登火車,保衛有蘇聯。行至四平後,忽然生阻攔。匪徒十餘個,綁架出南關。原野白茫茫,積雪少人煙。扒下皮大衣,屠刀遍體攢。莘夫哀恨道,何罪遭此難?翻譯牛建章,慘呼天無眼!屍身五六具,瀋陽始棺殮。血衣猶殷然,見者髮衝冠。文明世界中,謀殺真野蠻!

注:張莘夫,吉林之采冶專家也,留美學礦,歸國後曾任晃縣汞業管理處處長,著有成果。牛建章,哈爾濱工業大學畢業,能俄語。

永吉縣西郊吉林大學石樓

吉林大學石樓美,方塊灰巖巧砌壘。兩幢三層文理分,重門疊戶好深□。巍巍遠望似小丘,青青實與寒山偎。此是日寇入侵前,業已施工起翠微。二十四萬光洋費,吉垣建校第一回。惜哉未及交使用,河山變色犬羊肥。今朝重見百感興,黯然人事亦全非。接收大員實坐享,當年學子失業悲。

注:余係吉林大學開辦時期之第一批學生,勝利後以阨於梁華盛,欲為大學教師而不可得,徒見此校改為"長白師範學院",由方永蒸出長。

斥國民黨吉林省主席梁某①

自稱反共是英雄,坐擁皋比逞威風。貪財好色誰比得,沐猴而冠此為工。臭名遠揚雞塞內,害我長白眾殘生。被逐遠離父母鄉,只緣恃酒罵毒蜂②。天網恢恢疏不漏,遁逃海島亦孤窮。

教讀瀋陽東北中正大學

晉師邀我到瀋陽③,重拈粉筆上講堂。此是前古肅慎地,遼金代代有家邦。惜遭倭寇蹂躪久,一顆明珠失光芒。召喚國魂根本事,精神誨育大發揚。教讀終比從政好,落花水面皆文章。馬路灣邊斜月掛④,北陵園內老梅香。經史萬卷豈糟粕,古當今用即當行。俯仰天

---

① 梁某本係蔣家門生,緣得為東北邊防軍副司令兼吉林省主席,而擅作威福,魚肉人民,吾鄉人多欲得而誅之。今雖南逃,亦不得售,倖免於"戰犯之監"而已。

② 四六年春夏之交,梁某宴客於長春頭道溝舊滿鐵旅舍中,余恃酒指謫其使日伎跳舞侑酒,全無心肝,彼遂欲置我於"法",賴在座鄉人群救得免,終被逐出吉林。

③ 我與梁華盛衝突後,高晉生師勸使仍回大學教書,遂來瀋陽。中正,新開辦之學府也。

④ 馬路灣有公園,面對中正大學,北陵舊東北大學所在地,余兼課焉。時吉垣師友傅仲霖師、誠少瞻兄以及北大舊師友沈啟無師、吳伯威兄,俱在中正中文系,和樂融融,頗不寂寞。

地無愧怍,莫謂狂狷道不昌。

記北平"七五"慘案

　　東北學生逃兵禍,落荒而走到燕京。無衣無食誰省得,反遭侮辱與欺淩。打倒土豪劣紳會,高呼口號大遊行。議長許某龜縮去,暗下無常使人驚。調兵遣將施鎮壓,鶴哭風聲如出征。槍彈橫飛齊呐喊,傷亡數十血盈庭。肆意屠殺真狗彘,殘暴成性日瞑瞑。野蠻社會竟存在,蒼天無目縱元兇。

　　注:四八年七月五日,東北青年在北平舉行示威活動,抗議北平市參議會歧視侮辱,竟遭青年軍某師官兵公開槍擊,死傷數十人。

六、解放篇

"解放區的天,是明朗的天!"昔聞歌聲,今則目覩,遂自恨其實戴之晚也,其詩多矣,此猶殘餘者耳,計十一首。

北平解放
——喜見傅宜生將軍起義①

向背人民此際分,和平起義傅將軍。蒙塵古都朝日麗,百萬生靈沐風薰。鑼鼓爆竹聲震地,秧歌扭進九城門。似夢實真消永農,乍暖怯寒喜不盡。北平方式先楷模,順流而下得安仁。天上一曲《東方紅》,人間萬象慶更新。

---

① 此鄧寶珊將軍斡旋之功也,傅宜生之令嫒亦有力焉,余輩則因人成事者耳。而其催化劑,□人而知為共產黨之偉大與解放軍之威力。

北平聯合辦事處①

聯合辦事處，接管時協助。舊軍隊改編，老機關清除。文教大學校，整頓非一途。任務真光榮，職責亦特殊。葉帥主其事，措施見遠圖。遣送不失信②，改造循序入。重派領導人，尊視在學術③。原德國使館，居停遂有路。確是革命化，一新人耳目。我輩吃小竈④，中心常闕如。功不當於祿，學習恐落伍。半載始粗知，為人民服務。

與植源、實齋同入華大政治研究所
所在地北城拈花寺內學習

拈花微笑迎新人，大乘從來福全民⑤。學者專家老官吏⑥，到此咸慶除舊根。社會發展知變化，今是昨非不逡巡。同來友朋非一個，植

---

① 處設主任、副主任、委員、秘書若干人以利於協商接管，主任由葉劍英市長兼，委員有薄一波、戎子和、徐冰等，艾大炎為秘書主任，焦實齋、崔載之和我代表傅方工作，地點設東交民巷舊德國使館內，歷時五個月始竣事。

② 殘留北平之國民黨高級軍官李彌、李默庵等，均挾起義前之約定，送其南返，家屬衣物隨帶。

③ 各大學均使成立□□委員會，派有學術地位之教授擔任主任委員，如北大為湯用彤即是。

④ 辦事處伙食分小竈、中竈、大竈三種，焦實齋、崔載之和我，荷蒙優待吃小竈。

⑤ 佛家大乘法普度眾生，小乘止求自家度脫。

⑥ 平津、華北、東北各大學教授，及部分校、院長、廳、局長，多入此中學習。

源實齋最親親。每晨西單會齊去,午間盒飯鬥芬芳。劉氏最精焦公次,惟有某家露清貧①。混合而食似共產,仰天一笑好精神。

西安的西北大學

歷代帝王都,長安今不伍。華山穿雲峙,遍地皇陵阜。灞上柳依依,杜曲堆黃土。雁塔老鴉噪,碑林傳世古。我來仍執教②,西北大學府。鄠鄂多秦音,民風實素樸。羊肉泡饃香,角黍亦果腹。豫劇常香玉③,史哲侯外廬④。雅俗當共賞,莫距象牙屋。行之苟有恆,可以見真吾。

參加陝西城固縣土改工作⑤

城固五郎廟,土改第二遭。不擺臭架子,下鄉自背包。行行五十里,一路看青苗。住入小廟中,派飯吃得飽。甚麼髒與苦,工作勁頭

---

① 劉植源院長有廚師變著花樣裝飯盒,肉蛋海味齊全。焦秘書長夫人執炊,菜品亦常豐盛。惟有我攜幼子在平,加之失業,飲食充腹而已,以故飯盒內容最為寒傖,青菜米飯,時或一麵。

② 我來西北執教,乃學友傅肖巖、庚生之所推薦。

③ 常香玉為豫劇四大名旦之一,其時正在西安演劇為"香玉號飛機"募捐。

④ 侯外廬乃西大校長,國內有數之馬列主義哲學家也。

⑤ 華大學習時,在北京參加過石景山土改,其所體會,遠無此次深刻。

高。縣委嘖嘖贊,大學教授好①。毫無書卷氣,可與共辛勞。戰鬥近半載,收穫確不小。貧農皆可愛,地主慣放刁。階級性使然,解放在今朝。

批判"老太婆"

書記給任務,幫助許興凱②。這個"老太婆",曾經是 CY。佟口談馬列,外紅裏頭白。其後卻反水,誣陷信手來。吹捧日軍閥,投靠蔣總裁。廬山曾聽訓,縣長給安排。三青團幹事,復興社開泰。失勢入大學,教授亦自在。迷惑眾士子,遺害非一代。且喜有覺悟,主動作交待③。態度侃侃然,使人少憤慨。五毒俱全者,此可為模楷。

長安郊外麥苗青

五穀不分是真情,粒粒辛苦老農耕。書呆咿唔終何用,勞動才知

---

① 我曾獨立抓到了逃匿地主傅伯謙(被判徒刑八年),受到地委書記祁果和縣委書記郝俊高公開表揚。

② 黨委劉書記給了我這一個艱巨的任務,都是舊知識分子,我怎麼能幫助他呢,名頭不小麼。

③ 幸得許的合作,先後交出了為日本陸軍省所賞識的《日本帝國主義與中國》,和標奇立異自我吹噓的"縣太爺"小說(筆名即用"老太婆"),足為歷史反動、社會關係複雜的舊知識分子所借鑒,故為劉老所肯定。並召開大會,使許興凱作了公開的交待,接受了群眾的批判。

生產硬。今日下田說鍛煉,已自腰酸腿又疼。旁邊竟有人拍照,笑煞揮刀小園丁。精神貴族實可恥,裝腔作勢醜態增。晨興荷鋤理荒穢,孔丘難比陶淵明。

注:所以自嘲也。然而西大教授之肯於下田勞動者畢竟不多,如主動報名參加土改工作然。甚矣哉!高級知識分子接受思想改造之難也。五一年春三月。

"三五反運動"在西大

山中無老虎,此議真奇怪!自從進城後,資產階級歪。五毒已氾濫,到處有禍災。豈止是貪污,浪費也夠壞。官僚主義者,縱容尤可哀。須迎頭痛擊,不能再懈怠。遂命專業隊,火速上臺來。要打破情面,工作搞競賽。管他一家哭,堅決除三害。疾風暴雨下,全校難決泰。總務長隔離,重點對財會。日夜熬鷹戰,逼迫使交待。成果究如何,核實才稱快。行行兩月間,疲憊襲吾儕。

注:劉書記動員我輩參加"打虎隊",後因教課受了影響,中途退出。

調回天津

夫婦兩地莫分居,調回天津使團聚。幹部政策如此好,叫人哪得不感激。十里洋場非昔者,振興教育改風氣。勸業場裏書商多,高等院校已思齊。聘請先生重名家,補充圖書進儀器。南開仍是老大哥,我入師院中文系。主講古代文學課,駕輕就熟可兩利。政治水平須提高,抱殘守缺乃自欺。

注:月萍在天津教師學院任教務主任,不能調去西安,遂使我重回天津。五二年秋八月。

苦水教授三絕

羨季先生有三藝,絕活吾輩難比擬。課堂教學善取譬,談笑風生解人頤。案頭行書飛龍蛇,惜墨如金不輕貽。最是詞曲稱膾炙,遊戲人間生花筆。古今學者多才士,此老崔巍不扔已。天生異秉人莫違,獨對佛經講翻譯。

注:顧隨(季羨、苦水)先生,五四年同我在天津師範學院中文系一個教研室工作,俱授古代文學,其高足弟子高熙曾、孫錚兩君亦是。時韓文佑先生為教研室主任。

偉大的天津防汛

低平多窪澱,鹽鹼地下梢。夏季暴雨來,常為水中島。今年災患大,橫溢幾難保。防汛指揮部,動員全市搞。人牆阻漏堤,解放軍排潦。少壯齊奮戰，沙袋築強堡。形勢仍險急，宣洩以救藥。農民須遷讓，開口東南角。覺悟真是高，克日騰空勞。巨響一聲震，團泊成湖沼。洋洋乎氾濫，天津得救事。萬眾拍手笑，党的領導好。

注：五五年秋月記。昔白圭治水以鄰國為丘壑，遭到孟子的訕笑。今文安縣人民作出自我犧牲，主動遷讓俾水排泄，真是不可同日而語了！

七、勞動篇

思想有問題,當然要改造,而解除精神貴族的最好方法,便是使之參加勞動。體會獨深,故詠之以詩,得二十八首。

初　耕

灰雲漫捲風怒號,荷鋤下地第一遭。瑟縮羞對工人面,逡巡直同鼠見貓。腳笨個個沒田壟,拙手雙雙吃菜苗。說甚腹內有書卷,不如老圃是吾曹。淵明晨興理荒穢,戴月而歸意氣高。堪嗟今之勞動者,枉比前賢荷鋤刀。

注:余被安插在蔥頭大隊勞動,翌日隨菜農到地中除草。適值大風狂吼,二目難睜,而又手腳俱笨,不時傷及蔥苗,為工人所呵斥,心緒不寧。

放　水

先開畦口後看堤,淙淙流水灌滿地。只怕大溝忽滲漏,汪洋一片堵不及。也有風趣惹人喜,柱銑赤腳單鶴立。自我掌握心情好①,靜觀四野草淒迷。乾糧帶在衣袋裏,食用須到日之夕。雙頭洋蔥可摘取,佐餐解渴鮮美極②。

耕作洋蔥早期所見

老頭選蔥秧,婦女也照顧。標準長而勻,坐著抖落出。須臾盈大筐,抬走要壯夫。那邊在打溝,深淺有尺度。一畦直到底。擺苗不馬胡。間隔五指寬,隨手掩上土。放水活緊跟,三日成綠圃。隊長笑吟吟,豐收可預卜。

注:蔥頭苗長成以後,主要的耕作是拔、選、挑、擺秧子。放水以後,根正葉張,滿地青翠,葛隊長說:"管理好後期(指除草、施肥而言),徑等著豐收吧。"按蔥頭成熟在大秋以前,故有"最早香"之稱。

收　穫

閃閃鐵鏟連聲響,金黃洋蔥滿地流。纖纖女手編長辮③,赳赳壯

---

① 放水無工人師傅在場,心情特別舒暢。
② 洋蔥嫩莖甜而不辣,以之佐食饅頭,甚美,菜農老趙示範如此。
③ 蔥頭成辮始可上垛,多由臨時女工為之。

漢垺高丘①。辛勤三月果有得,"最早香"生大隊秋。搶收搶打為外貿,即裝即運奪班頭。據云此物二千斤,可換精鋼一噸走。今日仍以農立國,豈不愧對我前修。繼念斯人何足怪,實事求是理之首。竟能廁身於建設,差強人意敢自嘲。

夜行,回楊柳青農場

　　為趕農耕不消停,惺忪午夜已趲行。穿街入巷尋捷徑,跨河越嶺覓歸程。四野無人曷踽踽,馳驅以步自兢兢。即此亦是真考驗,迂緩夫子難逐影。頭腦清閒手胼胝,體力勞動應調整。我欲因之發夢囈,身心雙健始為雄。者番差幸未誤點,熱饃入口倍輕鬆。回首長途似漫漫,朝華景裏又新生。

　　注:農場規定,休整日兩週一次,須於翌晨七時半早餐前趕回,否則以誤工論。學校、農場相距六十五華里。

耕罷,隨工人師傅小憩子牙河邊

　　子牙河畔草青青,春光蕩漾好風景。婀娜楊柳飄金綫,翩躚蝴蝶鬥紫英。村莊田野美錯落,長堤隱現走虯形。錦繡豈在書生腹,俯仰

_____

① 多提快跑,男工負責上垺,以便起運,余則打零湊數而已。

大千樂無窮。吟風弄月非吾事，閒話今古有性靈。最是工人多韻語，談笑風生四座驚。耕罷倚鋤飲冷水，心神陶醉畫圖明。

注：農民多雋語，如說家鄉發了水為"夠喝的"，不替換破舊衣服說是"新三年，舊三年，縫縫補補又三年"，下地必帶衣、食曰："熱不忘帶衣，飽不忘帶食"之類。

說"小窖子活"

溫室一條龍，隆冬鮮菜豐。王瓜翠似玉，番茄火炭紅。菲黃散香氣，菠菜鬱青青。培植有技術，人力奪天工。控背躬身不言苦，揮汗如雨樂融融。高貴龍在創收益，為國生產見真情。

注：農場工人把溫室生產喚作"小窖子活兒"，非精於此道者沒有份兒。葛隊長也讓我入內一試：整理菜畦，放水，施肥，摘黃瓜，雖悶氣彎腰未嘗言苦，蓋鮮菜賞心悅目有以致之耳。對於工人忘我無私之精神，亦感受甚深。

大學生抬大筐

菜筐二百斤，下船走河堤。肩頭吃猛勁，腳步須整齊。又滑又峭陡，有水亦有泥。一旦不小心，摔人啃地皮。這些大學生，居然抬得起。吭唷走如飛，忽悠扁擔急。艱巨任務常完成，協助挑夫齊費力。

誰說腦力勞動者，拈輕放重事濟事？既然是個男子漢，精神到了可無敵。

注：楊柳青農場，在子牙河邊自有碼頭，每日向市內水運蔬菜，動輒數千斤。抬大筐下船是這裏最吃力的活兒，非壯勞力擔負不了，我們的大學生竟能勝利完成，詩以美之。

毛主席視察楊柳青

柳青農場東方紅，主席視察到此中。喜見水稻翻金浪，樂遊菜野碧騰空。關懷職工問疾苦，指示生產重國營。"上交利潤八十萬，全民所有優越性。"教言涵義深且遠，場上傳達繪聲形。堯天舜日誠是矣，何人不沐黨恩情！

注：五七年九月下旬某日，主席到場視察，肯定了國營收益之大，激勵了知識分子改造的決心。場長趙一農被接見，對其工作慰勉有加，我們和他共同感到幸福。

看工人的"詩牆"

琳琅滿東牆，菜花拂面香。工人修養好，下筆真堂皇。說土地黃金，勤勞是產量。紅日照高樓，豐收大秋忙。又道下田時，莫忘帶衣糧。飽須防備餓，冷暖自家防。鄉里淹了水，戲稱"夠喝湯"。愁它幹什麼,排澇有機房。半生轉青稞,頃刻不能忘。從來無假期,後稷享蒸嘗。此之謂神聖,合掌頌聲揚。美哉老大哥,吾儕所榜樣。

注:此類短詩甚多,脫口而出,由別人代記者不少,重點舉例,以示頂禮。

贊十隊葛隊長

貧農出身,短小精悍。作風正派,業務熟練。出言有章,持家勤儉。蔥頭地上,人稱好漢。促我進益,不忘旦旦。教學耕耘,生活照看。錯誤必究,見善亦贊。大公無私,黨的骨幹。

注:十隊葛隊長,生產能手,學習先進,對待知識分子誠懇,從不輕視,嘗自稱"自己一腦袋高粱花子,半個大字不識",深以未曾上學讀書為憾。

趙沽里河北師大農場

又調趙沽里,卡車才停靠。工人來送行,我輩意蕭蕭。何處不勞動,管它場與校。迨及目的地,大家拍手笑。多數面孔熟,都說這兒好。領導不刁難,勤儉興辦早。土屋三兩排,茅棚南北高。業務專畜養,豬雞羊歡叫。襆被入宿舍,熱饃隨即到。月萍亦在斯,安定如歸了。

337

注:校辦農場,需要勞動力,所以把我們從楊柳青調回了。這有什麼不好? 起碼月萍與我同在,可以互相照顧。

月萍放鴨蘆溝即景

長竿橫曳逐鴨群,"離離"聲喚是熟音。"萊卡"跳叫環左右[1],鶲鶲蹣跚作中軍[2]。漸行漸遠漸岑寂,乍隱乍現乍浮沉。最是遠眺好情景,漂搖白羽映蘆濱。即此可稱田園樂[3],斗室吟我沒處尋。

農場北遷夜戰

為了河網化,遷讓如穿梭。生物系回校,農場得其所。克日拆棚屋,徹夜驅手車。豬羊入北圈,雞鴨上南窩。哪顧足生繭,不覺肩頭破。東方已發白,和衣臥宿舍。

注:天津突然搞起郊區河網化來,挖渠業已開始,我校農場適在範圍之內,奉令即日拆遷。任務緊急,所以夜戰,差幸如期竣事,然而苦煞這些知識分子矣。

---

① 鴨廠守犬之名,形頗猛鷙,但對主人溫馴。
② 鵝亦鴨之警衛,昂首兩隻,牧放時恒在中行。
③ 業已安於現狀,此間樂不思蜀矣。

飼料間落成

　　豬廠高搭飼料間,工作從此不露天。吹風大竈對頂砌,盛食排缸列一邊。清爽整潔人稱羡,分門別類我炊爨。還有遠景機械化,電動傳送正鑽研。眾志成城非虛語,科學技術變新顏。

　　注:調料工作前此不能成龍配套成效欠佳,茲則大有改進,中心欣然。

試喂小豬,心焉愛之

　　這些毛團愛煞人,跳蕩叫鬧似天真。雙目炯炯注飼者,一尾搖搖戲同群。搶食不顧身淋漓,爭臥哪管惹埃塵?叫笛一響齊奔湊,揚聲點首報知音。方識君子遠庖廚,更重佛氏不茹葷。天地大德本曰生,何物兇殘浸爾心!

　　注:人說愛恨分明乃是階級鬥爭必具的思想感情,民吾同胞物吾與也,看了小豬,又犯糊塗,走筆如上。

豬廠喜開現場會

切軋已用電動機,調料設備實出奇①。繁殖情況尤可喜,五百以上成活的。新起棚圈稱乾爽,食譜十樣標準立。預防冬季有困難,儲存青飼能濟急。諸般曾獻綿薄力,昔日豬官安可比! 喜見召開現場會,多快好省豎紅旗②。

參觀工農聯盟農場豬食堂

別開生面豬食堂,自動調料好榜樣。一次驅喂三百口,整日只需二人忙。空中吊斗穿梭動,地上手車流水忙。萬頭指標已完成,不愧號稱"衛星場"。對比之下生慚赧,小巫豈得自風光! 觀摩歸來應總結,虛心學習慎勿忘。

注:食堂分第一、第二兩個,宏敞整潔,調料全部自動化,一次可喂二百五十頭。圈門一開,豬即爭先恐後地前來就食,十五分鐘可了一起,信號極有作用。

---

① 豬廠小組長石峰,切軋機設計劉世璠。共同工作者:潘世雄、韓衛、李善今、李永祥。
② 市區機關養豬代表到場參觀者甚多。

常聞上級鼓勵之詞

　　領導論人見表現，關懷鼓勵邇來多。大會小組常提到："精心在意地幹活。年齡雖大勁頭足，體力不強未退坡。思想方面也好轉，聯繫實際有著落。"由此認識共產黨，急於求成是白說。必須循序以漸進，水到瓜熟見我佛。

　　注：苗頭已見，可以解決問題了，這也是我們安於勞改生活的必然結果。"誰實為之，孰令聽之？"天曉得。

病中又逢生

　　往歲生辰常溜過，揮鋤生產顧不得。今朝病榻漫搜指，五十三秋已蹉跎。幼承庭訓思想舊，長受教育私小我。光宗耀祖未去懷，爭名鬥氣惹風波。妄讀詩書充淹通，泛覽馬列少結合。個人英雄誰理你，幻想成家被改革。回首前塵空悵惘，且吞藥餌再求活。百年三萬六千日，尚有餘生滌醜惡。

　　注：在農場忽生胃潰瘍病，醫囑回市療養，賴有月萍假歸看護，始得再生，此作權當自我批評。

定期書面匯報思想

為抓緊改造,作思想匯報。定期是雙周,書面才牢靠。非形式主義,盼領導指教。須堅持下去,莫放低格調。多觸及靈魂,請群眾放炮。治病以救人,當歡呼雀躍。

注:知識分子護前,為了怕丟面子,現在早已搞通,索性自我暴露。丟的既是醜惡,還有什麼顧忌?也算大徹大悟,儘管未入佛門。五古六韻寫完,又來作個補充。

胃潰瘍病發回校療養

賦性褊急,為人粗狂。主觀自是,處世無方。下鄉勞動,始知端詳。五穀不豐,坐食膏粱。本本主義,沒有名堂。精神貴族,誰來奉養?荷鋤種菜,喂豬農場。根本還原,豈曰誇張!三年將成,二豎為殃。廢歸學校,未免憂傷。幸賴醫療,得免喪亡。改變工種,再弄文章。海河東注,烏鵲回翔。其戒之哉,勿事彷徨。

注:前在楊柳青農場即發現胃潰瘍及胃瘤,未能休息,茲則大量失血,體力不支,故今改變工作回校醫療。

慶祝建國十周年

建國十年喜事多,人民額手跳婆娑。已見東風摧敗草①,又聞火箭會嫦娥②。錦繡河山添春色,冠蓋京華有頌歌③。雄飛大陸今勝昔,炎黃裔胄再嵯峨。我亦因之夢寥廓,精神文明大開拓。

六〇年元旦雜詠

日美反動派,本質終難改。搞軍事同盟,挽政治失敗④。東條竟還魂,林肯久不在。中蘇已無敵,爾輩徒自壞。多級火箭飛上天⑤,生產建設紅花開。五項原則終有本,和平競賽誰能怪?奈溫來霍查拜⑥,睦鄰友好大氣派,祝福四民皆康泰。

---

① 毛主席說:"現在世界的形勢不是西風壓倒東風,而是東風壓倒西風。"

② 不久以前,蘇聯成功地發射了一顆探視月球的火箭。

③ 應邀到我國觀禮的代表團,多至百個有餘,齊聲讚頌成就。

④ 日美安全條約竟在華盛頓簽字。

⑤ 蘇聯火箭命中太平洋目標。

⑥ 緬甸奈溫將軍來京簽訂互不侵犯條約。阿爾巴尼亞是我社會主義國家中之一員。

初見北京站

　　瞻我北京站，崔巍而瑰麗。翼然三閣樓，覆頂碧琉璃。正廳忒宏敞，大理石柱立。滾滾電梯動，濟濟人流移。候車室相對，東西列軟席。枝形燈高吊，壁畫多古意。餐堂稱雅潔，飲食各中西。可飲香檳酒，冷盤熏味齊。更有供銷櫃，旅行貨色集。最是糕點部，地方小吃美。觸目皆光華，楮墨難盡置。偉哉創造力，神工奪天地。

　　注：龐然大物，精雕細鏤，歎觀止焉，不怪有東亞第一車站之稱。誰謂吾人後進？指南針、火藥、造紙法、印刷術，固非我先祖所發明者乎！

冬日漫步天安門廣場

　　昔者天安門，重垣鎖凍雲。舉步惟躑躅，悵惘對前塵。今也天地換，紅日照豐林。國旗橫空展，巨碑念忠魂。金水橋上過，自豪吾猶人。幾枝臘梅香，垂老近春音。

　　注：三座門，中華門均已拆除，僅餘門前箭樓矣。物換星移，終難免有人世滄桑之感，口占六韻以示久已不遊此地。

瞻拜魯迅先生北京故居

小院佳氣多,棗樹黃金落。老虎尾巴裏,仿佛有吟哦:"掀掉吃人筵,橫掃文妖魔。救救孩子們,阿 Q 不得活。"一葉競飄飄,清風拂面過。先生其猶龍,小子敢蹉跎!

注:先生逝世雖已多年,身後之名反有盛於當日(解放至今,我即亦同感)。這說明著認識歷史人物並不簡單,春秋以後之孔子,亦此類也。

聲討藏匪叛亂與印度擴張主義者

西藏本是我領土,載在史冊人興覩。擴張分子逞野心,爛言獨立與自主。分明推行奴隸制,剜眼割鼻剝皮膚。此而稱為極樂世,羞煞如來爾佛祖。達賴叛國罪難赦,雪山南麓紅旗舞。犁庭掃穴清匪徒,僧民從此獲幸福。

注:印度擴張主義者,口呼"潘查希拉"(親鄰友好之義),卻煽動藏匪叛亂,劫走達賴,此而可忍孰不可忍!學習有關文件以後,賦此聲討。

下　編

前　言

　　三中全會以後,知識分子的政治地位有了提高。因之我也心情舒暢,詩興大發,信手信腕地寫了一些韻語,以五、七言的為主(也有四、六言的)。雖是古體,卻敢保證真實(不是無病呻吟)。不過"急就章"居多,難免不倫不類之譏。大雅君子,其垂鑒焉,敬候斧正。

一九八六年除夕
作者記於保定河北大學

奉命批《海瑞罷官》和搞資料展覽而獲譴

注定"運動員",無語暗呼天。蠢在批海瑞,竟爾敢發言。《早春的二月》,資料亦空展。《北國江南》醜,人是我難全。搜集終何用,羅列等"炮彈"。奉命供驅策,表現惹笑談。花發失顏色,蟬鳴自令殘。雨來風滿樓,雀去避屋簷。在數莫逃遁,由它去熬煎。

注:主持批判的人,說我"在數難逃",只能聽之而已。

丙辰端午,遠懷日本伊藤一郎教授漢俳五闋

扶桑有真士,漢學淵雅伊藤氏,溫恭美豐姿。邂逅荊州時,屈子大會立於此,樂與細論詩。投之以《小史》,報我《中國文章》志,直是瓊瑤施。天涯比鄰耳,靈犀一點蘭與芷,振古即如斯。西風爾妄肆,五項原則無差池,中華堅守之。

過西長安街同德醫院舊址,有懷劉植源大夫

長安有醫院,同德是其名。渠渠夏屋美,大夫亦晶瑩。開朗交遊

廣,遇我如弟兄。甘旨常與共,談笑奇趣生。拈花寺入學,呼咳樂津津①。老實對改造,批判不從輕。主動獻財產,云為贖"罪行"。此公真可愛,一旦豁然通。古人識時務,俊傑原足稱。惜哉棄世早②,朋輩失性靈。故居已沉寂,頓感意縈縈。仰首問穹蒼,何事忌劉卿?

周總理周年祭

泰山頹矣梁木摧,薄海同悲周總揆!革命業績高千古,遺愛斯民遍九陞。百山肅穆皚皚雪,萬水嗚咽滾滾淚。香花只為禮皓月,泥首誰不浴朝暉。雲騰麟趾稱聖跡,穴藏螻蟻必成灰。一代天驕華祖國,鳳鳴高崗翰音飛。大纛鷹揚充宇宙,彪炳史冊譽全歸。隆隆臘鼓震天地,元勳上賓馬遲徊。

注:周總理逝世於一九七六年一月八日,正值大病,雖哀慟欲絕而未能執筆,故於周年追祭。

重逢 (有序)

一九七七年夏七月某日,重見亡友植源之子如觀於津沽西湖村之

---

① 拈花寺,華北大學政治研究所所在地。植源樂於入學,用革命歌曲之尾聲"呼咳"代之,常曰:"呼咳去。"

② 以心肌梗塞病猝死於"文革"前夕,得年六十有四。七六年夏月記。

斗室。

榴花紅似火,綠陰夏正長。午夢蘧然覺,如觀入我堂。溫恭猶昔日,殷殷問安康。相見何其難,十載久參商。昔別君始婚,今育大女郎。掌珠欣玉立,跨竈必貽芳。喜聞賢伉儷,調職來津塘。遂得勤過從,慰我老枯腸。論交通三代,棲遲話各方。但願人長久,自古耐滄桑。

注: 如觀之外祖父朱友麟老先生,雕瓷藝術家也,親作印色盒相贈。

喜聞宗祺校長轉職南開大學,且念故人,感而試賦七古一首呈政

聞道宗公入南園,恰當三月豔陽天。鶯飛草長花生樹,湖光波影映晴嵐。蒼松翠柏長勁節,玉蘭紫穗飄香壇。某雖荏弱如蒲柳,也自搖曳沐春還。憶昔叨逢獎掖時,諄諄教以莫狂狷。咿唔經籍終有用,會須推陳出新篇。獨慚駑鈍渾無似,聽之貌貌負嘉言。控騎旅進亦旅退,賦芋朝四而暮三。霹靂一聲驚宇宙,人民八億笑開顏。抓綱治國宏圖展,科學大上事非凡。更喜明府重領薦,彎弓盤馬再攻關。南大學宮流毒肅,萬水千山只等閒。蠢爾幫派囂囂者,將軍白首不下鞍。海宴河清已有日,預祝功成賦凱旋。

注: 宗祺校長,余北大之老同門也。到我校後,屢有教言。惜我玩忽不聽,遂一再陷入泥淖,事後尋思,感喟叢生。茲又協助臧伯平書記整頓南開大學去

矣。(此校"文革"中派性嚴重,衛東、八一三,至今糾纏不休)故余慨乎言之,並寄以無限希望焉。

七八年孟春,五一節前,草於南開區西湖村西河大宿舍。

津沽懷舊
——寄實齋兄

識君昔在瀋陽城,萍水相逢萌友情。同留大學為師長,誘啟青年得新生①。二載文旌燕趙去,紛紛學子亦隨行②。枵腹豈能入課室,況是校園借未成。余宅討欠曾贊許③,滬寧請願更支撐④。撫集流亡細瓦廠⑤,坐索餱糧舊官廳。七五慘案驚巨變,抆淚追悼諸英靈⑥。失業

---

① 東北中正大學四六年春在瀋陽成立,董事長杜聿明,校長張忠紱,君為教導長兼先修班主任,余乃中文系教授。

② 瀋陽解放前,杜、焦先後補被入關。杜病居上海,焦充北平師範學院總務長。正大經費無著,學校停辦,師生紛紛散去。

③ 我曾受教授會之委託,到北平安置學生,索欠於秘書長余協忠(此人攜款潛逃,掠奪了偽皇宮一批文物),並到國民黨社會局索取糧食。

④ 去南京、上海向國民黨政府及杜聿明請求復校,均得君之贊助,惜未有成,徒勞往返。

⑤ 學生零星散處,未有集中宿地。適西單南細瓦廠某氏巨宅空閒,遂暫為借用。

⑥ 東北在平學生,不堪北平市參議會之歧視、凌辱,於四八年七月五日上午遊行請願,對市參議會進行包圍。因議長許惠東避不出面,逃回交民巷臺基廠私宅,大隊學生追蹤而至,為青年軍某師開槍掃射,死傷一百餘人。中大先修班學生徐國昌死難,我們開了追悼會。

幾番求臂助,殷殷告以待聘請。傅總需設"高教會",吾人蒙選任非
輕①。勤政殿裏鴻儒笑,奸頑給以閉門羹②。苦心供養各院校③,虛前
求教老明經。蒿目時艱談起義,多頭並進大事定④。佛香閣下簽和
字⑤,長安百萬慶太平。聯辦協助迎接管,"小竈"待遇好居停⑥。半年
轉入拈花寺,結業分袂奔前程⑦。某去西北教文藝,君留首府參法
令⑧。朝衣無分黌宮美,荏苒光陰念八秋⑨。

---

① 傅作義起義前夕,為維護城內外之大學院校,設置了"高等教育委員
會",焦實齋為副秘書長,余為秘書。

② 辦事處在中海勤政殿,往來者多北大、師大、清華之教授,國民黨徒從
不接待。

③ 除維持各院校師生之日常必需品外,春節等日還分送豬肉、白麵等
物,附以賀年片(由傅總具名)。

④ 起義之議,是由鄭寶珊將軍發動的,我們附和,並向各方面關說,卒底
於成。

⑤ 四八年十二月下旬簽字於頤和園,代表有鄭寶珊、焦實齋、崔載之等
人,余為從員。

⑥ "聯合辦事處"設在東交民巷舊德國公使館內,工作人員伙食分小竈、
中竈兩類,實齋和我俱吃小竈,汽車接送,賓至如歸。

⑦ 四九年五月,接管完畢,我與實齋先後被保送至華北大學政治研究所
學習(學員多為舊大學教授,及國民黨高級官吏),卒業後,余分發西北藝術學
院教文學課,實齋待命。

⑧ 余自西北歸來休假,始知實齋以傅總之力,為國務參事,並充全國政
協委員。

⑨ 其後余亦為西北大學、天津師範學院中文系教授,但與實齋不同科
矣。調回天津師範學院後,不時相見。

李鴻皋來見

思悠悠兮樂悠悠,記曾偕遊古冀州。殘磚斷瓦依稀認,笑他袁紹似蠢牛。逝水年華誠是矣,且喜專業竟未丟。《舞臺風雷》驚河北,辨章文物駐燕丘。楓葉飄飄晚秋美,西湖村畔語不休。青山雖老白頭在,往古鉤沉豈妄求。君本多才可成器,持之以恆必豐收。莫道大學無鉅子,滄海淵源有細流。

注:李鴻皋同學多才多藝,能編演相聲,《舞臺風雷》其傑作也。近為某地文物管理員。七八年秋記。

送光璧老學友安葬津沽,詩以哭之 (六首)

一

兩行痛淚不輕拋,只緣君是老學友。四十年前紅樓裏,北大人稱老未朽。

二

文史從來不分家,記曾矢志追班馬。豈意方逾耳順年,西風遽斷筆生花。

三

津沽保定有教席,芳菲桃李自成蹊。弦歌雖絕遺著在,鉤沈飣餖亦珍奇。

四

地震聲中本無恙,臨建棚裏禍飛來。何物小蟲流毒涎,哀哉跨鶴幾徘徊!

五

天蒼蒼兮野茫茫,自古誰不返大荒。最是抱恨千古事,未見揪出"四人幫"。

六

我輩已非臭老九,工人農民齊步走。卿雲再展春雷震,告慰英魂莫俯首。

注:李光璧先生先後任河北師院、河北大學歷史系主任、教授,逝世於七七年夏。七八年九月十九日。

新港參觀紀行組詩(七首)

一

一九七九年,六月日十三。民革津市委,組織參觀團。學習去新港,共賦躍進篇。四個現代化,舉國齊向前。某雖垂垂老,未敢自偷

355

閒。勉從君子後，東向渤海灣。

二

晴空闊萬里，碧野亦無垠。津塘公路上，處處柳成陰。小麥鋪黃金，鹽泊水似銀。生產與建設，工農是根本。典章舊文章，嗟我讀書人。大道直如砥，未可不新新。

三

偉哉新碼頭，擴建成巨島。可舶萬噸輪，十艘亦不了。鐵臂沖天舉，雄奇奮抓爪。集裝箱省時，一人竟橫掃。堪笑四人幫，奚啻蓬間雀。科技貴交流，排外難成巧。

四

新河造船廠，隸屬交通部。昔日止修配，今有大船塢。能造遠洋輪，客貨創型殊。船臺焊光閃，合龍正忙碌。"凌雲"昨下水，萬國彩旗舞。"戰鬥"已拆換，叮噹聲急促。

五

書記親致詞，語意驚四座。職工兩千人，揭批查已過。餘毒待肅清，整頓有著落。選舉新領導，知識分子多。工作講協同，遠景無限樂。兩條腿走路，辦法也靈活。

六

目驚船舶已，再看倉庫外。黃色推土機，小型起重臺。標記東洋造，羅列滿塵埃。通貨膨脹苦，傾銷鄰國來。豈如我們高，產銷兩無礙。社會主義好，顧盼氣豪邁。

七

歸來暑氣消,烈烈風吹衣。蒼茫雲海外,大沽倚長堤。漁舟點點浮,白鷗斜掠急。俯仰心開朗,低吟久抱膝。魏武昔有言,老驥莫伏櫪。願作楚狂人,鳳兮歌不已。

改正錯案感言

廿年錯案一旦拋,撥雲見日謝天曹！古今多少忠貞士,含冤不雪無下梢。某雖區區渾似無,也傍詩書育後學。芬芳桃李遍南北,講章何止三尺高？只緣冬烘不曉事,直哉史魚禍難逃。巧言令色夙所鄙,冷對文瘟與人妖。受盡世上骯髒氣,忍辱日日苦煎熬。勞動卻當災荒歲,老病幸未填溝濠。山窮水盡疑無路,柳暗花明是今朝。痛定不思俱往矣,待把長鳴奮九皋。

注:七九年夏月作於津沽西湖村。

悼黃家衡同志

中州噩耗我心傷,道是黃翁遽云亡。從未謀面謝疏懶,死不臨穴也悽惶。半生戎馬有功績,一世辛勞忠於黨。二子雖幼吾妹在,吃苦可以媲賢良。護牀久盡戰友職,育兒勤奮必多方。鮮花一束朝天舉,

357

魂兮歸來莫彷徨。

注：黃家衡同志，江西人，長征老紅軍，鄭州軍鞋廠廠長。為余妹倩，逝世於七九年秋，家在鄭州。

一九八○年元旦，有懷睦卿學棣，口占五古乙首，遠寄南天，蓋賦而興又比也

喜在七九年，吾人得翩躚。二十載冤錯，風吹烏雲散。白玉磨不損，黃金耐火煉。痛定莫思痛，前瞻要前瞻。揮拍重上陣，乒乓掃冥頑。紅梅結萬子，瑞雪兆豐稔。海闊聽魚躍，濯足萬□□。

八○年新春第一日自嘲有作

七十又加三，孔子哲萎年。人生誰無死，大化似飛煙。莊周夢蝴蝶，李耳返自然。西來有佛祖，釋迦亦涅槃。回首兩萬日，仰不愧於天。我本一書生，狂狷惹人嫌。況值多險惡，炎涼舊所傳。愛之曰鮮花，恨時死已晚。賴有老妻在，艱苦共承肩。管它東與西，俯仰大千間。謂為春不老，識者撫膺歎。無事且把卷，此是羲皇篇。

注：老妻于月萍，操持家務，同甘共苦，對坐翻書，意豁如也。舊生張慕芩、鄒淑文、李德元亦常來問學。故余居天津南開區西湖村"放廬"，並不岑寂。

重逢某友 (有序)

揭批"四人幫"後,忽於街頭邂逅某友,已三十年不見矣! 百感交萃,口占七古一篇。

庚申之年逢某公,相勞疾苦語難罄。慢道疇昔豐神好,且看今朝瞿鑠翁。識君猶在壯年日,卅載韶華一擲空。喜看紅梅多結子,業就桃李滿津城。敬夫能受天磨者,錚錚鐵漢鬥春風。

注:八〇年上元節於津沽西河大。

天津教育學院院長銳民來訪

三十年前舊板橋,笑他讒口枉囂囂。青山雖老白頭在,依然彎弓射大雕。自古折腰非壯士,卻驚冠蓋過蓬蒿。正是清明好時節,春風楊柳鬥枝條。訓詁箋注漢學重,整理文獻豈無聊? 拾遺補闕非細事,博大精微看今朝。繼往開來誰不曉,教書育人賴吾曹。東隅已逝桑榆好,晚霞靄靄尚凌霄。

注:八〇年初春,落實知識分子政策伊始,銳民同志即見訪,關懷備至。今賦詩所以抒懷也。

病中臥讀《風雷頌》有作
——遙寄西北師院匡扶教授

暌違三十載,忽然見華章。集曰《風雷頌》,詩調實鏗鏘。下筆黃河上,飛聲東北鄉。青山雖已改,白首坐講堂。遙知蘭州市,鴻雁正翺翔。我則渾無似,臥守藥爐旁。展卷未及已,往往視茫茫。撫枕自憂戚,豈將返大荒?且著青鳥去,說是暫無妨。待到杖起後,西北訪老匡。

注:匡扶教授,舊為瀋陽遼東學院中文系主任,解放後同學於華北大學政治研究所,結業之初,同事西北藝術學院。八〇年春三月記。

保定去者

正自放廬浴春暉,西湖村畔草菲菲。把卷呷唔尋往古,弄筆斷續識舊扉。忽報學校書記到,云是教師須歸隊。再作馮婦心緒懶,喬遷保定亦乏味。爭奈終需噉飯所,落實政策人莫違。只得暫別斗室去,箱籠襆被一車飛。本科開課講專題,研究生班更屬奇。已非五十年代事,垂老雨後顯虹霓。

注:八〇年春夏之交,林達宇書記來西湖村動員,言保定教授樓築成,盼速遷居。

水上公園聯歡即景

斯園本是新開湖,巧奪天工入畫圖。憶昔建國開元日,萬夫咚咚鳴戰鼓。疊山築島建臺閣,架橋鋪路辟花圃。更有長廊通幽處,臥波蒼龍竹木疏。斜飛燕雀穿榆柳,潋灩蟲魚樂潛浮。扁舟蕩漾多情侶,四民休沐飲玉壺。登高縱覽脫俗境,迷蒙雲海大津沽。我欲乘風歸去也,天空地闊識寄廬。

注:八〇年六月五日於河北大學之西湖村宿舍,顏曰:"放廬",言被逐耳。

國葬少奇同志

祖龍今日奠幽庭①,抆淚馨香拜精英。一靈不昧應有恨,狐鼠何日正典刑!花明樓立洞庭側②,八寶山上草青青。造物忌才悲早逝,白雲千載曷溟溟。《修養》原是黨所講,"托拉斯"乃國經營③。立足本職看世界,搞活外貿我富盈。嘉謀良猷原可試,遽加之罪使人驚。自

---

① 少奇同志生前為中華人民共和國主席。
② 湖南省寧鄉縣花明樓是其故居。
③ "托拉斯"之原名為 trust,企業聯合,有壟斷之義。

古喪元多大將，民選主席亦"鼎烹"①。昊天罔極誠無吊，人妖顛倒是非傾。

天津民革市委率成員集體春遊水上公園有感，
口占七古乙首，遙寄臺灣同胞，題曰:有所思

有所思兮在臺灣，寶島屏障海東南。山河綿亙五百里，炎炎漢幟耀人寰。物資自古稱豐富，科技斯民敢登攀。世外桃源終不似，莽莽神州春一般。金甌缺失遭窺伺，弦月臨空光未圓。大陸有親千行淚，鄉關康樂好夢還。竹苞松茂是祖國，景星卿雲旦復旦。班超西域請瓜代，文姬北地返家園。鴻雁翱翔猶未已，波濤鼓棹慶團圓。四化待君齊戮力，黃帝子孫豈等閒。盤弓彎馬真豪士，鳶飛魚躍戰方酣。殷殷翹首雲天外，高歌一曲是凱旋。

注:八〇年六月十五日，時在天津。

五臺山

夏日正炎炎，揮暑衣汗衫。車馳代北境，探勝五臺山。行行重行行，白雲掩青巒。出沒村落裏，隱現豐林間。最為驚險處，攀登十八

---

① 為"四人幫"迫害致死，三中全會以後落實政策始得改葬。

盤。雨渡長城嶺，搖搖走泥丸。迨及禮佛地，萬象識大千。蒼松翠柏中，紅牆繞寺院。觸處皆壯麗，滿眼金碧顏。寶殿實崇宏，斗拱伴飛簷。巨塔沖天立，贔屭負碑板。佛容俱慈悲，神相顯莊嚴。乃知舊王朝，土木繁興建。取之盡錙銖，不恤民苦艱。今雖資遊覽，未可贖罪愆。況是講禪宗，與我輩無緣。流連三兩日，興盡自言旋。日覿焚香客，吾獨愛遠山。

注：一九八〇年夏八月，與河北文聯諸君子同遊，老友黃綺、雷石榆兩教授亦偕行，河大領導則有郭真副校長、劉自強副部長等同志，歷時三日始返。八〇年八月十五日脫稿。

萬佛閣

銅臺銅塔伴銅佛，百噸青銅貢彌陀。雕琢熔鑄歎精美，獨恨先民苦掠奪。

在保定河北大學文史樓前參與焚毀自有運動以來誣衊不實之卷宗有感

臘鼓聲中紙灰飛，冤假錯案一風吹。付之丙丁千百卷，除惡務盡講是非。有道馬上得天下，無端興獄事可悲。猶賴中樞多鉅子，旋轉乾坤日月暉。狐鼠終必遭竄逐，撥亂反正大國威。舉手共祝新勝利，芸芸赤子頌春歸。

注：時在八〇年歲杪。感謝中央領導同志政策英明，至於流涕。

招考古代文學研究生

高等教育發新聲，招考碩士研究生。豈必出洋求培養，本地生輝事可行。況是古代文專業，數典忘祖乃自輕。既蒙垂青講信賴，任務光榮須擔承。出題閱卷算成績，分工合作選精英。四人登龍須報喜，開課先秦第一程。疇昔知識說無用，今朝獵取效飛鵬。我亦因之大欣慰，猶有綿薄伴園丁。

注：河大中文系命我伴同詹鍈、韓文佑、胡人龍三同志考取，教授古代文學專業研究生。

憶　舊

顏天墨霽，自號不繫舟主人，余工作津沽時之老友也。能書善畫，長於詩詞，揣摩經史，暮年彌篤。嘗共校《李太白集》，實多卓見。而隱於市井之中，遊心雲天之外，赤誠相待，不讓古人，則尤今之所難矣。詩以紀之。

憶昔五〇年，初識天墨顏。錦旗紅似火，鉦鼓震人寰。君時何淩厲,高岸友朋間。自謂老江湖,社會大學趨。絳帳津沽市,行吟渤海邊。揮毫龍蛇走,拂紙落雲山。焉知二十載,徒驚兩鬢斑。隱忍漁鹽中,抑鬱恒寡歡。不繫舟且去,酒酣話連翩。四海同物化,宇宙亦玄玄。

注:天墨贈我詩詞甚多,茲特選錄各一首如下:

述　誼
顏　霽

拳拳馬列勉依因,村曰西湖遠俗塵。風雷歷經松益勁,霜寒侵挫菊常新。圖書遺佚考殘缺,文字推求辨偽真。儷影剪燈雙夜讀,華巔不倦倍精神。

點絳唇
顏　霽

又恁新春,萬家燈火迎飛雪。西湖村裏,老伴雙歡悅。團拜思趨,懶我行行輟。春來也,一春花事,待且般般說。

龍馬躍崑崙

又是一年春,萬象俱更新。爆竹除舊歲,桃符煥錦文。雪梅香豔豔,翠柏綠森森。豐年稱大有,外貿樂芳鄰。最是法治好,狐鼠掃隨塵。笑它談博愛,不如我仁人。桓桓多士子,循循啟後昆。栽培心上地,教育為根本。政策言調整,蓄勢以前進。體會須深入,科學重精神。

注:八一年春節前夕,獻頌祖國。自落實政策以來,心情大好。蓋知識分子已排在工人、農民之後,非復昔日之"臭老九"矣!

八一年元旦放歌抒情

河大三十年,崎嶇不平坦。豈能無矛盾,敢為天下先。雲海雖茫茫,險處多青巒。此中有真味,一辨一歡顏。勉為君子儒,何慮小人言。熱愛共產黨,革命酬肝膽。獵獵紅旗下,浩氣衝霄漢。固已及耄耋,猶作苦登攀。學如逆水舟,拼搏始過關。毀譽由伊去,管它暖與寒。芳菲桃李豔,松柏後凋殘。

注:此作天墨兄最所稱許,以為"確有紫翁味"。余亦感其知己,表而出之。

八一年春節元旦獻頌

八一年元春,宇宙色色新。青山披白雪,湖濱步屐痕。虬松染蒼翠,紅梅吐豔馨。數聲爆竹裏,桃符煥錦文。爰念我中華,國運轉洪鈞。工業農輕重，金光大道伸。法治旭日麗，狐鼠化灰塵。泰安此真是，十億盡堯舜。民主斯可矣，哂爾假仁人。桓桓多士子，誘啟夫後昆。栽培心上地，教育為根本。龍飛東海上，鳳鳴西崑崙。

注：三中全會以後，心情舒暢，又值新春，歌以祝願。

八一年春節元日試筆

七十又加四，已過孔丘年。某卻渾無似，愧對古先賢。知天不知人，學書未學劍。吟詠抒性靈，考訂勤簡編。舌耕愛士子，會友喜仁善。燈火闌珊處，矻矻一狂狷。松柏必後凋，金玉潤而堅。有為亦有守，可以自偷閒。笑它苦爭競，名利難過關。爭如陶靖節，悠悠見南山。

注："四人幫"粉碎後，文教界中仍有心旌搖搖、鍥而不捨者，個人利益看得過重也。詩以自儆。

河北古代文學會籌備會在唐山召開

震後唐山市，三冬朝氣發。有人斯有土，廢墟發新花。論文稱古典，師道立海崖。芳菲育桃李，悉心為四化。安定與團結，信守實堪誇。歲寒三友在，曙光爛雲霞。堅持即勝利，美哉我中華。追隨諸君後，弦歌頌大雅。

注：以金逸人主任為首的唐山師專諸同道，實為河北省古代文學研究會之發起者。余被邀與會，竹君同志偕行。八一年一月記。

喜在唐山市重逢蕭老①

白山黑水是君家，靈秀所鍾毓英華。蚩聲最是尊也早，誰人不識老丘八②。遭逢東北淪陷後，奮力搏鬥筆生花。只緣魯迅曾親炙，《八月的鄉村》響天涯③。更見蕭紅《生死場》，比翼齊飛大中華。回首前塵五十載，桑田滄海漫興嗟。劫後重逢唐山市，殷殷執手話桑麻。能受天磨成鐵漢，"出土文物"實堪誇④。喜聞七子都侍側，況復蕭耘歌詠佳⑤。著作等身翁矍鑠，敬祝彭祖壽永遐。

---

① 蕭軍同志，東北籍老作家。九一八事變後相識於滬上、燕京，今（八一年一月）又重逢於河北省唐山市，俱已垂垂老矣，同遊鳳皇山話舊。
② 君在青年時期曾有軍籍而好弄文筆，今日猶常自稱"老丘八"。
③ 處女作《八月的鄉村》，是最早描寫東北遊擊隊抗日的小說，魯迅為之作序。
④ 新中國成立前後，君之遭際頗為坎坷。"四人幫"粉碎後始得新生，故自謂"出土文物"。
⑤ 蕭耘，君之少女也，能歌詠，善交際，在工作、生活上為君之左右手。

桂枝香
祝福蕭老亦以自勗

春滿人間。看南來飛雁,不怯寒潭。行陣嘎嘎霄漢,落非荒灘。到處芳菲豔陽岸,某今日、慚夢邯鄲。斷簡殘篇,只可覆甕,老調重彈!

唯羨、居流水高山。文筆生華翰,才過前賢。龍騰虎躍入畫,氣象萬千。虹霞海曙何燦爛,波濤洶湧蓬萊灣。忠貞一點,始終無二,紅日丹丹。

桂枝香
參加系會有志,比而興也,所以自勵

春滿人間。看南來飛雁,嘎嘎雲漢。行陣鼓翼非凡,不落荒灘。到處芳菲豔陽岸,某今日、慚夢邯鄲。只識真詮,三星在戶,億兆騰歡。

美哉乎、流水高山。妙筆生華翰,願效前賢。龍翔虎躍入畫,氣象萬千。朝霞海曙糺漫漫,波濤洶湧蓬萊灣。丹心一點,始終無二,為國承宣。

魏際昌,八一年二月十九,保定河大,上元之日

桂枝香
歡迎鍾校長來系蹲點,兼以自勵,蓋比而興也

　　春滿人間。看南來鴻雁,嘎嘎雲漢。行陣鼓翼非凡,不落荒灘。到處芳菲豔陽岸,某今日、慚夢邯鄲。只唪真詮,服膺調整,追跡登攀。
　　美哉乎、流水高山。清音灑肺肝,願效前賢。龍騰虎躍入畫,氣象萬千。天光霞曙紅漫漫,波濤洶湧東海灣。丹心一點,始終無二,為國駐顏。

魏際昌,八一年二月上元節

法治萬歲

　　九州春雷震,粉碎爾狐鼠。禮下庶人席,刑及上大夫。秦鏡懸日月,堂皇坐龍圖。國仇終得報,家恨亦消除。悼我忠烈士,不朽垂千古。法治麗中天,曠代所未覩。平等豈妄談,此是真民主。寄語囂囂者,對照莫踟躕。斗柄已回寅,三星常在戶。行行雁歸來,歷歷花生樹。對景飲醇酒,六合慶復蘇。從茲齊額手,華夏金湯固。

　　注:八一年春節前夕,喜見林彪、江青反革命集團首犯判決,高呼"法治萬歲"。一月三十一日,保定作,不自知其手之舞之、足之蹈之也。

喜相逢（有序）

　　不見慕苓、昭起兩棣幾二十年，及重逢於"四人幫"揭批之後，中心欣然，詩以勉之。

　　大治之年喜相逢，勞問疾苦話難終。道我昔日豐神好，今已旛然一老翁。聞言仰天拍手笑，健在我已人中雄。自古死生不輕率，重於泰山人所同。能受磨難成鐵漢，不招妒嫉是凡庸。過從俱在青衿裏，桑榆未晚莫蹭蹬。紅梅結子應歡喜，業務歸隊事非輕。擊鼓其鏜宜踴躍，快馬輕刀掃四凶。

　　注：張慕苓、孟昭起，都是天津師範學院中文系的學生，五七年前從我學習。

八一年五一節與王國標部長同遊西陵

車過荊軻墓
　　風不蕭蕭易水枯，子長前傳似空疏。自古英雄重然諾，計出萬全死無阻。諼言"生劫"行已餒，"欲得契約"語更殊。虎狼之國豈有信，辜負於期好頭顱。孤墳塔影夕照裏，扼腕難稱大丈夫。

　　注：去清西陵道上有見。其所為徒速燕丹之亡，吾所不取。又軻既死於秦廷，何得歸葬？其墓恐係偽托者。

光緒崇陵

皇帝原是一囚徒,畢生尷尬被陵辱。人民忠恕皆堯舜,憐他傀儡造陵屋。

道光慕陵

何事旻寧欲追慕,喪權辱國乃爾父!罪己節約月虛妄,隆恩大殿用楠木。

雍正泰陵

自古梟雄多不禄,雍正馳騁又何如?永寧山下老怨鬼,彷徨啜泣索頭顱。

注:魏際昌八一年五月四日。月萍偕行。

薊縣盤山即景

盤山似蟠龍,習習沐清風。美景七十二,導遊首致稱。如勝開其端,石橋伴蒼松。閒話鳴驪篇,故事使人留。一上又一上,窄徑通邃幽。忽見有古塔,八面石碑後。老樹皆千年,青藤繞枝生。又得數殿閣,金碧建築精。據云乾隆帝,侍母勤定省。每自承德歸,駐蹕息中程。爰念皇室客,淫靡窮九州。不顧斯民苦,離宮處處修。

注:隨河大旅遊團,於八一年六月廿八日到此。

河北省古代文學研究會在保定成立
——四言六章以頌

一

八一之秋,布政優優。四化大業,續見良猷。文教戰綫,亦告豐收。精神物質,偕飛神州。

二

吾國歷史,夙稱悠久。高文典冊,中外珍求。詩書六藝,鬱鬱從周。馬班紀傳,法逾前修。

三

繼承發揚,職競其尤。義理辭章,考據同究。百家爭鳴,媲美交流。推陳出新,始克千秋。

四

謂山嵯峨,攀躋弗休。彼海汪洋,難阻放舟。切磋琢磨,金玉是求。雲霞五彩,允稱錦繡。

五

會開保府,鴻儒聚首。豪言讜論,包舉宇宙。教學相長,以文會友。日深日廣,以遨以遊。

373

六

夏日蔭濃，允宜馳驟。花香鳥語，伴舞諧謳。津梁探索，嘉惠同流。老安少懷，可信朋友。

注：余當選為會長。八一年夏六月於保定作此閉幕頌詞。

八一年夏七月，隨河大三老暑期休整團
觀光北京雜詠

初見北京市黨校招待所後三客卿墓

萬曆以來三客卿，燕郊埋骨有令名。南懷仁與湯若望，利馬竇氏最先行。傳教中華稱信士，精於歷數並飛聲。自古學術貴交流，況是西洋博物僧。天文儀器能監造，幾何譯述早入京。伯仲之間人膾炙，非緣火炮加聖經。

注：利瑪竇（1552－1610），意大利人，天主教徒，明萬曆末年入京，富於自然科學知識，著有《幾何原本》《天文學實義》。湯若望（1591－1666），德意志人，天啟二年來中國傳教，崇禎朝入京為欽天監正，修訂曆法。南懷仁（1623－1688），比利時人，清順治十六年來中國傳教，由陝西入京。康熙七年，管理欽天監務，並監治火炮。

車過南口、居庸關，攀登長城八達嶺

軍閥混戰日，南口是險關。峰迴路轉裏，吾獨愛丘山。農村四五簇，雞犬驚田間（南口）。居庸亦雄踞，青草迷玉欄。人行將臺下，雲雀

騰躍看。相對未知老,白首向碧天(居庸關)。漫道真如鐵,而今從頭翻。東西兩極峰,瞬息腳底懸。蜿蜒是城堞,蒼鷹鳴霄漢(八達嶺、長城)。

重遊南海,謁毛主席故居,亦入瀛臺等地

南海畫中遊,碧波映玉樓。花樹芬芳處,曲徑果通幽。森森松柏下,廊廡靜悠悠。宛然音容在,款款几杖留。中心生蕭穆,咫尺成千秋(毛主席故居)。俄而過瀛臺,不是小蓬萊。玲瓏石景後,一殿巍峨在。光緒囚死所,仿佛有餘哀。燕雀啄皇孫,清廷實已衰。獨恨那拉氏,殘忍過狼豺(瀛臺)。

雍正潛邸雍和宮

久聞雍和宮,喇嘛稱神品。打鬼出街巷,器樂亂紛紛。偏衫手魔杖,氣象亦森森。今朝入廟看,殿閣油飾新。佛相俱莊嚴,座座顯金身。獨觀宗喀已,黃教首尖巾。釋氏非無派,大乘渡天人。金碧輝煌下,香煙繞氤氳。猶有洋和尚,虔誠拜繡墩。

重遊香山,及臥佛、碧雲諸寺

我佛從不臥,平生只跌坐。者番要涅槃,轉世生極樂。弟子或悲戚,不識大度脫。人間亦如此,莫為表象惑(臥佛寺)。續行北上坡,高臺碧雲枕。蒼蒼古柏中,番塔數幢存。下有衣冠冢,中山貯英魂。此跡可千古,民主見精神(碧雲寺中山衣冠冢)。降至羅漢院,回環多廳堂。五百紛紛坐,竟體塗金黃。偃仰喜怒樂,儀態各有方。我敬雕塑師,神工創色相(五百羅漢堂)。東邊景更美,叮咚是山泉。老松高蔽日,飛閣下流丹。漣漪澗池側,玉臺倚青巒。幽靜鳥聲寂,返我大自然(山泉院)。逮及入香山,琉璃塔夕照。千百瓷佛叢,附

麗可稽考。拾級楓樹中,亭榭亦不少。浮萍展綠罷,蟬鳴秋來早(香山公園)。

頤和園匆匆一望

頤和長廊雕飾新,後舫依然浸水濱。佛香閣上佛已渺,萬壽山中壽茂林。玉柱飛龍空帝座,丹墀鳳舞豈有身。湖裏蕩舟天幕闊,雲外鶴唳醒人心。陰鷲驕縱稱女主,誤盡蒼生作外臣。

雨中舟遊密雲水庫

嚮往水庫非一端,億萬人工力撼山。紅旗招展京郊日,大湖汪洋丘嶺間。今朝漣漣逢夏雨,迷濛四野罩青巒。舟行玲瓏島嶼側,疑過滔滔渤海灣。晶瑩采石盈握內,新柔綠藻入小籃。待到晚餐有兼味,雙魚鮮菜酒酡顏。

歷史博物館看黨史展覽

往事歷歷如畫,人民血淚斑斑。怵目驚心不已,教育後代兒男。農村包圍城市,統戰事非等閒。聯俄驅除日寇,敗蔣橫掃奸頑。自是主席思想,打下一統江山。今日從頭看起,緬懷革命群賢。惟有繼續戰鬥,搞好四化當先。中華指日光大,炎黃子弟璀璨。

周總理生平事蹟展覽室

又見周總理,猶似在人間。功高蓋天地,清名震九寰。遺骨散湖海,子女皆義男。夫人繼遺志,戰鬥耄耋年。古聖豈罕有,此老最稱賢。楮墨難言敬,銘刻在心弦。

軍事博物館看五帥事蹟展覽

五帥將星煥①,聲威震霄漢。叱吒變風雲,揮鞭定塵寰。文不讓
良平②,武足媲絳灌③。德功已雙立,卓言飛華翰。昔日麒麟閣,今朝
紀念館。俎豆可千秋,人民齊仰瞻。

暑期古代文學講習會開課誌喜

古代文學講習會,河北主辦破天荒。五湖四海來學者,都道燕地
好風光。食必有魚菜羹美,出亦軒車走四方。講課教師多碩彥,循循
善誘誦聲揚。詩說三百尊毛傳,文重先秦愛老莊。經世致用誰不悅,
推陳出新須當行。祝福諸君歸去後,開拓境界自芳芬。

注:從全國來說,河北省主辦此類講習會也是比較早的。報到學員近二百
人,主講者:老作家蕭軍、南開大學王達津教授、中央戲劇學院祝兆年教授、河
南師範學院華鍾彥教授、紅學專家周汝昌先生、河北師範學院朱澤吉副教授。
課程分別為:"吳越史話"、《詩經》《楚辭》、"先秦散文"、"漢賦"、"建安文學"、
"陶淵明"、《紅樓夢》、"元曲"、《西廂記》、"明清小說"、"桐城派古文"等,上
課三周。地址:撫寧泰和寨師範學校。余為班主任,兼授專業課"先秦散
文"等。

---

① 五帥:朱德、彭德懷、羅榮桓、陳毅、賀龍。
② 張良、陳平,漢高帝劉邦之謀士。張封留侯,後從赤松子遊,平為漢相。
③ 絳侯周勃,能安劉氏。灌嬰,封潁陰侯。《漢書》有傳,語云:"絳灌無
文,隨何不武。"

人民的心聲　革命的史詩

——讀《曼晴詩選》有感

　　大作飛來驚吾廬,洋洋灑灑落玉珠。俊逸渾似鮑明遠,清新不讓庾開府。人民心聲真是矣,革命史詩豈妄乎! 信口信腕抒靈感,說人說事好畫圖。天衣天籟淡雅處,國風十五昔所無。

　　注:河北革命老詩人栗曼晴同志寄來《曼晴詩選》,讀之傾服。如此新詩,所見甚少,故回敬以七古一首。時為八一年夏八月某日,保定。

迎接八一屆新同學四言詩八章

一

滔滔大河,巍巍太行,莘莘學子,濟濟鏘鏘。

二

燕趙慷慨,北方之強,首都南麓,斯民所望。

三

金風送爽,丹桂飄香,蓮池古城,鳳舞龍翔。

四

業精於勤,教學相長,朝乾夕惕,攀登莫忘。

五

文在茲乎,擊鼓其鏜,推陳出新,百花齊放。

六

朝氣蓬勃,後來居上,青出於藍,邦家之光。

七

皇皇者道,紅旗揚揚,馬列主義,毛澤東思想。

八

如日之升,如日之常,德智體美,共進無疆。

魏際昌八一年九月二十八日

祝願臺灣師友早賦歸來,共襄統一大業
——八一年中秋之夜口號

八月既望是中秋,千家萬戶人倚樓。一輪高湧清光美,未見飛鴻入九州。夢裏應知身是客,故國山河思悠悠。年年此夜不能寐,神馳東海作楚謳。菊有黃華稱奇秀,香飄丹桂迄未休。祝願歸去來兮日,

379

金甌完璧眼底收。

注：時在河北省保定市河北大學中大系。

辛亥革命七十周年紀念

一九一一年，十月十日天。湖北武昌府，志士舉烽煙。學社大聯合，新軍更無前。攻佔總督署，瑞澂逃兵艦。三鎮既光復，江漢義旗懸。起事猶未幾，海內喜連翩。國民革命党，遍地賦凱旋。淞滬當機杼，中山孫逸仙。草人民約法，立南京首善。做臨時總統，奪清室王權。惜哉奸邪人，乾坤其毀焉！國事悲蜩螗，媚外復混哉。水深火熱中，百姓空嗟怨。飛來共產黨，鼎力挽狂瀾。紅旗卷西風，剗卻三座山。解放至今日，四化正殷然。緬懷七十載，一唱一歆羨。

魏際昌八一年十月九日

園丁頌

——參加保定三中家長座談會有感①

保定三中，靈秀所鍾。蓮池之畔，鬱鬱蔥蔥。福育後昆，鐸聲叮

① 余之孫女魏彩霞，為三中初一新生。其班主任則民革同志金少楠先生也，夙有模範教師之稱，因以孫女託之。八一年十一月十五日，小記。

咚。師生相得,和樂融融。百年大計,天下為公。鐵梅稱壽,碧桃飛紅。願共勖勉,庠序攸同。舉手勞勞,為國珍重。

老梅二度
—— 保定中山文化業餘補習學校第二次開學典禮

中山夜校,二度梅開。香飛保定,豔逾蓮臺。普通班後,專科偕來。濟濟鏘鏘,學員四百。業餘進修,斯民永懷。補習教育,政策有在。校部領導,皚皚頭白。堅貞樸實,鬱鬱松柏。中年戰士,靄靄神態。協力同心,為國育才。匿名匿利,寧靜淡泊。曰真曰美,豈不快哉。身雖老耄,追蹤時代。四化當前,心潮澎湃。鶴鳴九皋,鵬舉溟外。高歌猛進,於喝天籟。

注:八一年十一月二十一日於河大。

讀馬千里同志《陝北革命日記》

千里馬猶龍,淩虛蹈太空。九天迎麗日,四海沐春風。生花稱妙筆,繡口自心靈。冀北任馳驟,垂老有餘勇。高山安可仰,神交屬弟兄。我謂先行者,無限是征程。比肩常相望,嘉惠須從容。溫故在知新,發展由繼蹤。剞劂早問世,某亦得宏通。

注:千里同志,博聞強記,允文允武,余之黨內朋友也,時任保定市政協副秘書長。得先覩其"日記"全文,淵雅宏通,可作史料。八二年春節前夕,特為之記。

壬戌歲前夕,保定中山業校茶話辭歲[①],記曰:
古城誦聲

中山業校未一年,桃李芳菲保定園。鶴髮紅顏相蹀躞,以文會友樂陶然。窮經夫子臨渤海,弄筆先生上幽燕。松柏呈祥真蒼翠,梅雪爭輝且駐顏。我欲因之歌四化,燕舞鶯飛錦繡天。

壬戌前夕中文系同人小聚辭歲,口占七古一首:
春滿河大

乙年杓轉又春來,煦煦和風滿樓臺。掌教師尊勤禮治,窮經學者夜燈開。青青子衿今勝昔,悠悠我心猶嬰孩。建築堂皇驚羨目,大院宏深育英才。太行腳下生奇花,渤海灘頭錦雲栽。北斗玄天輝冀野,日月升恒永康泰。慷慨高歌燕趙士,鶯歌燕舞真快哉。五講四美非細事,文明古國五千載。

---

① 業校成立於八一年秋,民革保定市委所主辦也。工作人員多為年老退休之民革同志,習勞習苦,很有氣勢。時余為此校常委會之副主任。

迎春長聯

"三自"當頭，十六字方針貫九州。嚴以律己，忠恕無憂。團結戰鬥，前進不休。鞠躬盡瘁，做好党的助手。堅持四項基本原則，萬物眼底橫收。莫叫浮雲蔽日，辨清稊稗稂莠。養吾浩然之氣，未雨綢繆，蒼松滴翠，雪梅香厚，重矣夫保持晚節。（上聯）

"四化"高呼，兩個文明建設須速。嘉謀良猷，晨鐘暮鼓，朝乾夕惕，人稱六五。胼手胝足，吃透憲法精神。民主集中相與為伍，應知長安在邇，無端誰敢荼毒！紅旗插遍四海，豪言壯語應有。一元復始，萬象更新，爆竹聲聲，大哉乎禹甸神州。（下聯）

注：八二年迎春長聯為民主黨派某市委會作。

河北省交通局公路史編纂工作會議

燕趙山海地，慷慨士所歸。自古喜言富，食貨兩不虧。懋遷賴交通，公路尤所貴。大道直如矢，逶迤入邊陲。長城東西走，隱現非常規。秦皇有蹤跡，光武入冀北。昔者人畜力，今朝電汽飛。無往而弗屆，條條成巨達。史事安可忘，溫故以求識。卷帙盈筐日，津梁人莫違。

注：時在壬戌之春，余被特邀參加，其後並被推選為顧問。毫無建樹而寄

383

來刊物甚多,皷然。

壬戌年孟春三月,奉邀參加平山縣曼晴詩歌討論會①,溫塘浴罷,擊節放言

溫塘洗舊塵,清兮濯我身。振衣看新柳,才黃半未勻。地是平山縣,詩惟曼老馨。低吟驚四座,高歌頌人民。宛轉出天然,聲應情自深。修辭立其誠,處世但率真。多聞稱益友,直諒為師尊。蘭花君子性,松柏仁者心。桃李芳菲日,俏也不爭春。

河北賓館,參加毛澤東思想研究會

毛澤東思想,曷可不信守。中華所以立,人民得拯救。否定實狂妄,過時論大謬。古且為今用,況是出新猷。一國容兩制,開放亦有由。楚才猶晉取,安能閉關守。事在我掌握,三熱愛當頭。改革與搞活,此意同優述。行之五七載,康樂必豐收。

注:一九八二年夏初在石家莊,以會中理事馮健南副教授之見邀也,余有論文《金聲玉振 典範具在——毛澤東同志體現於著作中的古文事例》。

---

① 革命老詩人栗曼晴同志,詩歌清新,待友敦厚,余敬愛之。著有《曼晴詩選》,討論會上,肯定者多,實至自然名歸也。

緬懷辭王屈原

緬懷屈靈均,辭賦稱至尊。忠貞為祖國,肝膽照斯民。芳草比仁者,美人擬賢君。丹鶴九天唳,虯龍四海吟。光輝爭日月,六合喜同春。傷哉是此老,壯志未得伸。內迫夫奸佞,外患乎強鄰。號泣問天地,哀怨訴鬼神。望郢江東去,懷沙自沉淪。鳥飛未返鄉,狐死背丘林。抗鬥以屍諫,此舉震乾坤。至今端午日,年年悼詩魂。江水躍龍舟,蒲艾戶戶馨。鳳兮歌方罷,離騷清我心。

注:八二年端午前夕,湖北省社會科學院文學所召開屈原學術討論會於秭歸,余奉邀參加。

觀秭歸江上鬥龍舟

七色飛龍鬧大江,秭歸端午吊詩皇。喧天鉦鼓風雷動,炮聲匝地震山鄉。波搖金影中流急,歌傳士女兩岸揚。青巒有意埋忠骨,碧水無情葬楚狂。阿誰不識屈大夫,芳菲千古享蒸嘗。正是三春好時節,繁花綠柳飾文章。萬紫千紅繽紛裏,吾亦因之美剛陽。撥棹歸歟拏雲手,勝利聲中角黍香。

注:八二年端午,湖北省社會科學院文學所在屈原故鄉秭歸召開詩會,余奉邀巡禮並暢觀鬧龍舟。

避暑山莊懷古①

癸亥仲夏入山莊，花木蔥蘢鬱金香。湖光搖影飛青翠，樓臺掩映好輝皇。參天松柏爭蒼老，匝地鮮花耀錦妝。疇昔清帝避酷暑，今日人民亦徜徉。呢喃燕語似懷古，松濤陣陣吟聲揚。咸豐怯敵逃北國，禍延黔首喪家邦。有忝乃祖稱盛世②，又遺西后亂倫常。煙波殿裏陳屍日，哀詔何期不肖郎③。

重返祖籍撫寧縣榮莊

我有家族兮在撫寧，農耕負販兮五世紀。秫米為粥兮蔬菜羹，短衫敝屣兮謀朝夕。關東漂流兮祖與父，孩提傾慕兮船廠地。教以掃灑兮學詩書，青青子衿兮由是起。回首前塵兮七十載，皚皚白頭兮返故里。老淚盈眶兮思親人，舊屋蟲聲兮猶唧唧。遂享膏腴兮飲旨酒，親友依依兮送不已。碧桃一筐兮祝壽考，行行屢顧兮心悒悒。燈下恍惚兮熱中腸，似夢實真兮何自疑。

注：八二年秋七月於撫寧師範客舍，書記郝連第同志鄉人也，主動為我聯

① 八二年六月，河北省古代文學會年會（第二屆）開會於承德師範專科學校，會罷遊園。十六日作於承德旅次。
② 清之康熙、乾隆兩朝，號稱盛世。
③ 西后，那拉氏。不肖郎，幼主同治。

繫，並偕同回縣，備蒙縣委常委李運午等同志關懷招待，親如家人。

贊石家莊地區師範專科學校並呈政
校領導陳、徐兩同志①

牛山之木嘗美矣②，萬綠叢中一點紅。地區師專誰不曉，弦誦聲聲動九重。圖書巧布琅環地，儀器分列小離宮。壁報清新驚文筆，玉樹蒼翠傲三冬。最是此中領導好，親密無間樂融融。誰說大學須名牌，玲瓏珠玉可稱雄。漫步崖邊精神爽，舉杯窰洞卻俗容。為我多謝諸君子，艱苦樸素立學風。

八一建軍節前夕，書贈撫寧師範書記郝連第同志③

相見恨晚非無因，雙眸炯炯愛真人。最是一段深情處，同生撫寧是鄉親。戎馬半生多戰果，業轉桑梓亦忠貞。燕山渤海鍾靈秀，樂哉

---

① 一九八二年秋，石家莊地區師範專科學校領導請我與蕭軍同志到校作報告，故書所見。

② 學校在石家莊郊區牛山。

③ 郝連第同志，福建復員團級軍幹也，為人精明，頗有戰功，以二等殘廢為撫寧師範書記。八一年暑假河北省古代文學會舉辦講習會於斯校，遂識之，以有鄉誼，過從甚密。

師道育後昆。某雖老邁未伏櫪,也傍驊騮逐征塵。

秋聲新賦,遙寄臺灣北大學友

　　歲在壬戌兮,八月既望。菊有黃華兮,丹桂飄香。同人修禊兮,蓮池書院。緬懷前賢兮,講學多方。山石玲瓏,漣漪荷塘。亭臺掩映,碑版琳琅。

　　首都南疆兮,保定守望。古城綺麗兮,物阜年康。仰首蒼蒼兮,卿雲麗日。唯我中華兮,燦爛輝煌。佳節思親,佇立以望。遊子未歸,心焉惆悵。

　　中樞至善兮,乾坤重光。同心同德兮,燮理陰陽。四化大業兮,新新不已。溥海騰歡兮,紅旗高揚。工人農民,聯盟先進。知識分子,攜手同行。

　　物質精神兮,文明雙唱。相互促進兮,慎思莫忘。手揮五弦兮,目送飛鴻。浩然之氣兮,至剛至強。自力更生,協和萬邦。況我諸友,唐棣之芳。

　　月宮嫦娥兮,一派清光。吳剛捧酒兮,敬慰忠良。人間天上兮,行不殊方。望穿秋水兮,鴻雁來翔。太行含笑,渤海歡唱,嘉賓蒞止,萬壽無疆。

　　注:八二年九月二十八日於保定河北大學。

青松不老 (有序)

壬戌初冬,石家莊河北省語言文學會年會上聽革命老詩人王亞平同志的報告,王老時已七十八高齡矣。詩以紀之。

皤皤銀髮,炯炯神眸。虯松蒼翠,風送冀州。王老回憶了抗日戰爭時期的詩歌戲曲,大聲疾呼著。

《高射炮》蜚聲九天,《大刀曲》響徹寰球。進、進、進,絕不後退。殺、殺、殺,與子同仇。革命的浪漫主義,植根於真有,使我們重溫了抗戰春秋。

街頭、炕頭、地頭,蘊蓄著豐富的素材,不盡的洪流。《雷電頌》,雄獅吼;《屈原劇》,恨悠悠! 血管裏淌出來不是水,每個字都溶解到音符裏去。金聲玉振,永垂不朽!

詩人呀,也別忘了您喲:《百鳥朝鳳》,精雕細縷。《鄉村女教師》,膾炙人口。可媲美您的老戰友,熱情奔放,迄今未休!

詩貴民謳,《三百篇》《國風》為首。戲美忠貞,愛國者對立寇仇。況在當年,誰肯狗苟! 美哉乎亞老,祝您長壽!

注:八二年十月間事也。余時為語文學會副會長,陪同亞老主持講座。

壬戌初冬,曼老招飲亞翁、夏公①,余亦在座:詩讌

莫道四海無知音,今朝栗府多詩人。燕趙慷慨悲歌士,嘗作渤海玉龍吟。芝蘭本是君子性,松柏舊稱美人心。金杯高舉舒豪氣,佳餚羅列謝斯民。老梅競豔香清冽,迎風修竹鬥精神。謂語座中諸君子,書生越老越天真。

附:亞平王老之詩及序言

一九八二年冬,石家莊之行,與魏老際昌一見如故,並同到曼晴詩人家小飲,魏老以七古《詩宴》相贈,囑和,乃依韻以和之。

何須走馬覓知音,燕趙兒女有詩人。巍然太行蒼松勁,細雨東來小詩吟。駿驥不伏齊躍進,投入長河存丹心。舉杯相邀涓埃獻,猶重晚節向人民。

---

① 河北老革命詩人栗曼晴同志招飲老友王亞平同志,請河北師範學院夏傳才先生與余作陪,席間極為歡暢。

為七九屆中文系畢業班《遠方》紀念刊題詞

遠方懷遠人，攜手上河梁。心邇地不遠，千里一葦航。爰念疇昔日，四載樂同堂。切磋復琢磨，郁郁乎文章。今當分袂去，雲天可共仰。雪泥鴻爪在，松風萬里長。

八三年元旦，放歌祖國光輝，又寄臺灣諸師友

斗柄又回寅，六合賦同春。萬象更新日，華夏美無倫。爆竹聲聲震，桃符色色金。豐年慶大有，屠蘇酒盈樽。蒼松偕翠柏，鬱鬱早成林。老梅不爭豔，幽香沁比鄰。九天丹鶴唳，四海玉龍吟。爰念遠遊子，孤帆碧空隱。悠悠爾何之，祖國最親親。俎豆千秋在，蒸嘗父老心。回來見戚友，骨肉俱歡欣。舉手遙寄語，盛世多祥麟。

注：八三年春節前夕於保定河北大學。

祝福同門華鍾彥老教授

華老在中州，巍峨數十秋。非緣有權勢，吟哦以優遊。唐詩祖李杜，宋詞美姜周。一唱而三歎，創作驚師友。平生重義氣，喜新不忘

舊。桃李滿天下,知交多名流。學會屢過從,益我稱良友。班輩忝為弟,南望思悠悠。

注:河南大學老教授華鍾彥,余三十年代之北大學友也,工於詩詞,最能朗誦,常在學術活動中相晤,茲已各及耄年,每思念之。
八三年春三月記於保定河北大學。

中國古典小說理論討論會在武昌召開,勝利閉幕,惜別

滾滾長江天際來,山光雲影共徘徊。鸚鵡洲頭思屈子,黃鶴樓中念李白。慢道周郎能顧曲,今日群英逞妙才。鉤沉說部珠玉露,稽古稗官掃塵埃。序跋評點須兼理,卓吾聖歎未沉埋。碧柳依依君往矣,餘音猶自繞梁臺。百尺竿上再求進,見賢思齊某未衰。待到明年春三月,重為《水滸》爭鼎鼐。

注:八三年夏。主其事者,武昌師院張國光副教授。

散文詩一首,送給八三級入學新同學

新同學們,祝賀你們,祝賀你們升入了大學之門;教育的最高階段,成才,達文。你們知道,對於當前的青年朋友來講,這件事情還不可能垂手而得,人人有份。可是,你們,通過拼搏、戰鬥,勝利地沖進來

了，怎的不叫人鼓舞，歡欣？

大學之道，在明明德，在新民。德者，得也，行而有得於新心。苟日新，日日新，又日新，新新不已，吐故納新。古之學者為己，今之學者為人，認識、改造客觀世界，格物致知，窮理修身。博學、審問，愛國愛民，要有這種精神。

作為一個老教師，總要有點見面禮兒送給你們，思之吾重思之，還是真實的"真"字。因為真是善美的根本，老老實實，認認真真，明辨、篤行，實踐出真知，人言為信，處事無奇但率真。充實之謂美，充實而有光輝之謂大，美，大也，與善同珍。

燕山含笑，渤海情深。古城今日，喜氣盈門。有河大人，高歌猛進。不讓前賢，後昆永存。天保定爾，蓮池馨馨。金風秋色，氣象清新。至至誠誠，祝福諸君。勿忘四化，無麗不臻。人人為我，我為人人。教學相長，會友以文。振興中華，紅旗如林。

八三年九月十七日於河大中文系

在珏邱君品端學粹，余解放前之畏友也。重逢保定，俱已垂垂老矣，伊對師依然彬彬有禮，且贈以詩，喜而和唱七古一首

憶昔瀋水相過從，時已東瀛拜主龍。某在東大教文學，君攻法律入青宮。壯年豪氣衝霄漢，關外何人不識兄？紅旗漫捲西風去，相將襆被入燕京。轉學轉職遂參商，荏苒光陰四十冬。滄海桑田驚物換，青山老作白頭翁。豈意重逢保定府，難於回首話前情。士別三日刮目

看,淵雅不與舊時同。舌燦蓮花飛英語,業過申韓法律工。身亦老驥
未伏櫪,鳳兮鳳兮誦聲濃。鞠躬盡瘁學諸葛,發揮餘熱追太公。實現
四化作磚瓦,攜手同歌舜禹功。

附:在珏原詩

夫子古稀生六十,四十年闊別喜重逢。盛京受業常相望,古堡聽
箴夙所宗。伏驥勉申長騁志,傲冬甘步後凋松。攀高履險當隨側,願
效人梯向險峰。

一九八三年冬

再登長沙嶽麓山懷古

麓山蒼翠春光早,一覽湘江眾川小。惟楚有才斯為盛,靈均千古
最先覺。大橋飛架成坦途,書院恢復人說好。黃蔡墓園巍然在,辛亥
先烈光炎暭。去來善化四十年,地覆天翻新貌姣。飽餐米粉策杖行,
彳亍街頭身未老。

注:抗戰之第二年,我入湖南教育廳工作,曾先後為省中學校長及督學,也
在嶽麓山下辦過學校,前後淹留六年之久。岳麓書院,宋朱熹講學處也,曾毀
於兵火,戰後恢復。

毛澤東同志誕辰九十周年,巡禮西柏坡中共中央遺址

滔滔渤海依北國,太行千里走嵯峨。松柏青青美蒼勁,誰人不識西柏坡。緬懷一九四九年,帥纛高懸鎮河朔。指揮若定驚諸醜,慢卷紅旗掃群魔。一統中華新日月,六合同春起頌歌。鐵馬金戈今猶在,黃龍丹鳳舞天波。豐功偉績垂竹帛,嘉言懿行作楷模。大哉浩氣彌宇宙,發揚繼武有賢哲。

注:八三年十二月十三日。偕行者,楊柄老及毛澤東思想研究會諸人。

遠懷寶島

極目雲天外,蒼茫山海間。長島依祖國,此是我臺灣。幅員四萬里,屏障大東南。日月潭雲秀,碧波漾紫巒。玉山稱奇偉,嶙峋九龍蟠。漁鹽工礦業,富庶非一端。有人此有土,炎黃世代傳。禹甸九州內,覬覦爾徒然。大將鄭成功,早已驅荷蘭。青史美名標,兒女聽召喚。爰念諸師友,胡可不言旋。豔陽六合滿,梅花正香妍。屠蘇酒一杯,遙舉祝康年。豈敢獨樂樂,同願闔家歡。

注:八四年春節,一片光輝,喜贊。

大連屈原學術討論會有感

四十年前舊板橋,生生死死恨難消。靈均不知何處去,怒斥造化小兒曹。

甲子春再謁屈子祠

汨羅春色秀,滿地菜花香。緬懷我屈子,千古鬥群芳。

蠡縣工農業發家致富大隊觀光

蠡縣春色秀,青青小麥田。驅車遵大路,浮想改革篇。落實農輕重,工商入鄉關。魯班精巧藝,陶朱貨殖先。風雷激四化,舊貌變新顏。叢生萬元戶,市場大喧闐。宅院亦雅潔,設備稱精贍。彩電傳錦影,動力坐騎見。人民齊鬥寶,致富有高賢。搞活得甜頭,一點帶全面。遂使河北省,頌聲飛滿天。

注:八四年入夏,紛傳我省蠡縣萬元戶多,統戰部組織參觀,歸述所見。

蓉城屈原問題學術討論會

蓉城夏日長,花束懶迎陽。錦江泛晚霞,細雨響清商。樓臺掩映處,鴻儒萃一堂。共話屈夫子,千古詩之王。離騷矢忠貞,龍吟帝子鄉。九歌舒浩氣,鶴唳玄天上。鳳兮自來儀,麟書仁者旁。光華旦復旦,韶聲樂未央。

注:八四年五月廿六日於四川師範學院客舍。主其事者,楚辭專家湯炳正教授。

武陵湖湘長沙古郡

大別巍巍,江漢滔滔。三鎮禹甸,物華天寶。惟楚有才,靈均首肇。辭賦之王,美人香草。忠貞卓絕,飄逸逍遙。流風千古,日月昭昭。貴會誕生,鑽研有道。繼承發展,其曲彌高。如響斯應,惠我燕趙。敬當祝賀,公等賢勞。毗勉從之,以鑄成效。金玉爾音,芝蘭是好。郁郁乎文,非只口號。博大精微,先哲未了。推陳出新,中華獨到。六合同春,八節康茂。

八四年端節前夕於蓉城客舍

397

雨中瞻拜毛澤東同志韶山故居①

紛紛春雨潤韶山,萬物欣欣發自然。車隨路轉滴青翠,人到仁里喜難言。雲中似見縛龍手,綠野冉冉生紫煙。主席故居遙指處,日月光華麗九天。功高舜禹無前古,竹帛揚聲永世傳。獵獵紅旗飛宇宙,巍巍經典耀人寰。老屋數椽巡禮後,益知偉大之根源。一門忠烈今無似,鳳鳴鵬舉自民間。

再遊汨羅屈子祠有感②

再謁屈子祠,荏苒四十年。春雷驚四野,雜花生樹間。湖山終無恙,鄉鎮有巨變。人物頗繁庶,汨羅已設縣。憶惜抗敵日,寇騎窺湘邊。戰壕縱橫錯,百里少炊煙。我來立中學,曾冒狙擊險。行者蒼惶顧,急趨如逃難。紅旗捲西風,天下賦宴安。江岸可優遊,憑弔我前賢。相與舊師友③,俯仰話楚天。

①　八四年春三月自長沙轉湘潭謁毛主席故居,遇雨,景色清新,益增緬懷之意,同行者四川黃中模先生。
②　一九四一年春,我受湖南省教育廳命來為私立汨羅中學立案。
③　指汨羅舊日學生現已為岳陽地區文化館館長巢君及汨羅文物管理所所長唐鴻禧諸賢而言。

撫寧山鄉看望葡萄宋家

邐迤入山鄉,葡萄滿架香。宋家勞動好,園藝稱多方。瓦屋依山立,清泉崖邊響。生產創財富,此應大表揚。對內要搞活,思想須解放。謂語縣領導,紅眼病必防。雖是萬元戶,亦懼索無量。保護如有道,桑梓可安康。

注:縣常委兼辦公室主任單明禮同志伴我同來,宋家頗有慌恐不安之意,故余云云。同行者月萍及郝連第書記。時值八四年七月夏初,暑假開始,余再度回鄉梓之榮莊探視之際。

保定蓮池書院老人大學開學,喜而口占四言頌辭

太行嵯峨,渤海騰波。畿輔重鎮,保定南鎖。蓮池書院,自古弦歌。樓臺掩映,花樹婆娑。陽明遺詩,摯甫論學。大儒鴻聲,繞梁不落。老人晚情,心紅似火。切磋有道,在馨其德。琴棋書畫,精進元那。老農老圃,生產日課。藝過青壯,經驗實多。以文會友,上下求索。猗歟盛哉,還我蓬勃。

注:保定蓮池書院老人大學,係保定市各級離休老幹部之進修院校,市委選我為副校長,開文史課。園中有明代王守仁陽明詩碑,清代桐城派之吳汝綸曾主講蓮池書院。陽明詩碑,原在保定陽明先生祠堂,解放後,祠拆,碑移入蓮池。

絲綢之路史詩一束

通西域

漢皇威烈有遠圖,撻伐敵國西擊胡。兵出陽關抵鄯善,轉戰車師龜茲土。于闐疏勒與康居,三十六邦咸賓服。録入四郡表河曲,玉門開放走通途。更遣使節是張騫,大宛月氏烏孫駐。保護貿易稱良策,萬里相奉多珍物。犀角翠羽天馬來,傾銷絲綢誰敢阻。和氏拱璧隨侯珠,葡萄美酒夜光觚。

試賦蘭州

禹甸神州,甘肅有由:文化搖籃地,歷史最悠久。斯何故乎? 蓋緣於劍齒之象①,河岸叢生;彩陶之器,分佈陵丘。割治以石刀,飲血又茹毛。億萬兮紀年,時期乃仰韶。

逮及書契後,地名始繁稱:五帝至今日,未須煩録登。漢代為西域,張班首貫通②。唐季曰隴右,郭哥戰有成③。此已往事矣,史家筆不休。吾輩繼承者,數典應記求。

論其地形,則高屋建瓴,黃土之層。山連綿以分脈,河澎湃而長流。自西徂東,虎踞龍躍。眄彼西北,通絲綢之路;顧瞻西南,憶取經舊途。波斯大食④,睦鄰無殊。

---

① 劍齒大象為甘州古代所產,遍及黃河兩岸,甘肅博物館有其復原形骸,高大身長,較之今象不啻二倍,象牙尤長,已經考古學家鑒定為仰韶時期化石。

② 張騫,西漢人,首通西域。班超,後漢人,封定遠侯。

③ 郭子儀、哥舒翰,唐玄宗時大將,立功回紇、吐蕃等國。哥舒翰,突騎施人。

④ 大食,唐以來對阿拉伯帝國之稱呼。

觀夫物產,豐富珍奇,乃花果之鄉。香飛桃李,瓜甜白蘭;蘋果園中,累累紅豔。多禽獸之皮,狐裘輕暖;羔羊如玉,《詩》早頌言。若云礦藏,更屬無垠;五金咸備,開採富人。

再說風俗,樸實敦厚,殷殷好客,四海為友。舉杯邀明月,對飲非一秋。白塔山幽邃,五泉嶺疏秀。樓臺兩岸映輝,鶯飛燕舞,點綴河山如畫,美不勝收。

舊地重遊,感生今昔,八聲甘州,我歌且謳。故人多雅士,某亦效風流。篤篤竹杖,躑躅街頭,浮一大白,飽餐羊肉。書生本色,教師當行,漫道衣青與掛紫,仰天長嘯樂悠悠。

注:一九八四年秋八月,作於皋蘭友誼飯店。

莫高窟

敦煌莫高窟,佛國之秘谷。河西走廊端,舊日通商路。櫛比似蜂巢,土洞千百數。亦有主建築,莊嚴大浮屠。殿閣飛重簷,複道通幽戶。彩塑兩千身,壁畫近萬幅。栩栩俱如生,絢麗人共觀。嘔心瀝血制,精雕細縷苦。偉哉藝術師,遺我多寶庫。北魏至宋元,代代不空渡。最是藏經處,寫本特豐富。古昔文化史,資料滿地鋪。語言非一類,譯得各民族。雖曾遭盜賣,可以事抄補。留連已忘返,宿鳥噪歸途。

到陽關①

人到陽關大道寬,平沙漠漠四周天。絲綢之路今勝昔,飛車瞬時過酒泉。稀疏沙柳弄蒼翠,零落蒿花競紫妍。土墩沙磧掩映處,一片

---

① 敦煌探勝之一,時在唐代文學會中也。

綠洲溢小川。渴飲何必長江水,南湖掬吸沁心田①。稻粱盈畝縈秋色,棚架重重蒲桃園。塞外饒有江南趣,白雲東去嫵祁連。俛首我思霍去病,彎弓躍馬蕩泥丸。樓蘭而今不復見,胡笳羌笛亦非前。乃歎滄海桑田事,悠悠千古皆等閒。歲月不居莫流失,英雄事業在征鞍。笑我耄年心未老②,僕僕競步戈壁灘。

隨文郁學長暢遊西北,備承照拂,有詩

　　河東有聞人,移家西寧市。主政青師院,矗老人多識。念我舊校友,北大同樓止。七七炮火飛,參商各走失。悠悠數十年,武漢始相值。青山頭已白,執手話往事。邀我去西北,稽古歌唐詩。入拜君子堂,朝夕供飲食。夫人亦賢能,存問如兄弟。教子有義方,蒔花泛香姿。凡此豈等閒,後生須矜式。

注:青海師範學院矗文郁老教授,余北大中文系同門也,別後重見,同遊敦煌。到陽關,還過西寧君家,相遇甚厚,詩以謝之,矗老亦唱和有作,其詩及序云:

老學長際昌兄光臨河湟,日夕相處,深受教益。臨行贈我以詩,我才短學淺,不揣冒昧,妄以短幅酬贈,聊表謝意:

古橋頓地起烽煙,國事催人別校園。躞蹀御溝常忐忑,飛翔霄漢

---

① 陽關道上有綠洲名南湖鄉,屬敦煌縣。
② 八四年八月月杪,余年已七十七歲。

仰斑爛。我今精衛銜四海，君正蒼松橫燕山。年過古稀惜分秒，天涯望寄開塞篇。

學弟原平矗文郁於一九八四年九月七日臨別前夕

驪山行

驪山霧濛濛，樓臺掩映中。秀美色蒼翠，溫泉吐九龍。小湖秋荷滿，丹桂飄香濃。褒姒戲烽火，楊妃浴華宮。非緣女禍水，幽明兩失控。蔣某熱內戰，兵諫魂夢驚。睡衣山風動，索索石縫中。古今通一理，失道必蹭蹬。仰天付一笑，無我自從容。

八佾聞韶①
——為武漢歌舞劇院演奏大型《九歌》詩劇成功而獻頌，
兼以呈政程雲、莎萊兩賢

《九歌》詩樂響鈞天②，偉哉屈子又翩躚。編鐘古樂誰識得，鏗鏘

① 八四年秋於漢口璇宮飯店，蓋蒙程（劇院院長）、莎（文聯主席）兩公見招，以觀摹詩劇之初演，既罷興歎也。同行者八三研究生李金善。

② 《九歌》，屈原所作，原為民間迎神之"巫曲"，經作者加工而成不朽的楚辭之主要篇章。

六律滿人間。《簡兮》萬舞方奏罷①,靈均南國敢爭前②。《八佾》已僭天子禮③,楚子問鼎自當先④。規矩方圓之至也,謂《韶》盡美又盡善⑤。《絲路花雨》黃河上,"楚聲"堂皇大江邊。絢麗多彩今勝昔,雅俗共賞非一般。自是丹心攻關者⑥,浩然大氣衝霄漢。膜拜夏浦諸君子,燕趙下士願學焉。引吭高歌凱旋曲,金杯浮滿共酡顏。

記柳青同志為《九歌》舞劇佈景、服裝、道具設計成功

江漢之陽,屈子故鄉。有今女嬰,藝術重光。嘔心瀝血,塑造物象。山青水綠,花月芬芳。絢麗多姿,美人滿堂。漪歟盛哉,撫掌歡賞。

注:柳青同志,著名之舞臺設計師也。原籍天津楊柳青,長於板畫,一專多能,余甚敬之,亦以年謙虛溫恭自強不息也。八四年秋於漢口璇宮飯店。

---

① 《簡兮》,《毛詩·邶風》的一章,有"方將萬舞"、"左手執籥,右手秉翟"等句,乃賢者仕於伶官之辭。
② 靈均,屈原自稱,見於《離騷》。
③ 《論語·八佾》:"八佾舞於庭,是可忍也,孰不可忍也。"
④ 楚子,楚莊王。《左宣三年傳》:"兵於周疆","問鼎之大小輕重焉"。
⑤ 《論語·八佾》:"子謂《韶》(舜樂也):盡美矣,又盡善也。"
⑥ 指作者程雲、莎萊而言,他們旁徵博引苦心孤詣地鑽研人物情節編鐘古樂,歷有年所,始得勝利排成詩劇。

得濟南友人書
——賦五古一首

鰍生賦命艱,一言得憂患。歲月不貸人,瞬息二十年。妻兒未離去,聊以慰衰殘。藜藿幸粗給,倖免死道邊。五十既健在,耳順志彌堅。逮及古稀日,開朗已空前。栽培心上地,涵養性中天。桃李共芳菲,所事惟簡編。我老君亦老,白髮兩皓然。欣逢堯舜世,四海俱騰歡。願效綿薄力,驅車晤濟南。把酒話桑麻,長歌千佛山。

與保定民進諸同志夏季旅遊泰山

泰山腳下水清清,清兮可以濯我纓。孔子登臨小天下,某亦因之眇寰瀛。浩然之氣充宇宙,萬物芸芸莫與京。摩天近日身飄逸,振衣攝冠望滄溟。雲海茫茫隱現裏,松風陣陣滌俗情。慢道古人題詠好,玉振錚錚自有聲。殿堂高踞雖壯麗,魯班施斧方精工。老夫頃刻凌絕頂,爭似列子御風行。

注:乘纜車自中天門至南天門,搖曳穿雲於萬山之中,滿眼蒼翠,可稱奇觀。

405

泰山道上書所見

泰山信美矣，誰憐挑擔漢。一肩二百斤，磚沙或糧蛋。手拄鐵尖棒，足蹬麻鞋絆。陡坡十八盤，彎身苦登攀。不聞杭育聲，一步一流汗。借問此何為，傭工以噉飯。人民幣四元，上下十里半。乃知勞力者，今日仍困難。氣力非商品，建設含笑看。行行幾回頭，背影轉岸岸。搖搖入南天，夕霞糺縵縵。

注：擔運者橫挑斜上，絡繹不絕，遊人苦於讓路，而不知自古建設泰山者胥是賴也。

曲阜孔廟

古柏參天立，雕欄櫺星門。宮牆三四進，朱顏代代新。翁仲漢形美，碑亭唐跡真。洙泗橋邊過，杏壇高丈尋。巍峩大成殿，金光耀紫宸。盤龍玉柱下，肅穆騰青雲。此是素王廟，先師第一人。郁郁乎文哉，人稱冠古今。

注：嚮往久矣，今日始獲瞻仰，並孔林、孔府一覽無餘。大哉乎其為文廟也！八四年七月二十五日於濟南軍區招待所。

重遊歷下千佛山

　　年將而立時，炮火正連天。敵寇入平津，拋家去濟南。不做亡國奴，矢志抗凶頑。流亡大學生，誓辭千佛山。國破七尺在，耿耿寸心丹。同仇覓生路，忍辱實汗顏。高唱抗戰曲，沖出山海關。今日思往事，備知苦與甘。菩薩亦含笑，助我再登攀。頃刻臨絕頂，振衣雲漢間。

　　注：七七抗戰起，余告別妻兒，從天津搭船至煙臺，轉道濟南。當日曾登此山，與流亡同學誓言：“打回老家去！”邇來四十七年矣。一九八四年十月一日作於保定河北大學。

國慶前夕，中秋之夜，有懷臺灣諸師友

　　三十五年月又圓，中華建國麗中天。金風颯颯神清爽，秋光皎皎麗人間。非只古城景色好，嫣紅姹紫處處鮮。雁鳴嗷嗷呼遊子，蟬聲嘒嘒歡流連。錦繡家邦誰不戀，炎黃子孫必朝元。撥棹歸歟諸師友，來兮團聚百花園。

　　注：八四年中秋之夜，保定各界假座政協禮堂賞月，口占。

407

塔爾寺漫遊書所見

渺渺青海湖,白鳥漫天舞。金頂塔爾寺,崖間顯突兀。喇嘛紫偏衫,木訥無所圖。經堂深邃處,佛相倍神古。香溢酥油燈,幢幡似林株。信女投地拜,靈斗轉轆轆。聞說班禪過,泥首餐其土。

注:八四年秋,余應青海師範學院中文系之邀請至西寧講學,便中與徐燁教授郊遊入寺。徐,滬上老作家也,曾客居寺中,為道舊聞甚詳。

遙頌著名舞美設計師柳青同志五章

一

青青楊柳,飄逸隨風。津沽河北,靈秀所鍾。

二

經始版畫,走鳳飛龍。魚娃喜慶,仕女盈盈。

三

乃瞻舞臺,設計從容。匠心獨運,巧奪天工。

四

摘星換月,六合縱橫。飾古修今,巾幗英雄。

五

美哉伉儷,博學多能。有女如雲,克紹家聲。

注:柳青同志,河北楊柳青人,幼習版畫,工筆有成。建國之初,南下工作,轉業舞臺設計於武漢,卓著功效,名飛遐邇,與余為忘年交,囑有以記之,故云。

河北大學社會科學研究所成立

初雪映冬梅,古城浴朝暉。學院斯為美,頌聲處處飛。科研今勝昔,時刻震春雷。士林所景仰,此中有真味。願與諸君子,攜手賦同歸。松柏應後凋,鬱鬱鬥芳菲。

注:八四年十一月二十三日社研所成立,兼副所長為科研處處長孫振篤同志,其部門計:宋史研究所、漢語修辭學研究室等五個。

古風·香港特區協定草簽

百年國恥一旦拋,香港重歸舜禹朝。兩制並存真妙想,化為玉帛好外交。明珠從此益璀燦,繁榮四海頌聲飄。問誰不喜金甌全,祖國一統樂陶陶。爰念臺灣遲遲者,典型具在莫囂囂。英倫猶能談合作,矧言吾等是同胞。蠟鼓冬冬春來矣,願與諸賢共趨超。

唐代文學分會, 遼海詩社在淩源再度召開年會

淩源夏日長, 花樹正芬芳。洋洋兩學會, 歡暢論文章: 不朽之盛事, 經國大業昌。《春秋》宗姬周, 《騷經》愛楚王。西漢兩司馬, 李杜譽盛唐。代有才人出, 繼承實多方。推陳以出新, "兩為"好堂皇。龍飛宇宙中, 鶴唳九天上。宏麗我遼沈, 傳誦乎家邦。禹甸喜永固, 斯民樂安康。

注: 予為遼海詩社顧問, 兩度奉邀與會。

唐代文學學會遼寧省分會召開

遼東古稱肅慎, 少數民族鷹揚。金人女真繼起, 清朝振旅堂堂。康乾已稱盛世, 寧非祖國之光。勝地白山黑水, 蕩蕩中原屏障。今日四化正殷, 舉世翹首瀋陽。工業向稱先進, 物資豐產煤糧。吾輩安可踟躕, 精神文明亦上。周孫典籍具在, 永懷李杜篇章。批判繼承有道, 推陳出新始彰。

注: 奉邀出席, 因事未果, 詩以紀之, 開會地址在撫順, 時為八五年九月。

敬為白堅吾友新春銘右①

鍾山毓秀,紫不奪朱。玄武璀璨,麗哉斯湖。靈光魯殿,仁者結廬。昔有荊公②,今多吾徒。王君白堅,運筆擁書。專攻美學,清新談吐。士也忠貞,華夏之福。

恭祝豫東盧老教授吉祥如意健康長壽
(七古六韻)

閩海飛來老鳳音,祝福燕山一頭巾。猶憶昨年唐詩會,敦煌漫步話古今。有幸聯榻明肝膽,皋蘭送別意殷殷。耄年論交未為晚,光風霽月更精神。謂語南天老彭祖,夕陽返照勝朝雲。願與詩翁同把酒,高唱中華錦繡春。

注:福建師範大學中文系老教授,風趣人也,唐詩會上與余相見恨晚,有"七十論交未為遲"之句相贈,附盧老原詩:

---

① 王白堅先生,南京之儁秀也,多次相逢於學術會議中,囑為之辭,口占四言十四句以應。

② 王安石,晚年卜居於紫金山下,白堅常以自況。

蘭州旅次呈魏老

七十論交未為遲,旅途相逢猶故知。雋談每多胸臆語,隴雲惜別惹夢思。

弟盧豫東

一九八四年八月

按:盧老瀟灑自如,談吐冷雋,途中曾出示其早年從事新文化活動之載記,誠摯待人。久在羊城,常去香島,而設絳帳於閩侯,奇趣哉!

乙丑春日

此番春日最開懷,天光雲影入樓臺。喜見香島賦重歸①,亦聞澳門詠橘徠②。開放搞活新政策,不盡財源滾滾來。更有一椿嘉慶事,尊師重教再安排。杏壇三千傳佳話,院校巍峨更育才。宏觀浩渺大世界,知也無涯須泛海。博學審問篤行之,靈魂工程屬吾儕。莫道耄年應散淡,中樞諸老辛勤帶。

竹枝詞三支為河北大學僑聯會宣告成立致賀

我高歌兮,樂哉樂哉,春色滿東郊。紅杏蓓蕾,綠柳舒條,紫燕穿

---

① 香港別稱"香島"。
② 《楚辭·橘頌》"橘徠服兮",受命不遷也。

樹梢。香島光復,四海同歡,國恥一旦拋。中樞賢明,領導多方,兩制並存好。

我再歌分,快哉快哉,農村氣象新。五穀豐登,商品巧制,萬元戶成群。洪范五福,大學十章,同說財富人。臺灣胞澤,理應思忖,撥棹莫逡巡。

我三歌分,美哉美哉,先進是僑聯。熱愛祖國,信守政策,帶頭講統戰。開放搞活,雙管齊下,內外共博贍。河山錦繡,四化升騰,中華億萬年。

注:河大不鮮愛國歸僑,留學歐美、東瀛者,咸以參建四化建設為榮,因有鄉會之設,時在乙亥年仲春清明後五日。

口號《老梅香滿》
——保定老人大學八五年春季開學

自古西伯善養老,太公伯夷意氣高。今朝革命諸先進,保健第一皆壽考。功在國家誰不敬,遊於藝文有德操。蒼松翠柏競冬秀,柳綠桃紅春來早。兩制並存先言富,開放搞活改革好。遂使白首向學者,攜手同步樂陶陶。

注:以示鼓舞也,老學員亦應認清形勢,繼續前進,發揚老有所學,老有所用的精神。

松梅不老

——結婚五十周年紀念

結縭五十年,顛沛常連環。難顧兒女情,惟有寸心丹。專業文與史,教研兩登攀。育才希孔孟,述作追馬班。老梅開二度,蒼松傲青山。黽勉向東風,春來暗香滿。

注:五十年前,月萍與我在北平結婚,半個世紀以來,屢經滄桑而能白頭偕老,在朋輩間亦罕見矣。八五年三月記於保定。

八五年勞動節,河大民進同人小集校園教授樓頭,
題曰:飛紅

東風入小樓,我輩吃冷酒。盤餐有兼味,談笑迄未休。此是五一節,歡樂在心頭。俯視校園內,飛紅眼底收。柳絲依人拂,槐花滿地流。青青子衿美,琅琅誦聲稠。智者貴突破,迂夫方淹留。桃李芳菲日,天地同悠悠。

注:與會者計十人,以民進保定市主委金希聖同志為首,河大支委孫月華、張立英同志代辦盤餐。

414

過中山紀念堂

革命搖籃是羊城,中山幾番起義兵。越秀峰上白雲闊,黃花崗下碧血凝。清廷王冠終落地,黷武軍閥亦斂形。天下為公誰不曉,聯俄容共好精英。紀念堂前人頂禮,巨相錚錚示永生。繁花燦爛稱南國,居停自可寄真情。

注:廣州為中山先生桑梓之邦,辛亥革命前後繼續戰鬥。粵人思之,非他地所可比擬者,因之感染亦深。

南湖秋色

驅車去南湖,遊人入畫圖。秋色百粵美,風光過北都。蔥蘢多佳木,瀲灩水蓮浮。小城臨淺壑,竹亭傍花塢。又見芳草地,士女歌且舞。翠鳥聲聲囀,滌心遠塵俗。歸途噉米粉,行樂近畎畝。

注:伴遊者,海波姨妹及甥女文瑞等,時在八五年早秋。歸途在某一鄉鎮飽餐廣東米粉,其味甚厚,優於湖南。

深圳一瞥

棟廈刺空立,碧水伴青山。的士銜尾飛,龍蟠大道灣。豔曲充耳鼓,香風陣陣翻。侈口談生意,高坐酒吧間。笑謔常放縱,狂舞扭腰肩。揮金何似土,須知物力艱。偶入小飯鋪,價貴驚北天。豈敢點佳餚,且吃麵包乾。十里洋場上,書生遂汗顏。詰朝趁車去,踽踽望雲漢。

注:開放搞活吾無間然,經濟建設重在生產,似此紙醉金迷之表面繁榮,莫測高深。

古刹靈隱寺放言

靈隱寺莊嚴,僧人紅偏衫。經說色相空,六塵不污染。幢塔玲瓏立,寶殿金光泛。天王露怪容,釋迦垂善眼。大千無淨土,惟有寸心丹。誰見極樂世,永是須彌山。如夢幻泡影,夫固知其然。此念非褻瀆,佛家亦涅槃。虔誠膜拜者,香火為哪般?

注:此寺代有高僧,濟顛亦在其內。然佛寺建築之美與夫神像塑造之精,固由人工,所以烘托也。

攀登西湖北高峰

攀登北高峰,扶持是方勇。及巔喘息望,有廟如盤龍。老樹伏蔭下,神相貌雍雍。小憩轉後山,竹林掩荒徑。蜿蜒將盡處,茶田葉蓬蓬。婦工正将采,盈筐快如風。飲之逾半世,今日始見農。疾趨靈隱側,選購興沖沖。

注:余昔者罕見茶田,並未親見遇将采者,故云。有一掃興事,即在田中為旅遊之某外人揮手使讓鏡頭,而不能責其無禮也。

岳王墳前

一自入闕門,浩氣若有存。玉橋階古道,翁仲侍英魂。豐碑巍然立,鐵奸跪埃塵。雄偉鄂王墓,陪葬小侯墳。松柏鬱青青,祭臺花似錦。默念《滿江紅》,不忘武穆心。精忠昭日月,所以勵後人。

注:小侯,武穆之子岳雲也,與父同時殉國。賢者使其陪葬,亦所以昭示兩代英烈耳。有人否定其為宋代愛國將軍,余不謂然。

西湖雜詠

　　西子蒙不潔，昔人掩鼻過。湖水患污染，今者將奈何！造物忌妄為，佳氣煩囂躲。舊景已難全，機關插入多。推舟蕩中心，遠山疊翠波。登陸小瀛洲，亭臺三五座。北傍鎖瀾橋，蘇堤獨長臥。三潭仍鼎立，花港紅魚夥。回棹吃湯麵，聊以解饑渴。者番杭州遊，索然其落寞。

　　注：余神往西湖久矣，然而聽景豈似見景？遊後深感不足。

六和塔上眺望

　　錢塘江畔六和塔，崇宏九級鎮山下。迴旋登臨視野開，樓臺掩映水無涯。巨橋飛架通南北，風帆隱隱泛秋霞。想見潮來波浪闊，泱泱滾滾奔萬馬。何幸到處有奇觀，炳炳琅琅我中華。

　　注：錢塘江橋聞為日本佔領時期所建。余曾徒步往來一過，大型汽車馳行時略見晃動，不如長江大橋多矣。惜未能如期觀潮。

青藤書屋①

我愛青藤書屋,特立獨行拔俗。"一塵不到"真語,"中流砥柱"可書②。豈真無功社稷,海防助理胡督③。只緣皇家昏暗,羞與奸佞為伍。詩文饒有奇氣,丹青膾炙東土④。故事至今風傳,明代傑出人物。

三味書屋

一棟小北房,後壁不開窗。面對狹天井,木桌七八張。幼時先生座,遙指左側方。東牆掛書袋,仍有舊竹筐。家塾雖簡陋,入學開蒙養。勝似小閏土,一世作文盲。

咸亨酒店

老樹濃陰中,三間黑瓦房。方桌配長凳,對座飲酒漿。茴香豆熟爛,花生味亦香。不見孔乙己,念念未能忘。先生文字高,形象冷人

---

① 青藤為徐渭(文長)別號之一,書屋在今紹興市前觀巷大乘弄內。
② 兩聯均係徐所親書。
③ 胡宗憲東海防倭時文長係其白衣參謀。
④ 畫最有名。

腸。我憐方巾士,嘲弄在鄉邦。偷書不算賊,斯文無下場。雙腿折損後,匍匐行乞忙。血淚交迸落,泥首呼上蒼!

注:地以人著,非只魯迅先生也。於咸亨酒店吾獨苦思孔乙己,哀哉三十年代初之冬烘先生也。

鑒湖女俠遺像贊

鑒湖女俠,橫刀鬥法。練兵養士,學校為家。志存光復,熱血甘灑。英風永在,麗我中華。

注:秋瑾先烈遺像,橫刀東裝,壯麗異常。

會稽多聞人

會稽多聞人,今古俱振振。先言蠡與種,相越強其君。宋明有陸徐,遺跡里巷存。沈園誇秀麗,青藤天池心。論史及現代,女俠有秋瑾。捨身愛祖國,軒亭口成仁。文壇稱主將,巍巍是魯迅。我探其故居,油然敬師尊。老屋二三進,高臺院內陳。百草園猶在,閏土已無音。漫步登假山,玲瓏清水潤。先生不寂寞,舉首天地春。

注:故居牀帳低垂,几案未損,而爐竈紛陳,天井幽靜。雖已風去樓空,並未使人有悵然之感,蓋先生之精神不泯也。

泛舟南運河

久知南運河，隋煬帝開拓。為來江東地，勞民動干戈。吃人麻胡子，毀地釀災禍。殆其暢通後，傾國事遊樂。錦纜曳龍舟，鳳舞伴笙歌。往者實已矣，今朝又如何？兩岸荻葦動，蕭蕭秋色薄。突突小馬力，船行蕩中波。坐位客擁擠，上下碼頭多。半日到蘇州，吁氣念彌陀。

注：先以為江南錦繡運河多姿，茲則意興索然知其無味矣！方生勇，浙江金華區人也，同有此感。然而從杭到蘇，往來舟船頗多，畢竟有利於運輸。

觀前街

人說觀前街，四季春常在。士女果如雲，香飛樓臺外。小吃多什錦，歌舞數裙釵。踽踽涼涼中，老夫無所愛。一杯清茶水，斜坐聽叫賣。

蘇州園林

蘇州園林甲天下，網師拙政最堪誇：亭臺樓閣巧安置，山石泉池美穿插。雕樑畫棟何足算，奇花異草點綴佳。賞心悅目誰家事，富商顯宦有生涯。藝術創造人工美,出神入化大中華。今日遊觀亦盡性,返本還原信不差。

蔣樂群飯師

小蔣姑蘇人,英俊碩士群。負笈保定日,從我學古文。今為團書記,東吳舊有根。聞說先生來,喜氣盈其門。話舊無已時,定日享師尊。親手作羹湯,鮮菜佐雞豚。吾豈少肉食,真味此中存。舉手勞勞去,念念育後昆。

注:蔣樂群同志,予之八〇屆研究生也。在保定時,過從甚密,專業之外,時或問及家事。今又在蘇州相聚,以故均有喜色。

中國屈原學會在江陵召開成立大會志喜,題曰:荊門小賦

乙丑端午兮,瞻拜荊門。花樹盈城兮,五色繽紛。文物光華兮,楚風猶存。爰念靈均兮,千古詩魂。遺愛至今兮,金玉其音。全國大會兮,敬此忠貞。繼承發展兮,日月無垠。熏風廣被兮,滌我心神。易有乾卦兮,元亨利貞。禮重踐行兮,溫恭為本。願隨諸君兮,攀登突進。苟能新新兮,嘉惠實深。蓬生麻中兮,可以正身。雀逐鵬飛兮,亦干青雲。團結戰鬥兮,和樂且湛。天空海闊兮,博大精深。

注:會中余被選為常委兼副會長。至此,對於籌委會之工作,可以說已經

"功德圓滿"，而屈子之誕生、工作、流放、成仁等地遂亦瞻拜完畢，了卻平生一願矣。

江陵懷古頌屈原

憶昔屈子在郢都，抗敵安邦有遠圖。內修政法精辭賦，外聯田齊為盟主。滔滔漢水似天池，魏魏方城金湯固。只緣楚懷不終信，兵敗被辱死秦土。黎民塗炭東流去，哀我靈均走江湖。洞庭波兮舟搖搖，長太息兮吟鄂渚。悲憤目沉汨羅裹，詩王從此遂千古。端午祭吊投角黍，蒲艾生香龍舟渡。今朝荊門大會開，漪歟盛哉昔所無。繁花似錦人增色，綠樹陰濃消夏暑。舉國碩彥談繼承，玲瓏剔透見真吾。突破藩籬出新義，離騷早已德不孤。以文會友非細事，切磋琢磨學起步。勸君撫掌仰首笑，團結戰鬥冬冬鼓。號角聲聲更相催，時乎時乎其嚴乎。

八五年端午節於古郢都

注：江陵城北的紀南城，是春秋戰國時期楚國的國都，經過二十個王，達四百一十一年。公元前二百七十八年，秦將白起拔郢，郢都始被廢棄。秦改江陵為南陵。余憑弔之，深懷屈子。

人傑荊南贊

頂禮鍾、譚，為天下先。取代七子，修正公安。機鋒四出，夫豈偶然？標舉性靈，清新在腕。自我作古，凌厲無前。影響晚明，信而可傳。白龍飛躍,漢江興瀾。小麥青青,荷葉田田。剔透玲瓏,石落湖邊。地靈天門,人傑荊南。悠悠千古,功在立言。陽剛之美,彪炳詩壇。

山西大學欣見老友史卓甫教授①

闊別三十年,卓翁宴然安。鄉音猶未改,笑語話吉垣②。松江風景好③,山美稱龍潭④。舊友仍多在,使我暖心田。最是天倫樂,七子奉堂前。老嫂做羹湯,大侄下竈間。為迎父執來,垂釣汾河灣。鱗魚三四尾,潑刺見活鮮。舉杯祝長壽,情意非一般。願見老博士⑤,蜚聲古太原。

讀瑞增吟長《詠梅》有感,依其原義廣之,
並喜見所著《古體詩詞》問世

太行嶺上白雲飛,是梅非雪倚天暉。幽香遠播冀中野,倩裝巧飾京南陲。騎驢近覷驚不瘦,丹鶴朝陽鳴翠微。零落成泥誰能爾,松竹

---

① 乙丑初秋,以姚奠中教授之邀參加山西大學八五屆研究生畢業答辯,得晤鄉人史國雅卓甫教授。
② 吉垣,吉林省吉林縣之又稱。
③ 松花江一水如帶,蜿蜒省城東南,風景甚美,亦有舟楫之便。
④ 龍潭山在吉市東郊,隔江聳立,為吉城八景之一。
⑤ 史為美國教育博士,長余二歲,吉林第一師範的老同學,抗戰前亦同事於北平國立東北中山中學。

青青二友儀。芳心寂寞實堪笑,春雷早已震虹霓。晶晶北斗人競仰,萬紫千紅伴君歸。

注:瑞增同志,保定詩詞楹聯學會之名譽會長也,雅愛吟詠,茲已成書。

近讀賈公《自度曲》,有意改作呈政(三首)

一

明月時時有,清光灑灑遍中州。東皇太一動,神曲九天走。

二

明月時時有,嫦娥隨風舞廣袖。誰能甘寂寞,獨飲桂花酒?

三

明月時時有,太白豪氣沖牛斗。飄然江湖上,高唱《將進酒》。

試和瑞曾吟長《又讀紅樓》四首

一

疇昔某亦愛《紅樓》,十二金釵眼底收。婉兮戀兮兒女情,縱橫彩筆寫春秋。

二

絳珠薄命只工愁,還淚頑石迄未休。從來即是寄生草,奚怪孤魂江水頭。

三

辣子何能講溫柔,淫糜賈府為禍首。承歡太君雖有道,難防二舍去苟偷。

四

脂粉堆裏混沌遊,通靈到底泛濁流。瘋僧野道挾去後,永駐太虛使人憂。

喜迎瑞增書記來校主持黨委工作
七古十韻

有心種花花必發,況是辛勤老農家。秋菊冬梅暗香遠,芳菲桃李映春霞。燕趙獨此馳盛譽,青青子衿誰不誇？屈子辭賦泛神韻,太白詩筆走天涯。漫漫凍雲空飄蕩,鬱鬱蒼松笑雪壓。樂山樂水多仁智,無私無畏有章法。博學審問古常言,明辨篤行今未差。浩然之氣沖霄漢,大千世界好昇華。舊圃新苗茁壯長,可與園丁話桑麻。待公揮塵回宦柄,化雨和風育奇葩。

河北大學校歌 (試擬)

賦而興也,四言三章,韻什"開來",明快爽朗。

美哉河大,依山面海。京師南麓,樂育英才。業植四化,德明康泰。文理密察,弦歌百代。莘莘士子,求實永懷。專深紅透,繼往開來。

樂山雨中看大石佛

雨中看大佛,淋漓傍山坐。耳根出柏枝,鼻孔巨鳥窩。蘿衣披遍體,足踏岷江坡。龐然真雄偉,神工百丈鑿。寺廟亦壯麗,迴旋多樓閣。花樹蔥蘢中,亭臺六七座。俄而斜風吹,浮雲迷漫落。熱飲茶寮裏,閑看白帆過。

注:同遊者方、李二生。乃於當日晨自峨眉乘汽車趕至樂山市者,午後又搭車回成都,也算急行軍了。在此巧遇天津王錫三同志,飲茶後始別。八五年秋記於成都。

427

江蘇鹽城新四軍紀念館贊詩(二首)

一

偉哉新四軍,東海淨胡塵。玉柱擎天起,金梁跨地存。擂鼓吞雲漢,鳴金震山林。最是摧頑劣,黃葉落紛紛。相煎爾曷急,惹火自燒身。

二

誰說鹽城地,貧瘠少虎賁?驍騎飛天下,先有葉將軍。叱吒驚敵膽,揮鞭卻妖氛。常為豪傑首,勇武愛人民。至今三江上,交口譽堅貞。

注:八五年八月,該館函索,遂有作。

武二精神
—— 為山東陽穀縣"水滸紀念館"題詩

陽穀春秋地屬齊,桓公稱霸會諸姬。舅氏輔翼周天子,九合一匡世所稀。雄風未泯傳後代,山東好漢常濟濟。唐有大將秦叔寶,宋傳武二行者衣。拳打猛虎稱神勇,橫掃奸頑如卷席。聚義水泊真造反,攘臂叱吒風雷急。我欲因之登泰岱,舉頭紅日白雲低。滔滔渤海連直魯,鬱鬱靈秀今勝昔。

注:八五年十月作於保定。

為羅城美專撰辭校歌兩首

其一

岳陽美專,濟濟群賢。揮動彩筆,描繪河山。教學相長,朝惕夕乾。氣吞江湖,藝成南天。屈子遺風,功在人間。

其二

煙波浩渺洞庭春,君山玉立審濤音。岳陽樓下飛彩筆,美人香草滿乾坤。三湘行吟屈子地,風雷隱隱冠古今。濃妝淡抹總相宜,繪影繪聲為斯民。爰謂美專諸學子,錦繡江山畫意深。

注:八五年初冬,以其校長巢蔚民之請而作也,兩首任擇其一。巢為畫家,亦能詩,余於汨羅屈子祠中識之。此歌詞未知其果錄用否? 後無消息。

哈爾濱師大戴志鈞先生撰《屈賦初探》,別有見地

靈均神遊到龍江,詩王千古享蒸嘗。美政至今人稱羨,愛國何曾不殊方。物化空前真浪漫,比興難與論誇張。辭賦天縱凌百代,藝術飛光日月長。誰道邊外無識者,戴君精微豈凡響! 追雲逐電馳太空,說文講史動四方。宏觀世界非玄妙,我欲攜手覓楚狂。

注:戴志鈞先生為中國屈原學會理事,以書見賜,讀罷回呈以詩。

與湖北大學張國光教授談竟陵派文學①

李何奚為者,妄意追秦漢②。剿襲既成風,摹擬遂氾濫。陳言不能去,贋古應浩歎。終有才人出,三袁敢犯難③。抒我真性靈,信手覆信腕。輕淺轉幽深,繼武稱鍾譚④。《詩歸》天下曉,"竟陵"代"公安"。

保定中山文史學院秋季開學

金風送爽,白露為霜。菊有黃華,丹桂飄香。蟬聲在樹,北雁南翔。好一派清秋景象。古城保定,蓮池之旁。我院師生,濟濟鏘鏘。高歌入學,意氣飛揚。美哉乎非比尋常。華髮童心,自重自強。啟迪人智,教育有方。以文會友,桃李芬芳。應羨夫至大至剛。

注:中山業餘補習學校,升格為文史學院,開學於八五之秋。

---

① 竟陵派文學討論會將在湖北天門縣開幕,主其事者張國光教授邀我參加,遂有此詩。時在八四年冬。

② 李夢陽、何景明,首倡"文必秦漢,詩必盛唐"之說。

③ 袁氏宗道、宏道、中道三兄弟反對擬古,主張"抒發性靈,信手信腕",號稱"公安派"。

④ 鍾惺、譚友夏俱天門人,以公安派之輕淺為病,共選《詩歸》轉趨幽深。

《曹植詩解譯》問世

　　聶老有新作,解譯陳王篇。義法晦聞師,考證得真詮。素樸斯為美,精確逾前賢。皓皓天中月,清清石上泉。梯航後學者,風格悚我先。遙望西寧市,青海自淵淵。忝在同門裏,夫豈不拳拳。知音千載下,相與共歡顏。

　　注:聶文郁教授,余北大老同學也,德高望重,著述淵雅。前有《元結詩解》,今又見《曹植詩解譯》矣,詩以美之。八五年十月。

與香港中文大學楊鍾基先生同遊天柱山,即景

　　楊君實多才,溫恭遇老邁。同遊天柱山,影駐金秋色。青巒插紅楓,石呈龍虎態。崖刻泛朱紫,泉拋白練開。蒼松翠柏下,幽谷成險隘。遠眺大江流,茫茫浮雲海。漢武封禪地①,劉源抗易代②。千載思悠悠,雄風宛然在。

---

　　① 　漢武帝元封五年,封天柱山為南嶽。
　　② 　南宋末年劉源起兵抗元,駐守秘密谷,春季出耕,冬則入寨,堅持鬥爭十八年。八五年深秋,記於桐城客舍。

題墨竹 (有序)

桐城古文討論會上,徐國英先生以所作墨竹見賜,題曰:"蒼蒼剛正,亮節高風。"甚拳拳也,詩以致謝。

錫我修竹譜,妙筆返自然。玉節沖天立,劍葉插枝間。旁有並生者,挺秀亦非凡。飄逸象中象,靈犀玄又玄。未敢自崖岸,與君帶笑看。

注:八五年十一月二十日作於安徽合肥旅次。

為河北大學研究生學會會刊題辭

博學詳說之,所以返其約。文理須參互,自古已昭昭。養夫浩然氣,剛大不飄搖。五四三為本,教學做有道。太行渤海間,毓秀天下曉。愛我碩士群,祖國稱瑰寶。

注:八五年十一月,此會創刊未成,遂不果用。乞請者古代文學研究生方勇也。

參加桐城派學術討論會感賦五古十韻

文章數三江,大業未可讓。子桓有典論,陸機賦瀏亮。滾滾江河來,源遠流自長。悠悠二千載,桐城果鷹揚。義法今勝昔,學行兩芬芳。鳳兮德不衰,龍也美陽剛。我來自燕趙,撲撲心嚮往。思古徽州道,攬翠浮山上。橘香滿四野,紅葉映冬陽。大千世界裏,頂剳姚劉方。

注:乙丑初冬於桐城客舍。與武漢大學教授劉禹昌先生同席。

給南京大學老教授王氣中先生

南都王氣老,衡文伉儷來。頤養仁者壽,鬱鬱乎松柏。桐邑添佳話,浮山采雲開。溫溫不露已,藹藹育英才。論詩主性靈,物我一天籟。情與景交溶,偕飛六合外。飄逸似莊周,神俊過李白。仰瞻石頭城,六朝全粉在。桃李溢芬芳,濟濟滿樓臺。獨恨識荊晚,攀附力未逮。寵賜有華章,晶瑩當永懷。花發梅柳日,江春屬吾儕。

注:八五年十一月安徽桐城舉辦桐城派文學研討會,得與王老相識,其後互有音問。

433

潛山縣遊天柱山記

雲飛天柱外,風生神谷中。重巒障疊翠,峰林競奇容。臥龍對伏虎,鸚鵡傍石松。懸崖垂白練,幽澗水淙淙。微雨滌楓葉,夕照滿山紅。修竹可倚人,迎客有僧鐘。黃花紛披後,壁雕字縱橫。幾聲蒼鷹叫,引我望太空。

注:已有"即景",嫌其未盡,又專記之。八五年十一月作於合肥客舍。

奉和桐城張先述退休老教師《自吟》,步其原韻,時八五年十一月也

桐城有處士,張居人甚奇。世代簪纓後,身不慕榮利。教學四十載,溫煦帶子弟。性獨喜吟詩,信手抒情意。誇飾深所惡,雕琢非其筆。念此雖小道,淳樸豈曰易。靖節賦南山,青蓮詠俊逸。君之鄉先賢,海峰可匹敵。神韻出天然,風骨今勝昔。我來自燕趙,會友徽州地。偶得清新作,浮白欲相比。謂語龍眠客,騰飛莫斂翼。立言亦不朽,何必掛紫衣。高歌十二韻,親仁聊盡禮。

論公安三袁

公安論三袁,齒頰溢香滿。信手抒性靈,排斥摩擬漢。高山終可仰,流水潺潺見。海闊恣魚躍,天高任鳥旋。佛說空四大,道家重有緣。

俞平伯先生學術活動六十五周年

憶昔三二年①,紅樓講《花間》。絮絮而切切,琳瑯暖心田。古且為今用,淵源自有天。新詩冠京華②,朋輩多碩彥。家學亦稱顯③,纘述宗曲園。考據實成癖,經史兩眷眷。戲曲格律細④,小說見地鮮⑤。松濤飛翠影,老梅暗香傳。四化風雷動,文明驚太玄。師在不言老,拼搏應向前。

---

① 一九三二年,平伯師在北大漢花園文學院講授《花間集》一年,余學習詞選自此始。

② 五四運動後,新文化運動大興,先生亦為此中健者,白話詩尤擅勝場。當時大家如胡適之、宗白華等無不推許。

③ 先生之曾祖父為俞樾曲園,二王(念孫、引之父子)之高弟子也,家學淵源。

④ 能度曲,尖團清濁審音極細。

⑤ 對於章回小說研究甚力,其《紅樓夢辨》三卷,號稱"新紅學"。曾被批判。八六年一月二十日記。

唐山地震十周年①

鳳凰山下彩雲歸②,極目樓臺上翠微。喧囂市聲浮碧野,川流車馬似龍飛。漫道地虎能肆虐,十年浩劫一風吹。只緣中華好兒女,終使城市再生輝。斷瓦殘垣留陳跡③,臂紗點點綻餘悲④,嵯峨巨碑沖天立⑤,栩栩石雕萬古垂。拼搏精神終須大,四化初功此最美。滄海桑田稱巨變,今人不識丁令威。

方勇、李金善,古代文學研究班畢業

大方小李雙豐收,三年學罷得全優。自是青年能拼搏,亦緣老夫教不休。尊師敬業好榜樣,創新開拓苦追求。青出於藍古常言,經世致用今所厚。江山代有才人出,各領風騷數百秋。

注:方、李二生,余所親授者也。品學兼優,引以為慰。答辯委員姚奠中、劉禹昌兩教授,及陸永品副研究員,同有此感。八六年六月。

---

① 一九七六年夏初唐山地震,今已十年。
② 鳳凰山在市內中心,登高一望,城郊景象盡收眼底。
③ 當日礦工學院、車站機車修理廠受災最重,特保留現場,並樹立死難者紀念碑,以資憑弔。
④ 死難人家屬親友,多臂纏黑紗表示悼念。
⑤ 市中築有抗震高碑,造型奇特,菱形三支連立,橫額題字胡耀邦,下座石雕,俱係體現震災抗救的情況的。八六年仲夏記。

祝賀連雲港市《鏡花緣》學術研究會勝利召開①

鏡花水月立紅亭,色相從來不是空。《山海》古經先有本,談神說怪任縱橫。松石②原自多憂患,窮愁轉使義憤生。對立當代發奇想,喜笑怒罵筆如風。乾嘉盛世究何在,百醜紛然須揭訟。萬馬齊喑由禁錮,士子避入樸學中。緬懷漢唐真文物,博大精一賦攸同。錦心繡口尊才女,鼓吹平等破洪蒙。聊以解嘲抒積悃,雅俗共賞稱淹通。鵬飛五行三界外,道法李祖其猶龍。爰念海州諸君子,惠儂匪淺使攀登。待到開拓有成果,還報京兆老柁工③。

給湖北大學張國光教授

唯楚有才,張子可愛。金玉其心,豪情永在。下筆千言,倚馬可待。問鼎稗官,《水滸》開泰。聖歎外書,頂禮膜拜。最是評選,絢麗多彩。義理辭章,考據成派。益我匪淺,高誼深懷。夏日濃蔭,斜坐樓臺。遙望江州,撫掌稱快。

注:湖大張國光教授,鑽研《水滸》有年,選注聖歎外書及其詩文多種,掃

---

① 八六年八月之初,連雲港召開《鏡花緣》小說研究會,余奉邀參加。

② 松石,作者李汝珍之字,李固京兆大興人也,流寓蘇北。

③ 指書中主要人物之一多九公而言。"老子一氣化三清"(《封神榜》),唐敖、林之洋、多九公,實即李汝珍一人而已。

數惠寄,謝之以古體十韻。八六年七月於河大。

西域書畫社開幕,索詩文

　　祖國大西北,新疆曷璀燦。天山走龍蛇,崑崙生紫煙。金沙千里闊,冰河處處寒。牛羊茁壯長,黃谷波浪翻。玉是和闐美,瓜稱哈密甘。昔有絲綢路,今多飛險關。士女舞婆娑,清歌引鼓弦。遂祝丹青手,妙筆綻奇顏。勾勒奪神工,臨摹顯巨腕。崇宏躍紙上,都麗在行間。撥墨天池裏,豪氣衝霄漢。

　　注:西域書畫社由新疆師範大學主辦,特邀我為社員。成立之初,索詩。

美姜健群

　　健群不繼祖,此中有大義。半個世紀前,吉垣非福地。混沌我青年,災殃無邊際。君時獨奮飛,與眾多歧異。赤心向祖國,排斥作奴隸。蒼天難滅人,精進果成器。文理皆密察,雙絕稱才藝。其後雖坎坷,履險竟如夷。入黨為斯民,辦學事非易。賢淑稱福蘭,患難常相濟。勤儉持家好,兒女亦自立。花卉芬芳裏,登堂感愜意。

　　注:鞍山師專中文系主任姜健群弟,余五十年前之小友也。為人剛毅忠正,多藝多才。福蘭,君之愛人。八六年初秋。

八六年中秋節,校統戰部召開民主黨派茶話會, 有懷海外僑胞

歲歲中秋賞月仙,籬下黃華也悠然。金風送爽蟬聲寂,白露為霜淡遠山。曼倩神馳江海外,太白情重念鄉關。神州十億堯舜日,人歡馬叫樂豐年。大千世界本萬有,啖梨啖棗話乾元。每逢佳節倍相憶,況是如今幸福天。

注:包括臺胞在內,因其姍姍來遲,雖"三通"猶未能也。

在鞍山市唐代文學會遼寧分會四屆年會上

秋高氣爽,蘭秀菊黃。斯是鋼都,工業輝煌。精神文明,比翼飛翔。唐文學會,於焉鷹揚。瀋水群英,濟濟一堂。以文會友,研究有方。爰念前賢,彪炳非常。楷模多士,吾輩津梁。悠悠千古,李杜光芒。峨峨百代,韓柳芬芳。曰真曰趣,亦諧亦莊。抒發性靈,順理成章。驅策萬物,變化無疆。洋洋盈耳,至大至剛。振興中華,愛我家邦。紅旗燦爛,永固金湯。竹苞松茂,日積月將。祝福諸君,人壽而康。

注:丙寅晚秋於鞍山市旅次。遼大詩人王前同志聞之,謂為"格調高古,意趣真新",書以惠我,甚惶恐也。是為記。

遊千山遇雨書所見

瀟瀟秋雨潤青巒，飄飄金葉逐風散。叢林深處澗水湧，白雲舒卷走泥丸。龍泉古剎匆匆過，一綫天峰帶霧看。黃冠擔水拽短褐，士女張蓋玉橋間。葫蘆小巧人工鏇，藤杖觚棱助登攀。興盡回車燈搖影，勝似翻山越嶺還。

注：八六年十月十日於鞍山市勝利賓館，時在唐代文學會遼寧分會之年會中也。主其事者，副會長遼寧大學教授孟慶文、鞍山師專中文系主任姜健群兩同志。

紀念孫中山先生誕辰一百二十周年

一百二十年，偉哉歷史篇。革命先行者，僉曰孫逸仙。天下為公器，知難是真詮。救國多方略，大道爭民權。狐鼠一旦休，禹甸卿雲現。聯俄亦聯共，反帝反封建。果然紅旗定，解放暖心田。北望燕京門，南瞻紫金山。十億炎黃胄，淩厲更無前。中華終須大，飛龍橫九天。

注：中山先生誕辰為一八六六年十一月十二日，此詩作於丙寅初冬，民革省市委領導之所命也。

致南開大學教授王振昆先生
——賀其職稱轉正,亦吾人之所同喜也

憶昔保定留守日,息息相關豈妄知!君既坎坷遭非議,某亦顛簸逢笑嗤。能受天磨成鐵漢,不招人忌是庸資。峰迴路轉雖分袂,龍吟虎嘯各得時。實至名歸非苟得,高山流水頌聲及。我雖耄耋未伏櫪,此傍驊騮談經史。

注:"文革"時曾同吃同住同勞動,近三載焉。

致天津教育學院張木苓教授
——喜其喬遷定居

伉儷營鵲巢,卜居在紅橋。津沽乃通邑,可以慰辛勞。退休返自然,何必戀枝條?況復得延聘,此已足解嘲。職稱早濫矣,笑它妄摘桃。實至名不歸,事不在吾曹。莊子養生主,外死生大小。釋氏色即空,蓮臺避染皂。凡庸始駕鳥,閑漢去垂釣。書呆之本等,把卷樂陶陶。矧以文會友,靈犀節節高。俯仰無愧作,天地與同兆。耄耋未言老,君則方二毛。某忝作先行,來去請參照。唱得千山響,六合任逍遙。

注:木苓,我五十年代之弟子也。

441

禮頌燕趙省先賢西漢文史巨人董子仲舒
——連綿竹枝詞四支

一

太行崔巍射斗牛，西漢爭說江都叟。天人三策驚環宇，復興六藝
文不朽。

二

株守一經難優遊，煩瑣哲學幾時休！公羊春秋騰災異，儆示君王
須虔修。

三

俗吏竟爾作公侯，妒賢嫉能同門友。我歌鳳兮樂孔教，正誼明道
真有守。

四

《書》云《禹貢》古冀州，蕩蕩原野育靈秀。未可空尊董夫子，炎黃
傳統待追求。

深秋懷舊，贊埔皋學長

七古一首，蓋賦也

我愛埔公非一般，道德文章信口談。馳騁六合驚鄒衍，縱橫今古笑子瞻。溫溫恭人多才藝，規矩剪裁帶笑看。舉案孟光應歆羨，舌耕梁鴻自悠然。兄弟蜚聲大學府，後昆濟濟好兒男。不老峰下蒼松勁，百榴堂前玉斑斕。丹桂飄香猶未已，菊有黃華正爛熳。洽比其鄰稱長者，皓首窮經且躋攀。苦心孤詣耐干擾，磚瓦之勞豈弗堪！待到四化朝元日，舉杯共祝聖堯天。

返誦未立齋主

未立齋主，詩道真吾。溫柔敦厚，夫子不孤。南雁北翔，朝陽浴如。渤海灘頭，亦有芳浦。長城遊龍，燕山踞虎。慷慨高歌，樂與為伍。

緬懷導師胡適之先生

誰說佈道不應尊，立雪程門古有人。況是適之胡夫子，天開雲影見精神。白話文學今勝昔，實驗主義論本根。即知即行生活美，見仁見智各求真。能廣交遊能久敬,循循善誘倍溫熏。泰岱巍巍讓丘垤,江河滾滾入海深。道山久歸依臺島,茫茫大陸失親親。日月交輝宇宙裏,心香一瓣賦招魂。

丙寅冬月,保定老人大學教職同人
茶敍於蓮池書院君子長生館

君子壽而康,笑話蓮池旁。品茗思陸羽,吟詩傲子昂。會友遊於藝,教學喜相長。三老人稱羨,結合重在養。紅梅淩積雪,古柏浴冬陽。鶴唳玄天上,聲聞非一方。

注:座談教學收穫,由宮副校長及我主持,與會者計三十餘人。

拜讀《蓉城詩草》

展卷已完,撫膺有感。前翁多才,氣宇不凡。為情造文,筆法自然。馳騁六合,俯仰大千。我之懷矣,致以頌贊。

注:《蓉城詩草》,潘水詩人王前漫遊成都等地時之所錄製也。多五、七言新體,豪放、俊逸有似太白,唐代文學會中出示於鞍山,囑為評閱,余謝而未遑。其後屢書促之,始撰小注以應。八六年冬月記於保定。

按王前先生後有四言詩回贈略云"先生氣質,梅骨松姿。屬文源《詩》,曉《易》用時。吾雖薄學,苦志猛追"等語,謙抑過甚,所不敢當。

韓彤君八七年春節前惠以詩畫,致謝

彤君新年好,祝賀嫌遲了。惠我大掛曆,千里情不小。確是藝術品,畫幅多綫條。既曰人體美,難作封建老。健康與清白,乾坤成大道。豈肯轉贈與,多慮屬弟曹。春節又將近,回寄《紫庵草》。相將辭丙寅,迎歲為丁卯。

注:韓桐君以我年長,常呼為師,愧不敢當,漫應之曰"兄"。所寄掛曆內多裸體女郎,恐不接受,謙言可予他人。

八七年元旦放言(五言十二韻)

生活大舞臺,古往到今來。歷史難重演,變遷以時代。安定皆所欲,團結笑顏開。日月雙暉麗,卿雲昇靄靄。河山終無恙,紫氣入我懷。不可乘風去,且駐黃金臺。青蓮亦飄逸,莊生齊物態。藝術象外象,文章倚天裁。氤氳飛彩筆,潋灩逞妙才。真能放童心,卻它老與衰。冬梅淩積雪,古柏英姿在。相祝壽而康,百福是吾儕。

注:在校黨委統戰部召開之新年聯歡會上。

八十初度自紀口號

行年到八十,其樂不可支。欣逢舜禹日,祖國太康時。夫婦能偕老,兒孫各適志。弄筆學文史,教讀差有知。及門人三五,敬業亦尊師。俯仰無愧作,修己正堅持。為謝諸君子,梅花天地蒔。春風本浩蕩,況是解枯枝。

注:八七年三月二十二日於保定古城。

熱烈祝賀中華詩詞學會成立大會勝利召開

中華古稱詩之邦,興觀群怨功用多。況值今朝說四化,溫柔敦厚是木鐸。周代采風貴宣洩,三百篇成喜突破。孔云不學無以言,滾滾黃河有逝波。滔滔江水寧沉寂,屈原獨步作楚歌。美人香草實浪漫,熱愛其君守湘鄂。漢唐宋元益雄偉,樂府花間曲令博。李杜蘇辛與關馬,洋洋灑灑大吟哦。優良傳統應繼承,推陳出新須琢磨。剿襲摹擬夙所鄙,抒發性情見真我。總會誕生誠盛事,天下騷人慶結合。某亦逐逐群賢後,揮動彩筆美山河。

注:余被邀為本會之籌備委員,代表河北省出席,故有此詩。八七年春夏之交於保定。

保定詩社成立獻賦

　　天保定爾,畿輔南疆。幽燕故國,華夏金湯。軒轅曾角逐,陶唐望帝鄉。巍巍乎其有成功,皇皇兮先祖之光。

　　漠漠平林,淡淡遠山。清風徐來,溥沱濺濺。稻粱雙豐盛,梨棗實多產。牛羊雞豚茁壯長,萬物蔥蘢冀中原。

　　蓮池書院,學府最早。白洋之淀,雁翎聲高。郁郁焉文哉,烈烈矣英豪。慷慨悲歌稱士子,龍騰虎躍尊大道。

　　陽春三月,好景知時。鶯飛草綠,桃李鬥姿。揮筆矚太空,縱橫鬥□詩。溫柔敦厚斯為美,興觀群怨慎所思。

　　吾社誕生,樂府會友。濟濟一堂,聲應氣求。揚鞭奔四化,雙建迄未休。喜見朋輩齊吟詠,社會主義慶萬有。

　　　　　　　　　　八七年四月十七日於保定蓮池

寄梅里諸吟友

梅里詩社在江蘇無錫,頗多賢者,尤能論詩,常有新意。

　　商賜二子可言《詩》,啟予知來是吾師。《國風》好色而不淫,《小雅》怨悱未濫施。讜言卓識開境界,推陳出新須先之。大千世界多天籟,律呂調揚有美辭。神理氣味誰不講,為情造文能肆志。謂語梅里諸君子,舞雩而歸我所思。

詠黑龍江省鏡泊湖
牡丹江市詩會特約

鏡泊擬天池,瀲灩亙千古。風雷曷激蕩,珠崖懸巨瀑。玉帶蜿蜒來,牡丹江永注。波中四小山,玲瓏鬥湖主。彩雲飛龍湫,重巒嵯峨舞。最是奇觀生,湖下森林鋪。清幽鳥啁啾,似入蓬萊谷。白山黑水間,土人稱"發庫"。瓊漿飲六合,漁田斯民富。叱吒鎮邊關,金湯自永固。

祝賀"公安派"文學研究會勝利開幕①

公安論三袁,齒頰暗香滿。信手抒性靈,大千帶笑看。飄逸碧天上,清新在人間。高山原可躋,流水喜揚帆。美哉是昆仲,同心犯文壇。七子難崔巍,摹擬遂凋殘。先哲重首創,周孔是前瞻。②黨仁誰能讓,青必勝於藍。

注:① 1987 年 5 月中旬,"公安派"文學研究會在公安成立,並召開了首屆"公安派"文學研討會。來自北京、上海、河北、四川、寧夏等 18 個省、市、自治區的大專院校、科研單位和報社、出版社的專家、教授、編輯、記者共 100 餘人

參加了會議。

②周孔:即周公(西周初年政治家)和孔子。蔡邕《釋海》:"槃旋乎周孔之庭宇,揖儒墨而為友。"

奉邀重到天門學習鍾、譚評選之《詩歸》

再到天門拜鍾譚,念念不出《詩歸》篇。豈只晚明稱巨制,至今彪炳在人間。推敲字句衡文細,提綱挈領月旦專。稽古鉤沉成大道,拾遺補闕豈等閒! 開拓境界誰比得,協力同心渡險關。抗爭七子敢突進,繼武三袁卻輕淺。文猶史也此是矣,賢希聖兮未枉焉。功居毛傳鄭箋上,義理辭章兩周全。融會貫通意深遠,曷可一般論評選。

河北大學魏際昌一九八七年紅五月於古荆襄之天門

點綴琅琊山設想

美化琅琊山,人工奪自然。突出英烈頂,光輝麗九天。亭臺三五座,可以憩遊瞻。碑板宜瑰瑋,崖刻色更鮮。盤旋貴石階,莫惜失廟垣。佳木已蔥蘢,深容見幽泉。詩中多畫意,取景識飛巖。金龜似匍匐,巨鷲沖霄漢。積思能廣義,共賦建設篇。歸來識貝錦,山花滿胸前。

注:保定城鄉建設委員會召開美化環境會議,觀察西郊之琅琊山有所規

劃,余亦同行,略書想法。八七年初夏。

長孫女小霞考取河北大學外文系,喜而有賦

緑竹生孫事有因,乃祖曾是跨竈人。三代大學稱高等,兩世教授豈不尊！出身寒門能勤奮,家傳詩書好論文。霞兒今且攻外語,彌補吾等所未申。厥父習工近技術,風氣趨時已新新。修齊治平今非昔,溫良恭儉須遵循。猶望數年卒業後,負笈遠洋上青雲。斤斤樂道北平魏,秦皇島側水深深。

八七年盛夏於保定古城

三十八集團軍駐保定

白山黑水曾蕩寇,平津滬漢亦揮戈。挺進兩廣海南島,轉戰天下無不克。只緣部隊多英烈,丹心浩氣衛祖國。功成還駐保定府,軍民魚水舞婆娑。同心同德搞建設,累累碩果應高歌。香飄蓮池柳絲細,琅琊山上美嵯峨。

注:"文革"時,軍工隊入駐河大,其後不歡而散,識者惜之。茲則軍民共建文明城,一改舊觀矣。八七年秋九月。

450

遙寄汨羅諸師友,題曰:遠懷

人老多懷古,遙望汨羅川。屈子成仁地,悠悠百代傳。兩番謁大廟,頂禮詩王前。楚聲盈湖湘,繼武有群賢。策杖松林裏,稽古岸崖邊。幾聲蒼鷹叫,是天曷玄玄。鑒往而知來,高吟愛國篇。緬懷我諸友,直諒暖心田。鵬飛豈得息,逍遙九重遠。著作已等身,鏗鏘品非凡。靈犀一點通,撫掌在幽燕。

八十老叟魏際昌作於保定河北大學之紫庵,時在丁卯年立秋後五日。

詩騷比肩　屈荀同源

詩騷本比肩,未可作參商。二南歌江漢,屈子祖高陽。荀卿尊史法,飛筆賦《成相》。韻文南北合,搖曳實多方。飄逸九天上,縱橫禹甸邦。《春秋》大一統,《楚辭》至《國殤》。《三百》傳毛氏,宋玉亦堂皇。彪炳說中外,日月與同光。

注:蘭陵荀氏之賦,非無根源者,特孫卿以經學著耳。"佹詩"與《九歌》《九章》,無論從思想性或藝術手法上看,夫豈有二哉! 來自民間,文人加工,"詩人之賦麗以則"同,"不免於勸"焉。

451

陳孫兩師傅賢伉儷也,結褵後初見即以花草盆花見贈,
何其爽朗乃爾,口占七絕四首志喜,兼以示謝意

大震之年識小陳,快人快語愛紛紜。最是赤心待長者,溫良恭儉
不驕矜。能工巧匠公輸君,金木著手即成春。蒔得花草好盆景,慷慨
贈與老鄉親。佳偶已配稱小孫,剛健婀娜美風神。翩然蒞止四樓上,
從此鯫生有芳鄰。蔡倫造紙昔所尊,後來居上日日新。誰家玉笛湖村
畔,蜚聲原野似龍吟。

參觀秦皇島秦皇行宮遺址有感

烈烈始皇功,六合歸一統。東巡到碣石,渤海水路通。雄關鎖咽
喉,北馳入綏中。俯視行宮區,佈局備崇宏。據地四百畝,形勢已遙
控。依稀辨遺物,非秦奠能工。雙闕基石顯,殿宇知高聳。夔紋大瓦
當,長磚空心洞。管道驚鋪陳,逶迤可追蹤。又有巨陶井,質厚容巨
甕。幽情發思古,彷彿飄英風。旌旗光閃閃,伐鼓聲彭彭。煙波浩淼
裏,萬馬齊奔踴。豈在夢黃粱,仰首日正紅。嬴氏并天下,劉漢得繼
宗。華夏屬燕冀,鴻文垂禹貢。謂語學史者,慎勿謗祖龍。

燕塞湖即景

洞賓斬龍是傳說,闖王大戰三桂賊。泛舟湖內感幽麗,青山綠水啟吟哦。白雲變幻碧空美,巧奪天工人境多。鬱鬱松林依峭壁,飛虹斜掛兩嵯峨。秋風颯颯催暑去,賞心樂事我作歌。莫道北燕無奇景,此地勝似大江河。

山海關有懷

祖居雄關旁,兒時趕集場。四十里騎驢,二百文孔方。而今呼嘯過,汽車走堂皇。交通信美矣,惜哉物價漲。米珠薪又桂,百姓實難當。策杖篤篤行,古今悵俯仰。

山海關登臨懷古

雄關龍蟠渤海邊,極目蒼茫四周天。蜿蜒西馳一萬里,嘉峪虎踞在酒泉。秦皇空說防胡虜,孟姜哭倒亦徒然。巍峨崇宏曠世美,中華長城萬古傳。咽喉扼守必爭地,白山黑水阻隔遠。蒙恬昔日常駐防,扶蘇太子竟含冤。當代倭賊曾入侵,喜峰古北大刀鎮。生活艱辛悲鄉里,啼饑號寒苦熬煎。而今邁步從頭越,風和日麗少狼煙。男耕女織忙生產,斯民同樂太平年。

注:予家撫寧,距榆關四十里。幼年常走行趕集,地亦備受日偽侵害。

遊北戴河連峰公園

連峰公園天下奇,面海背山好棲息。翠柏蒼松迎客笑,蟬聲鳥語草萋迷。何物林彪營私窟,叛國由此化塵泥。自古梟雄無死所,毗鄰菩薩不匡濟。彳亍歸來發浩歎,色即是空難罔欺。

八七年夏北戴河河北幹休所

南戴河撫寧新建區

天馬象徵縣,凌波騰霄漢。栩栩真生動,玉雕人驚歎。最是碑記好,淵源古文翰。可稱璀璨篇,流丹走關山。美哉我撫寧,英才代代現。巍峨海天中,某亦大開顏。

注:天馬碑矗立海岸,邑人所建也,竟體漢白玉,文亦自撰。

易縣琅琊山即景

重巒疊嶂碧摩天,雲飛霧繞五龍巔。峭壁嶙峋發浩氣,幽谷風聲爽心田。鳥語枝頭迎佳客,喬木蔥蘢倚玉泉。獸形巨崖紛呈下,紋石點綴古道邊。爰念此山多傑士,抗敵愛國頌聲傳。誠當橫筆淩空笑,指數江山美大千。

喜見重慶黃中模教授《屈原問題論爭史稿》問世

長沙吊靈均,放逐感同然。漢武喜騷傳,劉安速成篇。西京諸詞臣,仿製更無前。《史記》頌屈賈,古今所共見。獨惜悠悠口,雌黃何其遠。或云是"弄臣",亦曰多"謗怨"。"巫者歌曲"論,中傷非一言。渝州有作者,蒐集苦鑽研。"發憤抒情說",金聲日月宣。功在衛詩王,燦爛鳴九天。津梁我學子,頂禮拜先賢。繼往以開來,芬芳百卉園。

一九八七年十月廿八日於湖北襄樊,紫庵魏際昌時年八十。

樂見《河北公路史》問世

蓁蓁莽莽古冀州,《禹貢》高標九丘頭。孟堅又成《地理志》,協和萬邦親諸侯。大陸有澤宜耕作，物產豐富人無憂。帶礪海山曷崔巍，帝王揮戈爭扼守。思悠悠兮樂悠悠，先賢秉筆定千秋。最是交通史渺遠，鳥瞰豹窺須搜求。十字象意逵路行，人不病涉踰梁有。南東其畝便軍戎，馳道多開秦皇走。厥後百姓趨車畜，大道公行由來久。勞動人民勤創建，突飛猛進宏宇宙。趙州石橋貫東西，能工巧匠二李首。灰土路面鋪瀝青，電動汽馳車悠遊。當代抗日事尤妙，公路小徑俱緊叩。勝利至今說四化，開發經濟賴通流。坦蕩公路無不達，橫向聯繫廣泛收。漫漫脩遠苦求索，紅綫穿珠奇文構。俊逸清新原足喜，材料翔實可信守。圖表並茂手法美，出色更在識見優。社會主義新階段，書成及時應歌謳。貫徹開拓總精神，公路史學稱巨軸。

金石家徐公步雲錫我傑作《百壽圖》，
喜不獲已，詩以申謝

美哉《百壽圖》，燦爛走丹朱。龍飛甲骨頂，鶴翔鐘鼎谷。篆體分陰陽，萬象走六書。草木蟲魚鳥，山水亦清淑。鐵筆倚雲裁，觀止神工術。琳琅滿目中，芳菲喜孳乳。頂禮令倉頡，新新自博古。高誼薄霄漢，隆情滄海如。東風正浩蕩，黽勉當步武。

八八元旦龍年獻頌

乾卦飛龍必在天，利見中華大有年。夭嬌騰拏弄珠日，雲霞燦爛

456

滿人間。歐風美雨曷足道,東洋氾濫亦無干。四化浩氣充碧落,陽剛
之美愈超前。一國兩制真創見,改革開放賦新篇。成果首推懷柔好,
安定團結兩周全。港廈歸來齊歡唱,臺胞歸省正喧言。梅欺白雲稱香
豔,依依南柳早春傳。造物無私非夢幻,自我作古豈玄玄? 七十未可
說老邁,八旬尤須學時賢。精神物質雙文明,高山流水意拳拳。

湖北大學教授張國光先生《古典文學論爭集》問世

　　吾儕有傑士,問學敢突破。睥睨彼權威,淩厲此立卓。俯仰貫今
古,另闢蹊徑多。《水滸》飛妙論,新義騰《三國》。聖歎與宗崗,並使
顯嵯峨。也談《紅樓夢》,不埋沒高鶚。遂使批注家,縱橫入小說。豈
是殘叢語,文藝大綜合。香生鄂渚裏,灑灑玉珠落。綠樹喜濃蔭,紫燕
樂穿梭。

　　注:國光張教授,博學多聞,敢於論爭,又且視野開拓,俯仰即是。同輩每歎
其敏給,一有新作,必蒙見貽,詩以謝之。一九八八年初夏於保定河大之紫庵。

頌我河北,懷古樂今
——獻賦"燕趙詩詞協會"成立大會

　　悠悠往古,茫茫大地。金湯永固,華夏為基。《禹貢》神州,首重燕
冀。惟我河北,雄偉無極。
　　始祖軒轅氏,大戰涿鹿郡。驅虎豹犀象,造干戈以金。發明指南

车,鬥敗蚩尤力。至今人稱道,遂為天下帝。

《尚書》每多篇章,堯舜並稱聖王。《擊壤》菲薄帝堯,《卿雲》萬民所望。最是詩歌原理,此中早有提倡:"詩言志、歌永言,聲依永、律呂揚。"

迨及武王伐紂時,孤竹二子攔馬悲。父死不葬臣伐君,太公義之使避回。伯夷叔齊真高士,恥食周粟賦《采薇》。

無 題

周召分治周王朝,公奭仁和獨非常。甘棠之愛傳千古,受封在燕易水旁。待至昭王亦賢德,吊死問孤存百姓。黃金臺上尊郭隗,天下之士多歸向。樂毅自魏,鄒衍自齊,劇辛自趙,29 年遂富強。樂毅為上將,雪恥伐齊邦。下七十餘城,湣王僅逃亡。臨淄陷落,宗廟淪喪。

在"中國屈原學會"第二屆年會上
緬懷屈(靈均)任(弼時)兩賢

"劉郎"三度入汨羅,故友把手話楚歌。屈子廟中又膜拜,只緣詩王愛祖國。洞庭浩淼龍飛躍,蒲艾生香綠滿坡。登臨更使鰦生喜,先烈任公有鄉落。叱吒風雷鬧革命,功在人間亦煊赫。俯仰天地稱奇偉,日月雙輝誰比得?衡岳紫氣衝霄漢,湘水洋洋逝遠波。耄年猶瞻靈秀地,觸發拙筆美山河。濟濟吾儕應奮起,鑽研深化莫蹉跎。古為今用非細事,精神物質兩負荷。

戊辰夏月八十一叟魏際昌於汨羅詩鄉

敬頌任弼時同志

衡岳崔嵬拄南天,湘水洋洋貫楚田。汨羅新村毓儁秀,意氣風發志宏遠。蘇俄深造歸來後,地方中央偉績顯。堅貞為黨終無二,幾度魔窟鬥兇頑。疇昔屈平詩賦美,日月雙輝萬古傳。而今任子亦曠代,馬列主義見真詮。平居靄靄似書生,敵前吒叱風雷變。允文允武是全人,有謀有勇最稱賢。功成建國入京華,造物忌才未永年。

注:其族人任國瑞同志能詩善屬文,亦汨羅之佼佼者。

戊辰初秋,欣逢老友運亨同志同休養於北戴河,有感

清新到初秋,煙波入重樓。休沐逢李老,俯仰共悠悠。蟬鳴高樹上,白鷗逐浪頭。笑它空爭競,不如我無求。摩詰營輞川,六如臥虎丘。詩畫傳千古,應愧未虔修。塵埃希不染,大千眼底收。莫作狂狷士,黽勉學我友。金風正浩蕩,自求多福壽。

紫庵魏際昌戊辰秋九月於河北省老幹部休養所

無　題

運翁鄉親老書記，福地榮休喜洋溢。鳳凰朝陽雙飛樂，松梅競豔賢伉儷。門臨渤海波濤湧，戶對燕山享翠微。紫氣東來榆關美，長城西馳亘古稀。俯仰太空神浩然，縱橫大千笑人癡。有子忠孝誰不羨，兩孫如玉樂依依。廣交久敬存知己，溫恭爾雅厚桑梓。必與彭祖同壽域，莊生逍遙萬物齊。春滿乾坤知晝暖，慶衍閤家□倫彝。寄語北平□夫子，紫庵自古隆舊誼。

迎周谷城老會長

春秋其代序，日月永恆在。大千萬籟發，人間律呂懷。最是我中華，雅頌早安宅。鳳鳴岐山上，龍吟東海外。周公三吐哺，孔氏詩教來。精神有傳統，境界待我開。道家垂無為，儒者講仁愛。翁既主壇坫，韻語必澎湃。引領望京兆，未敢言老邁。黽勉效馳驅，燕趙亦多才。

注：八八年秋初於北京政協大禮堂，葉蓬、趙品光兩理事同會，研究生孫興民伴我。

迎周谷城老會長

春秋其代序,日月各升騰。六合有天籟,人間五音隆。偉哉我中華,洪荒律呂通。斯民《擊壤歌》,廟堂重采風。鳳鳴岐山上,龍吟宛洛中。周公三吐哺,禮賢今也同。釋氏無差別,色相俱是空。孔門泛愛眾,親仁精神崇。匯合非小道,換代始用宏。率教尊文史,宣傳樂雅頌。行見老梅豔,青松亦蓬蓬。吾儕附驥尾,笑傲彩虹東。

注:周老,名史學家也,亦愛詩詞,得為本會會長,幸何如之。爰重味其"時代精神匯合論"及"道德抽象繼承說"焉。

美周谷城會長

歆羨周公多藝才,韻語鏘鏗擬天籟。況是浩氣向紫薇,璀璨絢麗信美哉。班馬文章已千古,李杜光芒照萬代。壇坫高擎大纛旗,中華詩詞六合栽。結響長空亂雲霓,落地生花處處開。春風楊柳同依依,靈感相通賦永懷。

八八,中秋節

古城秋色鬱金香,浩蕩薰風入紫陽。四化大業正騰飛,一國兩制破天荒。開放搞活誰比得,改革步武正堂堂。鴻雁來歸雲漢裏,港澳比肩頌聲揚。喜聞臺省也決議,探親返里可還鄉。舉杯共祝中秋節,皓月當空須同賞。

高歌強化治理整頓

騰蛇冬不藏,罡風入南疆。治理與整頓,經濟大道昌。令行禁必止,率教在中央。冀省多志士,慷慨共鷹揚。雙建齊協力,造福我家邦。斥爾高消費,偉哉生產忙。橫掃螻蟻穴,撻伐披豺狼。紅梅香襲雪,青松風和暢。麒麟原有種,丹鳳必朝陽。金聲玉振裏,黃鐘大呂腔。行之苟有恆,華夏沐清光。同歌晟平世,人民樂安康。

注:戊辰初冬,教師節前夕,保定市委招待會上有作。

悼念錢昌照老會長

詩國巨星墜,騷人灑悲淚。秋風凋碧樹,青鳥逐雲歸。敦厚久稱仁,理財舊有為。竟能舍京宅,充作公廨地。無私說遺愛,清兮眾莫違。悽楚哀樂中,素車白馬飛。

注:錢老於京師房地萬分緊張之際,竟能慨然讓私宅為中華詩詞學會會址辦公,前已言之。此固非普通人所能者,彌增悲思。

封龍山八景

將軍石
頂天矗立，甲冑雲披。大將嵯峨，永鎮龍壁。

駱駝峰
巨駝昂首，遠瞻穹蒼。緣何跪伏，熱愛山梁。

風動石
怪石淩空，乾坤相承。搖之不墜，夷然迎風。

八仙堂
逶迤深邃，花草淒迷。嶙峋巖下，洞口緊閉。

西石堂臥佛
佛祖長臥，雲是涅盤。誰能識得，香生蓮壇。

老君堂
皓首蒼顏，拱坐堂上。未去靈霄，丹爐下降。

大公廟
古槐覆蔭，參差平房。巔峰坦蕩，碑碣漢唐。

摩崖石刻

巧匠運斤,畫龍點睛。筆力遒勁,山有令名。

八十二歲翁山遊口吟

贊我河北,九州之基

悠悠往古,茫茫大地。乾元統天,華夏之基。《禹貢》九州,首重幽冀。惟此金湯,雄踞北極。四塞之國,形勢優異。東臨渤海,太行障西。南依黃河,北枕陰崎。蕩蕩平原,梨棗飛蜜。水路暢達,魚鹽興利。靈秀所鍾,載生炎帝。教民稼穡,熟食無饑。軒轅繼起,揮戈除敵。逐鹿大戰,中原統一。造形文字,養蠶織衣。有指南針,方向不迷。國都常設,冕旒未移。賢聖輩出,豪傑永寄。餘裔紛紛,遍走華夷。

注:八九年春讀《漢書地理志》有感。

讀《杜鵑聲聲》

吾友作"杜鵑",聲聲喚人間。雖非最強音,丹心一片傳。九天春雲展,四野綠田田。冬梅餘香在,楊柳傍清泉。石莊堅如鐵,蓬蓬葉自鮮。快馬輕刀去,縱橫新詩壇。

注:名詩人葉蓬之所著也。葉長於"詩話",亦善編纂,現為河北省燕趙詩

詞協會副會長兼秘書長,卓著勳勞。八九年三月一日。

恭祝雲南省詩詞學會成立大會勝利召開

滇池洱海掛南天,清波渺渺勢高遠。更是昆明多麗景,重巒疊翠大觀前。靈秀所鍾人飄逸,鏗鏘歌調自古傳。今日詩家喜集結,中華又增藝術篇。洋洋盈耳擬韶樂,燁燁奪目追屈原。北地風光怎比得,斟酌工尺願學焉。莫道辭賦是小技,唐漢以此誇丕顯。格律聲色開境界,神理氣味有真詮。

注:八九年端午前一月,雲南同道索句。

己巳端午,首都詩人修禊陶然亭,有懷屈子

薰風解慍入京華,碧樹長柯蔭萬家。緬懷靈均高陽氏,應偕河伯走冀察。好色弗淫傳《離騷》,怨悱不亂媲《小雅》。《九歌》神吟曷飄逸,天人合一花自發。常恐皇輿之敗績,亦哀生民多喑啞。外交成功大連衡,美政首在明治法。忠君愛國誰比得,橘德堅貞最為嘉。縱橫宇宙垂千古,光奪日月是奇葩。蒲艾生香世歆羨,角黍供奉遍水涯。浩浩文史此為祖,詩王彪炳我華夏。

注:此會因首都發生"六四"停開。一九八九年六月八日,紫庵。

465

讀《陋齋詩選》

陋室君子居，陋復於何有？況多清新篇，鏗鏘環左右。屈子澤畔吟，白傅江州守。《離騷》昭日月，《琵琶行》不朽。楚地吾久遊，楚人吾多友。衡嶽信巍巍，沅澧水長流。學詩始可言，今又逢彭叟。舉手一勞勞，相將祝福壽。

注：彭永生同志，湘人也。謙虛誠懇，以《詩選》見貽，乃謝之如上。八九年仲夏。

中秋望月·懷遠·速歸

皓月當空照，中秋分外明。人約臺灣省，歲歲盼飛還。暮年必思鄉，況已四十稔。祖國正開放，薰風下紫巒。行行鴻雁鳴，鬱鬱百花鮮。港澳比肩頌，僑胞盡騰歡。錦繡河山在，只欠金甌全。分久勢必合，先賢有名言。一國容兩制，此事實空前。時哉不可失，舉首望雲天。

注：盼望臺胞響應號召，完成祖國統一大業久矣，"佳節倍思"，每屆中秋輒遠望之，迨"心誠則靈"者乎？八九年秋。

建國四十周年獻歌

建國四十年,雄飛宇宙間。文明五千載,締造怵我先。古既為今用,舊貌換新顏。"四化"尤凌厲,雙建史無前。物阜人自豐,康強誰不羨?瑞靄騰東海,崑崙生紫煙。歐風空肆虐,美雨也徒然。一揮金猴棒,談笑掃毒涎。么么幾小丑,跳蕩等疥癬。九州雷霆下,粉碎遺腥羶。躍德亦觀兵,通濟講友善。是社會主義,大公利元元。高舉慶功杯,躬身禮群賢。乾坤賴旋轉,共樂舜禹天。

登封龍山小賦

己巳重陽兮,惠風和暢。詩人登高兮,遠眺四方。淵淵渤海,瑞靄呈祥。巍巍太行,楓林染絳。京華燦爛兮,日月同光。物阜年豐兮,福我家邦。古城保定,蓮池泛香。石莊重鎮,拱衛南疆。燕趙詩會兮,兩載悠揚。應聲氣求兮,律呂鏗鏘。北地雄風,慨當以慷。媲美靈均,忠愛鄉黨。以文會友兮,此道大昌。鬱鬱蔥蔥兮,和樂安康。明心見性,率真坦蕩。信口信腕,諸子堂皇。治理整頓兮,改革開放。協力拼搏兮,擊鼓其鏜。中央率教,四化洋洋。令行禁止,撻伐強梁。鴻雁南翔兮,比翼成行。牧馬奔騰兮,雲氣霧蕩。浩歌一曲,天籟宮商。舉杯修褉,共祝康強。

一九八九年十月八日紫庵時年八十有二

喜讀《戰地詩抄》（有序）

《戰地詩抄》，北大老校友劉秉彥同志之抗敵舊作也。戎馬書生，忠貞不二，讀之使人肅然起敬。詩以頌之，五古十二韻。

戎馬一書生，抗敵冠長纓。忠貞昭日月，義勇鬼神驚。黎藿充饑腹，寒光照野營。轉戰冀中地，關山任縱橫。救民於水火，殺賊有令名。強虜終授首，祖國戢侵凌。紅旗舉更高，驅除蔣美兵。東風蘇勁草，天下遂底定。解甲治封疆，高歌以休整。允文又允武，儒將自錚錚。回首五十載，北大之菁英。前事不可忘，吾舉重師承。

悼念周揚先生

憶昔華大受業時，拈花寺裏寸心知。新新不已多妙論，玉樹臨風好棲遲。海上蜚聲豈一日，況是延安老教師。普及提高尊《講話》，工農方向得堅持。序跋常露誘導意，主持文壇少差池。晚年二豎入膏肓，異化問題究何似？燕京暴亂底定後，始恨濁流失控制。某本章句咿唔者，愧與先生同甲子。方將奮力鬥狂徒，失所憑依淚漸漸！金猴終有千金棒，敢云後死廢其志！

注：四九年華大設教於北京拈花寺，周揚先生以中宣部副部長主講文藝理論，極受歡迎。

468

冬至喜雪

　　保府飛霜結凍雲,銀裝素裹氣清新。豔豔紅梅幽香遠,蒼蒼松柏敷玉粉。殺蟲潤土麥苗秀,鳥藏鵲隱卻浮塵。已兆豐稔人歡笑,莫道蟊賊敢入侵。行見冰封萬里外,寒光直襲北美濱。先積維覉已識得,磨刀霍霍徒自狠。

　　注:北美霸權主義者對吾國不夠友好,藉口"民主、人道"妄事攻擊,留難"最惠國待遇",無知、可笑!

斥欺世盜名為虎作倀之某些學者、名流

　　此輩多留學異國鼓噪西化之徒,禍國殃民非一日矣。當與邦人共棄之。

　　彼婦之口,何其悠悠。彼夫之行,可以死敗! 高車臕馬,峨冠博帶。食不厭精,妄擬靈臺。數典忘祖,崇洋媚外。為淵驅魚,甘做奴才。氾濫成災,紀綱大壞。鳴鼓攻之,羞與同在。

河大老幹部庚午春節聯歡會上有作

一元復始,二儀呈祥。樂兮庚午年,天馬太空翔。京華燦爛,福我保陽。旋轉乾坤兮,大道金光。治理整頓,改革開放。旗幟鮮明兮,步履堂堂。六害犁庭,功見掃黃。廉政洋洋兮,四海鷹揚。平治物價,穩中有降。菜籃豐富兮,誰不歡暢?歐風美雨,枉作強梁。炎黃子孫兮,雄飛無恙。瑞雪晶瑩,松翠梅香。陽剛之美兮,宇宙徜徉。敬老尊賢,煥乎文章。社會主義兮,萬壽無疆。

注:河北大學每屆春節都以茶點招待老幹部老教授,並座談。

庚午年生日自述

馬年又突過,八十三若何?雖曰未伏櫪,精力日衰落。戶外難健步,室內試按摩。看書日常眊,下筆手蹉跎。差強人意處,"兩亂"能叱呵。仇視"菁英"輩,認賊作父孃。國家須安定,四化賴祥和。大道直如發,春來佳氣多。

三月廿四日八十三歲

冉莊詩會頌地道戰遺址

維此冉莊,抗戰多方。地道長城,殺伐用張。悠悠數載,戰果輝煌。倭寇喪膽,奸偽逃亡。顧瞻遺址,構築非常。曠古鑠今,形象飛揚。平原要塞,固若金湯。公輸瞠目,孫武歡賞。遙想當年,擊鼓其鏜。同仇敵愾,妙算有章。協力挖掘,日積月將。胝手胼足,氣吞太行。曲徑通幽,鄰村守望。三十華里,縱橫莫當。鍋臺炕面,馬槽碾房。神出鬼沒,狙擊難防。龍藏虎臥,燕穿鶴翔。火力交叉,陷阱疊障。指揮有所,給養設倉。生產自救,不畏強梁。碧血丹心,燕趙兒郎。慷慨悲歌,北國之光。平凡偉大,忠貞昭彰。率教子孫,永矢弗忘。

八十三叟、燕趙下士有懷,九十年代暮春。

祝賀保定詩詞楹聯學會成立

春雷震後百花開,萬紫千紅此中來。保陽燦爛今勝昔,雙建文明遍地栽。蓮池學府弦歌急,大慈高閣真經在。風和日麗庶政清,物阜年豐人康泰。浪漫詩聲傳四野,旖旎聯語美長街。玄禽斜飛滹沱河,狼牙綠被滿山柏。唱罷楮墨走龍蛇,抒情寫意好快哉。某雖老邁未伏櫪,此傍驊騮馳金臺。

注:庚午春三月,余被選為會長。

471

與薄浪副會長吾友話舊古風一首,韻請審正

　　保陽古郡多名士,各有千秋迄未休。人才輩出今勝昔,物華天寶有根由。奇聞異事不勝舉,只說薄浪吾老友。平地一聲響冀垈,使人驚見晚霞飛。長城西馳一萬里,發自渤海老龍頭。大原無垠充天地,人為最靈百物究。即知即行亦非易。勞心勞力須優求。書法顏柳喜上綫,詩循孟賈煥清幽。應羨薄翁好內助,紫燕呢喃聲應求。

燕山老叟紫庵魏際昌

漢俳六闋聯吟

一

青戀碧水城,花樹芬芳鳥嚶嚶,嘉賓樂友聲。

二

端午紫氣生,靈通屈子愛國情,忠貞千古敬。

三

雄黃酒為兵,么麼小蟲橫掃清,九州慶安定。

四

時賢論美政,背私為公付犧牲,廉潔第一稱。

五

繼承豈易行,燦爛文明非天成,人民之耘耕。

六

中華敢爭衡,社會主義大纛擎,烈烈震寰瀛!

注:祝"中國屈原學會第四屆年會暨貴州省古典文學學會首屆學術討論會"勝利召開,八十三叟魏際昌庚午端節口占於本屆大會上。

辱承歇浦包君厚愛,寵之以詩,自謙忒甚,原韻申謝

海上明月光,清清入貴陽。詩騷本比肩,鸞鳳共翱翔。吟詠吾儕事,律呂叶宮商,田"聖"人將笑,"苦"則實敢當。天磨成鐵漢,莫作"依帳郎"。靈均浩氣在,千古溢芬芳。

燕人魏際昌於貴陽屈原年會上,時年八十有三。

貴陽雜詠三首

一
安順途中書所見

團山碧色連,白雲披崖邊。幾聲鷓鴣裏,牛首浮梯田。苗婦跣足耕,背有嬰兒眠。乃歎陰柔美,勤勞事生產。坐食稻糧者,對此應汗顏。

二
入龍巖古洞

靜靜潭水邊,四壁映青巒。綠樹交枝柯,苔痕排崖滿。撥舟逶迤入,玉筍縱橫攢。曲徑通幽處,捫石過寒泉。天工雕奇景,疑是璿宮殿。

三
黃果樹大瀑布即景

智者樂水仁樂山,物我合一有靈感。最是黃果大瀑布,萬山之中水漫天。九龍蜿蜒傾瀉下,激蕩夾谷連碧灘。轟然聲聞十里外,濛濛霧色布雲嵐。動心驚魄真奇景,張蓋摳衣伴雨還。

徐州詠史

稽古徐州,海岱同秀。廣及淮泗,寬舒有守。逮曰彭城,已屆姬周。老祖八千,傳稱奇壽。春秋宋邑,戰國楚丘。縮轂南北,軍家必求。暴秦統一,項羽怒吼。定都斯邦,西向狠鬥。劉季並起,恍如天授。先入咸陽,子嬰授首。九里山下,霸王敗走。慷慨悲歌,遺恨千秋。功在三傑,赤帝生受。兔死狗烹,《大風》妄奏。歷唐與宋,文臣上游。坡翁治水,救民黃樓。快哉亭建,騷客遮留。天人合一,物我悠悠。憑弔昔者,乃有今謳。淮海戰役,片甲不留。銅山大纛,黃死杜囚。青巒滴翠,綠水滌垢。舊貌新顏,中華錦繡。戰鬥前進,四化豐收。炎黃子孫,克紹箕裘。

青年節七十一周年於保定

昌言"中華詩詞會"成立三周年

詩教三年已有成,紛紛結設走寰瀛。溫柔敦厚斯為美,興觀群怨發正聲。剿襲摹擬夙所鄙,信口信腕抒性靈。錦繡河山金湯固,華夏民族日月恒。鏗鏘絢麗九天上,浩然之氣貫蒼溟。仲尼《春秋》大一統,《橘頌》守土有屈平。《滿江紅》傳岳武穆,文山《正氣》震元廷。烈烈紅旗風雷動,社會主義我獨興。謂語同道諸君子,愛國精神好繼承。

青島黃海路省療養院燈下

475

得唔《玉簫集》作者李公

玉簫動紫雲,宮商雞塞遠。洋洋未識荊,邂逅膠州灣。原是狂狷士,直哉史魚賢。陽剛雖曰美,陰柔須諧安。子在齊聞韶,卻是春秋年。東風如有便,嘉惠勿吝言。

注:李士倫老弟,吉林扶餘人也,成名廣東,相見恨晚。

謝周濟夫同志自海南贈合影

詩聲響南天,碧濤湧瓊邊。鵬飛一萬里,合影膠州灣。雖得比肩立,君獨神侃侃。使我懷周公,俯首蘇子瞻。自古多賢哲,今朝更璀璨。佳氣正蔥蘢,文章帶笑看。

注:濟夫同志,海南省詩詞會之領導人也。為人溫恭寡言,同遊琴島,得影。

迎亞運 頌祖國

中華雄風震九洲,亞運聖火傳金甌。長城逶迤排雲去,盼盼吉祥樂悠悠。花團錦簇燕京美,桂馥菊秀慶年收。團結友誼齊進步,攀高陟頂關馳驟。剛健婀娜好兒女，龍騰虎躍顯身手。當仁不讓冠軍奪，必也射手君求。會友以藝真曠代，協和萬邦我獨優。鼓角通天無涯際，謳歌十億富春秋。文明古國此是矣，烈烈紅旗昭宇宙。

國慶前一日於河大中文系，一九九〇年。

喜見十一屆亞運會在北京勝利召開
【越調】（天淨沙）小令一束

一、迎賓
團結友誼進步，長城逶迤萬古，盼盼吉祥漫晤。和樂展舒，中華德業不孤。

二、亞運村
高樓廣場通途，林蔭噴泉花圃，歷歷如在畫圖。錦繡金秋，允稱居留名廬。

三、田徑場
赤道綠茵環堵，跑跳投擲競步，樂見現代構築。龍爭虎逐，好個搏鬥去處。

四、游泳館
大廈高臺方渠，魚躍蛙泳鳧突，自是璀璨明珠。比肩追逐，與人同飽眼福。

五、體操地

吊環木馬分佈,體操地毯平鋪,單杠雙杠同伍。鶯飛鳳舞,藝呈花團錦簇。

六、賽艇湖

濱海灣清似湖,沙鷗點點日沐,水上英雄比武。船賽槳櫓,波浪翻飛莫阻。

七、武術廳

長拳短打並露,刀槍劍棍紛出,神州此最有術。繩其祖武,冠軍非我莫屬。

八、勝利

國旗金牌花束,擊鼓奏樂歡呼,大獲全勝突出。時代所無,果成亞運盟主。

國慶四十一周年走筆於保定河北大學

九一年元旦走筆獻瑞

保陽開泰輔畿南,喜見中華燦爛天。雄飛宇宙珠峰小,力阻狂瀾海河宴。夙稱文明五千載,洋風汗漫羞比肩。造福塵寰為人類,和平建議怵我先。笑它制裁空喧叫,豈知商賈樂戀遷。改革開放終須大,紅梅香飄億萬年。

478

頌屈·懷古·鑠今
——在天津屈原學術討論會上

一

召伯布政行南國,甘棠之愛《詩》有歌。屈子神賦入二湘,帝舜及妃哀戀多。誰說北土無南音,漢廣江永伴大河。孔子親聆鳳兮曲,滄浪早已分清濁。國風寢聲《離騷》作,荀卿辭章亦金科。忠貞正氣衝霄漢,靈昭昭兮彌六合。

二

緬懷靈均高陽氏,應偕河伯到天津。《九歌》神詠真飄逸,神人合一大道生。常恐皇輿之敗績,惟願斯民多康寧。內政功在明法治,外事連衡功垂成。慍於群小遭誹謗,傷哉懷襄逐詩聖。怨悱不亂媲《小雅》,美人香草曠代新。

三

從容沈淵驚天地,鬼雄剛毅必鬥狠。"三戶亡秦"非妄語,咸陽除暴是楚人。金相玉式昭日月,源遠流長千古尊。當今大千歎杌陧,東歐紅旗落紛紛。唯我中華卓爾立,社會主義色色新。龍飛滄海雲水怒,鳳鳴九皋震紫宸。

八十四叟魏際昌於津沽客舍

重九秋高氣爽，保定市領導來舍看望，蓋余教學已逾五十年矣。詩以申謝，五古十韻

教學大中小，五十年去了。東西南北風，吹得頭白早。有容德乃大，無欺心不老。黃華滿瑤圃，桂香飄嫋嫋。儒者杏壇高，釋家蓮臺妙。精義各千秋，只緣敷演好。青青子衿樣，鬱鬱耄耋茂。扶我山桃杖，篤篤保定道。額手望九天，敬謝諸領導。

河大民盟總支建制五十周年紀念頌言(七首)

一

辛未之春，吉日良辰。鬱鬱青青，梅柳同欣。

二

爰有民盟，河大生根。五十年來，奉獻無垠。

三

跟著黨走，不避艱辛。一十六字，統戰精神。

四

參政議政，日新又新。群星燦爛，教書育人。

五

載譽保定,蜚聲天津。團結友愛,香遠益聞。

六

桃李芳菲,我校振振。宏偉藍圖,尚待運斤。

七

當仁不讓,攜手共進。懿歟盛哉,願學諸君。

八十四叟魏際昌於河大中文系

辛未端午岳陽國際屈原學術討論會上,
獲識蘇聯漢學家費德林老夫婦

院士七十八,耄年再訪華。漢語聲朗朗,體魄仍碩大。始知鞮鑠者,早為外交家。夫人亦昂藏,博士索菲亞。愛戀金婚久,伉儷飛奇葩。崇敬毛主席,郭老嘗師法。文明稱古國,寰瀛可獨誇。屢道辭賦美,屈原走天涯。荏苒五十載,滄桑付史話。有人此有土,豐富羨華夏。中俄重攜手,世界燦雲霞。願借端午酒,祝公壽永遐。

481

岳陽樓懷古

　　岳陽樓飛三重簷,金甌爍爍映楚天。遠眺洞庭八百里,煙波浩淼君山遠。沙鷗點點蘆荻上,漁帆片片走輕舸。忽憶三國魯子敬,曾治水軍抗北船。領曲周郎亦俊傑,連袂諸葛已吳甸。羽扇綸巾焚檣櫓,遂使曹瞞歃羽還。不意前賢能統戰,分割天下鼎立傳。撫今慨昔心忉怛,我輩只識讀書卷。

君山雜詠
口占竹枝詞三首

車行洲上
　　玉樹封堤臥洞庭,紛紛絲雨潤楚境。君山咫尺渾不見,只緣迷離渚中行。

湘夫人墓
　　幽篁叢裏舜妃陵,望帝情深泣皇英。空勞屈子譜神曲,湘君依舊歎伶仃。

茶香飄蕩
　　波搖八百此獨興,曼立不倚色青青。毛尖茶香飄四海,始知陸羽有真經。

辛未歲抄竹枝詞四首

一

悠悠文明五千年,華夏九州金甌全。國族於斯十一億,炎黃子孫忒璀璨。

二

天下為公大道寬,民貴君輕史有言。推十合一方為士,老安少懷朋友歡。

三

慷慨悲歌易水寒,居安思危莫河漢。仁者愛人有傳統,五項原則旦復旦。

四

皚皚積雪滿關山,蒼蒼松柏帶笑看。爭春豈顧三冬日,行見鬱鬱楊柳顏。

八十四叟魏際昌於河大校園

辛未初冬,雪夜得瑞增書記《踏莎行》詞譽我夫婦,

愧不敢當,特以《竹枝詞》五首謝之,

並預祝其九二年元旦康樂

一

雪夜漏下懷耄耋,偕老書生感親切。"知識富翁"慚未逮,只有清風與明月。

二

阨於陳蔡仲尼歌,浩然之氣子輿奪。忺忺睍睍非吾徒,狂狷濟濟紅似火。

三

文猶史也須密察,書以道事兩司馬。溫柔敦厚稱詩教,春秋大義在筆伐。

四

消寒圖上點香梅,松竹翠挺浴朝暉。全丹方知斗柄轉,萬紫千紅震春雷。

五

薰風已入河大園,金猴凌厲更無前。祝公康泰揮玉塵,離懸赤幟豔陽天。

于月萍、魏際昌同叩

484

《千河詩詞》出版

峨嵋有秀士,來吟塞北天。洪生叶律呂,慷慨有幽燕。雕龍斯為美,文心識大千。學會三連冠,走馬井徑關。

注:趙品光同志,川人也,早歲參軍,喜愛詩文,復員後工作於河北省,為中華詩詞學會、河北省燕趙詩詞協會理事,保定詩詞楹聯學會副會長,著有《千河詩詞》。

禮贊福建鄭成功先賢,五古一首十二韻

南安大豪傑,人稱延平王。赤心張漢幟,義勇守海疆。父子不同科,兄弟亦參商。靈均馨獨清,水戰說周郎。曾駐崇明島,提師入鎮江。馳騁金陵下,聲威震北方。鼓浪破臺灣,揆一拱手降。"珍寶爾持去,土地屬我皇。"金廈益鞏固,與民共休養。羞煞洪招討,三桂更無良。縱橫二十載,華胄好榜樣。彪炳在史冊,千古享蒸嘗。

八十五叟魏際昌於保定河北大學之紫庵

485

九二之秋，中文系迎新，口占"竹枝"六首

一

九二金秋又迎新，桂香菊秀是良辰。青青子衿開口笑，老夫撫掌亦歡欣。

二

喜見同為河大人，學文首都南大門。自古燕趙多奇士，激昂慷慨守乾坤。

三

博學審問知須真，修齊治平天下聞。第一篤行即實踐，未敢河漢不語君。

四

教學相長有明訓，敬業根本在樂群。仲尼當日無常師，樂育英才子輿云。

五

勝利歸來誇世運，澳星勁射環宇震。科技最為生產力，鄧老諄諄告吾人。

六

而今"四化"正精進,改革開放日日新。偉哉中華好兒女,闢地動天驚鬼神。

八十五叟魏際昌於河大之紫庵

魏翰西先生自臺灣回河北高陽省親,
遇我於河大,呼為宗兄,有感口占

戰國三家說魏氏,子夏曾為文侯師。仲尼之學大一統,天下歸仁誰不知? 伉儷耄年省故里,高陽父老樂桑梓。翰墨橫飛驚四座,竹蘭素描發人思。我亦因之懷故里,白山黑水入夢疾。

注:魏金教授少我五歲,遇之於河大學術討論會上,伉儷並能書畫。九二年七月。

壬申之秋,耄年教師獻言

仲尼無常師,子輿樂英才。教學須相長,自古稱士懷。文章以時作,經濟逐代開。《洪范》先言富,《大學》半理財。貨殖端木賜,貿遷陶朱泰。有人此有土,無私必無猜。九殿鳴戰鼓,四海騰瑞靄。鳳兮

487

金音落,麟呼玉趾踩。黃華秋色豔,月桂香溢外。舉杯邀明月,皓首惟膜拜。殊榮豈盡有,竊比老彭在。

注:周總理昔日云"做到老,學到老,改造到老",否則跟不上形勢了。黨和人民已經使我們老有所養,老有所樂了,可是老有所為呢? 書此自省。一九九二年。

國慶重九遠眺

四十三周年,祖國慶乾元。卿雲飛渤海,太行生紫煙。億兆齊歡笑,遐邇開盛筵。頂禮今舜禹,四化賦新篇。豐收喜大有,開發多資源。建設兩文明,城鄉並璀璨。極目望世界,和平促戀遷。朋友遍天下,反對逞霸權。社會主義好,紅旗我高懸。華夏金湯固,帶礪頌河山。風雷空震盪,凌厲已無前。舉杯祝萬壽,炎黃幸福園。

八十五叟魏際昌於河北大學之紫庵

禮贊浦江南宋遺老方鳳先賢並柬其裔孫方勇碩士

浦陽說古郡,春秋早有名。仙華毓靈秀,黃冑傳飛昇。追及元入統,佳域釀紛爭。南人遭歧視,儒生最蹭蹬。宋末之遺逸,理學為正宗。忠貞多不二,修養似天縱。賢者稱方鳳,謝翱亦同行。創立月泉社,攘臂對刀叢。從者以千數,揮淚思杭京。不食異代祿,安貧樂嵩蓬。詩文留千載,後世沐清風。裔孫曰方勇,二十四代承。執筆頌祖德,繩繩始發聲。最難在輯佚,矻矻未常空。纘續固應爾,士也古道興。

八十六叟魏際昌於河北大學

九三年教師節感言,蓋予病後第一次參加社會活動也

自古太始立於一,四個堅持需真知。紅透專深遵大道,授業解惑事孔亟。共國富裕非虛語,解放發展生產力。春華秋實充宇宙,炎黃子孫今勝昔。循循善誘講無私,樂育英才世無匹。忠貞愛國有傳統,赤幟高懸驚天地。指日小康呈祥瑞,溫恭諸子好棲息。我雖耄耋未昏瞶,也榜詩家謝師績。

注:信口放言,語錄體也,在保定市民革招待會上作。

病後奉邀參加民革委保定市召開之九三年
教師節大會,感而放言申謝

自古太始定於一,四個堅持誰不知。紅透專深遵大道,授業解惑事孔亟。共國富裕非虛言,解放發展生產力。春華秋實充宇宙,金聲玉振今勝昔。赤幟高張任縱橫,炎黃兒女終有濟。貿遷五胡陶朱公,貨殖屢中端木奇。市場經濟我熟知,改革開放驚天地。豈止仲尼設四科,樂育英才孟子匹。善誘無私真奉獻,德音美違實厚積。忠貞體國

489

美傳統,仁者愛人發善機。指日小康呈祥瑞,愷悌諸公樂棲息。我雖
耄耋未昏聵,也榜教師頌功績。

八十五叟魏際昌於河大之紫庵

詩四首

一

主席誕辰百年樣,金光璀燦美無疆。開國大業驚宇宙,千古不朽
享蒸嘗!

二

偉哉毛澤東思想,繼承發展多賢良。四化堂皇正深入,赫赫鄧老
掌舵忙。

三

國慶四十四年降,人民額手樂共康。共同富裕非虛語,消滅剝削
震穹蒼。

四

菊花兒白丹桂香,清秋高爽雁南翔。最是炎黃子孫好,赤幟鷹揚
臨萬方。

八十六叟於河北大學

中秋·國慶·毛主席百年誕展謹獻聯綿竹枝詞五支

一

菊花兒黃丹桂香,金秋燦爛雁高翔。主席誕辰已百年,緬懷大業享蒸嘗。

二

偉哉毛澤東思想,繼承發展有賢良。四化冬冬鼓聲急,改革開放好鷹揚。

三

建國四十四周年,河山無恙樂安康。天下為公傳統美,遠來近悅仁者邦。

四

居安思危放眼量,霸權主義又張狂。顛覆滲透竟妄為,多行不義必消亡。

五

濟濟蹌蹌滿樓堂,笑語歌聲溢四方。炎黃子孫齊昂首,嫦娥起舞伴清光。

八十五叟魏際昌口占於九三年中秋保定民革市茶話會上。

笑在群芳後

丹心終未改,繡出萬年春。笑在群芳後,風流自有真。

注:甲戌新春元日,為依群詩翁祝福,並及合府吉祥。

給貴銀主任

同為河大人,班輩忝居前。古有忘年交,冬梅伴春蘭。
吟詠響宮商,衡文驚校苑。最是豐神好,玉樹自翩翩。
豪飲似太白,涵養性中天。吐納抒靈氣,溫恭發自然。

八十六叟魏際昌於河大之紫庵

乙亥新春,高歌康樂七言古風一束
——在保定市延安精神研究會周年大會上

一

瑞雪迎春乙亥年,人民歡樂唱堯天。滹沱河畔楊柳青,太行嶺上梅香滿。酹酒碧野冀州美,畿輔南疆頌乾元。

二

炎黃子孫十二億,深化改革史無前。社會主義有特色,天下為公大道寬。旋轉乾坤稱鄧老,執行貫徹倚群賢。

三

天下大勢定於一,《易經》乾坤已昭然。元享利貞飛龍見,仁者愛人自古傳。"智慧財產權"徒藉口,盜我文物早萬千。

四

莫道書生只坐談,須知貨殖有專篇。端木陶朱成名久,市場經濟喜在先。《洪範》五福首曰富,《大學》十章半財編。

五

春風綠被大保定,三陽開泰外貿聯。黃金臺上尋樂毅,逐鹿城裏覓軒轅。某雖老悖渾無似,也學賈島種詩田。

　　　紫庵魏際昌保定延安精神大會上獻言,時年八十有八。

為方勇賢棣頌其廿四代祖方鳳處士(竹枝詞五首)

一

浦陽乃古郡,春秋舊有名。仙華毓靈秀,代不乏菁英。

二

迨及元入統,朝野賤儒生。南人尤尷尬,無地以容身。

三

月泉結詩社,丹心懷上京。數以千百計,扠淚臨西風。

四

起義雖未果,藜藿矢忠誠。不念異代禄,方鳳沐清風。

五

裔孫繼祖德,緝補竟全功。遂令吳越地,至今喜傳頌。

禮贊保定市中國書畫展覽會開幕式

乙亥金秋在保陽,丹青掩映好風光。蓮池花開迎佳客,康樂廳中翰墨香。燕趙諸賢揮彩筆,出神入化走玄黃。龍飛滄海乾坤大,虎躍崑崙日月長。圖騰拜物自然美,大千世界本無疆。錦繡江山發秀氣,琅環福地壽而昌。

在河北太行文化交流促進會成立大會上獻賦(十四首)

引賦
物華天寶兮人傑地靈,數典不忘兮以為今用。莽莽禹甸兮太行馳

騁,悠悠宇宙兮文史彬彬。雖勞篇簡兮拾遺補闕,秉筆直書兮褒貶
有因。

一

太行西來似遊龍,嵯峨靈秀鬱蔥蔥。東臨滄海波濤湧,日月光華
萬古同。蕩蕩神州,冀野宏通。楷模多士,人物風流。

二

記取周口店,房山北京人。億萬斯年裏,此是老祖宗。仰韶文化
已崢嶸,舊石器時期有工具。洞內火食,洞外漁獵。共同防猛獸,協作
忙生活。母性氏族是根由,誰也無法否定。

三

圖騰拜物崇信鬼神,結繩治後有卦文。負陰抱陽之謂道,三才構
成天地人。仰觀俯察,近取諸身。象形象意好精神,相傳伏羲是聖君。

四

大戰涿鹿滅蚩尤,軒轅治軍如有神。能制干戈為武器,定向發明
指南針。妃子曰縲祖,養蠶織布整衣冠,從此文明天下新。

五

其仁如天智如神,孟軻稱為大哉君。堯母望兒在唐縣,更有望都
作陪襯。《尚書·堯典》,開宗明義;《五帝本紀》,復在《史記》有史文。

六

耕稼陶漁好勞動,虞舜出身實側微。父頑母囂弟傲詭,堯之二女

亦無為。選賢任能尊大禹,最後禪讓成其名。經傳翔實不我欺,典謨訓誥是文魁。南風之薰醉民慍,韶樂盡善又盡美。

七

禹平水土治九州,蛇龍入水得其所。虎豹山林亦避歸,江淮河漢今猶在。艱苦卓絕能者誰,《夏書》備載功匪淺,天下大悅獲帝位。

八

孤竹二子稱夷齊,聖之清者於與記。叩馬阻軍說是非:父死不葬何謂孝? 以臣伐君忠更虧! 姜尚義之使引去,恥食周粟賦采薇。神農虞夏忽焉沒,以暴易暴安適歸:"餓死首陽終不悔。"

九

召公奭乃燕始祖,《甘棠》之愛傳千古。勿剪勿伐甘棠樹,召伯在此行安撫。追至昭王亦賢德,捫問百姓同甘苦。黃金臺上尊郭隗,各國名士遂歸附。樂毅自魏,鄒衍自齊,還有劇辛自趙赴。二十八年果富強,樂毅帥兵下齊城,七十餘座都殘缺,緡王逃卻臨淄府。國恥雪,人不辱,歷史輝煌振筆出。

十

胡服騎射武靈王,軍事革命抗勝場。廢除車戰講突擊,快馬輕刀人莫擋。廉頗李牧真良將,抗秦保趙美名揚。復有國士藺相如,完璧歸趙叱秦王。貴為上卿能紆尊,主動回車讓老將。公忠體國大豪傑,將相團結終有濟,至今傳為好榜樣。

十一

悲歌慷慨燕趙士,荊軻易水訣不歸:風蕭蕭兮壯士去,壯烈犧牲果不回。未以成敗論英雄,《刺客列傳》第一位。子長《史記》之特色,至今彪炳見精神。《項羽本紀》《陳涉世家》,孔子亦得以壽世,《弟子列傳》以輔之。吾輩豈可不矜式,江山代有才人出,等閒視之乃無知! 史實最雄辯,當實事求是。"一個個臺階地上,摸著石頭過河嘛",我們鄧老有昭示。

十二

秦皇泛海到龍頭,路上經營入綏中。咽喉要地說山海,歷代兵家所必爭。西去長城一萬里,東接遼西遼東郡。雖近沙丘遽崩逝,此帝到底有遠圖。遺聞逸事多,冀北獨豐碩。

十三

劉秀發兵捕不道,冀北走國敗王朗。鄧禹吳漢馬武勇,岑彭耿弇亦非常。諸將請即位,稱號趙州旁。立業在河北,定都歸洛陽。光武為人頗寬厚,不矜不虧亦安詳。大夥不怯先士卒,論功行賞卻謙讓。帝座難下嚴子陵,嗣皇多能有明章。敬師隆漢學,桓榮馬鄭興家邦。

十四

異姓骨肉姓字香,涿州結拜劉關張。同生同死同患難,昭忠昭信昭賢良。三顧茅廬請諸葛,六出祁山報漢皇。更有真定子龍趙,後來居上常勝將。

注:一九九五年,"河北太行文化交流促進會"在易縣舉行成立大會,我抱病扶杖出席,被選為名譽會長。

497

打了翻身仗
——"平型關"大捷

平型關大捷，八路昭日月。掩蔽夾谷中，團殲甕中鱉。什麼機械化，兵車成廢鐵。旅團四千人，全隨何部斃。林師長鷹揚，板垣枉泣血。敵後任縱橫，建立朝天闕。晉察冀成區，人民齊歡悅。

學者抒懷

青山雖老，白頭尚在，樂有所為不吃閒飯，以文會友，熱愛青年，自己的心情完全可以下列這首詩作代表。

八十八周歲，祖國好璀燦。卿雲飛東海，紫氣生南天。緬懷諸先烈，未忘創業難。頂禮今舜禹，四化賦新篇。豐年稱大有，開發多資源。建設兩文明，城鄉喜並肩。極目望世界，和平促貿遷。耀德亦觀兵，反對逞霸權。中英談判好，香港即璧還。東瀛不再戰，戴罪贖災難。青年發朝氣，凌厲實無前。美哉我家邦，騰飛宇宙間。華夏金湯固，炎黃幸福園。

哀悼中華詩詞學會副會長張報老詩友逝世

——聯綿竹枝詞三首

一

九十晉三大有年，中華詩人古无前。飄然跨鶴沖霄去，頌聲永留《三百篇》。

二

珠江雅麗掛南天，靈秀所鍾非等閒。炎黃傳統忠貞美，鳳兮歌罷作屈原。

三

畢生裕後主辭壇，楷模多士稱先賢。燕京此老誰不識，晚霞燦爛耀生寰。

吟弟燕魏際昌敬挽於河北省保定市燕趙詩詞學會

喜相逢古風

——為香港回歸同胞團聚放歌

同胞同胞歡迎你，金甌固，普天喜。海外漂泊年復年，歡慶回歸聚一起。塞北鐵馬秋風,江南杏花春雨。壯麗山河任遊賞,東海碧波連天。西疆雪山接地,寥廓大地隨來去。

同胞同胞歡迎你,淚盈盈,笑嘻嘻。撫今追昔感慨深,千言萬語發心底。往事依稀如夢,前景無限絢麗。歲月流逝心未老,親誼長青不謝。坦途協力開闢,大好時光切珍惜。百年離愁今宵盡,故國久違存知己。地老天荒情永在,同心同往長相依。

殘稿(八首)

一

朱總親征入太行,軍民效命到戰場。寶刀不老聲聞遠,簞食壺漿情意長。八路軍敢死隊,布下天羅與地網。空室清野出奇兵,打得鬼子斷了糧。一路路地被消滅,板垣敵酋魂魄喪。一二九師遂挺進,伯承將軍指揮忙。雁北察北復冀北,平綏平漢正太旁。戰無不勝攻必克,勢如破竹好鷹揚。易水不寒能飲馬,滹沱河畔燕飛翔。陳錫聯神通大,竟然摸到敵機場。一陣手榴彈,大火山一樣。廿四架鐵鳥,連同駕駛的寇兵,都燒得精光。

二

鐵馬躍金戈,將軍百戰多。縱橫冀州地,渤海靖洶波。柳營眾藜藿,朔氣襲走舸。太行殲敵酋,白洋捉散倭。忠貞昭日月,義勇壯山河。最是如椽筆,硝煙中作歌。露布與長吟,齊心共嵯峨。不可忘喋血,記取喪邦禍。

三

常遊雲夢間,會友多新賢。又見政揚子,吾未之前瞻。寫真有真藝,詩情抒詩言。青山傍綠水,宛轉出天然。願作忘年交,悠悠望大千。

四

問君何故太癡情,落花流水已飄零。焚琴煮鶴勢必行,斷親絕義法既立。宜將精神付子業,且教句股立課庭。鶯飛草長豔陽日,菲芳桃李滿春城。

五

中華教育煥保陽,河大書院兩芬芳。郁郁乎文周夫子,紅旗烈烈好鷹揚。杏壇何止三千客,楷模多士重賢良。紫氣東臨太行麓,滹沱河畔金柳長。老梅從不怯冬雪,蒼松反爾慣風狂。大千世界逞真吾,玄黃宇宙樂未央。後此絳帳移石莊,□辦老人大學堂。始知晚霞無限美,老有所為□□□。

六

馬君雋才處事奇,為國錄賢不徇己。藝精攝影雕龍術,文仿史遷寫傳記。玄黃宇宙本拜物,性靈鍾人創業績。九州冀埜傑士多,保定古城今勝昔。蓮池花放芬芳遠,大慈閣上彩雲積。承前啟後肩負重,繼往開來功力急。耄耋常結忘年友,滿目青山映日麗。烈烈風發紅旗舞,昂首天外舒浩氣。中華兒女終無敵,大展宏圖跨世紀。富強康樂指顧間,咸與同歸□□□。

七

龍口曹子忘年交，只緣奇花映海潮。述聖慣用章回體，說部大道春正俏。儒術兵法辭賦祖，膾炙人口越前朝。鰓生愛才本如命，況君謙虛德音昭。世風不古多邪僻，拜會主義正囂囂。君獨潛心弄文筆，淡泊寧靜自陶陶。中華兒女當如是，炎黃子孫不膚撓。能受天磨成鐵漢，不招人忌騰飛年。諝語山東英雄漢，跨越世紀領風騷。

八

春風入保陽，新新呈萬象。滹沱柳青青，呢喃紫燕翔。豐年尚醇酒，斯民樂安康。物華人更寶，中出老政黨。民革諸君子，堅守崗位上。統戰十六字，時刻銘心房。反腐倡廉政，誅斥賊強梁。奉獻在文教，忠貞傳四方。解放生產力，人才當培養。港臺尤在念，一統最輝煌。縱來犯難客，對話好商量。教乃知不足，評比差距彰。市場新經濟，鑽研尚未遑。鄉鎮辦企業，視野亦茫茫。此應急補課，迎頭去武裝。《洪範》先言富，《大學》理財長。史多《食貨志》，貿遷福家邦。陶朱泛五湖。端木貨殖尚。

附:師友題贈

讀《紫庵詩草》有言
王氣中

《詩草》敘事抒懷,令我低徊想見其為人。燕趙慷慨悲歌,邯鄲風流自賞,大丈夫顧不當如是邪?

注:南京大學王氣中老教授,高齡八十二歲,與余相遇於安徽"桐城派古文學術討論會"上,一見推許,互有詩文往來。一九八七年二月廿日贈我新著《藝概箋注》,宏通淵雅,正學習中。

蒙賜《紫庵詩草》,謝之以詩
呂邦泰

魏老筆下多華章,承蒙惠賜愧難當。讀罷眼前皆珠玉,吟時口角嚼芳香。應知後學才疏淺,敢對先輩弄騷狂。強作小詩報錯愛,卻將嗤笑貽大方。

注:華北電力學院教授呂邦泰八五年三月於保定。

按呂公文理密察,寫作俱佳,為保定人大會上之主席團成員,余敬愛之。

敬題《紫庵詩草》

顏 霽

從知此老寸心丹,戎馬書生總據鞍。河北路居萍話暖,西湖村裏雪光寒。八千里路飛蓬跡,五十年來掌杏壇。抱月一生見清白,紫庵詩足壯遊觀。

一九八二年秋於天津

讀《紫庵詩草》喜占二絶

張先述

一

陶謝清新李杜工,《紫庵詩草》渾然同。真才不必事雕琢,妙筆生花意態中。

二

敬讀長篇意味長,醇真古樸有陶風。鏗鏘金玉震聾聵,當代詩宗舉世雄。

桐城後學張先述
八五年十一月五日

讀《紫庵詩草》有感

傅雪梅　勾煥容

　　捧讀先生《紫庵》篇，一時油然升百感。既喜今日新氣象，且歎世事之多變。誠服先生耿介言，猶感昔日我所見。孜孜不倦育新蕾，老當益壯更登攀。悔我素日之疏懶，虛度光陰空自歎。願學先生立於世，雨雪風霜志彌堅。

　　　　　　　　　不揣冒昧，學詩一首。敢求教於魏老。
　　　　　　　　　八六年初夏於河北大學

編者按語

　　紫庵先生嘗遴選一九七八年秋至一九八四年秋之詩作近九十首，略依時間先後編次為《紫庵詩草》，於一九八四年十月定稿油印，分送詩友呈政。此為先生編訂其詩作之始。嗣後陸續增損，擴充至一百五十餘首，仍名《紫庵詩草》，於一九八七年四月付諸油印。後復匯輯一九三八年秋至一九七六年秋之舊作凡一百十餘首，編訂為《紫庵詩草續編》，於一九八七年九月油印以傳。

　　紫庵先生駕鶴西去之後，編者為裒輯《紫庵文集》，曾先後數次自滬上赴燕趙探其家藏，於書室地面塵土中檢得先生大量散亂手稿，經反復排比整飭，去其重複或過於殘損者，其中得詩作凡二百二十首。今將先生所有詩作總命為《紫庵詩草》，以作詩先後，分為上、下兩編：原《紫庵詩草續編》為上編，其中內容及編排次序未作任何改動；另將編者所輯得之二百二十首詩作補入一九八七年四月訂定之《紫庵詩草》中，略依時間先後重加梳理，以為下編，則庶幾可免遺珠之憾矣。

　　二〇二〇年九月二日，弟子方勇、再傳弟子孫廣拜手稽首